연애
시대

연애 시대

초판 1쇄 찍은 날 ∣ 2012년 8월 24일
초판 1쇄 펴낸 날 ∣ 2012년 8월 30일

지은이 ∣ 김선민
펴낸이 ∣ 서경석

편집장 ∣ 권태완
편집책임 ∣ 이수민
편집 ∣ 장미연

펴낸곳 ∣ 도서출판 청어람
등록번호 ∣ 제1081-1-89호
등록일자 ∣ 1999. 5. 31
어람번호 ∣ 제5-0314호

주소 ∣ 경기도 부천시 원미구 심곡2동 163-2 서경B/D 3F (우) 420-822
전화 ∣ 032-656-4452 팩스 ∣ 032-656-4453
http://www.chungeoram.com
E-mail ∣ chungeoram@chungeoram.com

ISBN 978-89-251-2981-5 03810

연애 시대

김선민 장편 소설

Chungeoram

romance novel

청어람

Contents

프롤로그 ·············· 7

01 그들만의 역사 ·············· 16

02 UNTOUCHABLE ·············· 31

03 낡은 구두 ·············· 52

04 작지만 잘 여문 기대 ·············· 72

05 꿈속의 키스 ·············· 109

06 취중진담 ·············· 143

07 그 밤 ·············· 207

08 연애, 핑계는 필요 없다 ·············· 236

09 HEART ATTACK ·············· 290

10 오블리비아떼 ·············· 317

11 결국 그대 ·············· 365

12 연애시대 ·············· 392

13 EVER AFTER ·············· 425

에필로그. 보통날 ·············· 440

작가 후기 ·············· 447

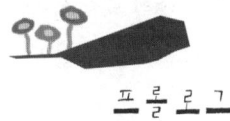

프롤로그

러브레터 한 통이 도착했다.

발신인 이지원.

입안에 침이 바짝 마르고, 심장이 격하게 요동쳤다. 편지를 움켜쥔 두 손은 바들바들 떨렸고, 가슴이 벅차서 왈칵 눈물이 날 것만 같았다.

편지봉투를 막 개봉하려는 지금 이 순간, 인하의 가슴속에서 보글보글 피어오르는 설렘의 크기를 쉽게 가늠하기 어려웠다. 음, 굳이 가늠해 보자면…… 박지성 선수 챔피언스 리그 결승전 선발 출전 기사를 봤을 때의 이십만 배 정도?

인하는 마른침을 꿀꺽 삼킨 후 핫핑크색 편지봉투를 천천히, 아주 조심스레 열었다. 혹시 여배우가 보낸 건가 싶어 한 자라도 훔쳐보겠다고 벌떼처럼 달려드는 어리디어린 선후임병들을 따돌리고 화장실에서 몰래 읽는 지원의 위문편지는, 서른 살이 되어서야 이제 막 자대배치를 받은 인하에겐 하나님의 은총과 다르지 않았다.

이를 악다물고, 두 눈을 질끈 감고, 인하는 지원의 편지를 몇 번이나 가슴팍에 비벼대다 드디어 편지지를 쏙 꺼냈다.

으음. 향긋한 지원이의 향기.

언젠가 선물로 사주었던 그 향수냄새가 나프탈렌냄새 가득한 화장실 안을 꽃천지로 만들어주었다. 인하는 격해진 감정 때문에 감격의 눈물이 흐를 것만 같아 천장을 올려다보며 마음을 다스렸다. 그리곤 아주 뜨거운 눈빛으로, 이 편지지를 지금 당장 불질러버리겠다는 듯 지그시 바라보았다.

사랑하는 나의 친구 서인하에게.

인하야. 드디어 너에게 첫 번째 편지를 보낸다.

나이 서른에 위문편지를 쓰다니……. 참 감격스럽구나.

잠은 잘 잤니? 밥은 잘 먹고?

인하는 마치 지원이 직접 말이라도 건 것처럼 고개를 주억이며 대답을 했다.

훈련이 많이 고되지?

그러게 나이 먹기 전에 얼른 군대 가라니까 드럽게 말 안 듣더니 꼴

좋다.

이게 다 내 걱정되서 하는 소리다, 싶어 인하는 전혀 서운해하지 않았다. 인하는 행간을 읽는 걸로도 모자라 무심결에 찍은 점 하나도 놓치지 않으려는 듯 검지 손끝으로 글씨를 따라갔다.

난 잘 지내고 있단다.
그리고 네가 만나보라던 그 남자, 짐작한 대로 잘 안 됐고 덕분에 술이 좀 늘었어.
마침 이번에 기획 들어간 작품이 가슴 절절한 러브스토린데, 덕분에 엄청 잘 써질 것 같아.
진심으로 고마워. 남자는 남자가 보면 딱 답이 나온다며, 정말 괜찮은 남자라고 네가 만나보라고 적극 추천해 줬잖아. 넌 정말 멀리 볼 줄 아는 녀석 같아. 역시 내 친구.

하아, 후련하다! 상쾌해! 날아갈 것 같아!
인하는 음흉한 미소를 지으며 눈썹을 치켜세웠다. 고된 훈련으로 온몸 곳곳에 축적되어 있던 근육통이 싸악 사라지는 듯한 시원함이 느껴졌다.

역시 이지원은 연애 루저라며 한껏 비웃고 있을 네 얼굴을 떠올리니, 나도 덩달아 기분이 좋다.
이 모든 건 네가 오래전 나와 헤어지면서 퍼부은 저주 때문인가 봐. 난 아직도 생생하게 기억난다? 그날 비가 엄청 많이 왔었지 아마?

한 줄 한 줄 내려가면서 과거의 그날을 떠올리게 된 인하의 얼굴엔 여유 가득하던 미소가 싹 가셨다. 묻어두기로 해놓고 파 뒤집는 거 보니 아무래도 지원이 제대로 열이 받은 것 같았다.

사전에 동의도 없이 입대 전 마지막 저녁 식사 자리에 그지발싸개 같은 놈을 데려온 지원에게, 인하는 확신에 찬 말투로 괜찮은 남자이니 잘해보라고 해주었다. 뭐, 말로는 그냥 알고 지내는 사이라며 그런 거 절대 아니라고 지원이 펄쩍 뛰긴 했지만 사실 인하는 그지발싸개 같은 놈과 서너 마디의 대화를 나눈 후 어렵지 않게 답을 도출했다.

저놈, 이지원 껍데기만 보고 침 흘리는 놈이구나. 인물도 반반하고, 제법 이름이 알려진 인기작가고 하니 돈 좀 있나 싶어서 썸씽을 만들어보고자 집적거리는 게 분명했다. 그런 시답지 않은 놈들이 하루 이틀 꼬인 것도 아니고, 지원 역시 그런 놈들 떼어내는 것에는 도가 텄기에 크게 걱정하지 않았다.

물론 잘 안 될 거란 걸 알면서도 가볍게 만나기라도 해보라고 의도적으로 펌프질한 죄를 묻는다면…… 할 말은 없다. 이지원이란 여자의 알맹이를 오롯이 품지 못하는 남자라면 그 어떤 남자라도 오래 버티지 못하니, 인하는 이번에도 통계수치를 믿은 것뿐이다.

아, 이거 내가 너무 찌질했나?

그때 넌 이런 말도 했었지. 서인하 같은 남자는 이 세상에 그 어디에도 존재하지 않는다며 반드시 후회할 거라고.

그러니 앞으로 이지원은 절대로 연애 못 할 거라고. 절, 대, 로.

그럼! 이 세상에 서인하 같은 남자가 둘이면 안 되지. 그건 정말, 상상도 할 수 없는 일이야.

인하는 사악한 미소를 지으며 꼭 다문 입술을 씰룩였다. 사실 그건 저주가 아니라 자물쇠였다. 내가 아닌 다른 남자가 이지원의 곁을 차지하는 건 두고 볼 수 없는 일이었기에 단단히 결계를 쳐둔 것이다. 인하의 거짓된 부추김에 지원은 가뭄에 콩 나듯 가끔씩 소개팅에 나가긴 했으나 단 한 차례도 연애로 발전되진 못했다. 물론 그 배후에는 서인하가 있었다. 그러면서도 나 말고 다른 놈들은 다 똑같이 한심한 종족들이라는 반복학습도 쉬지 않고 지원의 머릿속에 주입시키는 치밀함까지 선보였다.

그런데 문제가 생겼다. 군에 입대를 하는 바람에 이지원 고정 레이더망을 국방부에서 필터링해 버려 제대로 작동하지 못하게 된 것이다.

시간을 되돌릴 수만 있다면…….

인하는 지원을 볼 때마다 이런 생각을 하곤 했다. 부질없고, 한심하기 짝이 없는 뒤늦은 후회지만 인하는 여전히 그 끈을 놓지 못하고 있었다.

인정한다. 스물한 살의 서인하는 이지원을 지치게 만들었다. 늘 기다리게 했고, 필요로 할 때 곁에 있어주지 못했고, 믿음을 주지 못했다.

마음을 제대로 표현할 줄 몰라 반의반도 보여주지 못하고 끝내야 했던 그날의 우리. 빛깔에 속아 한입 베어 물었다간 탈이 나고야 마는 풋사과 같았던 연애. 스물한 살이었기에 술 한 잔 눈물 한 사발에 툭툭 털고 다시 친구가 되었던 잔인한 배려.

우정. 인하는 지원과의 우정을 인정하지 않고 있다. 지원은 꿋꿋하게 친구라고 부르지만, 인하는 여전히 지원과 연애 중이다.

고작 6개월 사귀었을 뿐인데, 너와 나는 9년이 지나도록 왜 이렇게 얽혀서 지내는지 생각하면 할수록 난 참 기쁘고 그렇다. 우리의 우정은 참…… 곱등이처럼 절대 죽지를 않지.

네가 얼른 휴가 나왔으면 좋겠어. 너한테 꼭 해야 할 말이 있거든.

편지지에 적기엔 좀 쑥스럽네.

이 능구렁이가 갑자기 왜 이러나 싶어, 인하가 고개를 갸웃거리며 다음 장을 읽기 시작했다.

사실, 네가 없는 지난 몇 주 동안 나 네 생각 정말 많이 했어.

왜 이렇게 허전한 건지……. 티비를 봐도, 음악을 들어도, 창밖을 봐도 온통 네 얼굴만 떠올라. 네가 끓여주던 짜파게티도 먹고 싶고, 같이 공원 산책도 하고 싶어.

그동안 괜히 너한테 툴툴거리고 짜증 내고 했던 게 너무 후회돼. 사실 내 맘은 그게 아닌데.

하루가 이렇게 긴 줄 몰랐어. 너랑 있을 땐 매일매일이 그렇게 빨리 지나가더니. 서인하 존재감 장난 아냐.

얘가 드디어 정신 차렸구나. 그래. 네가 돌아올 곳이 내 품 말고 어디 있겠니.

인하의 입가엔 어느새 환한 미소가 내려앉았다.

그래서 지난주부터 네가 출연했던 영화랑 드라마 DVD만 주구장창 보고 있어. 화면으로나마 널 볼 수 있으니 참 다행이지 싶어. 이마저도 없었다면 얼마나 네가 보고 싶을까? 너도 나 보고 싶지?

얼른 시간이 흘러서 네가 빨리 제대했음 좋겠어. 아니, 휴가라도 얼른 나왔으면 좋겠다.

푹신한 침대에 누워서 잠을 청할 때나 네가 좋아하는 회를 먹을 때면 괜히 너한테 미안한 거 있지? 넌 좁고 딱딱한 바닥에 누워서 잠들 텐데, 넌 그 좋아하는 회도 못 먹고 있는데 내가 이렇게 지내도 되나 싶고 그래. 웃기지? 내가 생각해도 웃겨. 내 하루 온종일을 네 생각만 하면서 지내게 될 줄 몰랐거든.

내 손을 꼬옥 잡아주던 너의 그 크고 따뜻한 손, 가끔씩 빌려주던 넓은 네 어깨, 볼 때마다 가슴 떨리게 만들던 네 얼굴 모두 다 그리워. 그런 만남이 있은 후부터 우리는 자주 함께 만나며 즐거운 시간을 보내며 함께 어울렸던 것뿐인데, 그런 만남이 어디부터 잘못됐는지…….

"뭐라는 거야."

인하는 뭔가 이상한 듯한 기분이 들어 문장을 읽고 또 읽었다.

그런 만남이 있은 후부터 우리는 자주 함께 만나며 즐거운 시간을 보내며 함께 어울렸던 것뿐인데, 그런 만남이 어디부터 잘못됐는지……

……응?

미간까지 잔뜩 구긴 채 고개를 갸웃거리던 인하는 자동반사처럼 떠오르는 멜로디를 나지막이 흥얼거렸다.

"이지원……."

멜로디와 가사를 더해 노래를 완성한 인하는 손에 쥐고 있던 편지지를 꾹 움켜쥐고 바르르 떨었다. 금방이라도 툭 터져 버릴 듯 팔뚝엔 힘줄, 핏줄 할 것 없이 몽땅 튀어나와 버렸다. 두 눈을 질끈 감고 초인적인 힘으로 분노를 다스리던 인하는 입을 열면 쌍욕이 나올 것만 같아 입술을 잇몸에 붙이고 낮은 신음을 뱉었다.

"흐음."

인하는 깊게 숨을 고른 후 힘겹게 다시 편지지를 펼쳤다. 편지지가 마치 지원이라도 되는 양 뚫어버릴 듯한 기세로 노려보던 인하는 지원이 남긴 마지막 문단을 마저 읽은 후 폭주해 버렸다.

설레었나? 내가 고백이라도 할까 봐 몰입한 거 다 안다. 헛물켜지 말고 2년 동안 삽질 열심히 하면서 정신 차려라.

이지원…….
넌…… 뒤졌어.

#01
그들만의 역사

　"이 형님이 말야. 보병의 지존! 2사단 수색대대 출신 아니겠니? 인제, 양구 알지? 그 산악지대 고산준봉을 무려 9박 10일! 어? 9박 10일 동안 천리행군을 하면서, 남자로 태어나 이 한 몸 아주 진하게 나라를 위해 불태우는구나! 생각하니 심장이 아주 그냥, 우와……. 뜨거워지더라니까? 발꿈치에 물집이 잡혔다 터졌다를 반복하면서도 형은 절대 울지 않았다!"

　"와! 형님 정말 대단하십니다!"

　제대 한 달 차 예비역 병장 서인하는 진심으로 뿌듯했다. 칼바람을 헤치고 400여 km 행군을 끝마쳤을 때보다, 진심 어린 존경의 눈빛으로 자신을 바라보고 있는 태원의 모습에 지옥 같았던 군 생활이 이젠 태어나 가장 아름다운 추억으로 변해 버렸다.

"그러니까 태원아. 고작 10km 마라톤 완주한 걸 형 앞에서 자랑하면 안 된다 이거야."

"네, 형님!"

"아휴, 우리 태원이도 얼른 군대를 다녀와야 진정한 남자가 될 텐데."

"저도 형님처럼 멋진 군인이 될 수 있을까요?"

"그럼! 우리 태원이는 훌륭하게 해낼 수 있어!"

주먹을 불끈 쥐어 보이며 다른 한 손으로 태원의 어깨를 토닥여 주자 녀석의 얼굴에 환한 미소가 번졌다. 인하는 고개를 끄덕이며 태원이에게 용기를 불어넣어 주었다.

"웃기고 앉아 있네."

그때, 지원이 주방에서 컵 하나를 들고 나와 거실 소파에 자리를 잡았다.

"너 지금 어디서 약을 팔아? 대한민국 천지에 너 연예사병으로 복무한 거 모르는 사람 없거든? 들어주기 처절하다."

"야…… . 상병 때 다시 배치받았잖아. 그리고!"

이병, 일병 때보다 말년에 더 개고생했다는 부연 설명을 하려 했지만 지원은 들어주기 귀찮다는 듯 귀를 후비적거리며 티비를 켰다.

내가 누구 때문에 부대까지 옮겼는데!

인하의 속은 부글부글 끓기 시작했다. 실망감을 감추지 못하는 태원의 눈빛에 가슴 한 구석이 시려왔고, 이 남매 앞에선 2년의 군생활 중 무려 1년 동안 수색대대에서 펼쳤던 활약상을 설명해

쥐도 통하지 않을 거란 생각에 억울하기까지 했다.

"군대 한 번 더 갔다 왔다간 한강이 마르고 백두산이 평지 될 때까지 우려먹을 기세네."

"……바쁘다며. 넌 저쪽 가서 글이나 써."

인하는 이를 악물고 지원을 소파 밖으로 내몰았다. 지원은 입술을 삐죽이며 손목에 걸어뒀던 머리끈을 입에 물고 머리카락을 한데 모아 묶어 올렸다.

젠장. 저건 내가 가장 좋아하는 모습인데. 하아, 설렌다. 물고 있는 머리끈이 나였음 좋겠다. ……라는 생각까지 미치자 인하는 거칠게 고개를 저으며 지원이 틀어둔 티비 채널을 이리저리 돌렸다.

2년 전, 지원에게서 충격의 위문편지를 받은 후 인하는 다짐했다. 세상에서 가장 따뜻한 손길로 보듬어줘야 할 군인의 마음에 비수를 꽂은 죄, 반드시 백배 천배 응징하겠노라고. 그래서 군생활 내내 방법을 강구했다. 가장 효과적인 복수가 뭐가 있을까…….

연예사병으로 차출되어 나름 편안한 군생활을 하던 인하가 상병을 달자마자 대뜸 전방부대, 그것도 수색대대로 재배치되자 여론은 인하를 개념 찬 배우라며 떠받들었다. 사실 인하가 연예사병 자리를 걷어찬 이유는 오직 지원 때문이었다. 외박이 너무 잦은 거 아니냐는 지나가다 던진 사소한 말 한마디에 '오냐, 반드시 네 입에서 보고 싶어 죽겠단 말이 나오도록 해주마!' 하고 괜한 오기를 부려 특별히 국방부에 제안한 것이다. 그러자 군 측에서도 이게 웬 떡이냐 싶어 넙죽 제안을 받아들여 줬고, 인하는 칼바람이 불던 1월의 어느 날 전방으로 이동했다.

문제는 상병을 달고 나니 휴가와 외박이 많아지고 길어진다는 사실. 포상휴가를 몇 번이나 고사했음에도 불구하고 인하는 따박 따박 휴가를 나왔다. 남들과 다르지 않은 군생활이라며, 그것도 전방의 수색대대라며 큰소리를 쳤던 게 무안할 정도로 지원은 미동도 없었다.

그렇다고 휴가 나와서 지원이를 안 보고 들어갈 수도 없고.

그나마 휴가마저 없었더라면 지원을 어떻게 통제했을까 싶기도 하다. 지원은 인하가 군에 있는 동안 몇 번의 소개팅에 응하긴 했지만 지원의 동생이자 인하의 끄나풀인 태원이 제때 차단을 해주었다.

그 공을 치하하기 위해 인하는 태원에게 한 달짜리 유럽여행을 보내주기로 했다. 물론 그건 하루 온종일, 일 년 365일 지원과 붙어 있는 태원을 떼어내기 위함이기도 했다. 역사를 만들래도 만들 틈이 없으니…… 지원의 보조작가 일을 하고 있는 태원은 지원의 작업실에서 매일 먹고 자며 인하와 지원이 단 둘만의 시간을 갖지 못하도록 하고 있었다.

"또 그거 보냐?"

"응?"

티비에 시선을 둔 채 멍하니 있던 인하는 혀를 끌끌 차며 한심하단 눈으로 내려다보고 있는 지원의 타박에 정신을 차리고 화면을 바라보았다. 하필 티비에선 빅토리아 시크릿 패션쇼가 한창이었다. VOGUE, GQ, MAXIM 등의 잡지를 통해 수많은 남자들의 휴지도둑이 되어준 하늘에서 내려온 엔젤들이 아슬아슬한 속옷을 입고 런웨이를 걸었다.

그래. 남자라면 당연지사 저런 비주얼에 폭발해야 하는 거 아닌가? 자부심 넘치는 가슴과 매끈한 다리, 섹시하고 요염한 표정과 몸짓!

인하는 천천히 고개를 돌려 지원을 바라보았다. 작업실에만 콕 처박혀 하얗다 못해 핏기까지 잃어가는 낯색, 키는 작지만 매일 두 시간씩 하루도 빼먹지 않고 수련한 요가 덕을 제대로 본 탄력 넘치는 몸매, 뭐 어디 내놔도 밉다 소린 안 듣게 생겨먹은 이목구비…….

"하여간 남자들이란. 쯧쯧."

역시 여자는 민낯에 하얀 티셔츠지!

언제나 그랬듯, 오늘도 결론은 '서인하 안경엔 이지원이 맞춤'으로 나버렸다. 인하는 존재만으로도 감사한 엔젤들을 과감히 버리고, 헐렁한 하얀 티셔츠에 쫄쫄이 바지 같은 걸 주워 입은 지원에게 수줍은 한 표를 던졌다.

"복귀작 아직 안 정한 거 확실하지?"

"한 달만 더 쉬고 정할 거라니까."

"그러면서 광고는 벌써 네 개나 찍었냐?"

오랜만에 보는 지원의 가느다란 목선에서 시선을 떼지 못하고 있던 인하는 지원의 투덜거림이 좋아서 바보처럼 배시시 웃고 말았다. 그 모습을 지켜보던 지원은 '이게 돌았나?' 싶었는지 검지를 귀에 대고 빙빙 돌렸다.

"대본 10회까지 나왔어. 적당히 튕기고 그냥 해."

"공손하게 다시."

인하가 삐기듯 팔짱을 끼고 다리를 꼬자 지원이 화를 억누르는 듯 이를 악다물며 빙긋 웃었다. 그리곤 옆자리에 앉아 한 뼘을 사이에 두고 거리를 좁혔다.

"그러지 마시고 저랑 한 번 하시죠? 서인하 님께서 오케이만 해 주시면 제가 알아서 뫼시겠습니다. 예?"

"언제는 궁극의 발연기라며? CF 맞춤형 배우라며? 서인하한테 절대로 시놉 주지 말라고 했었다며?"

"그러니까 이번에 같이하자고. 내 작품을 통해서 진정한 연기 자로 거듭나는 거지!"

인하는 비웃는 척했지만 지원의 말이 거짓이 아니란 것쯤은 잘 알고 있었다.

드라마작가 이지원.

지원은 스물넷이라는 어린 나이에 GBS 극본공모에 당선되었 고, 그 후 2년간 스타작가의 보조작가를 거쳐 땜빵용 2부작 단막 극을 빵 터뜨린 덕에 바로 미니시리즈에 입성하였다.

운이 좋았다고 해야 할지, 나빴다고 해야 할지. 지원은 첫 작에 서 스타피디를 만나 흥행에는 성공을 했다. 하지만 작가로서의 발 언권은 철저히 무시당했고 지독한 회의감에 사로잡혀 2년 동안 단 한 자의 글도 쓰지 않았다.

그러나 지원이 초야에 묻혀 재능 썩히는 꼴을 볼 수 없었던, 국내 최고의 드라마제작사로 손꼽히는 P미디어가 끈질긴 러브콜 끝에 전속계약을 체결했고 연달아 세 작품을 흥행시키며 이젠 회당 고료가 국내 작가들 중 다섯 손가락 안에 들 만큼 높아졌다.

반면, 배우 서인하.

데뷔작이었던 영화로 모든 시상식의 신인상을 휩쓸고 대중들에게 강렬한 인상을 남기며 스무 살의 어린 나이에 화려하게 데뷔했다. 까놓고 말하자면, 강렬한 인상을 남길 수밖에 없던 작품이었다. 게이 역할이었으니까. 어찌나 강렬했던지, 사람들은 아직도 서인하가 게이인 줄 알고 있을 정도다.

그 이후 두 편의 평작과 한 편의 망작 후, 드라마로 넘어와 화끈하게 대박을 쳤다. 문제는 그 후로 계속 평작과 졸작을 넘나들고 있다는 것. 하지만 단 두 개의 인기작으로도 12년 배우생활은 탄탄대로다. 인하에겐 바로 광고가 있으니까.

일명 10%. 찍었다 하면 기본 10% 매출 급등을 책임지는 광고계의 독보적인 영향력을 가진 배우. 신규 브랜드 런칭의 귀재. 그가 바로 서인하다.

물론 그게 조금 민망하긴 하다. 연기력으론 단 한 번도 인정받지 못했으니까. 몇몇 안티기자들은 이를 두고 캐릭터 빨로 12년 동안 먹고 살았다고 휘갈기곤 한다. 하지만 그들도 광고 영향력에 있어서는 인하를 건드리지 못한다.

그런데 군에 다녀오니 판도가 조금씩 바뀌고 있는 듯했다. 그사이 잘생기고, 거기다 연기도 잘하고, 잘 빠진 애들이 수두룩 빡빡하게 등장한 것이다. 체감했다고 하긴 아직 무리이지만, 확실히

설 무대가 좁아지고 있는 것 같은 생각이 들곤 했다.

그래서 복귀작이 중요했다. 서인하가 죽지 않았음을 보여줘야 했다. 그러려면 지원의 작품이 제격이었다. 트렌디한 멜로 장르이니 천하의 이지원이 실패할 리도 없고, 이미 확정된 여자주인공도 일명 '믿고 보는 배우'로 손꼽히는 국내 유일의 여배우니까.

그러니 지금 이 상황에서는 인하가 제발 캐스팅해 달라고 지원에게 목을 매달아도 시원찮은 게 당연한 것이다. 하반기 라인업 중 가장 화제가 되고 있는 작품, 수많은 남자 톱배우들에게 이미 돌아간 대본, 누구 하나 출연료 협상만 되면 캐스팅 확정기사가 줄줄이 날 테니까.

그런데, 인하는 마음이 반반으로 나뉘어 제안을 받은 지 한 달이 지나도록 확답을 내리지 못하고 있었다. 이런 대우를 해주셔서 무진장 감사하다고 절을 해도 시원찮을 출연료를 제안해 줬는데도 망설이는 원인은 작가가 이지원이기 때문이다. 인하는 자신의 한계를 누구보다도 잘 알고 있었다. 숟가락만 얹으면 되는 완벽한 밥상을 한순간에 꿀꿀이죽으로 만들어 버릴지도 모르는 1%의 가능성을 가진 배우가 서인하라는 걸. 망해도 혼자 망하지, 지원까지 끌어들이고 싶지 않았다.

이 모든 고민을 알고 있는 지원은 계속해서 설득 중이었다. 물론 지원의 명분은 우정을 위해서였다. 사랑하는 친구의 성공을 위해 저리도 캐스팅에 목을 매는 것이다. 다른 작가의 작품이 아닌 내 작품이니까 같이 노력하면 된다고 어줍지 않게 용기도 불어넣어 주었다.

"그래. 네 정성이 갸륵하니 대본 1회 정도는 한 번 읽어주지. 내일 사무실로 보내."

"그러지 말고 지금 읽어봐. 제본해 둔거 있어."

지원이 자리에서 벌떡 일어나더니 종이더미에 깔린 책상으로 달려갔다.

"건방지군. 됐고, 스프링 제본해서 보내. 안 그럼 안 봐."

지원이 피식 웃으며 고개를 가로젓자 지켜보고 있던 태원도 해맑게 웃었다. 인하는 오랜만에 셋이서 맥주나 한잔씩 할까 싶어 주방으로 향했고, 눈치가 빠른 태원이 잽싸게 냉장고에서 캔맥주를 꺼내 식탁 위에 내려놓았다.

"지원아, 맥주……."

한잔하자고 말을 하려는 데 지원이 검지를 입술 위에 올리며 닥치라는 신호를 보냈다. 그리곤 목을 큼큼 가다듬더니 휴대폰을 귀에 가져갔다.

건방진 것.

인하는 아까 하다 만 이야기를 이어야겠다, 싶어 태원 곁에 가까이 다가갔다.

"네, 영훈 씨. 거기 알아요. 그럼 거기서 뵐까요?"

막 입을 떼려는 순간, 인하는 저 멀리에서 들려온 지원의 음성에 한기를 느꼈다.

여성스러운 저 목소리가 정녕 이지원의 목소리인가.

목덜미가 서늘해진 인하는 믿을 수 없다는 표정을 지으며 지원에게 가까이 다가갔다. 다가갈수록 지원은 도망 다니기 바빴지만 인하의 다리가 더 기니 잡는 건 시간 문제였다.

"이 늦은 시간에 누구야? 어떤 놈이…… 으읍!"

그때, 지원이 손바닥으로 인하의 입을 틀어막으며 거칠게 밀쳐냈다.

감히 이 몸을!

"하하. 아니에요. 동생이에요. 그럼 내일 뵈어요."

통화를 마친 지원은 언제 인하를 밀쳐 냈냐는 듯 온화한 표정으로 화장실에 쏙 들어가 버렸다.

"뭐야? 네 누나 소개팅했어?"

인하는 태원에게 성큼성큼 걸어가 삿대질을 했다. 그러자 기가 죽은 태원이 고개를 떨군 채 눈만 끔벅끔벅거렸다.

"이쉐끼 빨랑빨랑 보고 안 하고 뭐했어!"

"그동안 형님이 광고촬영이다 화보촬영이다 뭐다 해서 계속 외국으로만 도셨잖아요."

"전화를 하면 되지, 인마!"

"했죠! 근데 매니저 형님이 계속 전해주겠다고만 하셔서……."

그래. 매니저를 족쳐야겠구나.

마음이 급해진 인하는 서둘러 소파 위에 걸어둔 재킷을 집어 들었다.

"형님! 전 늘 형님 편입니다!"

인하는 너에 대한 믿음은 변치 않았다는 따스한 메시지를 담아 태원의 어깨를 톡톡 두들겨 주었다. 그러자 태원은 마치 면죄라도 받은 듯 아이같이 천진한 미소를 지었다.

"어? 벌써 가려고?"

화장실에서 나온 지원이 수건으로 얼굴의 물기를 닦으며 눈썹을 치켜세웠다. 세수를 해서 그런지 더욱더 말간해진 하얀 얼굴이 발목을 잡았지만 인하는 서둘러야 했다. 절로 한숨이 나와 대구하지 않고 발길을 재촉했다.

"내일 대본 보낼 테니까 꼭 읽어봐. 알았지?"

문득 좋은 아이디어가 떠오른 인하는 그 자리에 우뚝 멈춰 섰다.

그래. 그럼 되겠구나!

"그러지 말고, 내일 내가 이리로 올게. 스프링 제본 딱 해놔."

"내일? 내일 나 약속 있어서 나가봐야 하는데."

"싫음 말어."

인하는 미련 없다는 듯 쿨하게 걸음을 뗐다.

"알았어, 알았어. 대신 일찍 와. 저녁엔 진짜 약속 있어."

인하는 옅게 웃으며 뒤를 돌아보았다.

"알았어. 점심 때 지나서 올게. 무리하지 말고 푹 쉬어."

"잘 가. 운전 조심하고."

인하는 자신을 향해 손을 흔들며 배웅해 주는 남매의 모습을 두 눈에 담고 현관문을 나섰다.

인하가 떠나자 드디어 작업실에도 평화가 깃들었다. 지원은 컴퓨터를 켜고 가만히 모니터를 응시하다 저도 모르게 웃고 말았다.

"어으, 웬수."

자존심에 철판이라도 댄 건지 서인하는 그 어떤 상황에서도 아무렇지 않았다. 아니, 아무렇지 않은 척한다. 한 번쯤 흔들릴 만도 한데 늘 꿋꿋하게 버텨낸다. 스스로 생각해도 너무했다 싶을 정도로 면박을 줘도 다음 날이 되면 언제 그랬냐는 듯 또다시 졸졸 따라다니고, 전화를 걸었다.

"서인하를 누가 말려."

지원은 1년여의 자료조사와 취재를 마치고 3개월 전부터 본격적으로 대본 집필을 시작했다. 편성이 9월에 잡혀 아직 5개월 정도 시간이 남았지만, 촬영 중에 중간 수정을 보긴 해도 일단 탈고를 한 후에 촬영을 시작하는 지원의 작업 특성상 어쩔 수가 없었다. 늦어도 6월에는 촬영을 시작할 예정이니, 지원에게 남은 시간은 두 달, 남은 분량은 10회 분이다.

인하를 남자주인공으로 삼고 싶은 이유는 딱 한 가지였다. 남자주인공의 밑그림이 서인하이기 때문이다. 서인하를 떠올리며 만들었기에 서인하가 곧 남자주인공이었다.

늘 툴툴거리지만 밉지 않은, 혼이 쏙 빠질 정도로 섹시하면서도 동시에 소년같이 해맑은, 때론 다정하기도 하고 때론 욱하기도 잘하는, 자꾸만 손이 가는 새우깡 같은 서인하.

대중들은 그런 인하의 모습을 잘 모른다. 대중들에게 비친 인하의 모습은 크게 세 가지로 분류할 수 있다. 하나, 단 두 편의 흥행작으로 12년간 버텨온 광고형 배우. 둘, 이 남자가 대한민국 남자다! 라고 어디서든 자랑스럽게 외칠 수 있는 무결점 외모와 현역복무로 뭘 해도 용서되는 까임방지권, 즉 까방권 획득자. 셋, 게이.

이젠 진짜 서인하를 사람들에게 보여주고 싶었다. 배우 서인하의 장점을 누구보다 잘 아는 지원이기에 잘해낼 자신이 있었다. 이 사실을 못 박고 시작했기에 제작사 측에서도 큰 이변이 없는 한 지원의 뜻에 따르기로 합의를 했다. 문제는 서인하가 망설이고 있다는 것. 왜 망설이는지 충분히 이해는 하고 있다. 연기에 대한 자신감이 없기 때문일 것이다. 한 몸처럼 따라다니는 연기력 논란이 이지원의 작품에까지 덤으로 따라붙는 걸 견디지 못하기 때문이란 걸 잘 알고 있다.

그래서 지원은 더더욱 인하와 함께 하고 싶었다. 지원이 알고 있는 서인하는, 그렇게 부족한 배우가 아니기 때문이다.

지원은 '서인하'라고 적힌 폴더를 클릭했다. 그 폴더 안에는 배우 인하가 촬영했던 화보사진과, 언젠가 자신과 함께 찍었던 남자 서인하의 사진이 가득했다. 한 장 한 장 넘겨보던 지원은 문득 뭔가가 떠올라 책상서랍을 뒤졌다. 그곳엔, 낡은 기억들이 잠들어 있었다.

무려 11년 전의 기억들. 6개월을 꽉 채우고서야 끝이 났던 우리의 연애. 서로가 처음이었기에 서툴기만 했던 시간들이 대책 없이 툭툭 튀어나왔다.

"이땐 참 예뻤는데."

지원은 사진 속의 제 얼굴을 손끝으로 쓸어보다 의기양양한 표정으로 어깨동무를 하고 있는 인하의 얼굴을 매만졌다.

80년대에 늘 주인공이었던 배우인 아버지에게 '남주 아버지 전문배우'라는 지금의 타이틀을 만들어준 작품 촬영장 구경을 갔다가 아버지의 아들 역할로 출연한 인하를 처음 만났다. 당시 인하는 영화 한 편으로 신인상을 휩쓸고 그 후로 내내 말아먹다가 처음 드라마로 건너와 대박을 쳤는데 그게 딱 그 작품이었다.

배우라면 지겹도록 보고 자란 지원이었지만, 인하는 조금 달라 보였다. 지금도 여전한 특유의 맑음, 보는 사람으로 하여금 기분 좋아지게 만드는 그 힘이 지원을 설레게 만들었다. 그런 그가 보고 싶어서 두 번 더 촬영장을 찾았는데, 세 번째 되던 날 인하가 대뜸 고백을 해왔다.

"나랑 연애하자."

저 뒤에선 아버지가 카메라 리허설을 하고 있는데, 인하는 촬영장 구석에 자신을 밀어 넣고 밑도 끝도 없이 그 말을 꺼냈다. 거절당할 거란 생각 같은 건 눈곱만큼도 해보지 않았는지 그렇게 당당할 수가 없었다.

배우와의 연애가 쉽지 않음을 누구보다 잘 알기에 망설였지만, 채 30초도 고민하지 않고 대답했다.

"그래."

젊은 혈기가 웬수였다. 거절을 하기엔 인하가 지나치게 매력적인 것도 큰 이유였다. 호기심? 뭐 그런 것일 수도 있고.

동갑에다 관심사가 같다 보니 말도 잘 통하고, 금방 친해질 수밖에 없었다. 금방 친해지고, 금방 좋아지고, 금방 사랑하게 되었다.

그래서인지 지원은 가끔씩 서인하가 배우라는 걸 잊고 나만의 서인하라고 착각했다. 그는 늘 바빴고, 아버지와 함께 한 드라마가 대박을 친 이후 더더욱 만나기 어려워졌다. 거기다 당시 인하가 속해 있던 소속사 측에서 낌새를 채고 무리하게 인하의 일정을 조절하기 시작하면서 사소한 오해가 쌓여 잦은 다툼이 이어지곤 했다. 스물한 살의 여린 관계는 그래도 예상보다 오래간 편이었다.

첫 연애였기에 첫 이별은 감당하기 버거웠다. 계속 보고 싶은 욕심에 친구라는 이름으로 서로를 끈질기게 붙잡고 있는 지도 모른다. 서로가 서로에게 이기적으로 굴었다.

가끔씩 인하가 장난 반, 진심 반 심장이 툭 내려앉을 만큼 송두리째 뒤흔들곤 하지만 지원은 못 본 척 버티고 있었다. 인하를 다시 잃지 않기 위한 지원의 선택이었다.

늘 간섭하고, 훼방을 놓고, 고백을 반복하지만 그래도 지원은 이렇게 곁에 있어주는 것만으로도 좋았다. 비록, 가장 힘겹고 절실히 필요했던 그 시절엔 곁에 주지 않았단 이유로 이별을 선택했지만 말이다.

"하아. 나도 이제 늙었나?"

왜 이렇게 허전하지.

뻥 뚫린 가슴에 바람이 드나드는 것만 같았다.

UNTOUCHABLE

필이 꽂히지 않는 이상 밤을 새가며 무리하게 대본작업을 하지 않는 편이다. 하루 이틀 무작정 밤을 새기 시작하면 신체리듬이 망가져 오래 쓸 수 없기 때문이다. 그래서 지원은 지금 간만의 밤샘작업에 쌍코피를 흘리고 말았다.

"어으, 이게 뭐야."

엄지와 검지로 코를 꾹 움켜쥔 채 흘러내린 코피자국을 물로 지우던 지원은 결국 울상을 짓고 말았다.

"얜 또 왜 이렇게 안 와."

오전 8시쯤 잠자리에 들어 눈을 떴을 땐 오후 4시였다. 잠깐 눈만 붙인다는 게 숙면을 취한 것이다. 돌이킬 수 없을 만큼 부어버린 얼굴을 더 이상 보고 있을 자신이 없어서, 지원은 티슈를 한 움큼 뽑아 손에 쥐고 다시 코를 움켜쥐었다.

화장실을 빠져나와 소파에 대자로 뻗어버린 지원은 외출이고 나발이고 이대로 저 아래 땅으로 꺼졌으면 싶었다. 약속을 내일로 미룰까? 생각도 해봤지만, 더 큰 문제는 이제 곧 작업실에 들이닥칠 서인하였다.

이 꼴을 보면 인하는 어떠한 반응을 보일까.

"으으."

상상만 해도 소름이 끼쳤다. 아마 사진을 찍어두고 석 달 열흘은 놀리고 또 놀릴 것이다. 못 찍게 하면 도촬이라도 할 남자다. 놀리다 못해 어느 날은 그것을 미끼로 협박도 할 것이고, 무리한 요구도 할 것이다.

띵동.

젠장.

그 순간 지원은 마침 숙제 안 한 날 '숙제 안 한 사람 앞으로 나와' 라고 말하며 가래떡 같은 몽둥이를 휘두르던 국어선생님이 불현듯 떠올랐다. 올 것이 왔다. 지원은 터덜터덜 걸어 인터폰으로 그 존재를 확인한 후 한숨을 들이쉬고 내쉬다가 문을 찔끔 열어주었다.

"저녁에 약속 있다고 빨리 오라더니 왜 이렇게 늑장이야."

신발을 벗고 슬리퍼를 신은 인하가 자연스럽게 주방으로 향했다. 인하는 알아서 컵을 찾고, 알아서 포도주스를 꺼내고, 다 마신 후엔 알아서 설거지를 했다.

"스프링 제본은 했어?"

"응. 저기."

지원은 손바닥으로 자연스레 얼굴을 가리며 등을 돌렸다. 그러자 인하가 별 의심 없이 곁을 스쳐 지나 테이블 위에 올려둔 대본을 집어 들었다.

"약속 몇 신데?"

"일곱 시."

"읽고 있을 테니까 준비해."

"어? 어……."

남자와 약속이 있다는 걸 알면서도 왜 저렇게 태연한 거지? 도대체 이번엔 무슨 모략을 꾸미는 거야.

지원은 슬슬 불안해지기 시작했다. 매번 새로운 방법으로 훼방을 놓으니 종잡을 수가 없었다.

한 달 전, 인하가 제대를 할 무렵 레이더망이 소홀해진 틈을 타 소개팅을 받았다. 외무고시 준비 중이라는 자기 조카를 만나보지 않겠냐는 제작사 대표님의 제안을 차마 뿌리치지 못하고 그냥 자료조사한다는 마음으로 나갔는데, 남자는 생각보다 다정하고 배려가 넘쳤다. 비록 나이는 한 살이 어렸지만 말투나 사소한 행동거지 하나하나가 참으로 주옥같은 남자였다.

그래. 역시 남자는 기댈 맛이 있어야지.

배 아파 낳은 어머니도, 평생을 키워주신 아버지도, 심지어 365일 딱 붙어 지내는 동생 태원도 이지원이란 여자는 자립심 강하고, 어떤 상황에서도 주눅 들지 않고, 시원시원한 줄 안다. 사실은 그게 아닌데…….

지원은 인하를 거실에 남겨두고 방으로 들어가 입고 나갈 옷을 주섬주섬 챙겼다. 작업을 할 때만 머무는 집이다 보니 입고 나갈 옷이 마땅치가 않아 몇 번의 한숨과 자책이 이어졌다.

"인하야, 밖에 날씨 어때?"

"추워."

"그래?"

인하의 대답에 지원은 달력을 확인했다. 벌써 4월 20일. 너무 작업실 안에만 처박혀 있었던 것 같다. 바깥 외출을 언제 했는지 기억조차 나질 않았다. 올해도 봄 없이 겨울 다음에 곧장 여름이 올 건지 기온이 제때 오르지 않은 모양이다. 꽃은 피었으려나…….

지원은 티셔츠 위에 느슨한 니트를 덧입고 탄력 좋은 스키니팬츠를 낑낑대며 입었다. 그리곤 오랜만에 화장대 앞에 앉아 수분크림을 듬뿍 찍어 얼굴에 펴 발랐다.

"이지원!"

"왜?"

"나와봐."

대본에 혹시 문제가 있나 싶어, 지원은 인하의 호출에 재깍 방을 나섰다. 허리를 숙이고 꽤나 진지하게 대본을 읽고 있는 인하의 뒤태가 무척이나 흐뭇했다.

"뭐 문제 있어?"

인하는 테이블 위에 올려둔 연필을 집어 들곤 대본에 밑줄을 긋기 시작했다.

"여기."

지원은 인하의 어깨 뒤로 고개를 숙여 인하가 지적한 부분을 읽어 내려갔다.

"여기 왜?"

"새하얀 얼굴에 날카로운 턱선, 베일 것 같은 콧날?"

인하가 지적한 부분은 여자주인공이 처음 남자주인공을 보자마자 외모에 감동을 받아 독백으로 외모를 묘사하는 부분이었다. 물론 남자주인공이 입을 여는 순간, 여자주인공은 환상에서 깨어나 전투력을 상승시키긴 한다.

지원은 일부러 진부한 표현을 썼다. 가장 일반적인 묘사로 완벽한 외모를 강조했는데…….

"팬픽 쓰냐? 왜? 눈 떠보니 하얀 천장에 소독약냄새는 안 나디? 아! 혹시 이 남자 화나면 아무도 못 말리는 거 아냐?"

"야……."

아……. 저 인간 별걸 다 알아…….

"그거 보고 나중에 여주인공 심장은 안 얼어붙나 모르겠네. 혹시 그 남자 상쾌한 비누냄새는 안 나?"

"너 이씨!"

이죽거리는 인하의 입을 단단히 틀어막고 싶은 충동이 일었다. 지원은 두 손을 인하의 입 쪽으로 뻗었지만 인하가 한발 빨랐다. 후다닥 자리에서 일어난 인하가 잽싸게 피해 달아난 것이다.

"이거 쓰고 나서 너 밤에 잘 때 이불에 하이킥 안 했어?"

솔직히, 정말 솔직히 조금 오글거리긴 했다. 그래도 외모 찬양을 한 번쯤은 해주고 싶어서 그런 건데. 그리고 내부 반응도 나쁘지 않았단 말이다. 그런데 팬픽이라니!

"관둬, 관둬! 하지 마!"

지원은 인하에게서 대본을 빼앗으려 했지만 인하가 대본 쥔 손을 머리 위로 뻗어버렸다. 까치발을 들고 아무리 동동거려 봐도 닿지가 않았다.

그래! 네 팔 길다!

"이 부분 빼면, 뭐 그럭저럭 봐줄 만하네. 다음 회도 줘봐."

"스프링 제본 안 해놨는데?"

"읽겠다고 할 때 얼른 내놔."

인하를 죽일 듯 노려보던 지원은 콧김을 쉭쉭 뿜으며 삐죽삐죽 책상으로 향했다. 그리곤 종이더미에서 2회 대본을 찾아 인하에게 내밀었다.

"빨리 읽어."

"그러지 말고, 그 사람보고 이리 오라고 하면 안 돼?"

"안 돼!"

어쩐 일로 순순히 넘어간다 싶었다. 지원은 인하의 말이 끝나기가 무섭게 빽 하고 소리를 질렀고, 인하는 대수롭지 않다는 듯 어깨를 으쓱였다.

"나 아무래도 10회까지 다 읽게 될 것 같은데."

"읽고 가. 난 나갈 테니까. 저어기 책상 뒤져 보면 10회까지 제본 다 해놨어."

"나 배고파. 그냥 같이 먹자."

"너네 집에 가서 먹어."

"알잖아. 우리 집에 먹을 거 없는 거."

"그럼 가다가 사 먹으면 되지."

"알잖아. 나 혼자서 밥 못 먹는 거."

"매니저 있잖아."

"없어. 저녁에 약속 있대서 먼저 보냈어."

"그럼 친구 불러. 나 말곤 친구도 없냐?"

"응."

"야……."

대화가 길어질수록 열이 뻗치는 건 지원이었다. 지원은 이를 악
물고 깊게 숨을 골랐다. 도 닦는다 생각하고 아무리 넓은 아량
으로 인하를 보듬어주려 애써봐도 저렇게 5세 아동처럼 굴 땐 정
말이지 움켜쥔 주먹이 부르르 떨렸다. 제때 청소를 하지 못해 작
업실 꼴이 엉망진창인 건 둘째치더라도, 서인하라는 혹까지 달고
만날 순 없었다. 이 상황에서 서인하까지 끼어들면 서인하—이지
원 관계가 의심스럽다는 소문과 함께 파토가 나는 건 시간문제이
기 때문이다.

"집도 아니고, 작업실인데 좀 지저분하면 어떠냐? 그냥 여기로
오라 그래. 응? 같이 밥 먹자."

"여기 밥이 어디 있어."

"너 파스타 잘하잖아. 그거 만들면 되지."

그건 그렇다. 파스타만큼은 그 어떤 면을 줘도, 그 어떤 소스를
줘도 훌륭하게 만들어낼 자신이 있었다.

"자고로 남자는 요리하는 여자한테 반하게 되어 있어. 너 드라마나 영화 보면 항상 남자가 요리하는 여자 뒤로 가서 슬며시 백허그하고 가슴 움켜쥐는 거 몰라?"

그건 또 그러네. 설득력 있는 말이었다.

"내 말 못 믿어?"

"그건 아닌데⋯⋯."

"그럼 됐어. 연락해. 여기로 오라고."

제멋대로 결정을 내린 인하는 다시 대본을 읽기 시작했다. 지원은 이게 최선의 선택인지 확신이 들지 않아 머뭇거리며 휴대폰을 만지작거렸다.

"헤퍼 보이지 않을까? 소개팅하고 두 번째 보는 건데 집으로 오라고 하는 건 좀."

"작업실이잖아. 안 그럼 날 데리고 나가든지. 나 배고프다니까?"

그래. 쟤 데리고 나가느니 차라리 여기서 같이 보고 말지. 인하를 데리고 나가면 보나마나 사람들이 구름처럼 모여들 테고, 정신만 없을 테니까.

"그럼, 그럴까?"

지원은 오늘도 인하에게 설득당하고 말았다. 늘 그랬듯이 말이다.

꽃을 사왔다. 마음에 안 들었다. 남자가 꽃을 사왔기 때문인지, 아니면 지원이 꽃을 받고 웃어줬기 때문인지 잘은 모르겠지만 심사가 뒤틀리는 것만은 확실했다.

지원이 앞치마를 맸다. 어이가 없었다. 생전 요리할 때 앞치마 매는 걸 못 봤는데 어디서 주워 온 건지 프릴이 잔뜩 달린 야시꾸리한 앞치마를 입고 탁탁탁 칼질을 했다.

"좀 지저분하죠?"

"아닙니다. 작업실인데요 뭐."

"새벽부터 하루 종일 치운 건데."

"아······."

"저랑 같이."

"······아, 네."

이름이 박영훈이라던 남자는 목이 타는지 물 반 컵을 단숨에 비웠다. 인하는 소파 등받이에 긴 팔을 얹어두고 다리를 양껏 꼰 채 남자를 응시하고 있었다. 반면에 남자는 긴장을 풀지 못하고 정자세로 꺼진 티비만 바라보고 있었다.

"외무고시 합격하셨다고요?"

"1차 합격했습니다."

"그럼 2차는?"

"엊그제 봤어요. 발표는 6월이구요."

"3차 준비하려면 바쁘시겠네요."

"예, 뭐."

손을 어디다 둬야 할지 몰라 조물조물거리던 남자가 뒷목을 긁적였다.

"하루 종일 공부만 하다 보면 스트레스 많이 쌓이겠어요."

"아무래도 그렇죠. 그래도 주말에는 늦잠도 자고, 할 거 다 합니다. 후훗."

남자가 사람 좋은 웃음을 뱉었다. 마음에 안 들었다.

"늦잠도 주무시는구나."

"두 시간 정도 더 자요."

"두 시간……."

두 시간 더 자는 게 늦잠이란다. 재수 없는 인간.

"이쪽으로 오세요. 다 됐어요."

지원이 키친타올에 젖은 손을 닦으며 수줍게 웃었다. 인하는 냉큼 일어나 지원의 옆자리를 차지했고, 뒤따라온 영훈이 눈치를 보다가 지원의 앞자리 대신 인하의 앞자리에 앉았다. 사회에 나가면 성공은 할 녀석인 듯했다. 눈치가 빠한 걸 보면.

"지원이가 밥은 못 해도 파스타는 잘 만들어요. 특히 봉골레. 제가 모시조개를 엄청 좋아하거든요."

"그렇군요."

지원이 어색하게 웃으며 뾰족한 팔꿈치로 옆구리를 쿡 찔렀다.

"갑자기 준비하느라 재료도 없고 해서 별로일 거예요."

"잘 먹을게요."

남자가 빙긋 웃자 지원이 덩달아 웃었다. 인하는 기분이 점점 더 나빠졌다.

"너도 빨리 먹어."

"먹여줘."

그 순간, 면발을 포크에 돌돌 말아 입에 넣던 남자가 풉 하고 몇 가닥을 뱉어버렸다.

"농담이에요. 잘 먹을게, 지원아."

지원의 두 눈동자에 살기 비슷한 것이 번뜩였지만 인하는 태연하게 식사를 시작했다.

"티비에서 보던 이미지와 많이 다르시네요."

"어떻게 다른데요?"

"음…….. 왠지 이 세상 사람 아닐 것 같고, 나와는 뭔가 다른 사람일 줄 알았거든요. 워낙에 톱스타이시니 거리감이 있을 줄 알았는데."

"저도 먹고 싸고 자는 똑같은 인간이죠."

지원과 남자가 동시에 쿡 하고 웃었다. 두 사람이 같은 웃음포인트를 가졌다는 것만으로도 짜증이 치밀었다.

"차가운 분이실 줄 알았어요. 이미지가 약간…….."

"따뜻하진 않죠."

"근데 지원 씨랑 대화 나누는 거 보면 의외로 다정하신 거 같은데…….."

긴장을 한 건지, 남자는 습관적으로 말끝을 흐렸다. 인하는 그런 모습 또한 마음에 들지 않아 못마땅한 표정을 지었다.

"실례가 안 된다면, 한 가지 여쭤봐도 되겠습니까?"

"얼마든지요."

"진짜…… 게이예요?"

아직도 게이라고 믿는 사람이 여기 또 있었네.

"그럴 리가요. 저 여자 무진장 좋아해요. 살만 닿아도 불끈불끈

하죠."

"그렇죠? 그럴 줄 알았어요. 죄송해요, 초면에 그런 질문을 해
서……."

이쯤에서 살짝 놀려줄까?

인하는 신고 있던 슬리퍼를 벗고 발끝에 힘을 주어 남자의 종아
리를 쓰윽 쓸어 올렸다. 그러자 남자가 포크를 쥔 채 얼어버렸다.
마치 정지화면이라도 된 듯 말이다. 인하는 그윽한 시선으로 남자
를 바라보았고, 남자는 이내 사색이 되어버렸다.

"영훈 씨는 정말 멋진 남자 같아요. 흠잡을 데가 없네. 남자가
봐도 반할 만큼……."

저 인간 분명 숨도 못 쉬고 있는 게 분명했다. 목울대가 꿀렁일
정도로 침을 꿀꺽 삼켰다. 인하는 터지려는 웃음을 간신히 참아내
며 고난도의 연기를 이어갔다. 오래전 그날, 신인상을 싹쓸이하게
만든 그때 그 혼신의 게이 연기를 성숙미까지 더해 뽐내 보았다.

"식사 마치고, 이따 나가서 한잔하실래요?"

"저, 저랑요?"

"네. 어차피 지원이는 대본 써야 돼서 같이 못 갈 걸요?"

남자는 애처로운 구원의 눈빛으로 지원을 바라보았지만 지원은
그거 괜찮은 생각이라는 듯 살짝 웃으며 고개를 끄덕였다.

"흠흠. 지원 씨, 잘 먹었어요. 죄송하지만, 저 먼저 일어나 봐야
할 것 같아요."

"에? 벌써 가시게요?"

"오늘 저녁에 스터디가 있거든요."

"그러시구나. 바쁘신데 제가 시간 뺏었나 봐요."

"아니, 아니에요. 제가 애프터 신청까지 해놓고 시험 본다고 이제야 다시 뵀었잖아요. 오늘 봐서 정말, 정말 반가웠어요."

저 남자가 갑자기 왜 저러나 싶었는지, 지원이 고개를 갸우뚱거렸고 인하는 초인적인 힘을 발휘하며 태연하게 웃음을 참았다. 그리곤 다시 한 번 발끝으로 남자의 종아리를 공격하며 쐐기를 박았다.

"아, 아하하! 저 그럼 일어날게요."

느낀 건지, 아님 간지러웠던 건지 남자가 벌떡 일어나 재킷과 가방을 챙겨 들었다. 인하는 그런 남자에게 손을 흔들어 작별인사를 건네고 꿋꿋이 파스타를 먹었다. 지원이 배웅을 하고 돌아와 다시 자리에 앉을 때까지도 절대로 웃지 않았다.

"왜 저러지?"

"스터디 있다잖아. 마음이 급한가 보지."

남자가 반도 먹지 못하고 가는 바람에 남은 파스타 역시 인하의 차지가 되었다. 인하는 남자가 남기고 간 접시를 자기 앞쪽으로 바짝 당기곤 냠냠거리며 맛있게 먹어치웠다.

"이 맛있는 걸 남기고 가다니……. 매너가 없네. 직접 만든 건데, 그치?"

"너 혹시, 아까 이상한 소리 한 건 아니지?"

"괜한 사람 잡지 마."

"수상한데……. 아까 둘이서 속닥거렸잖아!"

의심의 눈길로 바라보는 지원을 향해 인하는 세상에서 가장 순

진무구한 눈빛으로 억울함을 호소했다.

"어떻게 아는 사이냐고, 얼마나 친한 사이냐고 묻기에 사실대로 얘기해 줬어. 스캔들 안 난 거 보면 모르냐, 우린 남매 같은 사이다. 물론, 친구라고 하기엔 애매한 사이긴 하다."

"뭐?"

"고로, 서인하와 이지원이 연관되어 포털사이트 검색어에 뜨거나 이 바닥에 소문이 돌면 백 프로 당신 짓인 줄 알겠다. 뭐 이 정도? 아이고, 잘 먹었다. 나도 갈게."

"서인하!"

인하는 테이블 위에 올려두었던 휴대폰과 차키를 집어 들고 현관으로 향했다. 좀 더 머물렀다간 더 이상 거짓말을 하지 못하고 실토를 하고 말 것만 같아 서둘러야 했다.

"내일 중에 긍정적으로 검토 중이라고 기사 나갈 거야. 피디한테 빠른 시일 내로 계약서 들고 오라 그래."

"진짜? 너 진짜 할 거야?"

뾰로통하게 입을 쭉 빼물고 냉장고에 기대고 서 있던 지원이 안길 기세로 달려왔다. 순간 인하는 저도 모르게 두 팔을 활짝 벌릴 뻔했다.

워워. 난 정말 살만 닿아도 불끈거리는 예비역 한 달 차 서른두 살 남자사람이라고.

"맘 바뀌기 전에 바로 전해. 간다."

"잘 생각했어!"

금세 기분이 좋아진 지원이 인하의 어깨를 토닥여 주었다. 인하

는 답례로 지원이 한 시간 내내 정성껏 고데기로 만 머리카락을
사정없이 흩뜨려 주곤 현관을 나섰다.

설거지를 마치고 소파에 드러누운 지원은 이번 작품의 담당 제
작피디에게 전화를 걸었다. 마음 바뀌기 전에 얼른 가서 사인받아
오라는 말을 전하기 위해서였다.

제작피디와 전화통화 중 알게 된 몇 가지 새로운 사실. 인하가
사인 직전에 엎어버린 전례가 알고 있던 것보다 훨씬 많다는 것이
다. 캐스팅 0순위 배우의 횡포라기보단, 서인하를 잘 아는 한 사
람으로서 추측컨대, 자신감 부족이 가장 큰 이유인 듯했다. 적어
도 2년에 한 편 이상 작품활동을 하고 있는 인하였지만, 선택은
늘 신중한 편이었다. 캐스팅 부분에 있어서만큼은 시시콜콜하게
이야길 털어놓지 않는 녀석이라 속속들이 다 알진 못해도 가끔 소
문을 통해 들어보면 출연을 확정하기까지 오랜 시간이 걸리는 배
우 중 한 사람이었다.

〈와! 우리 작가님 진짜 대단하시다! 정말 서인하 설득하신 거예
요?〉

"나만 믿으랬잖아요. 맘 바뀌기 전에 얼른 계약서 들고 쫓아가
봐요."

〈넵! 지금 당장 전화해 볼게요.〉

흥분하여 격앙된 제작피디의 음성에 지원은 그저 웃음이 새 나
왔다. 한 달 내내 어르고 달랜 보람이 있었다.

〈작가님, 근데요. 작가님 정말 서인하랑 아무런 관계 아니에요?〉

"나도 그냥 누구한테 소개받아서 아는 거야. 안면만 있는 정도지 나도 그렇게 친하진 않아요."

〈에이, 정말요? 그런데 서인하를 캐스팅하셨다구요? 말도 안 돼. 대본도 안 읽겠다고 버티던 사람인데?〉

"우리 피디님이 속고만 사셨나. 후훗."

대외적으로 서인하와 이지원의 교집합은 일절 없었다. 뭐, 굳이 찾아보자면 서인하의 드라마 작품 중 아버지로 출연했던 중년배우의 딸이 이지원의 친아버지라는 것 정도.

인하와의 친분이 관심을 받아버리면 일 외적으로 피곤할 게 분명하기에 지원이 먼저 제안을 했고, 인하가 따라주었다. 물론 맨입은 아니었다. 그 당시에도 뭔가 별로 중요하지 않은 것을 두고 협상을 했던 것 같다.

〈작가님, 잠깐만요.〉

통화 도중 제작피디가 다급한 음성으로 뭐라 뭐라 말을 했다. 아마도 곁에 다른 사람과 급한 대화를 나누는 모양이다.

〈작가님 큰일 났어요!〉

"왜요? 무슨 일 생겼어요?"

〈벌써 기사 떴어요!〉

"에? 무슨 기사?"

〈서인하 캐스팅 확정기사요.〉

"말도 안 돼. 서인하랑 그 얘기한 지 한 시간도 안 지났는데?"

지원은 달려가 컴퓨터를 켜고 초조한 듯 손톱을 물어뜯었다.

"근데 어차피 할 거니까 크게 문제될 것 없잖아요?"

〈반응이 그다지 좋지 않아요. 누가 알바라도 푼 건지 얘기가 이상하게 돌아가고 있어요.〉

지원은 입술을 꼭꼭 깨물며 포털사이트를 열었다. 메인에 떡 하고 걸린 서인하의 사진과 자극적인 기사제목.

서인하, 이범준 밀어내고 드라마 '우연'에 합류.

제목을 클릭하자 주관적이다 못해 일기에 가까운 기사 찌끄러기가 빼곡하게 적혀 있었다. 읽고 있자니 저절로 얼굴에 열이 올랐다. 요약하자면, 연기도 못하는 광고 전문배우가 캐스팅 확정 임박의 한창 자라나는 톱배우를 밀어내고 역할을 가로챘다는 말이었다.

그 아래 달린 댓글들은 더 가관이었다. 아주 대중문화 평론가들 단체로 납신 듯했다. 어쩜 그리 서인하를 주도면밀하게 까대는지, 절로 미간이 구겨졌다.

"뭐 이런 그지 같은 기사가 다 있어? 당장 기자한테 전화해요!"

〈안 그래도 지금 대표님이 직접 전화 거셨는데, 통화 중이래요.〉

"기가 막혀서……. 이범준한테 대본이 가긴 갔어요?"

〈직접 이범준한테 간 건 아니구요, 같은 기획사 차정민한테 들어간 건데…….〉

"가만……."

다시 한 번 찬찬히 기사를 읽어 내려가던 지원이 어이가 없다는 듯 웃어버렸다. 기사 말미에 이범준이 '우연'을 대신해서 결국 다른 드라마의 출연을 결정했다는 한 줄이 이제야 눈에 들어온 것이다.

"아오, 빡쳐! 얘네 홍보를 이딴 식으로 하네?"

〈네?〉

"이범준이 예전에 내 작품이나 P미디어에서 뭐 까인 거 있나 본데? 이런 식으로 유치하게 복수를 하네. 나 참."

그나저나, 나랑 서인하랑 단둘이 얘기한 건데 어떻게 알아낸 거지? 작업실에 누가 도청장치라도 달아놨나?

지원은 기사 창을 닫고 시스템종료를 하기 위해 마우스포인트를 옮겼다.

〈어어. 이러면 안 되는데.〉

"또 왜요?"

〈하아. 서인하 쪽에서 반박기사 냈어요.〉

이건 또 무슨 소린가 싶어, 지원은 다시 인터넷 창을 열고 기사를 찾았다.

서인하 측, '대본 검토만 했을 뿐, 캐스팅 확정 아니다. 검토 중인 여러 작품 중 하나'.

출연사실 일축 기사가 3분도 안 되어 올라온 것이다.

"피디님, 일단 끊죠. 내가 서인하 쪽이랑 연락해 볼게요. 그 그지 같은 기사나 어떻게 좀 해봐요."

〈네, 작가님. 다시 전화주세요.〉

통화를 마친 지원은 허공을 향해 긴 한숨을 내쉬고 허탈한 웃음을 흘렸다.

이건 뭐, 다된 밥에 코를 빠뜨려도 유분수지. 아니다. 캐스팅에 관여한 것부터가 오지랖이었다. 그냥 글이나 쓸걸. 서인하가 하든지 말든지 신경도 쓰지 말걸. 엄한 곳에 열정을 쏟았네. 그 열정으로 대본을 썼으면 벌써 탈고를 해도 다섯 번은 더 했겠다!

"아으으으으윽!"

지원은 머리를 세차게 가로젓다가 두 손으로 머리칼을 박박 흩뜨렸다. 뭐가 이렇게 되는 일이 없는지. 왜 이리 꼬이기만 하는 건지. 서인하랑은 그 어떤 운 때도 맞지 않는 건가? 하늘의 계시가 아닐까? 더 이상 인하와 엮이지 말라는 천지신명님의 뜻인가?

지원은 마음을 고르며 숨을 가다듬었다. 그리곤 인하에게 전화를 걸었다. 바로 통화가 연결되지 않았다. 몇 번의 시도 끝에, 드디어 인하의 음성이 건너왔다.

"그렇게까지 기사 낼 필요 없잖아. 나중에 캐스팅 확정 보도 나가면 그림 이상해져."

〈나 안 해.〉

"인하야."

〈반응 봤지? 안 돼. 내가 이거 하면 너도 욕먹어. 종영하는 그날까지, 아니 케이블에서 재방할 때마다 계속 따라다닐지도 몰라.〉

"내 생각 해주는 척 맘 넓은 척하지 말고, 제작피디가 연락한댔으니까 약속 잡고 계약서 확인해. 내말대로 하는 거다?"

〈지원아.〉

"안 어울려. 목소리 깔지 마. 기사 금방 내려갈 거야. 물론 일 잘하는 네 매니저가 기사 내리라고 난리를 쳤겠지만, 제작사에서도 대표님이 직접 전화한댔으니까 그렇게 알고."

〈지원아.〉

"이름 그만 불러!"

한 시간 전에 봤던 그 서인하가 아닌 것만 같았다. 장난처럼 건넨 그 말이 아주 잠깐 정적을 불러왔다.

"나 욕먹는 거 상관 말고, 너나 잘해. 그럼 돼."

〈다른 사람들 실망하는 건 상관없는데, 네가 실망할까 봐 그래.〉

"지랄도 풍년이다. 그렇게 내 걱정되면 더 열심히 하면 되잖아. 남자답게 돌파해! 안 그럴 거면 그거 떼버려!"

말이 너무 많이 간 것 같아서 지원은 손바닥으로 제 이마를 탁 때렸다.

〈에이, 그건 좀 심했다. 이거 떼버리면…… 네가 많이 슬플걸?〉

이런 상황에서 저런 농담을 하다니. 지원은 고개를 절래절래 흔들며 소파에 털썩 드러누웠다.

"끊어!"

〈얘기가 어디서 샌 건지 궁금하지 않아?〉

통화를 마치려던 지원은 인하의 말에 다시 휴대폰을 귀로 가져갔다.

"누군지 알아?"

〈나야. ……자랑했거든. 네 작품 들어간다고.〉

안 한다고 버틸 땐 언제고, 그새 제 입으로 소문까지 냈다니. 지원은 웃음이 났다.

"너를 누가 말리니. 으이그."

〈그러니까 미친 듯이 써. 우린 꼭 대박 내야 돼. 지켜보는 눈이 너무 많아.〉

"고맙다! 긴장 팍팍하라고 사고도 쳐주고. 끊는다."

통화를 끝낸 지원은 손등으로 두 눈을 가리고 긴 한숨을 내쉬었다. 배우 서인하를 반드시 언터쳐블한 존재로 만들고 말겠노라는 다짐을 하면서 말이다.

#03
낡은 구두

　지난 한 달 동안 국내에서 발간되는 모든 잡지의 화보촬영을 몽땅 다 해본 듯하다. 옷도 수 천 벌은 입었다 벗었다, 촬영차 외국에서 체류한 시간이 20일을 넘어서니 이젠 언제 군대에 다녀왔나 싶을 정도로 시간개념이 사라지고 있었다.

　오늘도 평소와 다르지 않았다. 사랑을 테마로 늘씬한 모델과 함께 살과 살을 맞대며 다섯 시간 가까이 촬영을 한 후 취재진과 인터뷰를 시작했다. 인하를 패션에디터들이나 광고계에서 선호하는 이유는 다양한 느낌 때문이다. 같은 옷을 입고, 같은 표정을 짓고 있어도 어떤 날은 색기가 줄줄 흐르고, 어떤 날은 소년의 해맑음이 비치고, 또 어떤 날은 한없이 다정할 것만 같은 따뜻한 남자가 된다.

그러나 인하의 본업은 배우. 시작이 배우였기에 마지막도 배우로 남고 싶었다. 한계에 부딪칠 때마다 좌절하고, 아파하지만 그래도 미련하게 또다시 카메라 앞에 선다. 심장을 찢어발기는 악플들, 등에 비수를 꽂는 악의적인 기사들 틈에서도 인하는 꿋꿋이 버텨왔다.

스물여덟 살이 되던 해에, 인하는 비로소 길고 긴 법정싸움 끝에 진흙범벅이 되어서야 소속사와의 노예계약에서 해방될 수 있었다. 그 후로 1인 기획사를 세워 지금까지 4년째 전 소속사에서 함께했던 스텝들과 함께 하고 있다. 가끔씩 전 소속사에서 훼방을 놓을 때면 1인 기획사를 차리지 말고 그냥 그곳보다 더 큰 곳에 들어가 보호를 받으며 활동했으면 어땠을까 하는 생각을 종종 해보곤 하는데, 가끔씩 일을 겪을 때마다 그런 후회 하지 않는다면 그건 정말 득도한 사람이 아닐까.

"인터뷰 시작해도 될까요?"

"네. 시작하시죠."

고맙게도 오늘 인하와 인터뷰를 할 기자는 5년 전부터 인터뷰를 해오던 친분이 있는 기자였다. 편한 마음으로 인터뷰를 할 수 있을 것 같아 마음이 놓이는 한편, 며칠 전에 인터넷을 떠들썩하게 만든 그 일을 능숙하게 들춰낼 것 같아 살짝 긴장이 되기도 했다. 인하는 자연스럽게 주제를 돌릴 방법을 찾으며 기자가 내민 따뜻한 커피를 받아들었다.

"오늘 테마가 사랑이잖아요. 가볍게 사랑 얘기부터 시작할게요."

테이블을 사이에 두고 기자와 마주 앉은 인하는 고개를 끄덕이며 옅게 미소를 지었다. 테이블 위에 놓인 손바닥만 한 녹음기에서 눈길이 떨어지지 않았다.

"연애, 하고 계신가요?"

"아뇨. 안 한 지 너무 오래돼서……."

"그러고 보면 인하 씨는 스캔들도 한 번 없네요? 12년 찬데 자기관리 대단하시다."

"왜 없어요. 게이라잖아요."

인하의 대답에 기자가 말아 쥔 주먹으로 입을 가리며 키득거렸다.

"첫사랑을 여쭤볼까요, 아님 마지막 사랑을 여쭤볼까요?"

"첫사랑이랑 마지막 사랑이랑 같아요."

"와, 순애보네요. 그럼 첫사랑은 몇 살 때?"

"스물한 살에요."

진지한 표정으로 듣고 있던 기자가 어림없다는 듯 고개를 가로저으며 준비해 온 질문지에 밑줄을 박박 그었다.

"에이 거짓말. 그럼 데뷔 이후잖아요. 학창시절엔 없었어요?"

"네. 정말 스물한 살 때예요."

"나중에 진짜 첫사랑이 이 기사 보고 슬퍼하는 건 아니겠죠?"

"그럴지도 모르죠. 후훗."

첫사랑의 기준은 참 모호한 것 같다. 처음으로 좋아했던 사람으로 삼느냐, 아니면 처음으로 교제했던 사람으로 삼느냐.

처음으로 누군가를 좋아했던 걸 기준으로 삼자면, 기억을 한참이나 거슬러 올라가야 한다. 당시에는 그게 정확히 어떤 감정인지도 모른 채 그냥 예쁘장하면 '나 아무개가 좋아. 커서 아무개랑 결혼 할래' 같은 공수표를 남발하곤 했는데, 그걸 진정한 사랑이라고 말하기엔 무리가 있지 싶었다.

해서 인하가 정의한 첫사랑의 기준은 쌍방의 합의하에 감정의 교류, 즉 사랑이라고 부를 수 있을 만큼의 성숙한 감정의 교류를 나누고, 적어도 그 사람 생각에 가슴이 설레어 하룻밤쯤은 밤을 꼴딱 새는 열정을 가지게 만들어줘야만 첫사랑이란 자격이 주어진다고 생각했다.

"첫눈에 반하신건가요?"

"네. 그랬죠. 신기하더라고요."

그런 감정은 태어나 처음으로 느껴본 인하였다. 사람에게 후광이 비친다는 것을 난생 처음 겪었으니까.

세간의 관심을 감당하기 힘들 정도로 성공적이었던 데뷔작 이후, 두 편의 영화에서 판정패를 받은 인하는 신인급의 배우치곤 파격적인 대우를 받으며 드라마에 발을 디뎠다. 운 좋게도 시청률이 좋을 수밖에 없는 최상의 조건 덕에 다시 한 번 정상의 자리에 올라선 인하는, 영화와는 전혀 다른 드라마 제작시스템에 적응하지 못해 꽤나 고생을 했었다.

그때 그런 인하를 정말 친아들처럼 살뜰히 챙겨주신 분이 계셨는데, 그분은 극중에서 아버지 역으로 출연한 배우 이민석이었다. 그날도 여느 때와 다름없이 무척이나 피곤한 상태로 스튜디오에서 촬영을 하던 중이었는데, 생각지도 못한 순간이 찾아왔다. 누군가 아버지를 만나러 왔다며 스튜디오를 찾은 것이다. 제 얼굴만큼이나 새하얗고 품이 커다란 셔츠를 걸치고, 양팔에 반 뼘쯤 되는 두툼한 책 서너 권을 품에 안고 나타난 여자. 이민석의 딸 이지원이었다.

긴 생머리에 볼륨감 넘치는 몸매, 늘씬한 팔다리와 시원시원한 이목구비 같은 건 눈을 씻고 찾아봐도 없었다. 말라빠진 어깨에 얼마나 햇빛을 못 보고 산 건지 허여멀건한 얼굴, 짧은 머리를 간신히 끌어다 묶고, 낡아 보이는 스니커즈를 직직 끌고 온 지원에게서 후광이 비쳤던 건 지금 생각해 봐도 미스테리다. 인하는 아직까지도 그때 그 모습이 사진처럼 또렷하게 머릿속 어딘가 콕 박혀 잊히지가 않았다. 민석에게 소개를 받고 두어 마디의 간단한 인사를 나눌 때에도, 방해되지 않게 구석에 짜져 있겠다며 조용히 스튜디오 구석에 웅크리고 앉아 있을 때에도, 인하의 시선은 지원에게 고정되어 있었다.

그날 밤, 인하는 집에 돌아가 곰곰이 생각했다. 몇 년간 예쁘고 늘씬한 여자들만 보다가 색다른 여자를 봐서 호기심이 움직이는 건지, 아니면 애초에 생겨먹길 이지원 같은 여자에게 마음이 동하도록 태어난 건지. 그래서 내린 결론은, 일단 한 번 더 보자. 그때도 오늘처럼 기분이 이상하다면 그때 다시 생각해 보자.

지원이 견학 차 스튜디오에 다시 방문한 날 연락처를 알아냈고, 그 다음 번에 왔을 때 덜컥 연애를 제안했다. 성격상 돌려 말하지 못하기도 하지만, 다른 말로 시간을 벌 방법이 없어서 저질러 버렸다. 나란 인간이 그렇게 용기 있는 남자였나? 스스로 생각해도 의아할 정도로 단도직입적으로 다가갔다. 차이면 다시 또 고백하겠다는 단순한 생각으로.

갑작스레 시작된 연애, 준비되지 않은 만남은 스물한 살의 젊은 청춘들에겐 그다지 문제되지 않았다. 아니, 문제될 것 없다고 생각했다. 그냥 그 사람이 좋으니까. 그 사람도 내가 싫지 않으니까 수락했겠지. 그렇게 만나서 연애를 하겠다는데, 그게 뭐? 그게 뭐 잘못된 일인가?

하지만 그건 섣부른 판단이었다. 마음이 앞선 선택은 부작용을 불러왔고, 예상치 못한 결과를 낳았다. 스물한 살의 연애와 이별. 그 나이였기에 가능했던 일이기도 하면서, 동시에 그 나이였기에 불가능하기도 한 일이었다. 서로가 어려서 그럴 수도 있었다는 그럴듯한 말은, 실패를 위로하고 합리화하기 위한 변명에 불과할지도 모른다.

그렇게 지금까지 왔다. 십 년이면 강산도 변한다는데……. 사방에 둑을 쌓아 물을 가두고, 물이 썩지 않을 정도로 아주 작은 틈을 만들어 물을 흘려보냈다. 아주 작은 돌멩이 하나만으로도 커다란 파장이 생길 만큼 연약하지만, 누군가 돌을 던지지만 않으면 한없이 고요하고 완벽하다.

"멋지다. 인하 씨 러브스토리야말로 영화네요. 어떤 여자였어요? 첫눈에 반한 거 보면 이상형?"

"아뇨. 이상형이랑은 거리가 아주 멀었죠."

"하긴, 다들 이상형은 이상형일 뿐이라고들 하잖아요."

"아무리 머릿속으로 이런 여자가 좋다, 저런 여자가 좋다 정리해 놔도 찰나에 눈길을 확 사로잡는 건 막아낼 수가 없어요. 인간이 이성으로 조절할 수 있는 영역이 아니더라고요."

대한민국을 넘어서 아시아 최고라고 손꼽히는 미모의 여배우를 품에 안고 입을 맞춰도 마음이 동하지 않는 건 일반적인 남자라면 절대로 이해를 할 수 없을 것이다. 하지만 인하는 그랬다. 인하는 그럴 때마다 이건 정말 있을 수 없는 일이라고 자책했다.

"무척 많이 사랑한 것 같은데, 왜 헤어지셨어요?"

기자의 질문에 인하는 고개를 갸우뚱거렸다.

"헤어질 수밖에 없었다고 해두죠."

"혹시, 소속사에서 반대를 하거나 그랬나요?"

"뭐, 결정적이라곤 할 수 없지만 사소한 오해들로 다툴 때마다 소속사에서도 원인을 제공하긴 했죠. 하지만 꼭 그것 때문만은 아니구요. 그 사람한테 제가 많이 부족했고, 함께 있고 싶을 때 함께 있어주지 못해서 많이 미안했구요. 기자님도 연애해 보셔서 아시겠지만, 헤어진 이유는 백 가지도 넘게 꼽을 수 있지 않아요?"

인하가 되묻자 기자가 공감하며 고개를 끄덕였다.

"결혼 적령기신데, 진부한 질문이지만 결혼하고 싶지 않으세요?"

"당연히 하고 싶죠. 가까운 친구들 중에 결혼한 사람이 없어서 아직까지 확 와 닿진 않지만, 제 또래 남자들이 아내 손잡고 아이 목마 태우고 다니는 거 보면 못 견디게 하고 싶어지죠."

"대부분 여자들은 결혼에 대한 몇 가지 환상이 있어요. 남편의 모닝키스로 아침을 여는 거라든지, 젖은 머리카락을 남편이 말려주면 스르륵 잠이 든다든지, 꿈꾸는 장면들이 있거든요. 인하 씨는 어때요?"

"남자들도 비슷해요. 영화 보면 여자주인공이 남자주인공 하얀 셔츠만 입고 어설프게 면도를 해주고 그러잖아요? 그런 것도 꿈꾸고, 손잡고 시장 보고, 유모차에 아이 태우고 산책도 하고. 뭐 그런 것들이요. 아, 나중에 아이가 자라서 운동회 하면 같이 2인3각 같은 것도 해보고 싶어요."

"의외로 소박한 환상을 가지고 계시네요. 인하 씨 얼른 결혼하셔야겠어요."

인하는 금세 식어버린 커피를 입안에 머금고 조금씩 삼키며 지금까지의 인터뷰 내용 중 혹시 실수를 한 게 없나 곰곰이 되짚어보았다. 그러는 사이 기자는 수첩에 적어온 질문 내용 중에 빠진 것이 있나 확인을 했고, 이내 뭔가를 다짐이라도 한 듯 고개를 끄덕이며 직접 펜으로 수첩에 뭔가를 끄적였다.

"이제 작품 얘기 해볼까요?"

인하는 그럴 줄 알았다는 듯 팔짱을 풀고 겸손한 자세를 취했다.

"차기작 결정 못 하신 건가요?"

"그거 대신 다른 거 물어보면 안 돼요?"

곤란한 듯 고개를 갸웃거리던 기자는 고맙게도 녹음기를 끄고 가방 안에 넣었다.

"그럼 이건 안 쓸게요. 제가 궁금해서 그래요. 결정 났죠? 그죠?"

인하는 알 듯 모를 듯한 미소를 지으며 아랫입술을 꼭꼭 깨물었다.

"제가 이지원 작가 팬이거든요, 2부작 단막극으로 데뷔했을 때부터. 워낙 캐릭터를 입체적으로 잘 만드는 작가잖아요. 소재도 트렌드에 맞게 잘 골라서 찍었다 하면 시청률 기본 30%고."

기자가 지원을 칭찬하자 인하는 마치 자신이 칭찬을 들은 것만큼 기분이 좋아져 저도 모르게 바보처럼 배실거리며 웃고 말았다.

"그렇죠. 그런 작가님한테 제가 누가 될 순 없죠."

"누라뇨? 말도 안 돼. 너무 겸손하신 거 아니에요? 데뷔 12년 차 자타공인 톱스타 서인하가 누가 되다니요! 타이틀 1번에 서인하 이름 들어가면 그날로 협찬 걱정, 광고 완판 걱정 없는 게 이 바닥 정설인데. 입고 나오는 옷까지 죄다 완판 찍으시면서 엄살이 너무 심하시다."

인하는 기자가 발끈해 주니 고맙기까지 했다. 하지만 지원에게 누가 될까 망설였던 것은 사실이었기에 인하는 더하거나 빼지도 않고 사실 그대로 솔직하게 털어놓았다.

"기자님 엊그제 기사 난 거 보셨나? 그 기자가 네티즌들 반응이라면서 뭐라고 한 줄 아세요? '발인하 그냥 광고나 찍지. 캐릭빨로 운 좋게 드라마 뜨면 10년 동안 또 광고만 주구장창 찍겠네. 라고 SNS를 통해 다양한 의견을 쏟아냈다' 라고 했어요. 그게 진짜 네티즌 반응인지 본인 리뷰인진 잘 모르겠지만, 불특정다수에게 그렇게까지 얘기하고 싶었던 거 보면 제가 문제가 있긴 있는 거 아닐까요?"

"인하 씨가 진짜 누가 되는 배우들을 못 보셨네. 발연기하는 배우들 중에 '발연기해서 죄송합니다' 하는 배우 있어요? 뻔뻔하게

'연기의 신', '연기력 극찬', '몰입도 최고', '울렁증 극복' 이러면서 오그라드는 기사 내잖아요. 언플의 제왕들! 저도 기자지만 그럴 때마다 속으로 무슨 생각 드는 줄 알아요? 소속사에서 그런 기사 낼 시간 있으면 데려다가 연기수업이나 더 시키지, 그런 생각해요."

정말 화가 난 듯 기자는 인터뷰를 할 때보다도 더 큰 목소리로 목에 핏대까지 세워가며 열변을 토했다.

"작년 겨울에 시청률 40% 나온 그 작품 있잖아요. 거기 출연한 배우 회당 5천만 원짜리 연기 보셨어요? 와……. 진짜. 그 배우는 정말 반성 많이 해야겠드라."

"기자님 그 배우 상대역 팬이셨구나. 이를 박박 가시네요?"

"어우, 제가 너무 흥분했네요. 어쨌거나 제 결론은, 인하 씨 꼭 이지원 작가 작품 했음 좋겠단 거예요. 그리고 저 얘기 들었어요. 인하 씨 요즘 연기수업 다시 받으신다면서요. 발성 때문에 성악도 배운단 얘기도 들었구요. 인하 씨의 그 노력이 꼭 빛을 볼 거예요."

물론 기자의 의견이 다수의 의견은 아니지만, 직접 얼굴을 마주 보고 듣는 응원의 말은 생각보다 큰 용기를 갖게 만들어주었다. 인하는 기자의 진심이 담긴 위로가 고마워, 질문지에 없는 몇 가지 질문에 성실하게 대답을 해주고 약속된 30분을 꽉 채워서 인터뷰에 응했다.

"그럼 이만 정리할까요?"

인하가 커피잔을 비우며 고개를 끄덕이자 기자가 가방 안에 주섬주섬 살림을 챙겨 넣었다. 인하는 자리에서 일어나 재킷을 챙겨

들었고, 기자가 자리에서 일어나길 기다렸다. 어찌나 바리바리 짐을 많이 들고 왔는지 양손으론 부족할 듯해 보였다.

"들어드릴까요?"

"괜찮아요. 무거운 게 아니라서. 애인한테 낡은 구두 하나를 얻었거든요."

기자는 커다란 종이쇼핑백을 어깨에 걸쳐 메고 손사래를 치며 묻지도 않은 물음에 대답을 술술 꺼냈다.

"낡은 구두요?"

"제가 사는 아파트에 얼마 전부터 배달원을 가장한 좀도둑이 끓어서요. 현관에 남자 구두라도 있으면 혹시 도둑질을 포기해 주지 않을까 싶어서. 후훗."

인하는 고개를 끄덕이며 기자보다 한 걸음쯤 앞장서서 걸으며 카페의 출입문을 열어주었다.

"조심하셔야겠네요."

무척 자랑스러운 듯 기자는 어깨를 으쓱이며 흐뭇한 표정을 지었다. 그 순간 인하는 지원을 떠올렸다. 태원이 하루 종일 붙어 있다고 별 걱정하지 않았는데, 생각해 보니 일주일에 하루 정도는 집에 가서 자고 왔다. 그럼 적어도 한 달에 네 번 정도는 작업실에서 혼자 밤을 보내는 건데…….

저녁에 매니저와 오랜만에 술이나 한잔하려던 인하는 계획을 전면 취소하고 곧장 집에 가기로 결정했다.

안 그래도 글이 막혀 소파에 누워 시간을 축내던 지원은 인하의 산책 제안이 무척이나 반가워 서둘러 옷을 챙겨 입고 부랴부랴 작업실을 빠져나왔다. 간만의 산책에 마음이 부풀었지만 지원은 전혀 내색하지 않고 저만치에 서서 기다리고 있는 인하에게로 향했다.

"다 늦은 밤에 무슨 산책이야."

"봄밤이잖아. 좁은 데 갇혀서 글만 쓰면 머리 굳어. 가자."

인하는 손을 허리춤에 얹어 팔을 걸라며 공간을 내줬지만, 지원은 쌩하니 인하의 곁을 앞질러 빠른 걸음으로 걸었다. 물론 다리가 긴 인하에게 금방 따라잡혔지만 말이다.

"모자라도 쓰고 나오지."

"밤이라 괜찮아. 가까이 와."

아닌 게 아니라 고맙게도 오늘 밤엔 길에 사람들이 별로 없었다. 드문드문 사람들이 지나가긴 했지만 자기들끼리 수군거릴 뿐, 적극적으로 다가오거나 휴대폰을 꺼내 사진을 찍는 사람들은 없었다. 지원은 인하의 말대로 순순히 거리를 좁혔다.

"들고 있는 건 뭐야?"

사실 지원은 아까부터 물어보고 싶었다. 인하가 메고 온 종이쇼핑백 안에 든 물건의 정체가 뭔지.

"어, 아무것도 아냐."

혹시 날 주려고 사온 선물이 아닐까 아주 잠깐, 아주 조금 기대를 했는데. 살짝 실망한 지원이 콧등에 주름을 잡으며 자연스레 숨을 크게 들이쉬었다.

"음. 바람 좋다."

지원은 두 팔을 활짝 벌리고 휘청거리며 걸었다. 봄은 봄인 듯했다. 언제 폈다 진 건지 길 위엔 떨어진 꽃잎들이 바람결에 따라 흩날리고, 봄 특유의 달콤하면서도 알싸한 향이 길에 가득했다. 정작 낮에는 나와보지도 못하고 밤이 되어서야 감상한 게 조금 억울하기도 했다.

"오늘 어떤 신 썼는지 알아?"

"뭐 썼는데?"

"낙산공원."

인하가 또 한 번 웃었다. 그리곤 뒷주머니에 양손을 쿡 찔러 넣고 좀 더 느리게 걸었다.

"이맘때쯤이었지."

"응. 그랬지. 그랬었었지."

전방 45도 각도에 고정된 인하와 지원의 시선에는 흔들림이 없었다. 마치 눈이 마주치면 큰일이라도 나는 사람들처럼 말이다.

낙산공원. 그곳은 추억이 많은 곳이었다. 학교를 마치고 혜화역에서 내려 마로니에 공원으로 달려가면 인하가 서 있었다. 또래의 남자들처럼 편안한 옷차림에 야구모자를 푹 눌러쓴 채……. 그곳에서 출발해, 이젠 벽화마을로 유명해졌지만 그때만 하더라도 그저 동네 길이었던 이화동 벽화마을 길을 지나 낙산공원까지 오르던 코스. 그곳에서 처음 손을 잡았고, 처음 입을 맞췄다. 서울성곽을 따라 되짚어 내려와 혜화역으로 향하던 그 순간이 아직도 잊히지가 않는다. 조금이라도 더 함께 있고 싶은 마음에 거북이처럼 아주 느리게 걸었던 그때. 워낙에 데이트라고 할 만한 것을 해보지 못해서 하나하나 알토란처럼 기억이 난다. 일부러 잊지 않은 것은 아니었다.

"많이 변했더라."

"새삼스럽게. 변하는 게 당연하지. 그게 벌써 몇 년 전인데."

그러게. 변하는 게 당연한 거겠지. ……그럼 우리도 변해야 하는 거 아닌가?

차마 입 밖으로 낼 수 없는 그 말을 곱씹으며 지원은 애써 웃었다.

"낙산공원 올라가는 길이 벽화마을이 돼서 그런지, 사람 정말 많아졌어."

"이젠 모자 푹 눌러써도 안 통하겠네?"

"오히려 사람들이 너무 많아서 옆에 누가 지나가는지 관심도 안 가질걸?"

"그래? 그럼 우리 담에 거기 가볼까?"

하마터면 그러자고 대답을 할 뻔했다. 지원은 벌어진 입을 도로 다물고 고개를 가로저었다.

"싫어. 너랑은 안 가."

인하가 찌릿 노려보았지만 전혀 위협적이지 못했다. 지원은 빙긋 웃으며 마주한 시선을 떼지 않았다.

"넌 나랑 연애할 때 언제 가장 가슴 떨렸어?"

지원의 말에 인하가 눈썹을 치켜세웠다. 당황한 모양이다. 아무렇지 않은 척 무감정하게 던지려 애썼는데 실패한 것 같았다. 그냥 지나가는 말로 오늘 아침에 뭐 먹었는지 물었을 때 뭐 먹었다고 바로 대답을 하듯 해줬음 했는데……. 쿨하게 대답하지 못한 인하의 잘못이 아니라, 쿨한 척 질문을 던진 지원의 무리수였다.

"대사 쓰는데 필요해서."

그건 사실이었다. 여자가 무심결에 보인 사소한 행동 때문에 남자가 내내 설레어하는 장면을 쓰고 싶은데, 고만고만한 장면만 떠올라서 저녁 내내 소파에 쓰러져 있었기 때문이다. 뭔가 임팩트가 있음 싶은데 도저히 떠오르질 않았다.

고맙게도 인하는 성심성의껏 대답을 해주려는 듯 눈을 요리조리 굴렸다.

"음……. 내 휴대폰 검사할 때."

"어흑!"

지원은 팔꿈치로 인하의 옆구리를 가격했다. 그러자 인하가 자연스레 팔로 어깨를 감싸 안았다. 다행이라고 생각했다. 서인하답게 넘겨줘서. 지원은 미친 척하고 인하의 어깨에 머리를 기댔다.

"한 바퀴 더 돌자."

"응."

조금이라도 더 함께 시간을 보내고 싶은 마음은 그때나 지금이나 크게 다르지 않았다. 차이가 있다면 그때는 함께하는 시간이 부족하여 아쉬운 마음이 컸기 때문이고, 지금은 함께 있으면 아무것도 하지 않아도 편하고 복잡했던 머릿속이 자연스레 정리가 되기 때문이다. 그런 의미에서 '같이 있으면 좋다'라는 본질적인 것은 동일했다.

그렇게 동네 한 바퀴를 더 돌았다. 대화는 없었다. 차마 얼굴을 마주보지 못하고 가로등에 비쳐 바닥에 떨어진 그림자를 바라보았다.

돌고 돌아 공동현관 앞에 선 지원은 계단 두 칸을 딛고 올라서 인하와 눈높이를 맞추었다.

"들어갈게."

"이거 가져가."

인하가 결국 메고 있던 종이가방을 내밀었다. 지원을 고개를 쭉 빼고 가방 안을 들여다보았다.

"뭔데?"

"내 구두."

"네 구두를 왜 날 줘?"

"현관에 모셔놓으라고. 신발장에 넣지 말고."

"뭐야……."

가방을 건네받은 지원은 쥐고 있던 끈을 배배 돌려 꼬았다.

"배달원을 가장한 좀도둑들이 있대. 혹시 눈먼 좀도둑이라도 들면 남자 구두 보고 포기할까 싶어서."

순간 뭔가가 울컥 올라왔지만 지원은 손등으로 코끝을 비비며 피식 웃었다.

"태원이도 있는데 뭐."

"태원이 다음 주에 한 달 동안 유럽여행 가잖아. 현관문에 보조키 하나 더 달아줄까?"

"됐어. 그러다 도둑이 문제가 아니라 내가 작업실에 못 들어가 겠다."

인하가 웃으며 흘러내린 머리칼을 귀 뒤로 넘겨줬다. 남들이 보면 백 프로 오해를 하고도 남을 법한 행동이지만 지원에겐 일상이었다.

"한 켤레로는 부족할 것 같아서 구두 하나, 운동화 하나 넣었어."

"거치적거리는데."

"잔말 말고 하란 대로 해. 얼른 들어가."

지원은 인하의 재촉에 고개를 끄덕이며 손을 흔들어주곤 공동 현관 안으로 들어갔다. 신발이 든 가방과 인하를 번갈아가며 바라보던 지원은 지체하지 않고 엘리베이터에 올라 12층버튼을 누르고 엘리베이터 벽에 기대섰다. 이내 문이 닫히고, 지원은 가방을 가슴에 끌어안았다.

뭘까. 이 복잡한 마음은…….

머릿속이 멍해졌다. 더 이상 아무런 생각이 들지 않았다. 눈만 끔벅였다. 12층에 도착해서 현관문을 열고 안에 들어갈 때까지, 지원은 내내 멍했다. 가방을 내려두고, 안에서 인하의 구두와 운동화를 꺼내 슬리퍼 옆에 내려둘 때까지도 멍했다.

지원은 쪼그려 앉아 인하의 신발을 한참 동안 바라보았다. 마치 신발이 인하라도 되는 것처럼 말이다.

딱 맥주 한 잔만 마시고 잤으면 좋겠다는 생각을 하며 주차를 마친 인하는 차에서 내려 몇 번을 망설이다가 곧장 집으로 향했다. 머지않아 촬영이 시작될 테니 체중관리는 필수였다. 인하는 공동현관 앞에 서서 뒷주머니에 넣어둔 지갑을 꺼냈다.

"아."

그제야 생각이 났다. 아까 집에 들러 신발을 챙겨 가지고 부랴 부랴 나오다가 식탁 위에 그대로 출입텍을 두고 나온 것이다. 인하는 하는 수 없이 경비실에 호출을 해야겠다고 생각하며 지갑을 다시 뒷주머니에 넣었다.

그때,

"제가 열어드릴게요."

뒤에서 한 남자가 헐레벌떡 달려와 텍을 대주었다.

"감사합니다."

인하가 고개를 끄덕이며 인사를 건네자 남자가 상냥한 표정을 지으며 환히 웃었다.

"처음 뵙네요. 저 서인하 씨 위층에 사는데. 이사 온 지는 얼마 안 됐어요."

"정말요? 아, 반갑습니다. 서인합니다."

"저야말로 반갑습니다. 오현준입니다. 와, 실제로 뵈니 진짜 멋있으세요."

"하하. 감사합니다."

인하가 멋쩍게 웃자 남자는 지갑에서 명함을 꺼내 건넸다. 인상이 서글서글하니 참 느낌이 좋았다. 인하는 건네 받은 명함을 한번 보고 다시 남자를 보았다. 여자들한테 인기 참 많을 스타일이었다.

"북카페 하시나 봐요?"

"네. 한번 놀러오세요. 제 가게라서가 아니라, 진짜 예쁘거든요."

이 순간에도 인하는 '북카페라면 지원이가 참 좋아할 텐데' 하는 생각이 들어 어이가 없었다.

"그럴게요. 마침 친구 중에 북카페 분위기 좋아하는 친구가 있는데. 잘 됐네요."

"빈말이 아니라 꼭 오세요. 먼저 올라가겠습니다."

"네. 올라가세요."

인하는 쿵쿵대며 계단을 오르는 남자를 힐끔 보곤 자신의 집 현관문에 가까이 다가섰다.

"나중에 맥주나 한잔하시죠?"

빈말일지라도 고마운 제안이었다. 인하는 계단 손잡이 틈으로 고개를 빼꼼 내민 남자에게 고개를 끄덕여 대답을 대신하곤 디지털도어록의 잠금장치를 해제했다.

문을 열고 집 안에 들어선 인하는 머리 위로 두 팔을 길게 뻗으며 힘껏 기지개를 켰다. 잠깐 쉬었다가 씻기로 결정한 인하는 불도 켜지 않고 소파에 털썩 누워 멀뚱멀뚱 천장만 바라보았다.

'넌 나랑 연애할 때 언제 가장 가슴 떨렸어?'

그 말이 내내 귓가에 맴돌았다. 담담하게 묻던 목소리, 아무렇지 않은 듯 애쓰던 그 표정, 아차 싶었던지 작은 손을 등 뒤로 감추고 꼼지락거리던 것까지.

11년. 만만치 않은 시간이었다. 친구가 되기로 한 후 몇 년간은 모든 게 조심스러웠고 일상적인 말 한마디 건넬 때도 재고 따지고 몇 번을 망설였다. 혹시나 부담을 줄까, 갑자기 친구도 그만두자고 할까 봐 늘 조마조마했다. 이별의 원인제공을 한 이유이기도 하겠지만, 인하는 늘 지원에겐 약자였다. 신경을 거스르지 않기 위해 한껏 자세를 낮추고 눈치를 봐야 했다.

하지만 그렇게 해선 친구도 뭣도 아닌 애매한 관계가 될 것 같아 어느 순간부터 인하는 두 눈 딱 감고 적정 감정선보다 오버를 하기 시작했다. 좀 더 밝게 굴고, 좀 더 많이 웃고, 좀 더 많이 장난을 쳤다.

그렇게 또 몇 년의 시간이 흘러 남들이 보기엔 정말 둘도 없는 친구 사이처럼 보이게 되었다. 이젠 거의 완벽의 단계에 이르렀다고 생각했는데, 그런 줄로만 알았는데…….

"휴우."

인하는 손등으로 두 눈을 덮고 긴 한숨을 내쉬었다. 그리곤 픽 웃어버렸다. 그동안 지원에게 '그러지 말고 그냥 나랑 다시 연애하자'라고 농담처럼 진심을 꺼내 보인 것과 다르지 않은 지원이 건넨 의미 없는 그 말을 붙잡고 너무 찌질하게 구는 것 같아 쪽팔렸다.

그런데, 지원이 정말 아무런 감정 없이 뱉은 말이라고 할지라도……. 인하는 그 순간 느꼈던 그 떨림만큼은 절대로 잊지 못할 것만 같았다. 누군가 그건 너무 찌질한 짓이라고 비웃는다 해도, 그것만큼은 어쩔 수가 없었다. 그것이야말로 진정 인간의 영역이 아니었다.

04

작지만 잘 여문 기대

두 달 만인가? 석 달 만인가?

집에서 밥을 해 먹어본 지가 언젠지 까마득하게만 느껴져, 지원은 반찬통 뚜껑을 닫아 냉장고에 넣으며 고개를 갸웃거렸다. 대본 집필 들어가기 전이었으니까, 아마 석 달 전이 맞는 것 같다. 엄청나게 눈이 많이 내렸던 날이라 아버지랑 태원이랑 뜰에서 눈싸움을 했었지, 참.

대본 집필 중에는 외출도 잘 하지 않고, 심지어 집에도 잘 들어오지 않는 지원이지만 오늘만은 달랐다. 태원이가 내일 유럽으로 한 달간 여행을 떠나기 때문이다. 언제 그렇게 그 돈을 모았는지는 모르겠지만 가을 즈음해서 군입대도 앞두고 있고, 지난 몇 년간 보조작가 일하느라 고생도 많이 했기에 꼬치꼬치 캐묻진 않았다. 한창 꿈 많고 하고 싶은 것도 많을 나이니까. 한창 대본작업 중이긴 하지만 아직 시간적 여유가 있었기에 쿨하게 보내주기로 결정했다.

태원은 지원보다 9살이나 어린 스물셋이다. 제발 동생 하나만 낳아달라고 조르고 조른 끝에 얻은 귀한 동생이었다. 녀석은 그 마음을 알기라도 하는 듯 지원을 참 잘 따랐다. 고집을 부리거나 말썽을 부린 적도 없고, 기특할 정도로 바르게 자라주었다.

누나를 따라 작가가 되겠다며 문창과에 들어가면서부터 지원의 일을 도왔다. 자료조사도 척척 해내고, 이젠 지문도 봐줄 만큼 써낸다. 한 작품만 더, 한 작품만 더 하다가 또래보다 입대시기가 늦어졌는데 얼마 전 인하의 꼬드김에 넘어가 올해에는 군대를 가기로 마음을 잡았다.

"누나. 설거지는 내가 할게."

"기름기 많으니까 신경 써서 뽀득뽀득 잘 닦아."

"넵!"

설거지를 하려고 두 팔을 걷어 올렸던 지원은 태원에게 고무장갑을 건네 주고 거실로 향했다. 이렇게 배부르게 저녁을 먹어본 게 언제였나 싶을 정도로 거나하게 먹어치우고 나니 어디 등 대고 눕고 싶은 생각뿐이었다. 지원은 소파에 앉아 대본을 읽고 계신 아버지의 허벅지를 베고 소파에 누워 간만의 여유를 만끽했다.

"지원아, 아빠 이 부분 빼주면 안 돼?"

아버지의 말에 지원은 슬쩍 대본을 끌어당겨 읽어보곤 다시 아버지에게 밀어줬다.

"안 돼. 이거 엄청 중요한 신이야."

"알지, 아는데……. 아빠 마음의 준비가 안 됐어."

지원이 드라마작가가 된 지 8년 만에 자신의 작품에 아버지가 처음으로 출연하게 되었다. 그리고 아버지 개인적으로도 8년 만의 복귀작이기도 했다. 40대 중반까지만 해도 주연자리를 꿰차며 멜로의 황제라 불리던 아버지는, 11년 전 서인하의 극중 아버지가 된 후로 근엄한 기업가 아버지로 이미지가 굳어져 그 후 몇 작품 더 비슷한 역할을 소화했다. 아버진 그 변화를 받아들이지 못했고, 견디기 힘들어하셨다. 그것도 아주 많이.

그래서 지원은 이번 작품에서 평소 아버지의 모습을 그릴 예정이었다. 좀 더 즐겁게, 좀 더 편안하게 연기를 하셨음 하는 마음에 말이다. 이번에도 역시 서인하의 아버지 역할이지만 아들과 함께 운동도 하면서 많은 소통을 하는, 지원이 가장 좋아하는 아버지의 모습이 담긴 친구 같은 아버지였다.

"몸만 준비하시면 됩니다."

"이렇게 푹 퍼져서 어떻게 수영복을 입니. 하유, 징그럽다고들 할 거야."

"운동 다시 시작해. 예전에 아버지 배에 근육이 쩍쩍 갈라졌었잖아. 할 수 있어!"

지원이 두 주먹을 불끈 쥐어 보여주자 아버지는 고개를 절레절레 흔들며 두 눈을 질끈 감았다.

"다른 운동을 하면 어떨까? 테니스는 어때? 농구? 아니면 볼링?"

"안 된다니까. 진짜 남자가 된 아들 몸을 보면서 '고 녀석 참 잘 컸네. 언제 이렇게 컸지?' 하고 뿌듯해해야 하는데 그러려면 수영 만 한 게 없다니까? 그리고, 사람들은 아빠 배 별로 중요하게 생각 안 해. 다들 서인하 찌찌에 집중할걸?"

"흠. 인하만 팬 있냐? 나도 있다."

아버진 서운한 듯한 표정을 지었지만 지원은 웃음을 참을 수가 없었다.

지원이 어렸을 때 보았던 아버지와 지금의 아버지는 많이 다르 다. 오래전 그때의 아버지는 함께 뭘 했던 기억이 전혀 나지 않을 만큼 늘 바쁜 사람이었다. 함께 놀이공원을 간 적도, 명절에 시골 할머니 댁을 찾은 적도, 휴가철에 바닷가를 간 적도, 머리를 맞대 고 윷놀이를 한 적도 없었다. 그냥 함께했던 게 뭐였는지를 떠올 리는 게 빠를 정도로 아버지와 만든 추억은 없었다. 하지만 아버 지는 변했다. 자의에 의해서가 아니라, 변해야만 했기에…… 살 아야겠기에 변하셨다.

가정에 충실하지 못했던 아버지를 견디지 못했던 엄마는 지원 이 스물한 살이 되던 그 해에 가족의 곁을 떠났다. 아버지는 끝내 잡지 못했고, 지원은 그런 엄마를 조금은 이해를 할 수 있었기에 울지 않고 보내 드렸다. 그 즈음에 아버지는 배우로서의 변화에 적 응하지 못하고 약간의 우울증을 앓고 계셨는데, 오래지않아 들려 온 엄마의 소식에 걷잡을 수 없이 한순간에 무너지셨다. 엄마는, 아버지의 가장 친한 친구였던 사람의 손을 잡고 떠난 것이었다.

그 후로, 어느 것 하나 부족한 것 없이 살아왔던 지원의 가족에게 힘든 시간이 찾아왔다. 스물한 살 이지원은 엄마에 대한 배신감과 앓고 있던 우울증이 심해지면서 점점 무너져 가는 아빠를 지켜봐야만 하는 고통과 동생 태원을 보호해야 한다는 책임감에 짓눌려 점점 감당하기 버거운 지경에까지 이르렀다.

눈앞이 아득했다. 어떻게 해서든 헤쳐 나가보겠다고 바닥을 짚고 일어서도 길이 보이지 않아 막막했다. 다들 괜찮을 거라고, 이겨낼 수 있을 거라고 위로했지만 아무것도 들리지 않았다. 그땐 어렸으니까. '네가 기운을 차려야 아버지랑 동생을 돌보지.' 그 말이 세상에서 가장 듣기 싫었다. 나도 너무 아픈데, 너무 힘든데 왜 자꾸 나한테 그런 부담을 주는지 눈물 나게 서럽고 화가 났다.

누군가에게 기대고 싶었다. 따뜻한 품에 안겨서 마음껏 엄마 원망도 하고, 불쌍한 우리 아버지, 아무것도 모르는 가여운 내 동생 어쩌면 좋냐고 실컷 울고 싶었다. 도움을 바란 것도 아니었다. 그저…… 곁에 있어주고, 울고 싶을 때 마음껏 울라고 말해줄 누군가가 필요했을 뿐이다.

하지만 지원은 혼자였다. 인하는 곁에 있어주지 않았다. 아니, 그렇게 해줄 수가 없었다. 어쩔 수 없었다는 것쯤은 알고 있다. 인하는 그때 무척이나 미안해했고, 지원 역시 그의 잘못이 아니란 것을 알고 있었다. 하지만 시간이 흐를수록 지원은 힘들 때 곁에 있어줄 사람이 필요했고, 인하는 그럴 수 없는 사람이니…… 지원에겐 선택의 여지가 없었다.

매번 같은 이유로 반복되는 잦은 다툼 끝에, 지원은 결국 인하에게 헤어지자고 말해 버렸다. 인하는 아무것도 해줄 수 없음에 힘들어했고, 지원은 그런 그의 마음을 헤아려 줄 만큼 마음이 여유롭지도 않았고, 제정신도 아니었다. 그를 신경 쓸 여력조차 없었다. 오직 아버지가 마음을 바로 잡을 수 있게, 어린 동생이 상처받지 않도록 잘 돌봐야 한다는 생각뿐이었다.

그러다보니 자신의 마음을 들여다보는 일에 소홀할 수밖에 없었고, 속은 점점 더 곪아 들어갔다. 아주 사소한 것에도 신경질적으로 반응하게 되고, 상처 주는 말도 서슴지 않았다. 결국 인하는 화살받이가 된 것이다.

아버지가 다시 마음을 바로 세우기까진 꽤 오랜 시간이 걸렸지만, 그 시간들이 그렇게 최악의 순간들은 아니었다고 말할 수 있는 건 결과적으로 지원의 가족에게 큰 변화가 생겼기 때문이다. 어느 날 아버지가 자장면 세 개를 시켜놓고 지난날의 무책임한 행동에 진심으로 사과를 하시며 우리 다시 시작해 보자고 말씀하셨다. 그리곤 다 큰 딸과 자신보다 키가 한 뼘이나 큰 아들을 품에 안았다. 그날 밤 세 사람은 서로를 끌어안고 한참이나 울었고, 다음 날 아무 일도 없었던 것처럼 다시 시작했다. 태어나 기억하는 한 아버지의 눈물을 처음 봤던 지원과 태원은 그날 많은 것을 느껴 한 뼘쯤 더 큰 사람이 될 수 있었다.

아버지는 인하와의 교제를 처음부터 반대하셨던 분 중 한 분이었다. 아무리 인하가 노력을 한다 해도 결국 한계에 도달하게 될 테고 그렇게 되면 서로에게 상처만 남게 될 거라며 진지하게 충고해 주셨다. 갓 만나기 시작했을 때 지원은 그런 아버지의 충고를 듣는 체 마는 체했었지만, 시간이 흘러 혼자 남는 시간이 많아지자 그제야 아버지의 충고를 가슴에 새길 수 있었다.

내 시계는 온전히 그에게만 맞춰 있는데, 그 사람은 아주 잠깐의 시간도 날 위해 맞춰주질 못한다는 것. 그것은 점점 사람을 치사하게 만들었다. 그 사람의 마음을 의심하게 만들고, 스스로를 초라하게 만들고, 사소한 오해와 갈등을 만들어냈다.

"그러니까 오랜만에 팬서비스 좀 하시라구요. 무려 8년 만의 복귀작인데 수영복 정도는 입어줘야지. 안 그래?"

지원의 설득에 아버지는 한숨을 들이쉬고 내쉬며 뒷목을 꾹꾹 주물렀다.

"인하 수영 잘하지?"

"중학교 때 수영선수였대. 어깨 보면 몰라?"

"아휴, 내일부터 당장 수영 다녀야겠네."

설득에 성공한 지원은 어깨를 으쓱이며 벌떡 일어나 앉았다.

Rrrr.

그때, 인하에게서 전화가 걸려 왔다. 왠지 받고 싶지가 않았다. 요즘 툭하면 전화를 걸어 대본을 가지고 시비를 걸어 살짝 약이 올라 있는 상태였기 때문이다.

"받아라."

"괜찮아요. 인하예요."

"그놈 참 양반은 못 되겠다. 얼른 받어. 받을 때까지 전화 거는 놈 아니냐."

"휴……. 그럼 받고 올게요."

정말로 받고 싶지 않았지만, 아버지 말대로 서인하는 받을 때까지 거는 질긴 인간이었기에 하는 수 없이 받기로 결정하고 베란다로 나갔다.

⟨왜 이렇게 늦게 받아!⟩

버럭 소리부터 지르는 인하 때문에 놀란 지원은 휴대폰이 마치 인하라도 되는 양 쏘아보았다.

"나도 사생활이 있거든?"

⟨어딘데?⟩

"집이다. 왜 전화했어?"

⟨내가 지금 대본을 꼼꼼히 다시 보고 있거든?⟩

역시 그럴 줄 알았다는 듯 지원은 입을 삐죽이며 미간부터 구겼다. 오늘은 조용히 넘어가나 했더니 아니다 다를까 또 대본을 가지고 트집을 부릴 모양이다.

"근데?"

⟨10회까지 꼼꼼하게 다 읽었는데…… 없어. 가장 중요한 게 빠졌어.⟩

"그게 무슨 소리야? 뭐가 빠져?"

지원은 이게 무슨 소린가 싶어 다시 거실로 들어가 아빠가 보고 있던 대본을 정신없이 뒤적거렸다.

⟨키스신.⟩

"뭐?"

⟨명색이 멜론데, 어떻게 10회까지 남녀주인공 키스신이 없을 수가 있어? 미친 거 아냐? 그건 시청자에 대한 예의가 아니지!⟩

지원은 이를 악다물고 애써 미소를 지었다.

"끊어."

〈야, 끊지 마! 그리고 너 SBC 새 드라마 봤어? 거긴 남자주인공이 서브여주인공하고도 키스를 하더라니까? 2회밖에 방송 안 됐는데, 세상에 키스신이 무려 네 번이나 나온 거 알아? 이러니까 몰입이 확 되지! 아니, 난 하고 싶어서 그러는 건 아니고…….〉

지원은 통화종료버튼을 다다다다 연속으로 누르곤 천장을 보며 숨을 골랐다. 확 매 회마다 따귀 맞는 신을 넣어줄까?

Rrrr.

또다시 전화가 걸려 왔다. 아버지는 빙긋 웃으며 방으로 들어가셨고, 지원은 화를 가까스로 억누르며 전화를 받았다.

"왜."

〈너는 어떻게 사람이 말을 하는데 끊고 그러냐? 그러니까 내 말은, 개인적으로 난 네가 그런 건 좀 보고 배웠으면 싶어서 하는 말이지. 사랑을 바라보는 시각을 넓게 가져야 더욱더 다양한 소재로 글을 쓸 수도 있고…….〉

"아, 진짜!"

확 질러 버렸더니 인하가 잠잠해졌다. 아직 캐스팅 확정기사도 안 나갔겠다……. 그냥 바꿔 버릴까? 지원은 순간 진심으로 심각하게 고민했다. 벌써부터 이런데, 확정기사까지 나가면 아주 볼 만할 것 같았다.

〈하나 더 있어. 어……. 보자. 아까 내가 4회 읽으면서 체크해 둔 거 있는데…….〉

지원은 더 들어볼 것도 없이 그냥 통화종료버튼을 눌렀다. 요 며칠 싱숭생숭했던 마음을 한 번에 말끔히 정리해 준 걸 고맙다고 해야 하나.

Rrrr.

아놔, 이게 진짜 돌았나!

"야! 너 대본 들고 당장 작업실로 와! 오늘 날 새자! 너 이 씨······."

그 순간, 예상치 못했던 목소리가 건너와 지원은 멈칫하고 말았다. 건너온 목소리는 인하가 아니었던 것이다. 지원은 휴대폰을 귀에서 떼고 그제야 발신자를 다시 확인했다. 영훈이었다. 하지만, 전화를 건 건 영훈이 아니었다.

"네. 제가 이지원인데, 누구······ 시죠?"

건너편에서 말이 건너올수록, 지원의 표정은 점점 더 어두워졌다. 지원은 통화를 마치자마자 서둘러 집을 빠져나왔다.

"아고, 힘들다."

인하는 단숨에 비운 이온음료캔을 쓰레기통에 버리고 다시 운동을 하러 휴게실을 나섰다. 근육이 커지는 운동은 하지 않고 슬림한 체형 유지와 체력 기르기를 중점적으로 운동을 하는 인하는 매일 두 시간씩 하루도 빼먹지 않고 성실하게 피트니스센터에 출근을 했다.

오늘도 지원과 통화를 마치고 두 시간 동안 땀을 쭉 빼며 운동을 한 참이다. 이제 근력운동 한 세트만 더 하고 바짝 약이 오른 지원에게 가볼 생각이었다.

그때,

"안녕하세요."

"어, 안녕하세요. 또 뵙네요."

윗집 남자가 나타났다. 지금 막 운동을 하러 온 듯 탈의실에서 나와 러닝머신 쪽으로 걸어가고 있었다.

"운동하러 오셨나 봐요?"

"네. 가게 오픈하느라 오래 쉬었더니 몸이 완전 망가져서요. 인하 씨는 운동 마치셨어요?"

현준은 겸손이 지나쳤다. 망가졌다고 표현하기엔 지나치게 완벽한 몸뚱이었다.

"거의. 한 세트만 더 하고 가려고요."

"가시죠?"

인하는 현준의 손짓에 고개를 끄덕이곤 그의 뒤를 따라 걸었다. 현준은 러닝머신 위로 올라갔고 인하는 트레이너가 기다리고 있는 벤치프레스로 향했다.

"두 분 아시는 사이예요?"

트레이너가 귓속말이라도 하려는 듯 잔뜩 목소리를 낮추고 물었다.

"안다고 하기보단, 윗집 사는 분이에요. 저도 두 번째 뵙는 거고요."

"아, 그렇구나."

"저분 여기 언제부터 다녔어요?"

"한 3주 됐나? 매일은 안 오시고, 일주일에 두세 번씩 오세요.

몸 정말 좋지 않아요?"

인하는 현준의 뒤태를 쓰윽 훑어보곤 봐줄 만하다고 생각하며 눈썹을 치켜세웠다.

"뭐, 그럭저럭."

대답이 시원치 않자 트레이너가 눈치를 보더니 어색하게 웃었다.

"아무리 그래도 우리 서 배우님 따라가려면 한참 멀었죠. 후훗."

그때, 현준이 절 바라보는 시선이 느껴졌는지 뒤를 돌아보며 싱긋 웃었다. 인하는 본능적으로 느꼈다. 저 남자, 보통이 아니라는 걸.

Rrrr.

"전화받으세요."

"아, 네."

지원이었다. 잠시 정신이 팔렸던 인하는 발신인을 확인하곤 서둘러 통화를 연결했다.

"아까 내가 했던 말 잘 생각해 봤어? 어때? 내 생각 괜찮지?"

〈…….〉

대답이 건너오질 않았다. 인하는 혹시 잘 안 들리는 건가 싶어 한쪽 귀를 틀어막고 좀 더 정신을 집중했다.

"이지원. 대답 안 해?"

그래도 대답이 없었다. 이상했다.

"이지원. 대답해."

〈……흐윽.〉

설마, 애 우는 건가?

"무슨 일 있어? 너 지금 어디야."

결국 인하는 자리를 박차고 일어나 트레이너가 들고 있던 수건을 빼앗아 얼굴의 땀을 닦으며 탈의실로 달려갔다.

〈인하야……. 나…… 완전 나쁜 년 됐어……. 흐윽…….〉

세상에……. 이지원이 운다. 순간 가슴이 철렁 내려앉은 인하는 마치 세상이 무너지기라도 한 것처럼 어쩔 줄을 몰라 했다.

"어딘지 말해. 지금 갈게."

〈신사역…… 8번 출구……. 가로수길 쪽…….〉

두 시간 전만 해도 집이라던 애가 왜 갑자기 거기까지 간 건지……. 아니, 그것보다 그 두 시간 사이에 도대체 무슨 일이 생긴 건지 궁금해 돌아버릴 것만 같았다. 분명 아까까지만 해도 버럭버럭 소리도 잘 지르던 애가 왜 갑자기 기가 죽어서 이렇게 된 건지 도통 감이 오질 않았다.

"지금 출발할 거야. 거기 꼼짝 말고 기다리고 있어. 어디 가면 안 된다."

〈……응.〉

이제 울음은 그쳤는지 코를 훌쩍이고 있었다. 인하는 전화를 끊자마자 빛의 속도로 샤워장에 들어갔다.

전화를 끊은 지원은 손등으로 눈물을 훔치며 새까만 밤하늘을 올려다보았다.

"아이씨……."

인상을 찌푸리며 나지막한 목소리로 숫자 18을 시원하게 뱉어
낸 지원은 두 손으로 머리카락을 쥐어뜯으며 이를 바득바득 갈았
다. 길을 지나던 사람들은 그런 지원을 미친년쯤으로 생각하겠지
만, 지원은 그들의 생각 같은 건 안중에 없었다.

발신자 영훈에게서 걸려온 한 통의 전화가, 멀쩡했던 사람을 가
로수길 미친년으로 만들었다. 영훈의 전화를 빌려 전화를 건 사람
은 그의 연인이라는 한 여자였다. 여자는 조심스러운 목소리로 삼
자대면을 요청했고, 지원은 너무도 황당해서 이게 무슨 일인가 싶
은 맘에 곧장 뛰쳐나왔다.

약속 장소엔 정말 한 여자가 다소곳이 앉아 있었다. 놀라운 건
그 여자 앞에 앉기가 무섭게 영훈이 사색이 되어 카페 안으로 뛰
어들어 온 것이다. 그때 지원은 직감했다. 이건 뭔가 심하게 잘못
되었다는 것을.

사연인즉슨, 영훈이 외무고시 1차 합격 후 그의 부모님이 여자
와의 교제를 격렬하게 반대하는 통에 영훈이 잠시 헤어진 것처럼
지내자고 했었다는 것. 문제는 여자는 영훈의 말을 믿고 얌전히
기다리고 있었는데 영훈이 정말로 변심을 해버린 것이다.

사태 파악이 끝난 후, 지원은 둘의 다툼을 구경해야만 했다. 어
떻게 그럴 수 있냐며 손끝을 파르르 떨며 조근조근 따지고 드는
여자와, 어른들이 반대하는 데는 다 이유가 있는 거라며 미안하지
만 이제 헤어지자고 말하는 남자. 지원은 차가운 아이스티를 벌컥
벌컥 마시고 얼음을 오도독 오도독 씹으며 두 사람의 대화를 듣고

있었다.

내가 왜 이 자리에 앉아서 이들 싸움을 구경하고 있어야 하는 가에 대한 본질적인 궁금증이 들 무렵, 고작 소개팅에서 한 번 보고 그 후 한 달이 지나 밥 한 번 먹은 거 가지고 삼자대면을 요구한 여자의 상상력과 추진력이 놀랍고 흥미롭단 생각을 했다. 그러다 문득, 저런 상찌질이를 보고 잠시나마 괜찮은 남자 같다고 생각했다는 게 용서가 되지 않았다. 생각 자체만으로도 치욕스러웠다.

계속해서 둘이서만 얘길 해대니 뭐라고 끼어들 타이밍을 찾지 못했던 지원은 자리를 박차고 일어나 컵 안에 반쯤 담긴 얼음을 영훈의 얼굴에 뿌렸다. 그제야 영훈은 미안한 얼굴을 하며 오늘 일은 정말 죄송하게 되었다고, 이따가 작업실로 찾아가겠다고 말했고 이에 여자는 화를 내며 작업실까지 드나드는 그런 사이가 된 거냐고 분노하며 치를 떨었다.

하는 수 없이 지원은 인생 그렇게 살지 말란 의미로 여자가 주문한 녹차라떼를 영훈의 얼굴에 한 번 더 뿌렸다. 그리곤 여자에겐 저런 그지 같은 새끼랑 빨리 끝내는 게 인생 피는 길이라고 충고를 해준 후 돌아섰다. 그런 지원을 사람들은 여전사라도 되는 양 신기한 눈으로 바라보았지만, 지원은 정말 너무 너무 너무 미치도록 쪽팔려서 달리듯 걸어 카페를 빠져나왔다.

이게 뭐야! 명색이 드라마작가가 밑도 끝도 없는 개막장드라마를 몸소 찍었어!

빌딩 화단에 걸터앉은 지원은 두 손으로 얼굴을 감싸고 악 소리 대신 긴 한숨을 질렀다. 비참하거나 가슴 아프다기보단, 쪽팔리고 어이없고 화가 나고 기가 막혀서 눈물이 났다. 인하의 목소리를 듣자마자 속에서 뭔가 울컥 치밀어 올라 울음을 참을 수가 없었다.

"귓방망이라도 한 대 갈겨줄 걸……."

그제야 후회가 됐다. 따귀 한 대 안 때리고 곱게 나온 것 같아 그게 좀 억울했다. 사람들 이목이 너무 집중돼서 마음껏, 성질껏 내지르지 못한 게 아쉬웠다.

제대로 응징을 해줬어야 했는데. 내 살다 살다 이런 황당한 경험을 다 해보다니.

"김 대표, 가만 안 두겠어."

여자가 있는지 없는지 자세히 알아보지도 않고 덜컥 소개시켜 준 제작사 대표에게 몰빵으로 복수해 주겠다고 다짐한 지원은 휴대폰을 꺼내 전화번호부를 뒤졌다.

그때, 차 한 대가 끼익 소리를 내며 거칠게 멈춰 서더니 한 남자가 차에서 내리자마자 헐레벌떡 뛰었다. 인하였다.

"무슨 일이야?"

무척이나 놀란 표정이었다. 지원은 그런 인하가 반가워서 저도 모르게 웃어버렸다. 어쩌면 지금 이 상황이 웃음밖에 나오질 않아 웃음이 새어버린 것일 수도 있다.

"뭐야?"

"반가워서."

인하가 좀 더 거리를 좁혀왔다. 그리곤 갸웃거리더니 이마에 손을 얹었다.

"안 아퍼."

이번엔 눈 아래 살을 아래로 쭈욱 내려 눈동자 상태를 살폈다.

"안 미쳤어."

"근데 왜 울었어? 아까 그 말은 또 뭔데?"

점점 화가 치밀어 오르는지 인하의 표정이 그다지 좋지 못했다.

"듣고 나면 뚜껑 열릴걸?"

"일단 타. 가면서 얘기해."

지원의 손목을 덥썩 잡아챈 인하는 서둘러 지원을 차에 태웠다. 지원은 끌려가듯 인하의 손에 붙들려 차에 오르는 내내 어떻게 이 상황을 설명해야 할지 몰라 허공에 대고 한숨만 푹푹 쉬었다. 쪽 팔리면서 동시에 서글픈 상황이었다.

지금 이 순간, 인하는 군입대 전에 간신히 끊었던 담배 생각이 간절했다.

"내가 진짜 어이가 없어서……."

얘기하는 내내 기가 막히고 너무 황당하다며 피식피식 잘도 웃던 지원이 갑자기 입술을 삐죽거리며 울기 시작했다. 갑자기 우스운 꼴이 되었으니 기가 막히기도 하고, 어이도 없겠지. 하지만 인하는 그깟 그지발싸개 같은 놈 때문에 지원이 우는 것이 마음에 들지 않았다. 눈물이 아까웠다.

"작작 울어라."

화가 머리끝까지 치민 인하는 기름 넣고 받았던 휴지를 툭 던져 주곤 핸들을 꽉 움켜쥐었다.

"너 그 새끼 진짜 좋아했어?"

"돌았냐? 화가 나서 그래. 너무 열받아서……. 히익, 개시끼."

인하의 버럭이 도화선이 된 건지, 아님 정말 악에 받친 건지 지원이 이번엔 꺽꺽대며 서럽게 울기 시작했다.

그 자식, 처음 봤을 때부터 뭔가 마음에 들지 않았다. 생긴 건 샌님같이 생겨서, 감히 지원이를 가지고 간을 보다니. 빌어먹을 기회주의자 같으니라고!

"확실히 해두겠는데, 지난번에 집에 왔을 때 살짝 장난치긴 했지만 이건 내가 한 거 아냐."

"네가 이렇게 대규모로 훼방 계획을 꾸미진 않는다는 것쯤은 나도 알아."

훼방 놓고 다니는 걸 알면서도 꿋꿋이 소개팅을 받는 거 보면 참 대단하단 생각이 들었다. 그나저나 저 등신 같은 인간이 마무리를 너무 착하게 해준 것 같아 인하는 미치도록 약이 올랐다.

"후우, 생각할수록 열받네."

좌회전신호를 기다리던 인하는 결국 차를 유턴해 버렸다.

"그 새끼 지금 어디 있어?"

"왜, 왜 그래?"

"도저히 그냥 넘어갈 수가 없다. 당장 말해. 그 새끼 지금 어디 있어."

겁에 질려 두 눈을 동그랗게 치켜 뜬 지원이 순간 고민에 빠진 듯 입을 헤벌린 채 말을 잇지 못했다.

"빨리!"

"저 앞 사거리에서 우회전."

평소 같았으면 이 정도 버럭에는 눈도 끔벅 안 하던 앤데, 놀라긴 놀란 모양이다. 대번에 대답을 다 하고.

인하는 건물 옆 주차장에 차를 세우고 서둘러 내렸다.

"넌 여기 얌전히 있어."

평소에도 이렇게 말을 잘 들으면 얼마나 좋을까. 인하는 얌전히 앉아 고개를 끄덕이는 지원을 남겨두고 걸음을 재촉했다. 한 번에 계단 두세 개씩을 성큼성큼 딛고 올라가 카페 문을 열고 들어서자 순간 그 안에 있던 모든 사람들의 시선이 인하의 온몸에 달라붙었다. 저 멀리 그 새끼가 보였다. 여자랑 마주 앉아 뭔가를 진지하게 얘기하고 있었다. 감격의 재회라도 하는 모양이다.

사람 하나 중간에서 병신 만들어놓고 네 까짓 게 감히!

인하는 남자의 머리끄덩이를 우악스럽게 잡아챘다.

"아아악!"

"야, 이 새끼야!"

영훈의 맞은편에 앉아 있던 여자가 놀라서 발딱 일어나 인하의 손목을 잡았지만 인하는 거칠게 털어냈다.

"둘이 다시 만나니까 그렇게 좋냐? 이럴 거면서 왜 합격하자마자 배신했어? 요즘엔 막장드라마에서도 고시 패스한 놈이 애인 배신하는 거 안 써. 이 진부한 놈아. 드라마를 찍으려면 둘이 오붓하게 찍을 것이지, 왜 지원이를 끼워? 이거 또라이 아냐?"

"왜…… 왜 이러세요. 아무리 친구 사이라도 이건 너무 무례하신 거 아니에요?"

"무례? 지금 무례라고 했어?"

"저 여, 여, 여기 동영상 촬영 좀 해주세요!"

영훈이 큰 소리로 외치자 인하는 잡고 있던 머리끄덩이를 놓고 어이가 없어 웃고 말았다.

"왜? 찍어서 올리면 내가 매장이라도 당할 것 같아? 까짓 거 내 전 재산을 털어서라도 막으면 돼! 하지만 너는? 너 얼굴 팔려서 좋을 거 없을 건데? 외무고시 8년 준비했다며? 이제 면접만 남았다며?"

그 순간, 여기저기에서 사람들이 손에 휴대폰을 쥐고 쭈뼛거리며 인하를 찍으려 했다. 인하는 그러거나 말거나 이번엔 영훈의 멱살을 움켜쥐고 숨통을 조였다.

"찍으시면 안 됩니다."

미리 연락을 받고 때맞춰 나타난 매니저 동규가 두 팔을 벌리며 인상을 쓰자 주눅이 든 사람들이 도로 자리에 앉아 휴대폰을 내려두었다. 덩치가 워낙에 크다 보니 주눅이 안 들래야 안 들 수가 없었던 것이다.

"내가 널 만나러 여기 올 때의 마음가짐은 이게 아니었는데, 이쯤에서 그냥 간다. 너 진짜 그렇게 살지 마. 남자 새끼가 돼서 그러는 거 아니다. 정신 바짝 차리고 살아 인마."

멱살을 툭 놓자 숨이 트인 영훈이 콜록거리며 기침을 뱉었다. 그런 영훈을 바라보는 인하의 시선이 애잔했다. 인생 참 불쌍하다 싶어, 인하는 한숨 한 번 내쉬고 돌아섰다. 그렇게 서너 걸음쯤 걸었을 때, 갑자기 인하가 돌아서서 영훈에게 다가갔다.

"아오! 진짜!"

안 맞아보겠다고 몸을 한껏 움츠린 영훈의 모습이 너무도 측은했다.

"부탁한다."

"걱정 말고 들어가십쇼."

인하는 동규를 남겨두고 단단하게 말아 쥔 주먹을 탁 털어내곤 곧장 카페를 나섰다.

이래서 이지원도 그냥 나왔나 보다 싶었다. 그냥…… 허무했다. 영훈에게 화를 내는 것도, 욕을 퍼붓는 것도 모두 다 부질없다는 생각이 들었다. 욕을 하면 뭘 할 거고, 때리면 뭘 할 건가 싶은 생각에 인하는 피식 웃고 말았다.

"에휴."

인하는 차 안에 멍하니 앉아 눈만 끔벅거리고 있는 지원을 바라보다가 스치듯 시선이 닿자 그제야 차에 올랐다. 숨을 한 번 고르고 차를 출발시킨 인하는 입 꾹 다물고 창밖만 바라보고 있는 지원의 이마에 기습적으로 꿀밤을 놓았다.

"저런 그지 같은 놈 때문에 한 번만 더 울면 던져 버린다."

지원이 반항하지 않고 순순히 고개를 끄덕였다. 평소엔 한 대 맞으면 열 대로 복수하던 녀석인데…….

"앞으로 내가 또 저런 자식 만나면 뺨 한 대 때려줘."

"뺨 한 대? 어디 그걸로 되겠어?"

인하가 코웃음을 치자 지원도 조금 편한 표정을 지었다.

"근데…… 지난번 작업실 왔을 때 무슨 장난 쳤어?"

"다 끝났는데 그게 왜 궁금해."

"신기해서. 그리고 보면 참 기발해. 어떻게 매번 다른 방법으로 훼방을 놓냐?"

지원이 정말로 신기하다는 듯 눈을 동그랗게 뜨고 눈동자를 데굴데굴 굴렸다. 인하는 그런 지원을 보며 지금 그게 중요하냐는 듯 혀를 끌끌 찼다.

"안 들켰으니까 킵해뒀다가 다음번에 또 쓸 거야."

"치."

한 번 더 꿀밤 한 대를 쥐어박고 싶었지만 이번엔 대들 것 같아서 인하는 참기로 했다. 그리곤 애써 라디오에 귀를 기울였다. 민망해서 저러는 거 다 알고 있었다. 이럴 땐 모르는 척해주는 게 최고인 줄 알지만, 놀리고 싶은 마음이 무럭무럭 자라 인하는 무척이나 곤란했다.

"넌 연애 안 해?"

인하는 지원을 빤히 보다가 다시 정면을 주시했다.

"진심이야?"

지원이 애매한 표정을 지었다.

그럼 나도 애매하게 대답해야지.

"내가 연애하길 바라?"

지원이 표정과는 정반대로 고개를 끄덕였다.

"네가 연애를 해야 나도 결혼을 하지."

지원의 대답에 인하는 웃음이 나왔다. 인하는 진지하게 대답을 고민하는 척 시간을 벌면서 아랫입술을 잘근잘근 깨물었다.

"그럼 안 해."

"뭐?"

"내가 연애하면 네가 결혼한다며. 안 해. 연애."

단호히 말하자 지원이 웃으며 창밖으로 시선을 옮겼다.

"연애하고 싶어서 돌아버릴 것 같으면, 네 말대로 차라리 그냥 너랑 연애할까?"

"뭐? 차라리? 그건 이쪽에서 거부합니다."

지원은 '어쭈, 네가 감히 튕겨?' 딱 이 말이 하고 싶은 표정을 지었다.

"어디서 차이고 와서는 나한테 들이대? 감히 어딜 넘봐?"

인하는 옅게 웃는 지원을 힐끔 힐끔 훔쳐보며, 지원의 작업실에 가까워질수록 점점 속력을 줄여 차를 몰았다.

"거짓말. 그런 사람이 매번 훼방 놓고 승냥이처럼 기회만 엿보고 있어?"

"알면 기회를 좀 주든가."

"됐다. 그냥 돌아버리고 말란다."

인하의 말에 지원은 오늘도 역시 꿈쩍하지 않았다. 차라리 다행이지 싶었다. 정색하고 솔직하게 대답했더라면 가슴이 조금 아팠을 텐데, 이렇게 대수롭지 않다는 듯 흘려 버리니 말이다.

한 번만 더 생각해 달라고, 더 잘해보겠다고, 안 되면 친구로라도 곁에 있게 해달라고 매달리고 매달려서 간신히 애원해서 얻은 자리가 지금의 자리다. 가끔씩 괴롭고 아프지만, 그래도 안 보고 사는 것보단 이렇게라도 남는 게 나으니까…….

"안 헤어지면 되지."

"하음. 졸리다. 도착하면 깨워."

오늘도 결국 주변에서 맴돌다 끝이 나버렸다. 그 마지막 한 걸음이 떼어지질 않아서, 낮은 확률에 지금의 안정된 관계를 모두 걸고 싶지 않아서 그렇게 빗겨 섰다.

하지만 인하는 좌절하거나 포기하지 않는다. 작은 구멍이 댐을 무너뜨리듯, 최선을 다해 두드리다 보면 언젠간 이 두려움도 부서지고 말 거라는 작지만 잘 여문 기대가 있기 때문이다.

✳

서인하, GBS '우연' 최종결정! 3년 만에 안방컴백!

해당 기사 아래 달린 댓글은 이미 네 자릿수를 넘었다. 악의적인 댓글 반, 팬들의 철벽방어 반. 예상은 어긋나지 않았다. 각 포털사이트와 온라인커뮤니티마다 서인하의 복귀에 대해 수많은 의견들이 쏟아져 나왔고, 차마 눈뜨고 볼 수 없는 욕설부터 근원을 알 수 없는 비방과 온갖 저주가 난무했다. 다행히도 악플을 달아주는 사람들보단 팬들이 많았기에 일반인들이 체감하는 인하의 복귀 소식은 그다지 불편한 소식이 아닌 반가운 소식 축에 들었다.

그러나 당사자가 체감하는 반응은 사뭇 달랐다. 주옥같은 악플 하나하나가 가슴팍에 꽂혀 마음을 어지럽혔다. 이 정도의 악플은 누구에게나 달리는 거라고 스텝들이 돌아가면서 어르고 달래도 한 번 가라앉은 인하의 기분은 도무지 나아질 기미가 보이지 않았다.

"에이, 형님답지 않게 왜 이러십니까."

인하는 마우스 롤을 또르르 굴리며 노트북 모니터를 실눈을 뜨고 바라보았다. 이렇게 보면 욕이 눈에 덜 들어올까 싶어서였다. 하지만 매니저 동규는 그마저도 허락하지 않으려는 듯 노트북을 닫아버렸다.

"이런 기사 하루 이틀도 아닌데 뭘 그렇게 신경 쓰세요."

인하는 관자놀이 부근을 손끝으로 꾹꾹 누르며 두 눈을 질끈 감았다. 테이블 위에 긴 다리를 얹고 소파에 등을 기댄 인하는 그 후로 한동안 고른 숨을 내쉬었다.

"지난번에 그건 어떻게 됐어?"

"뭐요?"

"가로수길."

"아아, 그거요? 톱스타 A씨로 짧게 기사 나가는 선에서 합의 봤어요. 다른 기자들 다 넘어가 준다고 하는데 K스포츠신문 황 기자가 뻗대는 바람에. 죄송합니다. 완벽하게 막았어야 했는데."

인하는 뻣뻣해진 뒷목을 주무르며 천천히 고개를 돌렸다.

"다들 난 줄 알겠지?"

"헤헷. 그렇죠."

"나쁜 시끼."

황 기자는 자신의 기사 속에 등장하는 톱스타 A군, B양에 대해 보통 기사가 올라간 지 5분 안에 신원이 파악될 정도로 대놓고 티가 나게 기사를 쓰는 악질 중의 악질이었다. 그 기자 때문에 이를 박박 가는 배우와 가수가 한둘이 아니었다. 언젠가 복수하고 말 거라는 사람도 여럿이었다.

그래도 그 선에서 해결을 봤으니 불행 중 다행이었다. 동규의 커다란 덩치로 이리저리 막긴 했지만 그날 촬영된 동영상 몇 개가 신문사에 흘러들어 갔다. 그래도 오랫동안 알고 지낸 기자들이 워낙에 많고, 그들에겐 언제나 호의적으로 군 덕에 거의 대부분의 기자들이 일단 기사를 내지 않겠다고 해주었다.

팔짱을 낀 채 창밖을 주시하던 인하가 갑자기 자리에서 벌떡 일어서자 스텝들이 동시에 그 자리에서 얼어붙었다.

"오늘 나 찾지 마라."

"어디 가시게요?"

"상처받은 불쌍한 중생, 누군가 안아주겠지."

인하는 재킷을 걸치고 테이블 위에 올려두었던 차키와 휴대폰을 챙겨 들었다.

"또 지원 누님 만나러 가십니까?"

"알면 가만히 있어."

"에이, 그 누님도 요즘 마음이 많이 안 좋을 텐데 형님이 가시면 괜히 짐 되는 거 아닙니까?"

그런…… 가?

동규의 말에 살짝 흔들렸던 인하는 이내 도도한 표정으로 고개를 가로저었다.

"이렇게 잘생기고 멋진 짐이 어디 있어? 너 가!"

결국 동규와 이하 스텝들은 쫓겨나듯 인하의 집을 나섰고, 인하도 외출 준비를 서둘렀다.

사실 동규의 말도 틀린 말은 아니었다. 가로수길 머리끄덩이 사건 이후 사흘이 지났지만, 오늘 아침까지도 지원의 목소리에 기운이 쭉 빠져 내내 마음에 걸렸다. 지난 사흘간 지면광고 촬영 차 태국에 다녀오느라 지원을 제대로 챙겨주지도 못해서 인하는 더더욱 마음이 쓰였다.

'나란 놈은 예전이나 지금이나 필요할 때 곁에 있어주지도 못하는구나…….'

현관으로 향하던 인하는 결국 멈춰 서버렸다. 쓸모없는 자책일지도 모르지만 그게 현실이기도 했고 동시에 외면할 수 없는 진실이기도 했다.

'아니, 아직 늦지 않았어.'

하지만 전과 달라진 것이 있다면, 지레 포기하지 않는 끈기란게 생겼다는 것. 좀 더 유연하게 굴 수 있게 되었다는 것.

지원에게 전화 먼저 걸어보고 출발하기로 마음을 고쳐먹은 인하는 다시 거실로 걸음을 옮겨 소파 팔걸이에 걸터앉아 뻐근한 뒷목을 연신 주물렀다. 아직 여독이 풀리지 않아 금방 몸살이라도 날 것처럼 온몸이 쿡쿡 쑤셨지만 만사 제쳐 두고 퍼질러 잘 수 있는 상황이 아니었다.

〈왜.〉

"다짜고짜 왜는……. 뭐 해?"

〈누워 있어.〉

"관 짜줄까?"

〈오동나무 말고, 가래나무로 부탁해.〉

"참나."

인하가 혀를 끌끌 차며 어이가 없다는 듯 웃자 지원도 피식 하고 웃는 소리가 수화기를 타고 넘어왔다.

"기분은 좀 어때? 괜찮아?"

〈엄청 좋아. 멀쩡해.〉

대답과는 달리 지원의 억양은 우울하기 짝이 없었다.

"내가 좋은데 데려가 줄 테니까 예쁘게 꽃단장하고 기다려. 지금 출발할 거야."

〈귀찮아.〉

"잔말 말고 내 말대로 해. 가보면 나한테 엄청나게 고마운 마음 들 걸?"

〈허세는……. 멀리 갈 거야?〉

"아니, 근처. 네가 좋아하는 냄새가 가득한 곳."

〈뭐야. 지금 스무고개 하는 거야?〉

"빨리 준비해. 끊는다!"

일방적으로 통화를 끝낸 인하는 다시 현관으로 달려가 거울 앞에 서서 상태를 점검했다. 부스스한 머리카락은 모자를 푹 눌러써서 가리고, 퀭해진 두 눈은 커다란 선글라스로 가린 후 운동화를 신었다.

그곳에 지원을 데려가 주면 지원이 분명 좋아할 것 같았다. 책 냄새와 커피냄새를 좋아하는 인간이니 가서 간만에 기분 전환도 하고, 그러면 대본 쓰느라 지친 머릿속도 개운해지고. 스스로 생각해도 참 기특한 일을 하는 것 같아 어깨가 으쓱했다.

"와……. 멋진데?"

"내가 언젠 안 멋진 적 있었어?"

"너 말고. 이 카페."

인하가 이를 바드득 갈았다. 하지만 지원은 그러거나 말거나 관심도 주지 않고 서버가 안내하는 곳으로 걸음을 옮겼다.

오랜만에 인하가 마음에 드는 짓을 했다. 이렇게 멋진 곳을 어떻게 알아낸 건지. 천장이 높아 시야가 확 트였다는 게 가장 좋았다. 일반적인 건물의 2층 높이 정도 되는 높다란 천장 다음으로 지원의 시선을 사로잡은 건 테이블 배치였다. 책장 틈새에 구겨 넣듯 들어가 있는 테이블이 조금 휑할 수도 있는 카페를 아늑하게 만들어주었다. 이런 곳에서라면 다섯 시간 안에 한 회 분은 너끈히 뽑을 수 있을 것만 같았다.

"이런 데는 어떻게 찾았어?"

"거 봐. 좋지?"

"응. 좋다."

지원은 기쁨을 감추지 못하고 결국 혀를 쏙 내밀며 웃어버렸다.

지원의 부탁으로 서버는 사람들이 많은 곳을 피해 가장 구석진 자리로 안내해 주었다. 목소리만 들어도 서인하라는 사실이 뽀록나기에 인하는 최대한 말을 아끼면서 목소리도 한껏 낮췄다.

이렇게 사람들이 많은 곳에서 단둘이 시간을 보내는 건 정말로 오랜만의 일이었다. 워낙 지원의 집 밖으로 잘 나오지 않은 성향도 하나의 이유가 되지만, 무엇보다 서인하가 보통 사람이 아니라는 사실이 가장 큰 걸림돌이었다. 큰맘을 먹지 않으면 웬만해선 바깥에서 단둘이 보는 일이 거의 없었던지라, 지원은 괜스레 기분이 묘했다. 아니, 묘하다고 표현하기엔 살짝 가슴이 설렌다고나 할까.

"주문하신 음료 나왔습니다."

"여기 사장님 좀 뵐 수 있을까요?"

"아, 예. 잠시만요."

인하의 부탁에 서버도 어리둥절해하고, 지원도 어리둥절해했다. 서버가 자리를 떠난 후, 지원은 인하 쪽으로 상체를 숙여 조용히 물었다.

"여기 사장은 왜?"

"얼마 전에 우리 윗집으로 이사 온 사람이거든."

"어쩐지. 네가 이런 곳을 다 안다 싶었다."

사람 많은 홍대에, 그것도 이렇게 멋진 카페를 서인하가 직접 찾아낼 리가 없지.

지원은 입술을 삐죽거리며 아메리카노에 시럽을 들이붓곤 스틱으로 커피를 휘휘 저었다.

"한번 들르라고 했는데, 안 그래도 네가 이런 곳 좋아하던 게 생각나서 그러겠다고 약속했거든. 기왕 왔으니까 얼굴도장 찍어야지."

인하는 꼭 그랬다. 맛있는 걸 먹거나, 멋진 걸 보거나, 좋은 걸 알게 되면 꼭 공유하려 들었다. 이지원에게만 발휘되는 인하의 오지랖이 가끔은 눈물 나게 고마웠다.

"안녕하세요. 절 찾으셨다고……."

자세를 한껏 낮추고 옹알옹알 작게 이야기를 나누던 중, 저 멀리서 에코가 빵빵하게 들어간 목소리가 들려오자 인하와 지원은 동시에 고개를 돌렸다.

그곳엔 지금 막 슈트화보 촬영을 마치고 온 듯한 늘씬한 몸매에 훈훈한 비주얼을 고루 갖춘 한 남자가 시원시원한 걸음걸이로 성큼성큼 다가오고 있었다. 단숨에 스캔을 마친 지원은 고개를 끄덕이며 만족감을 드러냈다.

"서인합니다."

"어어! 서인하 씨!"

인하가 모자를 살짝 치켜들어 얼굴을 드러내자 남자는 무척이나 반가운 듯 손을 덥썩 잡았다. 지원은 그런 남자와 인하를 번갈아가며 보다가 머쓱한 듯 씨익 웃었다.

"생각난 김에 들렀어요. 여긴 그때 말했던 제 친굽니다."

"아! 북카페 좋아하신다던. 안녕하세요. 오현준이라고 합니다."

오현준이라는 남자가 내민 손 역시 훌륭했다. 힘줄과 핏줄이 아주 훌륭한 비율로 분포가 되어 절로 마음이 흐뭇해졌다. 지원은 악수에 응하며 꾸벅 인사를 했다.

"안녕하세요. 이지원입니다."

"혹시…… 드라마작가 이지원 씨?"

지원이 어깨를 으쓱이자 인하가 고개를 끄덕여 확인을 해주었다. 그러자 현준의 표정이 더할 나위 없이 환해졌다.

"배우분인 줄 알았어요."

"아휴, 황송하네요."

열렬한 악수를 마친 지원은 기왕 눈이 마주친 김에 현준의 얼굴을 자세히 뜯어보았다. 웬만해서는 사람 얼굴을 잘 기억하지 못하는 지원이지만, 현준을 어디서 본 적이 있는 듯해서였다.

"근데, 낯이 많이 익네요."

"그런가요? 하핫. 제 얼굴이 좀 흔한 얼굴이긴 하죠."

설마……. 이 얼굴이 흔하면, 그거 참 세상 살 맛 나겠는 걸?

성격도 유쾌한 듯했다. 아무래도 사업을 하는 사람이니 사람 상대하는 것에는 도가 튼 덕이겠지만. 일단 외형적인 모습 중 어디 하나 흠 잡을 곳이 없다는 게 흠이라면 흠일까. 이 남자야말로 진정한 사기 캐릭터일세!

"카페가 참 예뻐요."

"감사합니다. 오픈한 지 얼마 안 돼서 아직 어수선해요."

"지금도 훌륭한데요 뭐. 책도 많고, 구석구석 숨을 곳도 많고 해서 정말 좋네요."

"자주 오세요! 제가 지원 씨 자리는 특별히 조용하고 아늑한 곳으로 따로 만들어 드릴 수도 있습니다."

"말씀이라도 감사합니다."

그렇게 훈남과 웃고 떠드는 사이, 소외된 인하는 빨대로 아이스티를 호로록 소리가 나게 빨아댔다. 관심을 호소하는 것이다.

"그럼 말씀 나누세요. 필요하신 거 있으시면 부르시구요."

"네. 감사합니다."

다행히도 훈남은 눈치 또한 만점이라 금세 자리를 떠났다. 지원은 현준의 뒤태까지 꼼꼼히 살핀 후 눈매를 가늘게 뜨며 눈썹을 씰룩였다.

"아주 입이 찢어지시겠습니다."

지원은 샐쭉하게 빼문 인하의 입술을 한 대 콕 쥐어박고만 싶었지만 그것보단 약이나 좀 올려볼까 싶어 의자 등받이에 등을 기대고 팔짱을 꼈다.

"오늘 기사 났더라?"

"응. 났지."

"거봐. 어차피 확정기사 날 건데 뭐 하러 번복기사를 냈어? 그것 땜에 다른 기사보다 악플 열 개 더 달렸겠다."

인하는 마치 잘 들리지 않는다는 듯 딴청을 피우며 볼이 홀쭉들어갈 정도로 열심히 빨대만 빨았다. 좀 더 약을 올려줄까 갈등하던 지원은 그래도 기분 풀어주겠다고 여기까지 데려온 정성을 생각해서 한숨 한 번 쉬곤 꺼내지 못한 말을 목구멍 안으로 밀어넣었다.

"작업은 잘 되가?"

"아니. 15회에서 딱 막혔어. 열 신 간신히 채웠다."

"그래도 거의 다 했네. 6회 분만 더 쓰면 되잖아."

"그 나머지 6회가 가장 고비라는 게 함정이지. 거기다 촬영 들어가고 방영 시작하면 그때그때 수정도 많이 봐야 하는데…… 심란하다."

"잘할 거면서 엄살은. 넌 좋겠다. 난 이제 시작인데."

"너야말로 투정 부리지 마."

지원의 타박에 인하가 옅게 웃었다. 아무래도 인하는 여전히 부담감을 느끼고 있는 것 같았다. 2년간의 군생활에 입대 전 1년간의 공백을 포함하여, 3년 만의 드라마 복귀작인데다가, 좀 쑥스럽지만 본의 아니게 하반기 라인업 중에서 가장 큰 관심을 받고 있는 작품이다 보니 고민도 많고 걱정도 많은 듯했다. 거기다 P미디어의 유일한 라이벌 제작사인 J미디어에서도 같은 날 시작하는 동 시간대 타 방송사 작품을 제작하는 바람에 싸움구경하기 좋아하는 사람들은 벌써부터 흥미진진해하고 있었다.

"솔직히 말해봐. 대본 괜찮은 거 같애?"

"나한테 평가받겠다는 거야? 너 지금 나 약 올리냐?"

"네 눈이 제일 정확하잖아."

사실 지원은 그동안 인하에게 늘 대본감수를 받아왔다. 꽤 괜찮은 지적도 해주고, 덕분에 생각지도 않게 이야기가 잘 풀린 경우도 더러 있었다. 그런데 왜 자신의 작품은 그리도 못 고르는지……. 아쉬울 따름이었다.

"그동안은 네가 나한테 제안을 안 한 이유도 있었지만, 너한테 폐가 될까 봐 내가 하겠단 소리 못했거든? 근데 이번엔 내가 하기로 도장 찍었잖아. 뭐가 더 필요해?"

"괜찮단 말이지?"

지원의 되물음에 인하가 고개를 끄덕이자 지원은 조금씩 기분이 좋아지고 뿌듯하기까지 했다. 가장 가까운 사람에게 인정을 받는 것만큼이나 좋은 기운을 불어 넣어주는 건 없는 듯했다.

"너도 저런 남자가 좋아?"

"어?"

갑작스러운 인하의 질문에 지원이 눈을 동그랗게 뜨자 인하가 턱짓을 했다. 그곳엔 현준이 커피 한 잔을 들고 테라스에서 서성이고 있었다.

"저런 남자라면, 어떤 남잔데?"

"상냥하고, 밝고, 다정하고, 뭐 그런?"

지원은 곰곰이 생각을 하듯 눈을 데굴데굴 굴리며 손끝으로 이마를 긁적였다.

"좋지 그럼. 마다할 여자가 어디 있어. 저런 남자들은 어딜 가나 예쁨받고 사랑받는 남자들이니까 같이 다니면 어깨도 으쓱하고, 외모도 어디 흠 잡을 데 없이 훌륭하고. 완벽한데?"

대답이 마음에 들지 않았는지 인하가 시무룩한 표정을 지으며 신경질적으로 책장을 착착 넘겼다.

"근데, 난 서인하 같은 남자가 좋아. 내 앞에서의 모습과 다른 사람들 앞에서의 모습이 전혀 다른 이중적인 인간."

"그거 칭찬이야?"

"알아서 가려 들어."

인하는 고개를 절레절레 저으며 더 빠르게 책장을 넘겼다. 지원은 그런 인하를 방치한 채 다시 고개를 돌려 현준이 있던 곳을 바라보았다. 현준은 유모차에서 발을 잡고 노는 아기와 눈을 맞추며 생글생글 웃어주고 있었다. 아무래도 흔치 않은 남자인 것 같았다. 행동 하나하나가 어쩜 그리고 주옥같은지. 진짜 인간이 맞는 건가 싶을 정도였다.

"아주 눈을 못 떼시는구만. 자리 바꿔줄까? 여기 앉아서 실컷 봐. 자, 자!"

인하가 자리에서 일어서며 조금 목소리를 키우자 여기저기서 힐끔거리며 인하를 쳐다보았다.

"목소리 낮춰."

"맨날 조용히 하래."

"사람들이 알아볼까 봐 그러잖아."

"나랑 다니는 게 창피해?"

지원은 인하의 엄한 소리에 절로 한숨이 나와 땅이 꺼져라 깊은 숨을 뱉어냈다. 그럴 리가 있나! 혹시라도 사람들이 몰려 저 힘들어질까 봐 그런 거지!

"얘가 오늘 왜 이래. 아니란 거 알면서."

지원의 타박이 불을 붙인 건지, 인하가 이번엔 신경질적으로 음료수를 들이켰다.

하긴, 본인도 짜증이 나겠지. 어딜 가도 마음대로 다닐 수 없고,

혹시나 알아볼까 꼼꼼히 가려야 하고. 그 짓을 12년이나 했으니 불쑥 짜증이 치밀 수밖에. 내가 이해 안 해주면 저 진상짓 누가 받아주나 싶어, 지원은 오늘도 도 닦는 마음가짐으로 인하를 향해 따스한 미소를 지었다.

"다 마셨으면 가자."

"좀 더 있다 가지. 바뻐?"

"어. 바뻐. 무진장 바뻐. 일어나."

"오랜만에 나왔는데 책도 읽고 얘기도 더 하고 앉아 있다 가자."

"우리 집에도 책 많은데, 거기서 책도 읽고 밤새 얘기할까?"

또, 또 음흉한 눈 나왔다! 하여간 틈만 나면…….

지원은 코웃음을 치며 고개를 가로저었다.

"됐거든요? 일어나자."

그제야 인하가 슬쩍 웃었다. 지원은 그런 인하를 욕이 담긴 눈으로 노려보다가 피식 웃어버렸다. 먼저 자리에서 일어난 인하의 뒤를 따라 걸으며 주먹을 말아 쥐고 꿀밤을 때리는 시늉을 하던 지원은 불시에 뒤를 돌아본 인하와 눈이 마주쳐 해맑게 미소를 지었다.

#05
꿈속의 키스

  오랜만에 먹는 집밥이라 그런지 한도 끝도 없이 들어갔다. 반찬
이라고 해봤자 늘 먹던 것들인데, 할머니가 차려준 밥상이라 그런
건가?

  "사내새끼가 빼싹 말라가지고. 이래서 어디 장가나 가겠어?"

  "걱정 마, 할머니. 열두 번도 더 갈 수 있어."

  "예끼, 이눔아. 말이 씨가 되는 겨."

  할머니의 살가운 꿀밤을 반찬 삼아 인하는 할머니가 건넨 두 번
째 밥공기를 받아들었다.

  "그래서, 촬영이 언제부터라고?"

  "한 달 정도 남았어. 왜?"

  "보약이라도 한 재 멕일라고 그러지. 완전히 갈비씨가 되부렀네."

할머니는 연신 인하의 등을 쓰다듬으며 안쓰러운 듯 혀를 끌끌 차셨다.

"지원이 요새 많이 바쁘겠다."

"그럼. 지원이가 고생 많이 하지. 할머니 지원이 보고 싶구나?"

"언제 한 번 데리구 와. 가야말로 빼싹 곯아가지고 허여멀건한 게 꼭 백김치 같잖어."

인하는 할머니의 말대로 백김치에 지원의 얼굴을 대입해 보며 키득거렸다.

"지원이 꺼도 반찬 싸났으니께 갈 때 챙겨가."

"지원이가 엄청 좋아하겠다. 지원이는 세상에서 할머니 음식이 젤루 맛있대."

"으히힝. 그놈으 지지배……."

할머니는 기분이 좋으신지 손으로 입술을 가리며 새색시처럼 곱게 웃었고, 인하는 그런 할머니를 보며 덩달아 웃어버렸다.

인하는 열 살이 되던 해에 할머니의 집에 맡겨졌다. 이혼 후, 서로 키우지 않겠다고 어머니와 아버지가 미루는 통에 졸지에 짐짝이 되어버린 인하는 할머니의 품에서 밤이면 밤마다 그렇게 울었더랬다. 그때 많은 눈물을 쏟아낸 탓인지 모르겠지만, 인하는 잘 울지 못한다. 우는 연기에 있어서는 최악이라고 손꼽혀도 인하는 어쩔 수가 없었다. 안 하는 게 아니라 못 하는 거니까.

넉넉지 못한 살림이었지만 할머니는 인하를 곧고 바르게 키워주시려고 늘 애쓰셨다. 시장통에서 자그만 반찬가게를 꾸리셨던 할머니는 인하가 데뷔를 하고 성공을 한 이후에도 한동안 소일거리 삼아 가게를 계속해서 운영하셨는데, 몰려드는 팬들 등쌀에 못 이겨 결국 칠 년 전 문을 닫으셨다. 평생 동안 일을 하셨던 할머니는 손이 노는 걸 견디지 못하셨고, 점점 할머니께서 우울해하시자 인하는 큼지막하게 한식당 하나를 차려 드렸다.

오픈하던 그날, 할머니는 정말 소녀처럼 기뻐하셨고 인하는 아직까지도 그 모습이 눈에 선하다. 직접 요리를 도맡아하시진 못해도 맛깔스러운 반찬 몇 가지와 김치는 꼭 할머니의 손을 거치는데, 그 자부심으로 할머니는 매일 신이 나서 식당에 나가신다. 곱게 한복을 차려입으시고 말이다.

"지원이 요새 만나는 남자 없제?"

"할머닌⋯⋯. 할머니도 지원이가 빨리 시집 갔으면 좋겠어?"

"그람! 지원이도 시집가서 얼릉 이쁜 애기도 낳고, 알콩달콩 살림도 하고 그랴야지. 맞어! 가만있어 봐. 접대 내가 지원이 짝으로 봐둔 놈이 있었는디."

인하가 지원이와 11년 세월을 보낸 만큼, 할머니도 지원을 11년간 지켜보셨다. 그랬기에 할머니에겐 지원이도 저와 같은 친손주만큼 커다란 존재가 되었다. 지원이에게 어머니가 없다는 걸 알고 난 후엔 지원이 먹을 반찬을 챙기시면서 지원이 가족 먹을 반찬까지 살뜰히 챙겨주셨다. 지원이도 그런 할머니를 제 친할머니처럼 살갑게 따랐고, 그럴수록 할머니는 더 큰 애정을 퍼주셨다. 할머니 역시 둘이 한때 연인이었단 걸 알고 계시지만, 지원이 혹시나 불편해할까 일부러 모르는 척 그저 친손녀처럼만 대해주셨다.

그래서 지원은 할머니가 들이미는 남자들은 절대 거절하지 않고 맞선을 보았다. 물론 좋은 인연으로 발전하진 못했지만 그래도 지원은 싫은 내색, 불편한 내색 같은 건 하지 않았다.

"또 있어? 그렇게 소개를 해주고도 지원이 소개시켜 줄 남자가 아직도 남았어?"

인하의 볼멘 투정에도 아랑곳하지 않고, 할머니는 돋보기까지 끼시고 작은 수첩을 뒤적이셨다.

이건 뭐……. 사방이 적이네.

띵동.

"누구지?"

이 시간에 아무도 올 사람이 없는데.

지원은 콧등에 걸친 안경을 머리 위에 얹고 인터폰을 확인했다. 인하였다. 무슨 생각을 그리도 골똘히 하고 있는지 눈 깜박이는 것마저 잊고 멍하니 서 있었다. 지원은 그런 인하의 모습이 낯설었지만 별다른 의심 없이 현관으로 향했다.

"아, 무거워. 비켜 비켜."

문을 열어주자 인하는 마치 큐사인을 받은 배우처럼 언제 멍하니 서 있었냐는 듯 생동감 넘치는 표정을 지으며 안으로 들어왔다. 인하의 두 손엔 딱 봐도 할머니께서 챙겨주신 반찬이 들어 있는 커다란 봇짐이 들려 있었다. 지원은 안으로 들어가는 길을 터주고 인하의 뒤를 따랐다.

"우와. 한 석 달은 배불리 먹을 수 있겠는데?"

"좋냐?"

"그럼! 할머니한테 전화드려야지."

신이 난 지원은 콧노래까지 흥얼대며 할머니께 전화를 걸었다. 요즘 대본작업을 하느라 경황이 없어 제때 전화도 드리지 못해 죄송스러운데 이렇게 때마다 반찬을 챙겨주시니 송구스러워 몸 둘 바를 몰랐다. 죄송합니다와 감사합니다를 번갈아가며 수도 없이 반복하던 지원은 할머니의 건강을 빠짐없이 체크한 후 조만간 찾아뵙겠단 인사를 드리곤 짧은 통화를 마쳤다.

그사이, 인하는 냉장고에 착착 반찬을 챙겨넣었다. 기특한 것. 어쩜 저리도 알아서 척척인지.

"서인하 간만에 포식했겠는데?"

"큰일 났어. 살 빼야 되는데."

"난 지금이 딱 보기 좋은데."

작품이 들어가기 전에 체중을 감량하는 건 배우에겐 숙명이었다. 원체 타고나길 슬림하고 늘씬하게 태어난 서인하도 늘 관리하는 걸 보면, 배우는 정말 아무나 하는 게 아니구나 하는 생각을 하게 만들었다.

"태원이한테는 연락 자주 와?"

"아까도 전화 왔었어. 이탈리아로 넘어갔대. 안 그래도 너한테 전화했는데 안 받는다고 그러더라?"

"이상한 번호길래 안 받았더니 그게 태원이었구나."

지원은 혀를 끌끌 차며 머리 위에 얹어두었던 안경을 다시 바로 썼다. 그리곤 컴퓨터 앞에 앉아 토닥토닥 자판을 두들겼다.

"한잔할래?"

"마저 쓰고."

"많이 썼어?"

"지문은 얼추 썼어."

"어디보자."

냉장고에서 캔맥주 하나를 꺼낸 인하가 단숨에 캔 하나를 깨끗이 비우곤 지원의 곁에 바짝 다가왔다. 지원은 저도 모르게 흡 하고 숨을 들이켜며 지레 어깨를 움츠렸다.

혹시 서인하가 눈치챘을까? ……챘겠지? 여우 같은 인간이니까.

"흠흠."

머쓱해진 지원은 의자를 슬쩍 뒤로 빼서 인하와 적정한 거리를 만들었다. 하지만 인하는 무심하게 마우스 롤을 내리며 모니터만 바라보았다.

내가 오버하는 건가…….

"왜? 이상해?"

"아니. 그게 아니라……."

인하가 흐음하고 평소처럼 숨을 내쉬었을 뿐인데, 가슴이 울렁였다. 아무래도 안 되겠다 싶어, 지원은 좀 더 간격을 벌린 후 의자에서 일어났다.

"여기 말야."

그때, 인하가 일어서려던 지원의 손목을 덥석 잡아챘다. 그리곤 다시 자리에 눌러 앉히며 좀 더 얼굴을 가까이 밀착시켰다. 채 반의 반 뼘도 되지 않을 만큼 가까워진 탓에 숨소리가 천둥소리만큼이나 크게 들렸다.

"어……. 거, 거기 왜?"

"대사가 독하다. 초반부터 이런 대사 치면 거부감 들지 않을까? 시청자들은 주로 여주인공한테 감정이입을 하잖아. 너무 많이 간 게 아닐까 싶다. 살짝만 눌러주면 더 나을 것 같은데?"

"으음. 그, 그런가? 흠."

마치 사흘 정도 입도 안 뗀 사람처럼 목이 탁 하고 막혔다.

뭐야! 나 지금 서인하 앞에서 긴장이라도 한 거야?

지원은 두 눈을 질끈 감았다 뜨며 숨 한 번 내쉬곤 마음을 골랐다.

"이지원. 너 얼굴 빨개졌어."

"어, 어?"

지원은 잽싸게 양손으로 두 볼을 감싼 후 침을 꿀꺽 삼켰다.

"좀 덥네. 보일러를 낮춰야겠다."

아, 젠장. 쪽팔리게 얼굴은 왜 빨개지고 지랄이야 지랄은!

이를 악물며 속으로 욕을 내뱉던 지원은 애써 태연한 척 옅게 웃으며 종종 걸음으로 인하와 멀어졌다.

그래. 기분 탓이겠지. 뭐, 그동안 이런 기분 불쑥불쑥 느낄 때도 있었고 그때마다 슬기롭게 잘 대처했으니까 이번에도 그렇게 하면 돼. 그럴 수 있어. 서인하가 한 번 마음먹고 끼 부리면 안 넘어갈 여자가 어디 있어? 몇 번을 속고도 또 이럴래?

지원은 애먼 보일러를 외출로 돌리고 다시 인하에게로 다가갔다.

"할머니 또 네 선자리 알아봐 두셨대."

"……그래?"

"잘생겼대. 키도 크고. 돈도 잘 벌고, 예의 바르다네. 나갈 거지?"

"나가야지. 할머니께서 직접 챙겨주신 건데."

그 후로 인하는 입을 꾹 다물었다. 묵묵히 대본만 읽을 뿐, 더이상 대본에 대해 코멘트도 하지 않았다.

혹시…… 기분이 상한 걸까?

하지만 인하도 알고 있다. 할머니께서 주선해 주시는 선자리는 거절하지 않는다는 걸. 그럴 수 없다는 걸 누구보다도 잘 알고, 더잘 이해해 주는 게 인하였다. 아주 가끔씩…… 그런 합리화로 덤덤히 수긍하는 인하가 미울 때도 있었다.

오늘은 오랜만에…… 그런 인하가 미웠다.

"대사 잘 채워봐. 기대할게."

벌써 다 읽은 건지, 인하가 걸음을 옮겼다. 그리곤 주머니에서 자동차키를 꺼내 들었다.

"갈려고?"

"가야지."

"너 술 마셨잖아."

"맥주 한 잔인데 뭐."

"그러다 걸려."

인하는 대수롭지 않다는 듯 웃으며 현관으로 향했다.

"어? 너 진짜 그러다가 걸려!"

"괜찮아."

애가 큰일 날 소릴 하네!

지원은 급한 마음에 신발을 신던 인하의 손목을 저도 모르게 확 낚아챘다. 인하는 놀라지도 않은 듯 그저 눈만 끔벅였다.

"대리 부르고 잠깐 있다가 가."

"태원이도 없는데 어떻게 다 늦은 시간에 너랑 단둘이 있냐?"

그건 또 그러네.

하지만 그렇다고 해서 인하를 음주운전하도록 둘 순 없었다. 이 대로 보내면 왠지 음주단속에 걸릴 것만 같았다.

"어쩔 수 없잖아."

인하는 고민이 되는 듯 입술을 이리저리 삐죽였다. 그 모습을 지켜보던 지원은 애가 왜 이렇게 쓸데없는 걸로 고집을 피우나 싶어 성질이 울컥 치밀었다.

"얼른 들어와."

하는 수 없이, 지원은 잡고 있던 인하의 팔을 두 손으로 확 끌어당겼다. 그러자 인하가 못이기는 척 신발을 도로 벗고 안으로 들어왔다.

……그 순간 지원은 아차 싶었다. 뭔가 제대로 낚인 것 같다는 불길한 예감이 머릿속을 빠르게 스쳐 지나갔기 때문이다.

"기왕 이렇게 된 거 맥주 한잔 더 해야겠다. 너도 한잔할래?"

"아니. 난 됐어."

인하가 냉장고에서 캔맥주 세 개를 꺼냈다. 술도 많이 안 먹는 인간이 오늘따라 왜 저러지 싶으면서도 안주도 없이 먹으면 속이라도 버릴까 봐 싱크대 수납장에 쟁여두었던 과자 몇 봉지를 꺼냈다.

설마, 쟤 오늘 못된 마음먹은 건 아니겠지?

"대리…… 안 불러?"

"걱정 마. 안 잡아먹어."

"내, 내가 뭐라고 했어? 별 소릴 다해."

과자봉지를 뜯어주는 지원이 잔뜩 긴장한 것에 반해, 인하의 표정은 능청스럽기 그지없었다. 단숨에 캔 하나를 비운 인하가 대리를 부르는 동안, 지원은 두 개쯤 풀어두었던 셔츠의 단추를 목 끝까지 꼼꼼히 채우고 소파로 향했다. 바지를 좀 더 긴 걸로 갈아입을까 말까 고민하던 차에 인하가 곁으로 다가와 티비를 켰고, 지원은 일단 급한 대로 쿠션을 이용해 훤히 드러난 허벅지를 가렸다.

"15분 걸린대."

15분이라.

노래 세 곡쯤 들으면 지나가는 짧은 시간인데, 왜 이리 길게 느껴지는 걸까. 다른 사람은 몰라도 적어도 서인하라면, 그 무엇이라도 해낼 수 있는 넉넉한 시간 같았다.

인하는 작정이라도 한 듯 성급하게 맥주를 들이켰다. 벌써 세 캔째였다.

"천천히 마셔."

"오늘 굉장히 맛있네."

혀끝으로 슬쩍 입술을 훑더니 배시시 웃었다.

애가 진짜 왜 이러지? 정말 작정이라도 한 건가? 오늘 따라 입술은 또 왜 이리 붉어 보이지?

지원은 그런 인하를 애써 외면하며 티비를 바라보았다.

"뭐 재밌는 거 안 하나?"

인하는 리모컨을 쥐고 이리저리 채널을 돌렸다. 지원은 그런 인하와 티비를 힐끔 바라보며 허벅지 위에 올려둔 쿠션을 꾸욱 움켜쥐었다.

무려 11년 전. 6개월간의 짧다면 짧을 수 있는 연애기간 동안 인하와 키스 이상으로 진도를 뺀 적은 없었다. 아, 가슴 한 번 만진 것 같다. 아니, 몇 번 만졌던 것도 같다. 드라이브를 하다가 과속방지턱이 나올 때면 조심하라며 팔을 뻗어 보호해 준다는 빌미로 슬쩍 몇 번, 그리고 키스를 하다가 본능적으로 몇 번. 태어나 이성과의 첫 교제이기도 했고, 워낙에 만나서 사고를 칠 만한 시간도 없었기에 그 이상의 재미를 볼 생각은 하지 못했었다.

그런 사소한 스킨십에도 그땐 왜 그렇게 심장이 두근거렸는지……. 처음 손잡던 날 밤, 처음 포옹을 했던 날 밤, 처음 입을 맞췄던 날 밤 모두 밤새 잠도 못 이루고 떨리는 가슴 위에 손을 얹고 머릿속으론 내내 그 장면을 리와인드하곤 했었다.

그땐 참 순수했지. ……그나저나 난 지금 왜 그때 생각을 떠올리고 있는 것인가! 왜 그 생각들은 이리도 선명하고 또렷하게 남은 건가!

"오……."

인하의 나지막한 탄식 소리에 정신을 가다듬고 티비를 보니 지난번 인하가 얘기했던 SBC의 새 드라마가 재방송하고 있었다. 어쩜 그리도 타이밍이 적절한지, 주연배우들의 키스신이 한창이었다. 드라마 키스신 수준이 아니었다. 어찌나 격렬하고 리얼하게 해주시는지, 절로 침이 넘어갔다.

"저거 봐. 저 정도는 해줘야 한다니까?"

지원이 혀를 끌끌 차며 눈을 가늘게 뜨고 노려보자, 인하가 티비에서 눈을 떼고 시선을 맞춰 왔다. 순간 놀란 지원이 자연스럽게 시선을 옮겼다.

"십 분 남았네."

얘는 왜 체크를 하고 난리야. 어쩌라고.

근데, 내심 아쉬웠다. 별거 한 것도 없는데 5분이나 흘렀다니……. 아니지! 내가 지금 무슨 생각을 하는 거야!

"나도 잘할 수 있는데."

"어련하시려고."

혼잣말처럼 뱉은 그 말이 인하의 심기를 건드린 건지, 인하가 지원이 앉은 쪽으로 완전히 몸을 돌리고 앉아 빤히 바라보았다. 지원은 뺨이 타들어가는 것만 같았다.

"왜?"

"너도 잘 알지?"

"뭘?"

"나 잘하는 거."

"내, 내가 어떻게 알아?"

"벌써 까먹었어?"

"벌써라니? 11년도 넘었거든?"

그러자 인하가 고개를 살래살래 저으며 음흉하게 웃었다.

"과연 그럴까?"

이건 또 무슨 말이지?

"아흠. 기억을 못해주니 좀 서운한데?"

"그게 무슨 소리야? 우리가…… 그때 이후로…… 했나?"

인하는 정말로 서운하단 눈을 하고 지원을 바라보았다.

"정말 기억 안 나?"

뭘 기억할 만한 게 있었나 싶어 지원은 곰곰이 과거를 되짚어보았다. 지원이 기억하는 한 인하와의 마지막 키스는 정확히 11년 전, 헤어지기 전날 밤이었다. 사람의 움직임을 감지하는 센서가 고장 나 아무것도 보이지 않을 정도로 어두컴컴했던 아파트 비상구 계단에서의 키스. 인하는 저보다 한 계단 위에 올라서 있던 지원을 벽에 밀어 세워두고 제법 오랜 시간 입을 맞췄다.

지원은 아직도 그날의 기분을 생생하게 기억하고 있었다. 어깨와 허리를 매만지던 서툰 손길, 그리고 마음을 감추지 못한 숨소리까지. 그 마지막 키스는 아마 절대로 잊지 못할 것 같았다.

"어, 언제 했지?"

지원이 기억나지 않는다는 듯 대답하자, 인하는 한숨을 쉬며 소파등받이에 털썩 기댔다. 그러다 문득 뭔가가 떠올랐는지 다시 지원의 곁으로 가까이 다가갔다.

"뭐, 그럴 수도 있겠다. 나라도 기억하고 있음 되지 뭐."

"우리가 언……."

그 순간, 말릴 틈도 없이 인하가 입을 맞춰 왔다. 지원의 머릿속은 새하얘졌다. 눈도 감지 못한 채 인하의 긴 속눈썹을 내려다보던 지원은, 인하가 슬쩍 고개를 돌리며 말캉한 뭔가를 밀어 넣자 눈꺼풀을 빠르게 깜박였다. 저절로 주먹이 꽉 쥐어졌다. 이걸 어떻게 해야 하지? 하는 물음을 수십 번도 더 되뇌었을 무렵, 인하의 커다란 손이 어깨를 지나 등을 감싸 안았다.

뭐, 어…… 어떻게 해야 하지?

지원은 주먹을 쥐고 있던 한 손을 인하의 어깨 위에 올리고 조금씩 힘을 뺐다. 손바닥이 온전히 펴질 무렵 지원은 이를 벌려야 되나 망설이기 시작했고, 에라 모르겠다 싶어 눈을 감았을 땐 이미 인하가 하던 일을 멈추고 슬며시 입술을 떼어냈다.

"하아……."

지원은 멍한 얼굴로 인하를 바라보았다.

"이제 까먹으면 안 된다?"

애가 지금 뭐라는 거야?

넋이 나간 지원은 벌어진 입을 다물지 못한 채 인하를 손가락질하며 눈만 끔벅였다. 멘탈이 산산조각난 순간이었다.

"너, 너……."

"시간 다 됐다. 가야지."

인하가 아주 개운한 얼굴로 웃으며 일어섰다.

"야! 서인하! 너 돌았어?"

신발을 신던 인하는 뒤를 돌아보며 해맑게 웃었다. 제정신이 돌아온 지원은 잽싸게 달려가 인하의 등짝을 사정없이 후려쳤다.

"이 미친! 뭐 이런 게 다 있어?"

"그러게 누가 그렇게 입술 예쁘게 하고 있으래?"

"뭐? 이런 또라이!"

지원은 두 팔을 휘두르며 마구잡이로 인하의 등과 가슴을 때렸다. 하지만 인하는 웃고 있었다. 맞는데 웃고 있다. 완전 미친 상 또라이가 따로 없었다. 아무리 술이 약해도 맥주 세 캔에 취할 인간은 아닌데, 이거 완전 낚여도 제대로 낚인 것이다.

"있잖아……. 네가 기억을 못해서 그렇지, 너 잘 때 내가 뽀뽀 되게 많이 했다?"

갑작스러운 인하의 고백이 지원의 두 번째 멘탈 붕괴를 일으켰다.

"서인하 너어!"

인하는 현관문 열고 빛의 속도로 달아나는 인하를 끝내 잡지 못한 지원은 자리에 털썩 주저앉았다.

지원은 손끝으로 입술을 만져 보았다.

"말도 안 돼……."

그럼, 그동안 그게 꿈이 아니었던 건가?

사실, 지원에겐 절대로 그 누구에게도 말할 수 없는 엄청난 비밀이 하나 있었다. 그건 바로, 아주 가끔 꿈속에서 인하와 키스를 나눴다는 것이었다.

그런데 그게 꿈이 아니라 현실이었다는 사실이 지원을 혼란스럽게 만들었다. 꿈에서 인하와 키스를 나눈 후 아침이 밝으면 '이 지원 너 미쳤구나! 아무리 오래 굶었어도 그렇지 어떻게 그런 꿈

을……' 하며 자책을 하곤 했는데……. 그게 꿈이 아니라 현실이
었다니!

오 마이 갓.

지원은 마른세수를 하며 자리를 털고 일어나 고개를 떨군 채 침
대로 향했다. 대본 쓸 정신이 아니었다.

✳

출연을 확정한 주조연배우들과 연출진과 제작진까지 40여 명
이 넘는 인원이 회의실 안을 가득 메웠다. 오늘은 바로 대본리딩
날. 지원 역시 자리에 함께했다. 단 한 사람도 지각하지 않고 제
시간에 모인 것으로 배우들과 제작진이 산뜻하게 첫 만남을 가졌
다.

가볍게 인사를 나누고 1회 대본리딩까지 마치고 나니 세 시간
이 훌쩍 흘러 있었다. 그러나 오늘 소화해야 할 리딩 분량은 4회
분. 그래도 극 초반이라 대사가 가벼워 분위기는 무척 화기애애했
다.

다음 주부터 아역을 시작으로 촬영이 시작된다고 했다. 본격적
인 촬영은 3주 후인 5월 말이고, 스페인 해외로케 촬영부터라고
했다. 9월 첫 주가 첫 방영이기에 아직 3개월여의 시간적 여유가
있긴 하지만, 드라마 촬영의 특성상 방영이 시작되어야지만 촬영
이 빨라지기에 마음을 놓을 수만은 없었다. 그 무렵부터 지원 역
시 바빠진다. 아무리 대본을 탈고한다 해도, 촬영을 하는 중간이

나 방영을 되고 난 후 반응을 봐가며 조금씩 수정을 해야 하기 때문이다.

2회 리딩에 들어가기 전 잠시 10분간 휴식시간이 주어졌다. 지원은 감독과 구상해 둔 촬영법이나 편집의 속도감 등에 대해 이야기를 나누었고, 캐릭터 부가 설명을 요구하는 배우들에겐 성심성의껏 설명을 해주었다. 호흡을 맞춰보는 대본리딩임에도 불구하고 실전처럼 열정적으로 임해주는 여주인공 때문에 내내 흐뭇하던 지원은 스치듯 인하와 시선이 닿자 콧등을 찡그렸다.

물론 리딩은 잘해주었다. 2회 중반부까지 스페인에서 올 로케이션으로 촬영되다 보니 대사의 80% 이상이 스페인어라 쩔쩔 매긴 했지만 그 외의 부분들은 나쁘지 않았다. 하지만 지원은 너그럽게 굴지 않았다. 인하가 스페인어 과외를 시작한 지 이제 일주일밖에 되지 않았다는 걸 감안하면 그리 나쁜 발음은 아니었으나 좀 더 완벽하게 해주길 바란다며 만인 앞에서 못을 박았다.

작품을 통해서가 아니라, 이렇게 현장에서 배우 서인하의 모습을 이렇게 정면으로 본 것은 처음이었다. 왠지 모르게 뿌듯하면서, 동시에 거리감도 느껴졌다. 정말 저 서인하가 배우 서인하가 맞았구나 싶었다. 한편으론 그게 참 우스웠다. 여기만 벗어나면 보통의 남자사람 서인하를 볼 수 있는데, 다른 사람 같다 뭐 이런 마음이 든다는 것 자체가 말이다.

"작가님."

그때, 인하가 뻔뻔한 얼굴로 접근해 왔다. 지원은 인하를 위아래로 훑으며 눈썹을 치켜세웠다.

"왜요?"

"건의할 게 있습니다."

초롱초롱 두 눈을 빛내며 다가온 인하가 그 어떤 부탁도 거절할 수 없게 만들 만큼 매력적인 미소까지 지었다. 인하가 그렇게 나올수록 긴장하는 건 지원이었다.

"뭔데요?"

"전에도 한 번 말씀드렸지만, 4회 안에 키스신이 들어가야 하지 않을까요?"

순간, 회의실 안에 정적이 흘렀다. 배우가 작가에게 키스신을 요구했기 때문일 수도 있고, 키스신은커녕 살짝 입을 맞추는 정도의 스킨십신도 한사코 거절하던 서인하가 키스란 단어를 입에 담았기 때문이기도 했다.

"화제를 부를 만한 키스신은 대박드라마의 기본이죠. 안 그래요?"

인하가 동조를 구하자 여기저기서 긍정의 끄덕임이 이어졌다. 덩달아 감독 역시 고개를 끄덕이며 인하의 말에 수긍했다.

"그건 인하 씨 말이 맞는 것 같네. 사탕 키스, 자전거 키스, 파티 키스, 벤치 키스, 요전 앞에는 냉장고 키스까지. 뭔가 눈길을 끌만한 키스신이 있으면 큰 효과를 내긴 하지."

감독의 말에 지원도 마지못해 고개를 끄덕였다. 일리가 있는 말이긴 했다. 진부하지만, 동시에 진리이기도 하니까. 지원 역시 그걸 모르진 않았다.

"작위적이지 않고, 개연성에 문제가 되지 않는 범위에서 하나 넣어주시는 건 어때요?"

내내 얌전히 앉아 있던 제작피디까지 거들고 나서자 지원은 난감했다.

"서인하 씨 키스신 별로 안 좋아하지 않아요?"

"어휴, 그런 말씀은 당최 하지 마세요."

인하의 능청스러운 대답에 여주인공을 맡은 아영이 볼을 붉히며 수줍게 웃었다. 그 순간 지원은 상상했다. 오늘 오후 인터넷뉴스 란이 '서인하, 신아영과의 키스신 넣어달라고 작가에게 직접 요구' 뭐 이런 류의 기사 제목들로 도배되는 것을 말이다.

"아직 시간 있으니까 한번 검토라도 해주시죠, 작가님?"

감독이 쐐기를 박자 지원은 더 이상 물러날 곳이 없었다. 하는 수 없이 슬쩍 고개를 끄덕여 대답을 대신했고, 여기저기선 아무래도 4회 안에 시청률 30%를 넘길 것 같다며 대박 날 거라고 설레발을 쳤다.

"아, 작가님 부탁이 한 가지 더 있어요."

뭐, 뭐, 뭐 이 자식아! 이번엔 뭘 또 해달라고 하려고! ……라고 외치고 싶었지만 지원은 상냥한 미소를 머금은 채 인하를 응시했다.

"3회에 제가 신아영 씨 정수리에 턱을 비비적거리는 부분 있잖아요."

"아, 깜박했어요. 서인하 씨 턱 간지럼 타죠? 안 그래도 그거 수정하려고……"

"어? 제가 턱 간지럼 타는 거 어떻게 아셨어요?"

또 한 번 회의실에 정적이 찾아왔다. 지원은 저도 모르게 흡 하고 숨을 들이켠 채 말을 잇지 못했다.

"아…… 그거……."

작작 좀 하란 경고를 담아 인하를 쏘아봤지만 인하는 해맑은 표정으로 정말 궁금해서 못 견디겠다는 듯 또 한 번 두 눈을 초롱초롱 빛내고 있었다.

이 화상을 어떻게 부숴 버리지…….

"인터뷰 봤어요. 인터뷰."

"그러셨구나. 후훗. 난 또 작가님이 저에 대해서 엄청나게 많이 알고 계신 줄 알고 설렐 뻔했잖아요."

아무래도 진지한 순간 이외에 같은 공간에 있는 건 무리인 듯싶었다. 지원은 칼칼해진 목을 핑계로 자리에서 일어섰고, 서둘러 회의실을 빠져나와 복도를 달리듯 걸었다.

어딜 갈까. 어딜 가서 이 분노를 다스려야 할까.

결국 지원은 목적지를 옥상으로 잡고 더 빠르게 걸었다.

"같이 가!"

귀에 익은 음성에 지원은 고개를 돌렸다. 역시나 서인하였다. 지원은 이를 악물고 계속해서 걸어 옥상 난간 쪽으로 향했다.

"하고 많은 나라 중에 왜 스페인이냐고. 아으, 머리야……."

인하가 난간에 기대며 투덜거렸지만 지원은 웃지 않고 정색했다.

"내 로망이니까. 왜? 불만 있어?"

"아니. 열심히 할라고."

인하가 어색하게 웃으며 캔커피 하나를 내밀었다.

인하는 그날 밤 이후 며칠째 눈치만 살피고 있었다. 지원 역시 너무 당황하는 바람에 어떻게 대처를 해야 할지 결정을 내리지 못해 그냥 시간만 까먹고 있는 중이었다. 굳이 그날 밤 일을 끄집어 내서 이야기를 하기도 참 쑥스럽고, 그냥 인하가 행동하는 대로 내버려 두고 있는 중이었다.

"올해도 봄 없이 바로 여름인가 보다."

인하는 괜히 날씨 이야기를 꺼냈지만 지원은 아무런 대답도 하지 않았고, 그러자 인하가 참지 못하고 불쑥 얼굴을 들이밀었다.

"아직도 화났어?"

"이씨."

지원은 그런 인하의 이마를 손가락을 꾹 눌러 밀었다. 그러자 인하도 똑같이 힘을 주며 버텼고, 약이 오른 지원은 콧등까지 찡그리며 더욱더 세게 힘을 줬다.

그때.

갑자기 힘을 쫙 빼버리면 작용 반작용의 법칙에 의해 박치기를 하게 될 줄 알고 손가락에서 힘을 거뒀는데, 방향 계산을 잘못하는 바람에 입술끼리 부딪히고 만 것이다. 엄청난 속도로 다가오는 인하를 어찌할 틈도 없이 그대로 받아버렸다. 정말 눈 깜짝할 사이에 일어난 입맞춤에 지원의 얼굴이 하얗게 질려 버렸다.

"흐훗."

인하는 웃었지만 지원은 웃을 수가 없었다. 차마 고개는 돌리지 못한 채 입을 벌리고 조심스레 좌우를 살폈다. 다행히 옥상에는 아무도 없었기에 목격자는 없는 듯했다.

"너어! 아직도 정신 못 차렸지!"

가슴이 들썩일 정도로 씩씩대다 인하가 그제야 사태 파악을 한 건지 좌우를 두리번거리며 슬슬 뒷걸음질을 쳤다.

"10분 다 된 거 같은데? 나 먼저 내려간다. 넌 더 있다가 와."

이번에도 줄행랑을 선택한 인하가 잽싸게 자리를 벗어났고, 지원은 그곳에 남아 이마를 감싸 쥐고 주저앉았다.

정말 누가 본 건 아니겠지?

이젠 하다하다 의도치 않아도 입을 맞추게 되니, 이제부턴 정말 단 한순간도 방심을 하면 안 되겠다 싶었다.

"작가님!"

"에?"

예상치 못한 사람의 소리에 놀란 지원이 자리를 박차고 오뚝이처럼 벌떡 일어섰다. 지원을 부른 건 다름 아닌 서브여주인공 역을 맡은 걸그룹 멤버 세정이었다.

혹시…… 본 건가?

지원은 의심을 거두지 않은 채 거리를 좁히며 다가오는 세정을 향해 환히 웃었다.

"전에 뵈었을 때보다 살이 더 빠지신 거 같아요. 글 쓰시느라 많이 힘드시죠?"

"아, 네."

생기 넘치는 눈빛이 마음에 들어, 지원은 아이돌은 절대로 쓰지 않겠다던 다짐을 깨고 오디션을 통해 직접 세정을 발탁했었다.

"저 진짜 열심히 할게요. 많이 가르쳐 주세요."

"네. 같이 잘해봐요."

다행이도 못 본 것 같았다. 지원은 놀란 가슴을 쓸어내리며 세정의 어깨를 토닥여 주었다.

"근데, 작가님 서인하 선배님이랑 많이 친하신가 봐요?"

"에?"

순간 소름이 쫙 끼쳤다. 입술은 바짝 마르고 등골이 서늘해졌다.

"아까 두 분 되게 다정해 보이시던데."

극찬을 마다하지 않았던 세정의 그 눈빛이 뭔가 지금은 심상치 않았다. 분명 보지 말았어야 할 것을 본 눈이었다.

"그냥 뭐……."

"저, 그렇게 입 가벼운 애 아니에요. 걱정 마세요."

젠장……. 봤네, 봤어.

"잘 부탁드릴게요. 작가님. 저 대사 많이 주실 거죠? 헤헷."

세정이 끼를 부렸다. 아니, 협박인지도 모르겠다. 이게 다 내 죄지. 쟤야 봉을 잡은 것뿐이고.

지원은 티 나지 않게 옅은 한숨을 내쉬며 환한 미소를 유지했다.

"네. 그럴게요. 그래야죠. 하하."

바득바득 이가 갈렸지만 지원은 애써 담담한 표정을 지었다.

"작가님! 다시 리딩 시작할 시간입니다!"

그때 마침 조연출이 지원을 불렀다. 그 목소리가 어찌나 반가운

지, 눈물이 날 뻔했다.

"네! 지금 가요!"

세정을 한 번 보곤 다시 어색하게 웃어 보인 지원은 서둘러 걸음을 옮겼다. 아무래도 회당 기본 3회씩 인하가 따귀를 맞는 신을 넣어야 분이 풀릴 것만 같았다.

대본리딩을 마치고 작업실로 돌아온 지원은 저녁 내내 글이 잘 풀리지 않아 무작정 집을 나섰다. 삼십 분의 방황 끝에, 문득 떠오른 그 북카페가 오늘 지원의 목적지로 선택되었다. 노트북이 든 무거운 가방을 어깨에 짊어지고 뒤뚱거리며 걷던 지원은 카페를 발견하곤 반가운 마음에 서둘러 걸음을 옮겼다.

Rrrr.

그때, 인하의 할머니에게서 전화가 걸려 왔다. 지원은 가방끈을 꼭 움켜쥐고 뒤뚱거리며 계단을 딛고 올라가 카페 안으로 들어간 후 전화를 받았다.

"할머니!"

〈그려, 지원아. 잘 지냈냐?〉

"그럼요. 저 요즘 할머니 보내주신 깻잎장아찌랑 곰탕 먹고 살 엄청 쪘어요!"

〈에이! 지지배 거짓말도 잘헌다. 네가 살이 퍽도 쪘겠다. 내일 저녁에 인하랑 할미 가게루 와. 삼 넣고 니 좋아하는 닭 푹 삶아줄 테니께. 알겠지?〉

"아이, 그럼 당연히 가야죠. 헤헷."

인하의 할머니는 지원에게도 친할머니 같은 존재셨다. 때마다 보양식을 챙겨주시고, 냉장고에 반찬 떨어질 틈 없이 매번 맛깔스러운 반찬들을 챙겨주시고, 김장철이 되면 한 통 가득 김치란 김치는 다 만들어서 보내주시고. 지원은 늘 할머니에게 죄송스러웠다. 좀 더 살갑고 상냥한 성격이라면 애교도 부리고 감사하단 말도 자주 드릴 수 있을 텐데 그러지 못하는 게 참으로 송구스러웠다.

〈글 쓴다고 밤새고 그러면 안 된다이? 남들 잘 때 푹 자고, 남들 먹을 때 챙겨 먹고 그래야 혀. 저눔의 할매가 또 잔소리하네, 이렇게 생각 말고 잘 새겨들어. 알았냐?〉

"넵! 명심하겠습니다."

지원은 카운터에 가서 시원한 청포도주스 한 잔을 주문하고 지난번에 인하와 함께 와서 앉았던 자리로 향했다.

〈아참, 그리구 말여. 내가…… 남자를 하나 봐뒀는디…….〉

"아, 인하한테 대충 얘기 들었어요."

〈미친 눔. 벌써 얘기하데?〉

할머니의 정겨운 욕설이 반가워, 지원은 배시시 웃었다.

〈이번 주에 약속 잡아도 되겠냐?〉

"네. 그렇게 해주세요."

〈알겠다. 내가 약속 잡아서 다시 일러줄 테니께 그런 줄 알어.〉

"네. 할머니. 쉬세요."

통화를 마친 지원은 옅은 한숨 한 번 쉬곤 피식 웃었다. 할머니의 제안은 도무지 거절을 할 수가 없었다.

"에휴. 키스신이나 쓰자."

마음에도 없는 키스신을 넣으려니 어디다가 넣어야 좋을지 몰라 머릿속이 멍해졌다. 도무지 답이 나오질 않았다. 개연성도 문제지만, 이미 써먹기로 마음먹었던 키스신 이외에 다른 키스신을 만들어야 한다는 게 부담이 되었다. 그것도 극 초반에 화제를 불러일으킬 수 있을 정도의 색다름이 필요하니 머릿속이 터져 나갈 것만 같았다.

지원은 가방에서 노트북을 꺼내 부팅을 시킨 후, 입술을 잘근잘근 깨물며 자판을 토닥였다. 색다른 키스신이 뭐가 있을까. 보는 순간 가슴이 짜르르 하고 몇 날 며칠 머릿속을 떠나지 않을 만한 키스신을 떠올려야 하는데, 이미 워낙에 다양한 키스신들이 많이 나와서…….

"안녕하세요."

"어, 안녕하세요."

음료를 서빙하러 온 사람은 다름 아닌 이곳의 사장인 현준이었다.

"잠깐 앉아도 될까요?"

"그럼요. 앉으세요."

지원의 앞에 컵을 내려둔 현준이 맞은편에 앉더니 자신의 몫으로 준비한 컵도 테이블 위에 내려두었다.

"제가 몰입에 방해된 건 아니에요?"

"전혀요. 하아. 안 그래도 지금 아무나 붙잡고 대화하고 싶던 차였어요."

마음 같아서는 지나가는 사람 아무나 붙잡고 어떤 키스가 하고 싶으세요? 어떤 키스를 꿈꾸세요? 해본 키스 중에 가장 기억에 남는 키스가 뭐예요? 라고 묻고 싶은 심정이었다.

"작업은 잘되가세요?"

"잘되고 있었죠."

키스신만 아니었어도…….

"막혔나 봐요?"

"네. 콱 막혔어요. 뭔가 색다른 키스신을 넣어야 하는데, 도저히 안 떠오르네요. 전국을 초토화시킬 만큼 획기적이고 기발하면서도 심장을 쫄깃하게 만들어야 하는데! ……안 떠올라요."

지원이 고개를 떨구며 빨대를 입에 물었다.

"보는 순간 '아, 부럽다' 싶은 그런 거요?"

"그렇죠!"

지원은 저도 모르게 큰 소리로 박수를 치고 말았다.

"전 그거 좋던데요? 자전거 타면서 남자가 고개 이렇게 뒤로 돌려서 입 맞추는 거."

"그건 다른 데서 했잖아요."

"아, 다른 데서 한 건 안 되는구나. 그럼 우산 쓰고 하는 건?"

"그것도 했어요."

"그것도요? 음. 그럼 꽃잎이 막 흐드러지는 나무 아래서……."

"촬영이 6월부터라 안 돼요."

"그럼 수중 키스?"

"에이. 진부하잖아요. 그리고 그거 의외로 그림이 안 예뻐요.

딴 거, 딴 거."

스스로 생각해도 좀 염치가 없는 듯했지만 어쩔 수 없었다. 지원은 현준이 눈을 떼굴떼굴 굴려가며 고민해 주는 게 너무도 고마워 커피 열 잔 정도는 사 마셔주고 싶은 심정이었다.

"그럼, 아예 남들이 시도할 생각도 못해본 의외의 곳에 키스를 하는 건 어때요?"

"어디요?"

"미간, 뭐 이런 데."

이 남자, 의외로 엉뚱한 구석도 있네?

농담인지 진담인지는 모르겠지만, 지원은 현준의 대답에 코웃음을 치며 손사래를 쳤다.

"T존에 유분 장난 아니거든요?"

"그럼 인중? 관자놀이?"

결국 지원의 웃음보가 터졌다. 사실 별로 웃긴 말도 아닌데, 저렇게 진지한 얼굴로 그런 말을 하니 웃지 않을 수가 없었다.

저런 남자는 얼마나 많은 여자와 연애를 해봤을까? 왠지 드라마나 영화 속 주인공보다 더 멋진 연애를 해봤을 것만 같았다.

"실례가 안 된다면, 여쭤봐도 될까요?"

"뭘요?"

"사장님이 기억하시는, 가장 기억에 남는 키스요."

이젠 정말 눈에 뵈는 것이 없었다. 민망하고 쑥스러운 것쯤이야 4회 안에 획기적인 키스신을 만들어낼 수만 있다면 얼마든지 참아낼 수 있었다.

"안 한 지가 오래되서 가물가물한데요?"

"에이. 거짓말."

아무래도 말하기가 쑥스러운 모양이다. 더 이상 보채기가 좀 그랬던 지원은 마음을 접고 빙긋 웃었다.

"혹시, 키스신 넣고 싶지 않으신 거 아니에요?"

갑작스러운 현준의 질문에 놀란 지원은 주스를 마시다가 사례에 걸려 콜록거리며 기침을 하고 말았다. 사실 현준의 질문은 거의 공격받는 수준의 묘한 기분을 들게 만들었다.

"에? 아, 아니에요."

솔직히 말하자면, 정곡을 찔렸다. 심지어 정 안 되면 인하 말고 서브남주인공과 여주인공의 키스신으로 만들까 고려 중이었다.

"그럼 지원 씨가 경험해 본 키스 중에 가장 짜릿했던 걸로 넣어 봐도 괜찮지 않을까요? 자극적인 것도 좋지만, 공감대가 형성이 돼야 시청자들도 몰입이 잘될 것 같은데."

사실 방금 전까지도 이걸 쓸까 말까 하고 망설인 키스신이 하나 있었다. 공식적으로 기억하는 인하와의 마지막 키스. 바로 아파트 비상계단에서의 이른바 '벽밀' 키스신이다. 흔한 것 같으면서도, 그만큼 설레는 것이 없을 듯했다.

하지만 지원은 절대로 쓰지 않겠다고 최종적으로 결정했다. 그건 우리의 추억이니까. 모두와 공유하고 싶지 않았다. 그것도 다른 여자와의 키스를 통해서는 더더욱 세상에 내놓고 싶지 않았다.

"두 번째 만났는데 이렇게 키스 얘길 심도 있게 나눌 줄은 몰랐어요."

"제가 지금 뵈는 게 없어서 그래요. 무례했다면 사과드릴게요."

"아니에요, 아니에요. 재밌어요."

그는 정말로 무척이나 즐거운 듯한 표정을 지었다. 그게 참 고마웠다.

"궁금한 게 있는데, 실례가 안 된다면 물어봐도 될까요?"

"그럼요. 전 키스 얘기도 물어봤는데요 뭐. 뭐든 물어보세요."

지원이 대답하자 현준이 옅게 웃었다.

"두 분, 어떤 사이예요?"

예상치 못한 질문에 당황한 지원은 동그랗게 만 입술을 씰룩이며 어색하게 웃었다.

"두 분이라면, 저랑 인하요?"

"제 질문이 너무 기자 같았죠? 너무 궁금해서 그만……."

"아뇨, 뭐……. 현준 씨가 보기엔 어떤 사이 같은데요?"

"음. 친구라고 단정 짓기엔 뭔가 있어 보이는 사이?"

"하하. 그래 보였어요? 재밌네요."

현준이 날린 돌직구에 지원은 하마터면 표정관리에 실패할 뻔했지만, 워낙 이러한 경험이 많았던지라 늘 그랬듯 능청스럽게 웃으며 위기를 모면했다.

"어. 자연스럽게 피해가시네."

"후훗. 현준 씨 눈썰미가 꽤 쓸 만한데요."

지원의 대답을 곰곰이 되짚어보는 듯, 현준은 흐음 하고 한숨을 내쉬며 고개를 끄덕였다. 고맙게도 그쯤에서 포기하기로 마음을 먹은 것 같았다.

"그럼 대답 들을 수 있는 질문으로 하나 더요. 지원 씨는 작가가되고 싶단 생각은 언제 하셨어요?"

마치 인터뷰를 하듯 틀에 박힌 질문을 건넨 현준 때문에 웃음을참지 못한 지원은, 이번엔 정성껏 대답을 해줘야겠다 싶어 꺼낼말을 가지런히 머릿속으로 정리했다.

"어렸을 때부터 전 책보다 대본을 더 많이 봤거든요. 아버지의영향이 컸죠. 그러다가 조금 머리가 굵어지니까 내가 쓰면 저거보단 낫겠다, 뭐 그런 근거 없는 자신감이 들어서 그때부터 시작했죠. 열여섯, 열일곱 그 즈음이었던 것 같아요."

"멋있네요. 그 어린 나이에 확고한 꿈이 있었다는 게."

입에 침도 안 바르고 제 자랑을 늘어놓은 것 같아서 민망해진지원이 어깨를 으쓱이며 빨대를 입에 물고 질근질근 깨물었다.

그나저나, 이 남자 무척이나 예리한데? 아니면 첫눈에 보기에도 딱 티가 날 정도로 보였던 건가? 지원은 더 이상 이곳에 머물렀다간 말실수를 할지도 모른다는 불안감에 서둘러 짐을 챙겼다.

"가시게요?"

"하하. 현준 씨랑 얘기하다 보니 시간이 이렇게 된 줄도 몰랐네요."

"어우. 그러게요. 벌써 열한 시가 다 되었구나."

묵직한 노트북가방을 어깨에 들쳐 멘 지원은 조금 남은 청포도주스를 챙겨 들고 일어났다.

"오늘 말동무해 주셔서 감사했어요."

"언제든 대환영입니다."

지원은 현준을 향해 깍듯이 고개를 꾸벅 숙여 인사를 건넨 후, 티 나지 않게 빠른 걸음으로 가게를 벗어났다.

　대본리딩을 마치고 늦은 시간까지 일대일 속성 스페인어 과외를 받은 인하는 양팔 가득 스페인어 서적을 끌어안고 공동현관 쪽으로 향했다. 오늘은 너무 피곤해서 하루쯤 쉬려고 했으나, 많은 사람들 앞에서 발음을 딱 꼬집어 민망하게 만든 지원에게 제대로 보여주고 말리라 다짐을 했기에 도저히 쉴 수가 없었다.
　그때, 인하는 저만치 앞에서 시원시원하게 걸어가고 있는 낯익은 뒷모습을 확인하곤 그의 뒤를 바짝 쫓았다.
　"지금 퇴근하시나 봐요?"
　"어! 인하 씨."
　현준은 무척이나 반갑다는 듯 눈매가 휘어질 만큼 환하게 웃었다.
　"오늘 작가님이 오셔서 얘길 좀 하느라고 늦었습니다."
　인하는 현준의 말이 끝난 후 약 5초간 멍하니 있다가 번뜩 떠오르는 작가 한 사람 때문에 저도 모르게 미간을 구겼다.
　"……지원이요?"
　"네. 11시까지 계시다가 가셨어요."
　밤늦도록 거기 있었단 말야? 애가 미쳤나!
　"아……. 그래요?"
　"시간이 너무 늦어서 바래다 드리려고 했는데 한사코 거절을 하셔서. 잘 들어갔는지 한 번 여쭤봐 주세요."

"아……. 그러셨구나. 그러죠."

책을 쥐고 있는 인하의 손아귀에 힘이 바짝 들어갔다.

"키스신 때문에 고민이 많으신 것 같더라고요. 계속 키스 얘기만 했었어요. 후훗."

심지어 다른 얘기도 아니고, 키스신?

인하는 슬슬 열이 받기 시작했다. 날 두고 감히 다른 남자와 시간을 보내는 걸로도 모자라, 뭐? 키스신에 대해 상의를 해? 멀쩡한 날 놔두고 저 인간이랑?

턱에서 뚝 소리가 날 정도로 이를 악다문 인하는 초인적인 인내심을 발휘해야만 했다. 불끈 움켜쥔 주먹을 힘주어 펴고 현관문의 디지털도어록 비밀번호를 풀어낸 인하는 환한 미소를 지은 채 현준을 바라보았다.

"인하 씨 덕분에 좋은 사람을 알게 돼서 정말 고맙게 생각해요. 이야길 나누다 보니까, 지원 씨랑 거의 모든 면에서 잘 맞더라고요. 취향이 비슷해서 그런지 대화도 잘 통하고."

"걔가 원래…… 그런 편이죠."

그 후, 현준과 인하의 사이에는 고요한 정적만이 감돌았다. 누군가 아주 작은 스파크만 일으켜 줘도 화르륵 불타 버릴 것만 같은 팽팽한 긴장감이 맴돌았다. 하지만 두 남자는 마치 이 순간을 즐기고 있는 사람들처럼 계속해서 버텼다.

"먼저 들어가겠습니다."

"네. 쉬세요."

현관문을 열고 집 안으로 들어선 인하는 깊게 숨을 내쉬곤 고개를 돌려 거울을 바라보았다. 그리곤 거울 속에 비친 서인하에게 경고했다.

서인하, 정신 차려. 죽 쒀서 개 주고 싶지 않으면.

인하를 뒤로하고 2층으로 올라가던 현준은 피식 하고 웃었다.

"재밌네."

남들 눈에는 훤히 보이는 마음을 애써 뒤로 감추고, 둘 다 아닌 척하는 모습이 참 순수하고 귀엽다고나 할까. 앞으로 지켜보는 재미가 쏠쏠할 듯했다. 아니, 답답하려나?

현관문 앞에 선 현준은 아까 카페에서 보았던 지원의 얼굴이 떠올라 또 한 번 웃고 말았다. 맞은편에 앉아 턱을 괴고 두 눈을 초롱초롱 빛내며 귀를 기울이던 모습이 쉽게 잊히지가 않았다.

확 방해해 버릴까?

첫눈에 반했다고 할 순 없지만, 관심을 끌 만한 매력이 충분한 여자였다. 외적인 모습이나, 대화를 할 때나. 솔직히 조금 더 가까워지고 싶고, 알고 싶은 여자였다.

그렇지만 이런 애매한 상황에서 섣불리 찔러봤다간 차일 게 뻔했다. 오히려 두 사람 관계만 좋아지게 만드는 촉매제로 쓰이고 버려질 수도 있다.

문고리를 쥐고 잠시 고민에 빠졌던 현준은 쉽게 결정을 내리지 못하고 고개를 저으며 집 안으로 들어섰다.

방송 3사가 한날한시에 첫 회를 방영하는 것은 매우 드문 일이다. 시청자 입장에서도 어떠한 드라마를 골라야 할지 몇 번이나 채널을 돌려가며 봐야 하는 번거로움이 있고, 그 번거로움은 고스란히 제작사에게 부담으로 작용해 연기자와 연출진은 물론이고 방송사에도 영향을 미치기 때문이다. 물론, 압도적인 차이로 승리를 한다면 걱정 따위는 개나 줘버릴 일이다. 그러기 위해선 제작부터 홍보까지 어느 것 하나 소홀히 할 수 없고 각자 담당한 영역에서 최고의 결과를 내어야만 한다. 작가는 대본으로, 감독은 연출로, 연기자는 연기로 말이다.

벌써부터 언론에서 '전무후무한 드라마 대전'이라고 칭하며 설레발을 떨고 있는 이번 경쟁에 최고라고 자부하는 P미디어와 J미디어, 이 두 미디어사가 동시에 작품을 내놓게 되었으니 불꽃 튀는 경쟁은 보나마나한 일이었다. J미디어는 드라마제작에 뛰어든 지 1년 만에 탄탄한 기획력과 막강한 자본으로 연달아 히트작을 내놓으며 십여 년간 단연 최고의 제작사라고 손꼽히던 P미디어를 턱 밑까지 추격해 왔다. 서로를 자극하여 더 좋은 작품을 만들어 냈다는 순기능도 있었지만, 사실 각 미디어사의 직원들은 이렇게 동시간대에 경쟁을 하게 될 때마다 종영하는 그날까지 피가 마르는 극도의 스트레스를 견뎌내야만 했다.

"J미디어는 벌써 일본이랑 중국에 판권 팔았대."

"남의 밥그릇 너무 신경 쓰면 피곤해요. 대표님은 협찬이나 잘 받아주세요."

아무래도 제작사의 대표다 보니 상대방의 사소한 정보에도 머리를 감싸 쥘 수밖에 없는 상황이긴 하지만, 지원은 김 대표에게 해줄 수 있는 말이 이것뿐이었다. 남의 밥그릇까지 신경 쓰다가 내 밥그릇도 못 지키는 실수를 범하기 전에 내부 단속이나 단단히 하자는 의미에서였다.

"협찬이야 뭐 주연배우들이 빵빵하니 광고주들이 서로 하겠다고 난리지. 아마 첫 회 방영 전에 광고도 완판될 거야. 재방까지 싹 다."

"그럼 됐지 뭘 그렇게 걱정하세요."

"난 대본이랑 연출은 전혀 걱정 안 해. 근데, 나도 인간인지라 저쪽에서 벌써부터 돈 세는 소리가 들리니까 약이 올라서 그런 거지."

입술을 삐죽 내밀며 징징대는 김 대표의 모습에 지원은 고개를 가로저으며 자리에서 일어났다. 그리곤 김 대표의 책상 위에 놓인 동시에 출격할 세 작품의 시놉시스와 1, 2회 대본집을 무심하게 뒤적였다.

장르는 세 작품 모두 멜로였다. 지원의 작품은 지독하게 현실적인 달콤 쌉쌀한 보통의 사랑 이야기이고, J미디어는 파격적인 스토리 라인이 부각된 격정적인 정통멜로, 다른 하나는 상큼한 아이돌 스타가 출연하는 로맨틱코미디 물이었다. 어느 하나 쉽게 성공을 장담할 순 없지만, 배우 캐스팅과 화제성을 놓고 보자면 단연선두는 지원의 작품이었다. 물론 홍보팀의 뛰어난 전략과 맞아떨어져 기대감을 한껏 증폭시킨 영향도 있긴 하지만 말이다.

"PPL(Product Placement의 약칭. 영화나 드라마 화면에 기업의 상품을 배치해 관객들의 무의식 속에 그 이미지를 자연스럽게 심는 간접광고를 통한 마케팅 기법)은 다 확인했지?"

"네. 적절하게 끼워 넣고 있어요. 그래도 뜬금없는 PPL은 안 받아서 다행이에요. 그다지 확 튀는 건 없더라고요."

대사나 상황에 튀지 않도록 적재적소에 PPL을 삽입하는 것도 이젠 작가의 가장 큰 덕목으로 꼽히고 있는 시대였다.

"우리 이 작가님 대본 쓰는데 다른 데 힘 많이 빼지 말라는 나의 배려랄까?"

"어유. 황공합니다."

지원이 절이라도 할 기세로 합장하며 고개를 숙이자 김 대표가 껄껄대며 호탕하게 웃었다.

"이 작가. 지난번 일은 정말 미안했어."

김 대표가 정색을 하며 정말 미안해 죽겠다는 듯한 표정을 짓자 지원은 고개를 저으며 손도 휘휘 내저었다. 아무래도 이 얘길 꺼내고 싶어서 사무실에 들어오라고 하셨던 모양이다. 대화 분위기가 무르익자 대뜸 그 남자 얘길 꺼낸 걸 보면.

"다 지난 일 뭘 또 들추고 그러세요. 대표님도 그냥 잊으세요."

"아냐. 지난번엔 내가 너무 당황해서 확인부터 해보려고 제대로 사과 못했잖아. 정말 미안해. 난 정말 그 녀석이 그런 줄도 모르고……."

어디에 내놔도 손색없는 집안의 자랑인 조카, 장가 보내보겠다고 소개팅 주선했더니 그놈이 삼촌한테 빅엿을 먹일 줄은 상상도 못 하셨을 테지. 그렇기에 지원도 좋은 게 좋은 거다 하고 그냥 넘어간 참이다. 처음엔 너무도 황당하고 기가 막혀서 주선자인 김 대표에게 화를 낼까 따지고 들까, 온갖 응징을 꿈꿨지만 마음을 고쳐 먹고 팩트만 간단히 전달했었다.

"내가 아주 따끔하게 혼냈어. 내가 이 작가 볼 때마다 민망하고 낯 뜨거워서 원."

"아이 참, 자꾸 얘기 꺼내면 생각나잖아요."

"알았어, 알았어. 다신 그놈 얘기 안 꺼낼게. 그니까 혹시라도 마음에 앙금 남아 있다면 다 털어버려."

"알았다니까요. 저 이만 들어갈게요. 가서 또 미친 듯이 써야죠."

지원은 가방을 챙겨 들고 자리에서 일어나 나갈 채비를 했다.

"근데, 혹시 이 작가 남자 있어?"

"에?"

"그날 말야. 영훈이 말로는 어떻게 알았는지 남자가 찾아와서, 그 남자한테 한 대 맞을 뻔했다고 하던데……?"

서인하라고까지 말 안 한 걸 다행이라고 해야 하는 건가. 지원은 옅게 웃다가 고개를 갸우뚱거리며 애매하게 대답을 해주고 그대로 사무실을 빠져나왔다. 정확한 대답을 듣지 못해 애가 타는 김 대표가 연신 '대답해 주고 가야지, 이 작가!' 하고 외쳐 댔지만 지원은 못 들은 척 계속 걸으며 알은체를 해 오는 사무실 직원들에게 인사를 건네고 엘리베이터로 향했다.

서인하, 그 성격에 잘 참았네.

다음 날 톱스타 A군이 신사동 가로수길에서 한 남자와 몸싸움 직전까지 갔다던 노골적인 이니셜 기사가 보도되고, 늘 그랬듯 아래 달린 댓글 대부분이 '서인하 아냐?'에서 시작되어 '서인하 맞네'로 끝이 났었다. 그 기사를 읽으면서 지원은 인하에게 너무도 미안하고 면목 없고 창피해서 그날의 일에 대해 다시 되짚어보지 못하고 그냥 흘려보냈었다.

그러고 보니 그날 고맙단 말도 못했다. 짠 하고 나타나 준 것도, 찾아가서 멋지게 한 방 날려준 것도.

엘리베이터에 오른 지원은 거울 속에 비친 제 얼굴을 멍하니 바라보며 두 눈을 끔벅였다.

꿋꿋하게 소개팅을 나가는 이지원이나, 끈질기게 훼방을 놓는 서인하나, 참 바보 같구나…….

차마 거절할 수 없는 자리라서라는 그럴듯한 핑계와, 난 여전히 서인하를 좋아하고 있는 게 아니라는 걸 확인하고픈 마음에 내지른 이기심으로 여기까지 오고 말았다.

많은 시간이 흘러 이젠 제법 친구 사이 같아 보이긴 하지만, 정체는 모호했다. 사람들에게 친구 사이로 보이길 원하면서도, 마음 한 구석으론 혹시 친구 그 이상이 아니냐는 질문을 반기고 있는 한심하기 짝이 없는 줏대. 이미 오래전에 헤어졌기에 친구로 남아 앞으로 남은 더 오랜 시간을 함께하고 싶다는 그럴듯한 핑계가 지원과 인하의 사이를 든든하게 지켜주고 있었다. 그 안에서 안주하고 싶다고 외치며 여전히 서로에게 향한 진심 따위는 차갑게 외면하고 인정하지 않는 건, 마음이란 건 그때의 우리처럼 한없이 나약하고 여전히 아무런 힘이 없다고 믿고 있기 때문일지도 모른다.

"인하 씨, 속도를 좀 줄이는 게……."

트레이너가 말을 끝내기도 전에, 인하는 신경 쓰지 말고 저쪽으로 가라는 뜻을 담아 손을 들어 보였다. 그러자 트레이너는 진심으로 걱정된다는 듯 고개를 절레절레 흔들며 걸음을 옮겼다.

인하는 벌써 1시간째 미친 듯이 달리고 있었다. 호흡이 가빠진 것은 물론이고 조만간에 동공이 풀릴 듯했다. 이렇게 무식하게 페이스 오버를 하는 사람은 달리다 죽기를 각오한 사람을 제외하곤 세상천지에 없을 듯싶었다.

간밤에 제대로 잠도 이루지 못했다. 해맑게 웃으며 지원과 모든 면에서 참 잘 맞는다고, 인하 씨 덕분에 좋은 사람을 알게 되어서 고맙다고 말하던 현준의 얼굴이 눈만 감으면 떠올라 밤새 이불을 수십 번도 더 걷어찼다.

남의 다리만 실컷 긁어준 꼴이 되다니. 아, 짜증나.

"안녕하세요!"

저 멀리서 그 '남의 다리'가 환히 웃으며 성큼성큼 걸어왔다. 절로 미간이 구겨졌지만 인하는 아무렇지 않은 듯 웃어 보였다.

"안녕하세요."

말을 하는 것도 버거울 정도로 숨이 찼지만 인하는 젖 먹던 힘까지 끌어올려 숨을 골랐다. 그러자 현준이 바로 옆자리에 있는 러닝머신 위에 올랐고 서서히 속도를 올렸다. 질 수 없었던 인하도 더욱 속도를 올렸다.

"오늘 같은 날씨에는 밖에서 뛰는 게 좋은데. 인하 씨는 그러기 힘들죠?"

"네. 뭐. 그렇죠."

말 시키지 마라. 심장 터질 것 같거든?

아무래도 오늘 폐가 터지든 허벅지가 터지든 뭔가 하나는 터질 것만 같았다.

"이따 스쿼시 한 게임 칠래요?"

"좋아요."

순간 인하의 눈동자가 번뜩였다.

잘 걸렸다. 폭풍 스쿼시로 너의 두 팔을 후덜덜하게 만들어주지!

"그냥 하면 재미없으니까, 간단하게 점심 내기로 할까요?"

"좋습니다! 안 그래도 인하 씨한테 물어볼 게 있었는데 잘됐네요. 삼십 분만 기다려 주세요. 몸 풀고 바로 하죠."

인하는 빙긋 웃으며 속도를 낮추고 천천히 조깅을 이어갔다. 반대로 현준은 속도를 두 배 이상 올려 전속력으로 달리는 수준이 되었다. 인하는 현준이 꼴딱꼴딱 숨넘어가는 꼴을 볼 작정으로 돌덩이 같은 두 발을 부지런히 움직였다.

쾅. 쾅.

앵글 샷, 드라이브 샷, 보스트 샷, 발리 샷, 로브 샷, 드롭 샷 등등 하여간 샷이란 샷은 몽땅 다 나왔다. 한 시간 가까운 무한 랠리에 스쿼시장 밖에는 사람들이 구름처럼 몰려들었고, 진귀한 풍경에 다들 웅성웅성거렸다.

강적이었다. 라켓을 쥔 손이 부들부들 떨렸다. 조만간 손바닥의 살갗이 몽땅 벗겨질 것만 같았다. 하지만 현준이 끄떡도 하지 않았기에 인하는 멈출 수가 없었다. 자존심이 그걸 허락지 않았다. 정신을 한데 모으고 공에서 눈을 떼지 않았다. 이를 악물고 없는 힘까지 쥐어짜서 몽땅 끌어모아 받아치는 중이었다.

이럴 줄 알았으면 근력운동도 해둘걸. 슬림한 몸매 망가질까 봐 몸 사린 게 이토록 후회가 된 적은 없었다.

슬슬 무릎이 삐걱대기 시작했다. 아무래도 이러다간 실신을 할 것만 같았다. 온몸에 땀으로 흠뻑 젖은 건 이미 오래전의 일이고, 이젠 발이 알아서 저절로 움직이는 경지에 이르렀다. 입에서는 단

내가 풀풀 나고, 양팔은 납자루라도 묶인 듯 감당할 수 없을 만큼 무거웠다.

이대로 죽는 건가. 이렇게 죽으면 해외토픽에 나겠구나. 이런 식으로 전 세계 팬들을 만나고 싶지 않은데.

"하아……."

인하는 더 이상 버틸 수가 없었다. 더 이상 팔을 휘둘렀다간 팔이 뚝 떨어져 나갈 것만 같았다. 하는 수 없이, 인하는 회심의 킬샷을 날리며 허공에 몸을 맡겼다.

그때.

"허윽!"

누구의 입에서 튀어나온 건지 모를 고통의 신음이 스쿼시장을 쩌렁쩌렁하게 울렸다. 인하는 넘어지는 그 순간 옆을 바라보았다. 현준이 라켓을 손에서 떨구며 날아드는 공을 받아치지 못한 채 털썩 나자빠져 버린 것이다.

됐어! 이겼어!

환호를 내지르고 싶었지만 사지는 물론이고 뇌가 명령을 거부했다. 하지만 이내 희한하게도 초인적인 힘이 발휘되었다. 인하는 자리를 털고 일어나 누워 있는 현준에게 손을 내밀어 그를 일으켜 세워주었다.

"너무 아쉽다. 더 할 수 있었는데."

쳇, 허세는……. 어련하실까!

인하는 부드럽게 입매를 늘이며 너그러운 미소를 지었다.

"가시죠! 제가 졌으니까 점심 대접하겠습니다."

승자의 여유를 만끽하던 인하는 앞장서는 현준의 뒤를 따라 조심스레 걸었다. 휘청이지 않으려고 아주 천천히, 그리고 바르게 걸었다.

현준이 안내한 곳은 한 브런치식당이었다. 인하는 선글라스로 나름 얼굴을 감췄지만 식당 안에 있던 대부분의 사람들이 인하를 알아보고 웅성대고 있었다. 하지만 먹을 땐 개도 안 건드린다는 걸 몸소 보여주려는 듯 사람들은 선뜻 다가오지 않았다. 인하는 잉글리시머핀에 크림치즈를 쓰윽 발라 한입 베어 물곤 뻐근한 뒷목을 잡고 고개를 한 바퀴 돌렸다.

"인하 씨, 음식 입에 맞으세요?"

"네. 맛있네요."

빵이 입에 맞고 안 맞고 할 게 어디 있다고…….

아무래도 저 '남의 다리'는 타고나길 다정하게 타고난 모양이다. 저 보기 좋은 미소 하며, 넘치는 배려와 상냥함 하며, 보면 볼수록 마음에 안 들었다. 마음만 제대로 먹는다면 여러 여자 울리는 건 일도 아닐 듯해 보였다.

"우리 그냥 '씨' 자 빼고 이름 부르죠? 남자들끼리 씨씨거리려니까 낯간지러워서. 나이가 어떻게 되시죠?"

"아, 저는 올해 서른셋입니다."

"저보다 한 살 많으시네요. 그냥 형이라고 불러도 되죠?"

"그럼 전 좋죠. 서인하 씨한테 형 소리도 들어보고. 후훗."

좋단다.

인하는 커피 한 모금을 입에 머금고 베이컨을 썰어 샐러드 위에 얹었다.

"형 동생 하기로 했으니까 말 놓으세요. 그래야 저도 말을 편하게 하죠."

"그래도 될…… 까?"

"어. 그래도 돼."

현준이 맑게 웃었다. 진짜 좋은가 보다. 그거 뭐 별거라고.

"아까 나한테 물어볼 거 있다고 하지 않았어?"

인하의 물음에 현준이 심각한 얘기라도 꺼낼 기세로 상체를 바짝 숙이며 주변을 살폈다. 인하는 덩달아 주변 눈치를 보며 쓴 커피를 저만치 밀어두고 주스잔을 끌어당겼다.

"다른 게 아니라…… 이지원 씨 말야."

왜 슬픈 예감은 틀리질 않는 걸까. 노래 가사 참 더럽게 잘 지었네.

인하는 애써 태연한 표정을 지으며 샐러드를 입에 한 가득 우겨넣었다.

"지원이가 왜?"

"어떤 스타일을 좋아하는지 알아?"

"지원이한테 관심 있어?"

현준이 쑥스러운 듯 웃으며 고개를 끄덕였다.

아주 꼴값을 떨고 앉았다.

"걔 눈 엄청 높아. 눈이 머리꼭대기가 아니라 대기권 돌파해서 우주에 있는 애야."

"그 정도야?"

인하가 말도 말라는 듯 고개를 좌우로 흔들며 혀를 내둘렀다.

"말도 마. 내가 이지원의 흑역사를 모두 꿰고 있거든."

"역시, 미인이라 그런 건가."

마침 주스를 마시던 인하는 주스를 코로 뿜을 뻔한 위기를 극복하고 냅킨으로 입술을 닦았다.

"미인은 무슨."

"왜? 지원 씨 예쁜데! 이목구비도 또렷하고, 피부도 하얗고, 머리도 자그맣고. 서구적이잖아."

"서구적? 말도 안 돼. 도대체 서구 어느 나라요?"

인하가 동의하지 않자 현준이 웃으며 커피잔을 입으로 가져갔다.

"오랜 친구 사이라더니, 가까이에서 오래 지켜봐서 그런지 친구의 진가를 너무 모른다. 후훗. 아니, 오히려 그래서 둘이 눈이 안 맞은 건가?"

니가 몰라서 그렇지 이미 진작 눈 맞았거든?

인하는 솔직한 대답 대신 가증스러운 미소를 지으며 고개를 갸우뚱거렸다.

"넌 연애 안 해?"

"게이라고 소문나서 여자가 안 생겨."

그 말에 현준이 소리를 내어 웃었다.

"그것 참 슬픈 얘기다."

뭐, 슬플 것까지야. 근데…… 왜 자꾸 목이 타지?

물을 족히 석 잔 이상 비웠음에도 불구하고 계속해서 목이 말랐다. 아무래도 태연한 척하느라 체력을 많이 소진한 탓인 듯했다. 안 그래도 폭풍 운동으로 손과 다리가 후들거려 죽겠는데…….

"다 먹었으면 이만 일어날까? 좀 있다가 스케줄이 있어서."

"어, 그래. 일어나자."

인하가 먼저 앞장섰고, 그 뒤를 현준이 따랐다. 식당 안의 모든 시선이 인하에게 쏠렸고, 인하는 알은체를 하는 사람들에게 슬쩍 고개를 끄덕여 인사를 건네곤 식당을 빠져나왔다.

일단 현준은 확실히 지원에게 마음이 있는 듯했다. 이렇게 여유를 부렸다간 정말 상상하고 싶지 않은 상황에 몰릴 가능성이 농후했다. 마음이 급해진 인하는 초조하게 아랫입술을 깨물며 주먹을 꾹 움켜쥐었다.

인하와 식사를 마친 현준은 카페로 돌아와 전용좌석에 노트북을 세팅하고 앉아 손가락으로 톡톡 테이블을 두들겼다. 깊은 생각에 잠긴 현준은 지원에게 관심조차 갖지 못하게 하려고 안간힘을 쓰던 인하의 조급한 행동들이 떠올라 저도 모르게 피식거리며 웃었다.

인하는 지원에게 '관계자 외 절대 접근 금지' 팻말을 단단히 박아두고 두 겹, 세 겹 안전 펜스를 설치했다. 펜스 밖에서 그런 지원을 넘어다보려니, 이것 참 은근히 자존심도 상하면서 동시에 도전의식도 불타올랐다.

생각했던 것보다 많이 좋아하는 듯했다. 이런 상황에서는 제삼자의 눈이 가장 정확한 법이니까.

농담 반 진담 반으로 지원에 대해 쿡쿡 찔러볼 때마다 반응이 심상치 않았다. 숨기는 법을 모르는 건지, 숨겨지지가 않는 건지 고스란히 마음을 내보였다.

보면 볼수록 귀여운 인간들이라니까.

인하는 고개를 저으며 옅게 웃었다. 둘 사이에 긴장감을 유발하는 그 이상도 그 이하도 아닌 존재가 되어버릴 게 뻔한 상황에서 지원에 대한 관심을 키우는 건 비참하고, 동시에 남자답지 못한 행동이라고 생각했다.

"아휴, 아깝다."

함께 이야길 나눌 때면 시간 가는 줄 모를 정도로 대화가 잘 통하는 여자는 정말 오랜만에 만났는데……. 아쉬운 마음에 이마를 긁적이던 인하는 인터넷 창을 열어 포털사이트 검색 창에 토닥토닥 글자를 집어넣으며 깊은 한숨을 내쉬었다.

집에 돌아오자마자 인하는 분노의 클릭으로 서둘러 포털사이트 지식검색 창을 두드렸다.

오랜 친구와 연인이 되는 법.

과연 이렇게 써도 지식검색이 될까 하고 품었던 의심을 단번에 날려주는 공감 100%의 사연들이 줄을 이었다. 심장이 빠르게 뛰었다. 비록 아무도 없는 집이긴 하지만 혹시나 갑자기 누군가 불쑥 튀어나와 훔쳐볼까 잔뜩 긴장한 채 주변을 두리번거렸다.

해당 질문에 달린 지식인들의 답변은 평범한 진리들이 대부분이었다. 인하는 아주 진지하게 답변 하나하나 꼼꼼히 체크했다.

스킨십을 자주 하세요.

스킨십이라. 안타깝게도 지원에겐 안 통하는 방법이었다. 잠든 사이에 뽀뽀를 해도 전혀 눈치 못 채는 무딘 여자였다. 그 정도 스킨십 시도면 목석이라도 볼을 붉히고도 남을 텐데…….

잠시 거리를 두고 지내 보세요. 빈자리를 느끼게 된 상대방의 마음이 급해질 겁니다.

이 방법은 인하 스스로가 불안하기에 도전할 자신도 없고 마음에 들지 않아 빠르게 패스했다.

술의 힘을 빌려보세요. 술을 마시면서 진솔한 대화를 나누다 보면 마음이 열릴 겁니다.

술을 이용하라는 답변이 가장 많았다. 하지만 지원이 인하보다 술이 세기 때문에 이것 역시 불가능했다. 고백도 하기 전에 인하가 먼저 뻗을 가능성이 있으므로 과감하게 패스를 외쳤다.

외모에 변화를 줘보세요. 그간 보여주지 않았던 섹시한 모습 등을 보여주세요. 반드시 흔들릴 겁니다.

변신이라면 수도 없이 해봤다. 직업이 배운데 오죽할까. 그간 인하가 맡았던 다양한 배역들은 모두 지원이 점검해 주곤 했었다. 그때마다 지원이 설레어하는 걸 본 적이 없었다.

솔직해지세요. 끊임없이 들이대면 반드시 열립니다. 이성은 잠시 넣어두고 본능을 따르세요.

솔직과 본능. 그래. 이게 정공법이지.

하지만 동시에 가장 위험부담이 큰 방법이기도 했다. 일단은 같은 마음이라고 자신을 할 수 없기에 부담감이 컸다. 가끔씩 같은 마음일지도 모른다는 착각에 빠져 나 혼자 저만치 앞서 갔다가 혼자 서운해하고, 혼자 마음아파했던 적이 너무도 많았기에 늘 '솔직'이란 말 앞에서 주저하곤 했다.

다시 시작하기엔…… 너무 많이 온 걸까?

그렇다고 여기서 마음을 접고 정말 평생 친구로 지낼 자신도 없잖아?

"후우."

늘 그랬듯 답이 정해진 어리석은 물음이었다. 인하는 마음을 다잡고 할머니에게 전화를 걸었다.

"할머니, 전에 할머니가 지원이한테 소개해 주고 싶다던 남자 있잖아……."

그래. 어차피 더 이상 물러날 곳도 없으니까. 이렇게 있다가 어영부영 빼앗기게 생겼는데 뭘 하든 해봐야지.

인하는 심호흡 한 번에 헝클어졌던 생각들을 정리하며 마음을 굳게 먹었다.

초저녁부터 식당 안에는 손님들로 바글바글했다. 지원과 인하는 직원의 안내를 받아 식당 가장 깊숙한 곳에 위치한 밀실로 이동했다.

인하가 차려준 할머니의 한식당은 정재계 인사들만 드나드는 문턱 높은 한식당이 아닌, 가족 단위로 부담 없이 전통 한식을 즐길 수 있는 대중화된 한식당이었다. 정갈하고 맛깔스러운 음식으로 많은 사랑을 받고 있는 할머니의 식당은, 인하가 무척이나 공을 들인 소박하면서도 따뜻한 인테리어 덕에 더더욱 인기를 끌고 있었다.

"어여 들어와!"

문을 열자 안에서 기다리고 계셨던 할머니께서 얼른 들어오라 손짓하셨다. 지원과 인하는 서둘러 안으로 들어갔다.

"시상에. 내가 이럴 줄 알았다니께. 지원이 얼굴 반쪽 된 거봐."

무릎을 짚고 일어난 할머니는 지원의 얼굴을 양손으로 감싸며 애틋한 표정을 지었다. 평생 일을 해온 거친 손이었지만, 지원은 할머니의 손이 세상에서 가장 따뜻했다. 괜히 울컥한 마음에 눈물이 삐질 나올 것 같아 지원은 부러 환히 미소를 지었다.

"바빠서 자주 못 찾아뵈어서 죄송해요."

"죄송은 무신. 얼른 앉어. 식기 전에 얼른 먹어야 혀."

할머니는 서둘러 손수 닭의 살점을 발라 지원의 앞에 놓인 조그만 접시 위에 소복하게 쌓아주셨다.

"할머니 나는? 나도 많이 말랐지?"

"쓰잘데기 없는 소리 말고 얼른 앉어."

인하가 서운하다는 듯 입술을 쭉 빼물었지만 할머니는 눈도 꿈쩍 하지 않으셨다. 지원은 손등으로 입술을 가리며 연신 웃음을 터뜨렸다.

"아이고, 내 정신 좀 봐. 지원이 좋아하는 애탕국 끓여놓고 깜박했네이. 잠깐 기둘려."

할머니는 뭐가 그리고 신이 나신지, 다시 자리를 박차고 일어나 방을 빠져나가셨다. 하나라도 더 챙겨 먹이고 싶어하시는 할머니란 걸 알기에, 지원은 사양하지 않고 할머니가 발라주신 닭고기를 소금에 찍어 입안에 넣었다.

"너 보니까 할머니가 기운이 솟나 부다."

"나 때문이겠냐? 너 때문이지. 자주자주 좀 찾아봬."

"어으 잔소리."

인하가 어깨를 부르르 떨며 진저리를 쳤다. 그 모습에 또 웃음이 터진 지원은 인하의 옆구리를 팔꿈치로 쿡 찌르며 눈을 흘겼다.

"에잇. 짜증나."

"왜 그래?"

"젓가락질이 안 돼."

인하는 정말로 젓가락질이 잘 안 되는지 젓가락을 탁 하고 식탁 위에 내려놓았다. 지원은 이게 또 수 쓰는 건가 싶어서 눈매를 가늘게 뜨고 노려보았다.

"머릿속에 자갈 굴러다니는 소리 다 들려."

"뭐?"

"포크 갖다줄까? 포크로 찍어 먹어 그럼."

"야. 진짜야. 이거 봐! 나 손 떨리는 거 안 보여?"

인하가 억울하다는 듯 손을 쭉 내밀었다. 근데 정말로 손이 떨렸다. 놀란 지원이 인하의 손목을 잡고 이리저리 살폈다.

"왜 그래?"

"다쳤지."

"어디 봐."

지원은 인하 쪽으로 완전히 돌아앉아 팔을 꾹꾹 만져 보았다. 평소보단 확실히 근육이 딴딴히 뭉쳐 있었다. 지원은 손목부터 어깨까지 만져 가며 찬찬히 짚어 올라갔다.

"여기도 아파?"

지원이 어깨를 주무르자 인하가 고개를 돌리며 정말로 아파했다. 순간 지원은 뭘 어디서 어떻게 다쳤기에 이지경이 된 건가 싶어 가장 먼저 화가 치밀었고, 그 뒤를 이어 미련하게 왜 말은 안 한 건지에 대해 다시 한 번 화가 났다.

"병원 가봐야 되는 거 아냐?"

"그 정도는 아니고."

팔꿈치와 손목 사이의 근육을 꾹꾹 주물러 주자 인하가 잔뜩 미간을 구긴 채 고개를 끄덕였다.

아니, 이게 백숙 먹다가 뭐하는 짓이래.

그래도 아프다니 어쩔 수 없었다. 지원은 인하의 어깨부터 손목까지를 몇 번이나 왔다 갔다 하며 꾹꾹 눌러주었다. 그러던 중, 지원의 눈에 인하의 손바닥에 생긴 상처가 보였다.

"어? 이건 또 뭐야? 다쳤어?"

"아, 별거 아냐."

인하가 손을 빼더니 등 뒤로 숨겼다.

"별거 아니긴. 봐봐."

도로 인하의 손을 빼앗은 지원이 억지로 손을 쫙 펼쳤다. 어디 자갈밭에 손바닥을 문지르기라도 한 것처럼 붉게 부풀은 데다가 군데군데 껍질이 벗겨지고 피딱지가 앉기도 했다.

지원은 속상했다. 이런 손으로 집에서부터 여기까지 운전을 시키고, 스치듯 인하의 손을 몇 번이나 봤음에도 알아채지 못한 자신이 한심하기까지 했다.

"바른대로 말 안 해?"

"운동하다가 좀 다친 거야."

"무슨 운동을 어떻게 했길래 손이 이래."

손 예쁜 걸로 치자면 국내에 따라올 자가 없는 귀하디귀한 손인데…… 이 손 덕분에 광고를 몇 개나 찍었는데!

"둘이 딱 붙어서 뭐하는 겨?"

그때, 문이 벌컥 열리더니 할머니께서 안으로 들어오셨다. 놀란 지원은 다시 몸을 돌려 인하와의 거리를 조금 넓혔다.

"에이, 할머니는 눈치 없이."

"이눔이 할미한테 못하는 말이 없네. 너 지원이한테서 저만치 떨어져 앉어."

먼저 다가온 건 지원이었는데 졸지에 인하가 뒤집어쓰고 말았다. 이에 인하가 조금 억울했던지, 입술을 씰룩이며 숟가락으로 죽을 떠먹었다.

"자. 이거 먹어. 식기 전에 얼른 먹어잉."

"네. 잘 먹겠습니다!"

"그려그려."

깻잎을 다져 넣어 한층 더 깔끔한 완자와 말간 국물이 어우러진 할머니 표 애탕국은 지원이 가장 좋아하는 음식이었다. 세상엔 조미료가 들어가지 않아도 맛있는 음식이 많다는 걸 알게 해주신 귀한 분이셨다.

"역시 할머니가 만들어주는 애탕국이 제일 맛있어요! 집에서 아무리 해봐도 이 맛이 안 나던데."

"나중에 너도 자식 생기면 그때 한 번 맹글어줘 봐. 무진장 맛있게 될 테니께."

"정말요?"

"그람. 원래 그런겨. 나 먹을려고 만들면 이상하게 뭐가 빠진 거 같은디, 내 새끼 먹일라고 만들어보면 윔청 맛있어."

지원은 가끔씩 할머니가 무의미하게 툭 하고 던진 말 한마디를 가슴에 담아두고 몇 날 며칠 꺼내보곤 했다. 아무래도 오늘 이 말도 그럴 것만 같았다. 그냥 지나가듯 건넨 말 한마디에도 정이 담뿍 담긴 할머니 때문에 마음이 따뜻해진 지원은 고개를 끄덕이며 욕심껏 입안에 완자를 밀어 넣었다.

"나 바뻐서 나가봐야 될 거 같여. 둘이 먹고 쉬다가 가잉?"

"그럴게요. 할머니 무리하지 마시구요, 그냥 감독만 하셔야 돼요?"

"알았으, 알았으."

할머니가 방을 나간 뒤, 지원은 닭다리 하나를 뜯어 살을 발라 인하의 접시에 담아주었다. 그 모습을 가만히 지켜보고 있던 인하는 갑자기 혼자서 실실 웃더니 참아보려고 애쓰는 건지 입술을 입안으로 밀어 넣고 꾹꾹 다물었다.

"왜 웃어?"

"그냥. ……좋아서."

방금 서인하가 기분 좋을 만한 일이 일어났던가? 지원은 어깨를 으쓱이며 덩달아 따라 웃었다.

"뭐가 좋은데?"

"이렇게 마주 앉아서 너랑 밥 먹는 것도 좋고, 할머니랑 너랑 이야기 나누는 것도 듣기 좋고."

별말 아닌데도 이상하게 가슴이 두근거렸다. 하지만 지원은 내색하지 않고 무덤덤한 얼굴로 계속해서 살을 발랐다.

"갈 때 약국 들려야겠다. 근육통약이랑 파스 사가지고……."

"넌 어때?"

인하가 지원의 말을 잘랐다. 애써 말을 돌린 게 무색해졌다.

"아무렇지도 않아."

흔드는 대로 흔들리지 않으려고, 오늘도 지원은 중심을 잡으려 애를 썼다. 이렇게 편안해지기까지 우리가 그동안 참고 견뎌온 시간들이 얼만데……. 절대로 잃고 싶지 않기에 절대로 흔들리지 않으려고 안간힘을 썼다.

하지만 인하는 실망한 표정을 감추지 못했다. 그러나 늘 그랬던 것처럼 이내 웃는 얼굴로 다시 분위기를 원점으로 돌렸다. 오늘은 왠지 이 익숙함이 불편했다. 서로 안간힘을 쓰면서 버티는 게 눈에 훤히 보여, 조금 서글프기까지 했다.

"많이 먹어. 맛있다."

인하가 어설픈 왼손 젓가락질로 날개 하나를 떼어 지원의 접시에 올려주었다. 지원은 입술을 한 번 꾹 깨물곤 인하가 떼어준 날개를 손으로 들고 야금야금 뜯어먹었다.

사랑은 이렇게 하는 거야.

그건 사랑이라고 하지 않아.

사람들은 쉽게 자신의 기준대로 사랑을 정의하고 평가한다. 애초에 남자와 여자 사이의 간질간질하고 말랑말랑한 감정을 '사랑'이란 단어에 함축을 해버린 그 누군가의 기준이 전 세계 공통으로 적용되어 그 이외 것들에 대해서는 인정해 주지 않고 그 오랜 세월을 편협한 시각으로 버티고 있다.

왜 그럴까?

지원은 납득하기 어려웠다. 세상 사람들은 세계화에 발맞춰 문화의 상대성을 인정하는 지성을 갖춰가면서, 왜 사랑의 상대성은 인정하지 않을까. 내가 알고 있는 사랑, 내가 배운 사랑, 내가 본 사랑, 내가 이해할 수 있는 사랑이 전부라고 믿으면서 다른 모양, 다른 색깔을 가진 사랑에 대해서는 그게 아니라며 가르치려고 든다.

서인하와 이지원. 짧았던 연애 후 긴 시간 동안 친구라는 부르기 좋고 편리한 허울을 뒤집어쓰고 있는 동안, 일반적인 의미의 사랑까진 아니더라도 그와 비슷하게 부를 수 있는 감정을 간직하고 있었다. 그것은 부인할 수 없는 사실이었다. 그렇지 않고서야 이런 특별한 관계를 유지할 수가 없으니까.

보통의 사랑, 평범한 연애…….

도대체 그 보통과 평범함의 범위는 어디까지일까. 우린 정말 특별한 관계일까?

보통과 평범함이란 말 속의 위대함은 지원도 이미 알고 있었다. 그것들만큼 갖기 어려운 것도, 지켜내기 어려운 것도 없다는 건 직접 보고 자랐고, 직접 해보았으니 말이다. 그렇다고 해서 특별한 사랑이나 비범한 연애가, 보통의 사랑이나 평범한 연애보다 만만하지도 않았다.

그렇다면, 난 정말 연애 루저인 건가.

서인하를 생각할 때면 자연스레 따라붙는 갈등이 있었다. '이

만하면 됐잖아. 다음에 또 인하가 슬쩍 꼬시면 눈 딱 감고 넘어가 볼까?' 와 '지금도 나쁘지 않잖아. 마음 졸일 일 없고, 사소한 오해로 다툴 일도, 헤어지게 될까 봐 조바심 낼 일도 없고. 됐어, 이정도면'.

참으로 오랫동안 반복해 온 갈등이었다. 지원의 생각엔 둘 다 무척 설득력이 있는 주장이라 어느 한 쪽으로 완벽히 마음을 정하지 못했다.

……우린 지금 뭘 하고 있는 거지?

지원은 오늘도 결론을 내리지 못하고 물음표만 잔뜩 남긴 채 마른세수를 하며 나지막하게 신음을 내뱉었다. 이렇게 시간을 까먹을 때가 아닌데, 양치를 마치고 잠시 거울을 본다는 게 인하 생각으로 불똥이 튀는 바람에 사랑에 대한 정의와 보통과 평범함에 대한 위대함까지 새삼 깨닫는 긴 잡념의 시간을 보내고 말았다.

이제야 제정신이 든 지원은 서둘러 욕실을 빠져나와 테이블 위에 올려둔 차키와 지갑을 챙겨 들고 빠른 걸음으로 현관을 나섰다.

"아으, 무거워."

놀라웠다. 분명 방금 전까진 술집이었는데 눈을 떠보니 집 현관문 앞이었다. 고개를 슬쩍 돌려보니 역시나 지원이 낑낑대며 부축을 하고 있었다. 동규 자식은 어딜 가고 네가 여기 있냐고 물어보려던 인하는 일단 좀 술이 깨고 나면 물어볼 생각에 입을 꾹 다물고 지원이 현관 디지털도어록을 푸는 모습을 지켜보았다.

오늘은 드라마 촬영 시작 전 전체 회식이 있었다. 방송사에서도 거는 기대가 큰 탓인지 이례적으로 금일봉을 보내 왔고, 제작사에서도 기를 세워주기 위해 거액의 금일봉을 내놓아 10여 명의 주조 연출연진들과 핵심연출진까지 해서 약 서른 명가량이 한우로 배불리 회식을 한 참이다.

식사 후 당연히 2차가 이어졌고, 16회 대본 마무리 중이라는 핑계로 1차에 참석하지 않았던 지원이 회식에 합류한 건 그 무렵이었다. 이미 호프집 여기저기에 쓰러진 사람들이 발견되었지만 인하는 지원과 속도를 맞추며 끝까지 버텨보려 애를 썼다. 하지만 역시 무리였다.

인하가 기억하는 건 여기까지였다. 그 후로는 기억이 뜨문뜨문 떠올라 잘 연결이 되지 않았다.

"그러게 이기지도 못할 술을 왜 그렇게 많이 마셨어. 이 화상아!"

부축하는 대로 걷다 보니 어느새 거실이었다. 지원은 소파에 자신을 내동댕이치며 버럭 화를 냈다.

"아프잖아……."

"시끄러."

지원은 화가 난 듯 쿵쿵거리며 주방으로 향했다. 순간 인하는 다행이란 생각을 했다. 그냥 이대로 가버리는 건가 싶어 아쉬우려던 참이었는데 말이다. 인하는 잠들지 않으려고 계속해서 눈을 끔벅였다.

"마시고 자. 속 버려."

지원이 내민 건 꿀물이 담긴 컵이었다. 인하는 간신히 상체를 일으키고 지원을 바라보았다.

　"얼른 받아."

　지원에게서 컵을 건네받은 인하는 이걸 천천히 마시면 지원이 좀 더 있다 갈까 싶어 아주 천천히 들이켰다.

　"으으. 머리야."

　눈을 잔뜩 찡그리며 머리를 흔들자 지원이 이마를 짚으며 다가와 옆자리에 앉았다. 그리곤 손에 힘을 주어 뒷목을 주물러 주었다.

　"분위기 띄워서 잘해보고자 하는 의욕은 알겠는데, 그것도 네 몸 생각하면서 해."

　"그러게. 실컷 체중조절해 놓고 오늘 완전 만 칼로리 먹은 것 같아."

　"웃음이 나오냐?"

　실실 웃던 인하는 지원의 정색에 덩달아 정색해 버렸다.

　"나랑 한잔 더 할래?"

　"너 이미 많이 마셨어."

　"뭐 어때. 집인데. 한잔하고 가. 나 챙기느라 양껏 못 마셨을 거 아냐."

　인하는 지원의 주량을 지원보다도 더 잘 알고 있었다. 오늘 지원이 마신 양은 평소의 1/4 수준밖에 되지 않았다. 이렇게 감질나게 맛만 볼 거면 차라리 안 마시는 게 낫다고 말하는 지원임을 알기에 인하가 먼저 제안한 것이다.

지원은 망설임이나 고민 따위 없다는 듯 냉장고로 가서 캔맥주와 수납장에 숨겨두었던 소주도 용케 찾아 꺼내왔다.

"안주 할 만한 게 없네?"

"아이스크림 있는데. 그걸로 하자."

"맛 희한하겠다."

투덜거리면서도 지원은 냉동실에서 아이스크림을 꺼냈다. 그리곤 컵 두 개와 숟가락 두 개도 챙겨 왔다. 그렇게 테이블 위에 조촐한 술상이 차려졌다. 지원은 컵에 맥주를 따르고 소주를 조금 따라 비율을 맞춰 두 잔을 만들고 한 잔을 인하에게 내밀었다.

두 사람만의 오붓한 건배가 쨍 소리와 함께 시작되었다. 지원을 따라 단숨에 원샷을 한 인하는 순간 머리가 핑글 돌아 눈을 질끈 감았다.

"으으."

지원은 온몸을 부르르 떨며 아이스크림을 한 숟가락 크게 떠먹고 또 한 번 몸서리를 쳤다.

"촬영 열흘밖에 안 남았다."

"그러게. 시간 엄청 빨리 가네."

"당분간은 이렇게 마주보고 웃고 떠들 시간 없겠지?"

"아우, 속 시원해!"

순간 지원이 얄미워 보였던 인하는 지원의 볼을 손가락으로 쿡 찔렀다.

"내가 꼭 널 언터처블한 존재로 만들어줄게."

"이미 언터처블하지 않아?"

인하의 말대꾸에 지원이 눈을 흘기더니 다시 한 잔을 만들어 쭈욱 들이켰다.

"나 작정하고 쓰는 거야. 세상의 모든 여자들이 서인하한테 안홀리고는 못 배기게 만들려고."

"뭘 그렇게까지. 후훗."

안 그래도 인하 역시 대본을 읽으면서 느꼈다. 남자가 봐도 반할 만큼, 지원이 만들어준 캐릭터는 아주 매력적인 인물이었다. 사람들에게 늘 상냥하고 다정하고 배려 넘치고, 센스와 재치를 겸비한 스마트한 남자를 세상 그 어느 누가 마다할까. 거기다 비주얼이 무려 서인하인데.

인하는 지원의 빈 잔을 채워줬다. 요 며칠 온종일 책상 앞에만 앉아서 대본을 썼다더니, 정말로 상태가 그다지 좋아 보이지가 않았다. 많이 피곤한 건지 혈색도 좋지 못했다. 하지만 워낙에 술을 좋아하니, 오늘만큼은 간만에 맘껏 먹게 해주고 싶었다.

아이스크림 한 통을 안주 삼아 다 퍼먹고 나니 테이블 위엔 빈 맥주캔과 소주 두 병이 놓여 있었다. 그러느라 꽤 기분이 좋아진 지원은 배실배실 웃어대며 혀 꼬부라진 소리를 해댔다.

인하는 그런 지원의 모습이 참 좋았다. 무장해제한 모습을 이때가 아니면 볼 수가 없기에, 인하는 턱을 괸 채 본격적으로 지원을 바라보았다.

"아이구, 우리 지원이……."

지원이 꾸벅꾸벅 졸고 있었다. 귀여웠다. 살짝 머리를 당겨 어깨에 기대게 해주자 쌔근쌔근 잠을 청했다. 선잠이 든 지원을 바라보던 인하는 흐트러진 머리칼을 귀 뒤로 넘겨주곤 한동안 가만히 바라보았다.

이렇게 곁에 있는데, 더 가까울 수 없을 만큼 가까이 있는데 왜 이렇게 멀게만 느껴질까. 도무지 좁아지지 않는 간격……. 언제든 되돌릴 수 있을 거라던 자만은 오래전에 버렸다. 다시 처음으로 시작하는 마음으로 다가서도 늘 그 자리, 눈 딱 감고 미친 척하며 들이대도 늘 그 자리……. 어쩌면 좋을까?

인하는 지원의 두 눈을, 코를, 입술을 차례로 내려다보았다. 용기 내어 뻗은 손으로 지원의 입술을 매만지던 인하는 조심스레 고개를 내렸다. 그렇게 손가락 한 마디 정도로 가까워졌을 무렵, 지원이 스르륵 눈꺼풀을 밀어 올렸다. 인하와 지원은 그대로 얼어붙은 듯 움직이지 않았다. 아니, 움직이지 못했다. 인하는 조금 더 다가가지 못했고, 지원은 밀어내지 못했다.

"……갈게."

"좀 더 있다 가지?"

"한 이틀 못 잤더니 시도 때도 없이 졸리네. 가서 잘래."

지원이 일어서며 몸을 돌려세웠지만, 인하는 그런 지원의 손목을 잡아 세웠다. 지원은 일어선 채로 지원을 내려다보았고, 인하는 가만히 올려다보았다.

"그리고 이제…… 이런 장난하지 마. 재미없어."

장난이라고 생각했다니…….

인하는 저도 모르게 피식 웃고 말았다.

"장난친 적 없어. 단 한 번도."

장난으로 치부해 버리면 속은 편하겠지. 그렇게 도망갈 구멍 만들어놓고 사라져 버리면, 남겨진 나는 얼마나 괴로운지 알고 있을까?

"그러지 말고, 나랑 얘기 좀 해."

"무슨 말이 하고 싶은데?"

지원이 딱딱하게 말했다. 하지만 인하는 아무렇지 않았다. 수도 없이 겪고 지났던 일들이었으니까.

"진지할 틈을 달라고."

마치 진지하게 본질에 접근할까 봐 겁을 집어먹은 사람처럼, 지원은 늘 서둘렀다.

"도망치듯이 너 그렇게 가버릴 때마다, 나 무슨 생각 드는 줄 알아?"

이 와중에도 흐트러짐 없이 내내 담담한 지원의 두 눈이 마음을 시리게 만들었다. 오늘은 좀 더 밀어붙여 보겠다고 다짐을 해봐도, 지원의 그런 시선에 맞서는 건 익숙하면서도 여전히 힘겨운 일이었다.

"아니다. 오늘은 그냥 가는 게 좋겠다."

인하는 고개를 저으며 잡고 있던 지원의 손목을 놓아주었다. 그러자 지원이 입술을 한 번 깨물더니 희게 웃었다.

"들어줄게. 해봐."

인하는 지원과 눈을 맞췄다. 지원은 피하지 않았고, 인하도 거두지 않았다.

"우리, 그만 헤매면 안 돼?"

그 순간, 지원이 무너지듯 눈을 깜박이며 시선을 옮겼다.

"내가 잘할게. 같은 실수 두 번 안 해."

되돌리고 싶었다. 그때와 같은 순간이 지금 온다면, 이젠 달라질 자신이 있었다. 시간이 흐르는 동안 이지원이 변했듯 서인하도 변했으니까. 그때나 지금이나 날 행복하게 만드는 건 언제나 이지원이었기에, 그런 지원이 행복해질 수 있는 일이라면 가장 우선순위로 둘 자신이 있었다.

"이제 그만하자 인하야. 지금도 나쁘지 않잖아. 잘해왔잖아. 너나 나 둘 중 한 사람이 무너지면, 그 순간부터 힘들어진다는 거 알면서……."

"난 만족 못해. 이건 너무 우습잖아! 친구? 누가 우릴 친구로 보는데? 우리 지금 뭐 하고 있는 거야? 너랑 나 정말 친구 사이 맞아? 너 그거 자신할 수 있어?"

"이거, 너 나한테 미안해서 그런 거야. 그때 잘해주지 못했던 거, 같이 있어주지 못한 거 후회되고 미안해서 그런 거라고. 다 지난 일이야. 그땐 우린 너무 어렸고, 그럴 수밖에 없었잖아. 그러니까 미련 갖지 마."

미련. 그 흔한 단어 하나가 가슴을 찔렀다.

인하는 마른세수를 한 번 하곤 마음 가다듬었다.

"내 마음을…… 그저 미련이라고 선 긋지 마. 내가 비록 너한테 약자긴 하지만, 내 마음에도 자존심이 있어. 그렇게 하찮은 마음 아냐. 그런 취급당할 마음…… 아냐."

끝끝내 평행선을 선택한 이지원이나 서인하나, 정말 한결같이 고집스러웠다.

지원이 천천히 다가왔다. 하지만 인하는 그런 지원의 시선을 외면하고 고개를 떨궜다.

"아파하지 마. 속상해하지도 말고. 이건…… 네 탓이 아냐. 우리한텐 이게 최선이야."

그렇게 지원은 또 한 번 거절했다. 이젠 몇 번짼지 기억도 나질 않는다. 여섯 번까진 셌던 것 같은데, 그 후론 세지 않았다.

"한 11년쯤 더 친구로 지내면, 그땐 받아줄 거야?"

"인하야……."

인하는 전혀 다른 사람처럼 활짝 웃으며 지원을 올려다보았다. 괜찮은 척하는 것에는 이미 오래전에 도가 텄다. 인하는 마치 아무 일도 없었던 것처럼, 시간을 한 시간 전으로 돌려놓은 것처럼 굴었다.

"근데 있잖아. 내 맘 아픈 것까지 네 멋대로 어떻게 할 생각 마."

이쯤이면 지원이 미안해하는 표정을 지을 게 분명했다. 그래서 인하는 지원을 바라보지 않았다. 보고 싶지 않았다. 시선을 창밖으로 두고 등을 돌렸다.

"걱정 마. 난 내일도 어제처럼 굴 거야. 늘 그랬듯이 전화하고, 같이 밥 먹고, 약 올리면서."

인하는 스스로에게 위로의 미소를 보냈다.

잘했어. 뭐, 차이는 거 한두 번도 아니고. 의기소침해할 거 없지. 아직은…… 아직은 때가 아닌가 보지.

하지만, 자꾸만 새 나오는 한숨만은 어찌할 도리가 없었다.

"데려다 주고 싶은데, 안 되겠다. 조심해서 가."

인하는 지원을 거실에 남겨두고 화장실로 향했다. 그리곤 거울 앞에 서서 얼굴을 뚫어져라 바라보았다.

"후우……."

한 10초쯤 흘렀을 때, 저 멀리서 문이 닫히는 소리가 들려왔다. 인하는 가슴이 들썩일 정도로 크게 숨 한 번 내쉬곤 차가운 물을 틀어 얼굴을 적셨다. 숨도 쉬지 않고 한참 동안 그렇게 물벼락을 맞고 나서야 조금 정신이 든 인하는 수건으로 얼굴을 감싼 채 한동안 그 자리에 서 있었다.

이럴 땐 누구랑 술 한잔을 하면 좋을까.

가장 먼저 떠오른 건 태원이었다. 하지만 지금 한창 유럽 어딘가를 떠돌며 여행을 하고 다닐 녀석이기에 후보에서 제외를 해야 했고, 그 다음 떠오른 사람은 다름 아닌 아버지였다. 마침 아버지는 회식 후 아직까지 집에 들어가지 않으셨고, 곧장 지원이 있는 곳으로 오겠다고 하셨다.

"이모. 여기 한 병 더 주세요."

한창 북적일 시간임에도 오늘은 웬일인지 포장마차 안이 썰렁했다. 지원은 잔에 마지막 남은 소주를 탈탈 털어 채우고 오이 하나를 와삭 깨물었다.

자꾸만 눈앞에서 아른거리는 인하가 원망스러웠다. 고개를 저어봐도, 눈을 감아봐도 사라지질 않았다. 잠들 때까지, 아니 꿈속에서도 나타날 것만 같았다. 다른 무엇보다 가장 마음을 뒤흔든 건 아무렇지 않은 듯 애쓰던 그 모습이었다.

"지원아!"

"어, 아빠."

다행히도 그 순간 아버지가 짠 하고 나타나 주셨다. 지원은 아버지를 향해 손을 흔들었고 아버지는 그런 지원의 맞은편에 자리를 잡았다.

"혼자서 웬 술이야?"

"그냥. 좀 먹고 싶어서."

아버지가 술잔을 내밀자 지원은 아버지의 잔을 꽉 채워 드리곤 술병을 건넸다.

"안주 더 시킬까?"

"아니, 됐어. 아빠 다이어트하잖아. 수영복 신 넣은 어떤 못된 작가 때문에."

아버지는 지원의 술잔을 채워준 후 건배를 하자며 잔을 내밀었다. 지원은 아버지와 건배를 하곤 단숨에 잔을 비웠다.

"크으. 꿀맛이네 꿀맛."

지원은 고개를 가로저으며 아버지의 빈 잔을 다시 채워 드렸다.

"이지원. 고민 있어?"

아버진 역시 귀신이었다. 지원은 아니라고 고개를 저으려다가 어차피 들통날 게 뻔했기에 다시 고개를 끄덕였다.

"뭔데? 아빠한테 얘기해 봐. 아빠가 다 해결해 줄게."

참으로 믿음직스러운 말이었다. 그 무엇이든 다 해결해 주실 것만 같았다. 지원은 배시시 웃으며 오이 하나를 또 깨물고 술을 털어 넣었다.

"글이 잘 안 풀려?"

"아니."

"잠이 잘 안 와?"

"아니."

"그럼…… 인하 때문이구나?"

지원이 대답하지 않자, 아버지는 확신하며 두툼한 계란말이를 입안에 넣었다.

"니네 둘은 왜 그러니? 아으, 지겨워."

"그러게."

지원이 한숨을 쉬며 잔을 비우자, 아버지가 딱하다는 듯한 눈빛으로 바라보았다.

"이렇게 지내는 것도 나쁘진 않은데, 이게 지금 뭐 하는 건가 싶고……"

"애매하지?"

"응."

지원이 고개를 끄덕이자 아버지는 지원의 잔을 채워주곤 팔을 뻗어 어깨를 토닥여 주었다.

"지원아, 한 가지 확실한 건…… 남잔 다 그놈이 그놈이야."

지원은 피식 웃고 말았다. 아버지의 진지한 표정과 세상만사 모든 이치를 통달한 듯한 눈빛을 보고 웃지 않을 수가 없었다.

"내가 니들 일 자세히도 모르고, 간섭하고 싶지도 않지만, 네가 힘들 때 인하도 그만큼 힘들었을 거고, 네가 아플 땐 인하도 그만큼 아파했을 거야. 그건 아빠가 아주 잘 알아. 함께 있어주지 못했다는 죄책감……. 그 미안함은 아무리 시간이 흘러도 가슴속에 남거든."

"아빠……."

코끝이 찡했다. 아버진 잔을 비우고 당근 하나를 입에 문 채 담담한 표정으로 말을 이었다.

"그때보단 너희 둘 다 많이 자랐고, 이젠 정말 어른이잖니. 그때완 다를 거야. 분명 다를 거야. 해보지도 않고 겁부터 먹진 마라. 그거 정말 바보 같은 짓이거든. 뭐가 어떻게 될진 아무도 모르는 거니까."

"그러다…… 다시 또 그렇게 되면? 이번엔 영영 잃게 되면?"

지원의 물음에 아버지는 심각한 고민에 빠진 듯 눈을 끔벅이며 입술을 오므렸다.

"그럼 어쩔 수 없는 거지."

"그런 무책임한 말이 어디 있어? 치이."

지원은 아버지가 먹던 당근을 빼앗아 아그작 씹어 먹곤 다시 잔을 기울였다.

안개 낀 숲 속을 걷는 것처럼 아득하고 갑갑하기만 했는데, 길을 찾은 것 같은 기분이 들었다. 견고히 닫혀 있던 마음의 문에 아주 작은 틈이 벌어진 듯했다. 이걸 지켜보겠다고 아등바등했던 지난 시간들이 머릿속을 스쳤다. 이것이 관계를 지키는 유일한 방법이라고 굳게 믿으며 고집을 부리는 동안 누군가 받아야 했던 상처가 하나 둘 떠오르자 가슴에서 무언가가 울컥 치밀어 올랐다.

아버지 말대로, 해보지도 않고 겁부터 집어먹는 건 정말 바보 같은 짓이겠지. 잃을까 봐 겁을 먹었다는 것은, 반대로 말하면 절대로 잃고 싶지 않다는 말도 되는 것이니까.

"아빠 그럼, 만약에 내가 다시 인하 만나면 이젠 반대 안 할 거야?"

"도시락 싸들고 다니면서 말려야지."

"뭐야. 앞뒤가 안 맞잖아."

지원이 입을 삐죽이며 눈을 치켜뜨자 민석이 지원의 이마에 콩 하고 꿀밤을 놓고 엄지와 검지로 콧망울을 움켜쥐고 살짝 비틀었다.

"아빠 마음은 오죽 복잡하겠냐? 에휴. 지켜보고 있자니 답답하고, 밀어주자니 걱정되고."

지원은 아빠의 빈 잔을 채워 드리곤 아빠의 커다란 손 위에 제 자그만 손을 얹었다.

"아빠, 혹시 인하 질투해?"

"뭐?"

"딸 가진 아빠들은 그런다던데? 아빠도 그래?"

정곡을 찔려 머쓱했는지, 민석이 흠흠 헛기침을 하며 애먼 다슬기에게 화풀이를 했다.

"다슬기가 들어 있긴 한 거야, 뭐야? 이모! 이거 삶은 다슬기가 아니라 다슬기 껍데기 삶은 거 아니에요? 어떻게 알맹이가 하나도 안 나와?"

다슬기를 쪽쪽 빨며 신경질을 내는 민석의 모습이 귀여워, 지원은 고개를 절레절레 저으며 황당해하는 주인아주머니에게 괜찮다는 듯 손짓을 했다. 그러자 주인아주머니도 넉넉하게 웃으시며 고개를 끄덕였다.

"나 시집간다고 그러면 울 아빠 우는 거 아냐?"

"시집을 가긴 갈 건가 보지?"

"언젠간 가겠지. 후훗."

자리에서 일어난 지원은 계산을 마치고 다시 테이블로 돌아와 민석의 손을 잡고 포장마차를 빠져나왔다. 기분 좋게 한잔을 한 덕인지 몽롱하면서도 어질어질한 게 은근히 기분 좋았다. 지원은 민석의 팔에 단단히 팔짱을 끼고 넓은 어깨 위에 고개를 기댄 채 발을 맞춰 길을 걸었다.

✳

다다다다.

뭐에 홀린 사람처럼 정신없이 키보드를 두들기던 지원은 잔뜩 웅크리고 있던 어깨와 허리를 쭉 펴며 하던 일을 멈추고 두 눈을 질끈 감았다.

"하아."

깊은 한숨을 내쉰 지원은 연거푸 마른세수를 하다가 팔짱을 낀 채 모니터를 노려보았다. 신 넘버 42. 17회 대본작업도 거의 마무리 단계에 들어갔다. 지난 5일간 머리카락을 쥐어뜯고, 발을 동동 구르고, 스위스 어딘가를 떠돌고 있던 태원에게 전화를 걸어 닦달을 한 끝에 고지가 보이기 시작한 것이니 기뻐 마땅해야 할 일인데 전혀 기쁘지가 않았다. 빈속에 소주를 들이부은 것마냥 쓰리고 아리기만 했다.

이렇게 속이 허할 수가. 스트레스 때문에 위에 구멍이라도 난 건가.

하지만, 사실 지원은 그 원인을 알고 있었다. 그 어떤 것으로도 메울 수 없는 공허함을 만들어낸 것은 서인하라는 것을.

지원은 충전 중인 휴대폰을 바라보았다. 하루에도 몇 번씩 걸려 오던 전화가 5일째 걸려 오지 않았다. 참다못해 전화를 걸어봤지만 며칠째 꺼져 있었다. 공식적으론 인하는 스케줄이 없었다. 사흘 후면 첫 촬영을 위해 스페인으로 떠나는 것 외에는 일절 없었다.

스페인 촬영은 최소 2주 일정. 이렇게 그냥 인하를 보내 버리고 나면 보름은 볼 수가 없다.

거짓말쟁이. 아무렇지 않게 평소처럼 할 거라고 해놓고…….

연필 깎다가 문득, 머리 감다가 문득, 청소하다가 문득, 그렇게 시도 때도 없이 문득문득 인하 생각이 났다. 그 잘나 빠진 얼굴이 아니라, 소소한 것 하나 그냥 지나치는 법 없이 조근조근 얘기하던 그 목소리와 10m 거리에 있어도 단번에 알아차릴 수 있는 인하의 특유의 향수냄새가 떠올랐다. 인정하고 싶지 않지만, 어쩌면 그립다는 표현이 더 정확할지도 모르겠다.

지원은 손바닥으로 두 눈을 가리고 입술을 질끈 깨물었다. 아무래도 이렇게 있으면 안 될 것 같아 오늘은 집에 찾아가 봐야겠다고 결심한 참이다. 혹시 어디가 아파서 잠수 탄 것일 수도 있으니까.

이지원, 참 가증스럽다. 실컷 상처 주고, 이제 와서 걱정하고 앉았으니…….

Rrrr.

그때, 할머니에게서 전화가 걸려 왔다. 지원은 아무 일도 없었다는 듯 목소리를 가다듬고 한 번 방긋 웃은 후 통화를 연결했다.

"네. 할머니."

〈어, 지원아. 오늘 약속 까묵진 않았지?〉

맞다. 오늘이 그날이었지. 시계를 보니 벌써 6시 하고도 5분이 흘러 있었다. 약속시간이 7시인데…….

"그럼요. 지금 막 나가려던 차였어요."

지원은 자리를 박차고 일어나 거울 앞으로 달려갔다. 꼴이 말이 아니었다. 가장 감정이 격하게 휘몰아치는 신이 잔뜩 포진해 있는 17회를 무사히 썼으니, 이제 마지막 회까지 남은 이야기는 어렵지 않게 이야기를 진행할 수 있어 엉망인 제 꼴을 보면서도 그리 서글프진 않았다.

〈그려. 늦지 않게 오구. 아참, 혹시 인하한테 연락 없었냐?〉

"인하요? 아뇨. 연락 없었어요."

〈그놈 참. 흠흠. 알겄다. 그럼 이따 가게서 보자이.〉

"네, 할머니. 들어가세요."

통화를 끝낸 지원은 서둘러 욕실로 달려갔다. 다른 사람도 아닌 할머니께서 직접 중신을 서주시는데 폐가 되면 안 된다는 생각뿐이었다.

Rrrr.

"아이 참, 바쁜데 누구야."

샤워기에 물을 틀고 온도를 맞추던 지원은 걸려온 전화 때문에 물을 잠그고 도로 뛰어나왔다.

"여보세요?"

〈작가님! 저예요.〉

"어, 최 피디. 왜요?"

〈왜는요. 작가님 작업 잘되가시나 궁금해서 전화드렸죠.〉

"나야 뭐 알아서 잘하고 있으니까 걱정 마시고. 이번 주 안으로 17회 초고 나올 겁니다."

지원은 급한 대로 일단 입을 옷부터 고르기로 결정했다. 하지만 변변찮은 옷들뿐이라 난감했다. 그렇다고 집에 들렀다가 갈 시간은 없고. 하는 수 없이 지지난 달에 급히 결혼식에 가느라 대충 골라잡았던 봄내음 물씬 나는 노란 원피스와 하얀 재킷을 꺼내 들었다. 선자리에 좀 오버지 싶었으나 어쩔 수가 없었다.

〈저희 아까 세 시쯤에 아역 출연 분 촬영 마쳤어요. 사흘 후에 스페인 촬영 가는 거 알고 계시죠?〉

"어어. 알고 있어요. 잘 다녀와요. 틈틈이 구경도 좀 하구."

〈에휴, 그럴 정신이 어디 있어요. 한 푼이라도 아껴서 더 예쁜 그림 담아와야죠.〉

참으로 기특한 제작피디였다. 지원은 신발장에서 원피스와 색이 잘 어울리는 구두를 꺼내두고 다시 욕실로 달려갔다.

"최 피디, 미안한데 나 지금 약속시간이 늦어서. 이따 밤에 다시 통화해요."

〈제가 작가님 바쁜데 방해했네요. 그럼 이따 다시 전화 주세요.〉

지원은 전화를 끊자마자 저 멀리 집어 던지고 샤워기를 틀었다. 아직 온도가 맞지 않아 찬 물이 쏟아졌지만 지체할 틈이 없었다. 얼른 옷 챙겨 입고 화장하고 할머니 가게까지 가려면 시간이 빠듯했다.

이 짓도 이젠 그만해야지.

지원은 오늘 할머니께 더 이상 남자를 소개시켜 주지 않으셔도 된다고 말씀을 드리기로 마음먹었다. 자꾸 여러 사람을 만나는 것도 어느 한 사람에겐 세상에서 가장 나쁜 짓이니까.

지원이 식당 안에 쭈뼛거리며 들어서자 낯이 익은 직원이 잰걸음으로 다가와 상냥하게 안내를 해주었다. 직원이 안내해 준 곳은 늘 인하와 함께 식사를 하던 식당 깊숙한 곳의 밀실이었다.

"할머니는 어디 계세요?"

"아, 오늘 성당에서 재활원으로 봉사하러 가시는 날이거든요. 그래도 손수 식사준비까지 다 해주시고 가셨어요. 손님은 먼저 와 계십니다."

직원이 문을 활짝 열어주었다. 지원은 직원에게 인사를 건네고 조심스레 밀실 안으로 들어섰다. 그곳엔 정말로 먼저 도착한 한 남자가 앉아 있었다. 입구 쪽에 등을 보이고 앉아 있어서 얼굴을 볼 순 없었지만 뒤태만으로도 아주 훌륭했다.

근데, 뒤통수가 낯설지가 않았다. 지원은 설마 하는 마음으로 조심조심 걸어 남자에게 다가갔다. 사람이 왔는데도 쳐다보지도 않는 이런 개매너는 어디서 배운 건가 싶어 면상부터 확인해야겠다고 다짐한 지원은 고개를 쭈욱 내밀어 남자 곁에 바짝 다가섰다. 그러자, 남자가 스윽 고개를 돌렸다.

그 남자는, 낯이 익어도 보통 낯이 익은 남자가 아니었다.

"안녕하세요."

"너!"

서인하였다. 멀끔하게 블랙 슈트까지 쫙 빼입고, 정말 선을 보러 온 남자처럼 풀세팅을 한 채 태연하게 웃고 있었다. 지원은 그런 인하를 바라보며 눈만 끔벅였고 걸음도 떼지 못했다.

"네가 여기 왜……."

"일단 앉으시죠?"

인하는 매너 좋은 흉내를 내며 의자까지 빼주었다. 아무래도 미친 모양이다. 간혹 가다 이런 자리가 생기곤 했지만 이렇게까지 대놓고 방해를 한 적은 없었다. 툴툴대며 싫은 소리를 한 적은 있어도 이렇게 약속을 틀어버리는 경우는 없었다. 그것도 할머니께서 직접 나선 자리에서는 더더욱 말이다.

"너 진짜 속 보인다. 나 만날 때도 이렇게 하고 나와봐."

"너 여기서 뭐하는 거야?"

"뭐하긴. 보면 몰라? 너랑 선보잖아."

지원은 순간 영혼이 몸을 쑤욱 빠져나가는 듯한 기분이 들어 입
도 뗄 수가 없었다. 뭐라고 일갈을 하고 싶은데, 입술이 딱 붙어버
려 목소리가 나가질 않았다.

　"빨리 와서 앉아. 지붕 안 무너져."

　지원은 터덜터덜 걸어 인하가 빼준 의자에 앉았다. 그리곤 인하
가 제자리를 찾아가 앉을 때까지 내내 멍한 얼굴로 인하를 바라보
았다.

　"정말이야? 오늘 내가 선볼 사람이, 정말 너야?"

　"네. 오늘 그 쪽이랑 선볼 남자, 서인하 맞습니다."

　뻔뻔한 얼굴을 하고 꼬박꼬박 존대를 하고 있으니 기가 막히지
않을 수가 없었다. 지원은 헉 하고 헛웃음을 뱉으며 두 눈을 살포
시 감았다.

　"이름이?"

　"뭐?"

　어이가 없어도 보통 없는 게 아니었다. 갑자기 웬 상황극?

　"무례하시네. 선자리에서 이렇게 행동하시면 안 되죠. 더더구
나 선 한두 번 보신 분도 아닌데."

　"나 진짜 어이가 없어서……. 이지원이요."

　기어들어 가는 목소리로 대답하자 인하가 입을 꾹 다물고 웃음
을 억누르며 흠흠 헛기침을 연신 뱉었다.

　"아, 이지원 씨. 반갑습니다. 실례지만 나이가?"

　"그만해. 너 진짜 나랑 선보려고 나온 거야?"

　"거참 의심도 많으시다. 정 그러시다면 오늘의 이 자리를 만들

어주신 중매 정말순 여사께 전화 걸어보시든가요."

아무래도 확인을 해야겠다 싶었던 지원은 냉큼 할머니에게 전화를 걸었다.

"할머니. 저 지원이에요."

〈그려, 도착한 겨?〉

"근데요 할머니. 여기 서인하가 앉아 있는데요?"

지원이 노려보았지만 인하는 태연한 표정으로 물을 마셨다.

〈오늘 너랑 선볼 남자, 인하여.〉

할머니의 확인사살로 다시 한 번 멍해진 지원은 대답도 하지 못한 채 입을 헤벌리고 말았다. 그러자 인하가 그것 보라는 듯 의기양양하게 어깨를 으쓱였다.

"할머니이……."

〈자세한 얘기는 낭중에 하자잉? 할미가 지금 엄청 바뻐. 알겠지?〉

일방적으로 통화를 끝내 버린 할머니 때문에, 지원은 더 이상 말이 없는 휴대폰만 멀뚱히 바라보았다.

"이제 믿겠습니까?"

"네가 졸랐지?"

"내가 전에 말해줬잖아. 할머니가 잘 생기고 키도 크고 돈도 잘 벌고 예의 바른 남자 소개해 주기로 했다고."

"그래서. 그게 너라고?"

당연한 걸 왜 묻느냐는 듯 고개를 끄덕이는 인하를 보고 있자니 분노가 불끈 불끈 고개를 들었다. 하지만 지원은 초인적인 힘을 발휘하며 고개를 떨구어 버렸다.

"솔직히 말하자면 원래 내가 아니긴 했는데……. 살짝, 아주 살짝 바꾼 거야."

"누구 맘대로?"

"내 맘대로."

참 희한했다. 말하는 게 너무너무 얄미워서 팔뚝을 꽉 꼬집고 싶은 마음, 이렇게라도 다시 눈앞에 나타나 주니 고마운 마음, 그간 아무 일 없었던 사람처럼 환히 웃어주니 반가운 마음, 그 외의 이런저런 마음까지 합해져서 결국은 그런 인하를 보며 바보처럼 웃고 있다는 사실이 말이다.

"내가 자세히 알아봤는데, 원래 너랑 선보기로 한 남자 평발에다가 그 남자 아버지 대머리래."

"그래서?"

"그래서라니! 그런 엄청난 결격사유를 한 가지도 아니고 두 가지나 가지고 있는데도 선을 보겠다고? 그건 안 되지. 그건 주선자가 뺨 맞을 일이지!"

"그렇다고 설마 내가 주선자 뺨……. 아휴, 말을 말자."

지원이 고개를 절레절레 저으며 자리에서 일어서는 찰나에 문이 열리고 음식이 들어왔다. 할머니께서 정성은 담뿍 담아 준비하신 음식이라는 게 한눈에 보일 만큼 지원과 인하가 좋아하는 음식들뿐이었다.

"왜? 가려고? 할머니가 오후 내내 너 먹일려고 정성껏 준비해 주신 음식을 두고?"

인하의 말이 떨어지기가 무섭게, 음식을 가지고 들어왔던 직원들의 시선이 동시에 지원에게로 향했다. 지원은 이를 한 번 악물고 빙긋 웃으며 인하를 노려보았다.

"화장실 다녀오려고 그러지."

맘 곱게 먹어보려고 다짐을 하자마자 하는 짓하곤. 지원은 인하의 곁을 스쳐 지나는 그 짧은 순간 인하의 발등을 사뿐히 즈려밟곤 화장실로 향했다.

이렇게 지원이 깜짝 놀라주니, 할머니에게 조른 보람이 있었다.

사실 인하는 할머니께 딱 한 번만 눈 감아달라고, 아무래도 이번이 마지막 기회가 될지도 모른다며 제발 모른 척해달라고 조르고 또 졸랐다. 이번에 놓치면 정말 친구도 뭣도 아닌 그지 같은 관계로 영영 남아버릴 것만 같아서……

하지만 진심으로 지원의 앞날을 축복해 주고 싶었던 할머니는 완강히 거부하셨다. 철부지 사내새끼처럼 굴지 말라 하시며, 원래 지원에게 소개해 주려던 남자가 지원이에게 얼마나 잘 어울리고 앞으로 잘해줄 것인지에 대해 근 한 시간 동안 설교를 들어야만 하셨다. 그래도 인하는 포기하지 않았다. 결국, 핏줄이 승리한 것이다.

인하에게 이제 남은 방법이라곤 미친 척하고 들이대는 것밖엔 없었다. 더 이상 솔직할 수도 없다. 속을 홀딱 까서 보여준 게 어디 한두 번인가. 알면서도 거절하는 걸 보면 정말 싫은 것일 수도 있고, 여전히 마음속 어딘가에 불안한 마음이 존재하는 것일 수도 있지만 그래도 지금까지 이렇게 친구 사이라고 우길 수 있는 관계를 유지하는 걸 보면 영 답이 없는 건 아니었다. 그랬기에 인하는 쉽게 포기할 수가 없었다.

"밥 먹고 뭐 할까?"

숟가락을 집어 들던 지원이 놀란 눈을 하고 쳐다보았다.

"보통 뭐해? 커피 마시러 가나?"

"너 지금 나 약 올리는 거야, 아님 장난 거는 거야?"

"아니. 나 지금 선보는 중인데?"

지원은 말을 말자 싶었는지 고개를 저으며 국그릇에 밥 한 덩이를 넣어 쓱쓱 말았다. 아마 다른 남자가 앞에 앉아 있었다면 절대로 국에 밥을 말지 않았을 것이다.

"난 오늘 너랑 선보러 나왔고, 나 지금 진지해. 그러니까 너도 날 진지하게 대해줘."

지원은 마음을 굳힌 듯 숟가락을 내려놓았다.

"그럼, 일단 선보러 나온 서인하 말고 원래 내 친구 서인하한테 한 가지만 물을게."

"얼마든지."

무슨 말을 하려고 저리 심각한 표정을 짓는 건지, 살짝 긴장이 되었다. 인하는 지원을 빤히 바라보며 물 한 모금으로 입을 적셨다.

"왜 연락 안 했어?"

눈빛이 달라졌다. 조금 원망하는 것도 같고, 서운해하는 것도 같고, 조금 복잡한 눈빛이었다. 인하는 그게 참 반가웠다.

"바빴어."

"아무리 바빠도 휴대폰 안 꺼두잖아. 거짓말하지 마."

솔직하게 대답해 버린다면 지금의 이 불안한 평화가 깨져 버릴지도 모른다고 생각했지만, 그렇다고 거짓을 말할 순 없었다. 다른 사람도 아닌 이지원이니까.

"……아팠어."

아무리 팔푼이라고 해도 그런 상황에서 아프지 않을 수가 없을 것이다. 거절할 걸 알면서도 꿋꿋이 마음을 보여야만 살아갈 수 있는 팔푼이지만, 그래도 거절당하면 아픈 건 똑같은 팔푼이였다. 속상한 마음에 이기지도 못할 술을 마셔도 보고, 하루 종일 잠도 자 보고, 멍하니 앉아 있어도 보고, 피가 튀는 하드액션을 보고 나도 욱신거리는 마음만은 어찌 할 수가 없었다.

그렇게 하루하루 시간을 축내다가 오늘 하루, 가장 멋진 옷을 차려입고, 지원이 잘 어울린다고 해줬던 머리를 하고, 지원이 좋아하는 향수를 뿌리고, 아무 일 없었다는 듯 웃으며 지원의 앞에 앉은 것이다.

지원은 대답이 없었다. 인하와 지원은 서로의 눈을 말없이 한참이나 바라보았다.

"그날…… 너한테 그렇게 말해놓고 차마 찾아갈 수가 없었어. 미안해. 가봤어야 했는데……. 지금은 괜찮아?"

"괜찮은 거 같애."

진심으로 속상한 듯한 지원의 표정을 지켜보고 있기가 불편했다. 이지원은 저런 표정 정말 안 어울렸다. 그냥 구박하고, 놀리고, 툴툴대는 편이 훨씬 보기 좋았다.

"나도 하나 묻자. 나…… 기다렸어?"

"응."

그 짧은 대답만으로도 지난 5일을 보상받는 것만 같았다. 미련한 놈. 정말 팔푼이가 따로 없구나. 인하는 떨리는 가슴을 애써 외면하며 다시 한 번 환히 웃었다.

"먹자."

지원이 다시 숟가락을 들었고, 인하도 식사를 시작했다. 꼭꼭 씹어가며 아주 천천히. 정말 선보는 자리인 것처럼 약간의 어색한 기운이 감돌기도 했다. 이런 것까진 필요 없는데.

고요했던 식사가 끝이 나고, 테이블 위가 정리되었다. 직원은 메밀차가 담긴 앙증맞은 잔 두 개를 남겨두고 다시 밀실을 나갔다.

"넌 내가 왜 좋니?"

"큽."

막 메밀차를 입에 머금었던 인하는 사레가 들어 콜록거렸다. 그러자 무심한 척 맞은편에 앉아 있던 지원이 벌떡 일어나 옆으로 달려와 등을 두들겼다. 민망할 정도로 기침이 요란했다.

"어으, 이 화상아. 조심 좀 하지."

콜록대느라 눈물이 맺힌 인하는 지금 이 순간이 너무도 웃겨서 웃음을 참을 수가 없었다. 좀 더 진지해질 수 있었던 분위기였는데 순간 시트콤이 돼버린 이 상황이 차라리 잘됐다 싶었다. 지원은 아까 그 자리를 두고 인하의 옆자리를 차지하고 앉았다.

"지겹지도 않아?"

"뭐가."

"다. 나란 인간, 혹은 우리를 둘러싼 상황 같은 것들."

그런 적은 없었다. 매일이 새로웠고, 매일이 즐거웠으니까. 이렇게 가까운 곳에서 지켜볼 수 있다는 행복함에 감사했으면 감사했지, 그런 불경한 생각은 해본 적 없었다.

"넌 내가 지겨워?"

도로 묻자 지원이 눈썹을 구겼다.

"······내 질문이 바보 같았네. 어차피 너나 나나 같은 대답일 테니까, 넘어가자."

그리고 나선 마치 짠 듯이 동시에 한숨을 내쉬었다. 말은 못해도, 둘 다 솔직히 이런 관계가 지긋지긋했던 것이다.

"내가 좀 맹목적이지?"

"고작 6개월 연애였고 그마저도 바빠서 잘 만나지도 못했고, 아프게 헤어졌는데······. 시간도 무려 11년이나 흘렀는데도 내가 좋다는 게 말이 돼?"

"말이 안 되지. 근데, 난 흔한 사람이 아니잖아."

"그래. 네가 좀 특별하긴 하지."

비아냥거렸지만 밉지 않았다. 인하는 옅게 웃고 있는 지원의 옆얼굴을 바라보며 저도 따라 웃어버렸다. 늘 이 자리에서 바라보던 같은 얼굴인데도 오늘은 심하게 예뻐 보였다.

"넌 왜 이 세상에 그 많은 이별 노래가 존재하고, 꾸준히 사랑받는지 알아?"

인하의 생뚱맞은 질문에, 지원이 살짝 고개를 저었다.

"공감하기 때문이야. 모두들 그런 후회 하나쯤은 가슴에 담고 살아간다는 얘기지. 이젠 너무 시간이 많이 지나서 내가 널 왜 좋아했는지, 지금까지 왜 좋아하고 있는지 기억도 안 나. 그냥, 그냥 너라서 좋은 거야. 맹목적인 거에 이유가 어디 있어? 그냥 맹목적인 거지. 난 답이 안 나오는 놈이야."

지원은 그런 인하를 가만히 지켜보았다. 도대체 저 작은 머릿속에는 무슨 생각들이 가득 차 있는 걸까. 인하는 진심으로 궁금했다. 이렇게 날 볼 때마다 지원은 어떤 마음을 갖고 있을지, 어떤 화학작용이 일어나고 있을지.

"이렇게 한 번씩 나한테 확인할 때마다 기분 좋지? 솔직하게 말해봐. 그래서 자꾸 차는 거지?"

"그래, 좋아 죽겠다."

입을 삐죽이는 것도 오늘은 심히 귀여웠다. 인하는 조심히 손을 옮겨 지원의 머리카락을 쓰다듬었다.

"만약에, 이건 정말 만약인데…… 우리가 다시 시작하면 어떤 일들이 생길까?"

지원의 말에 인하는 그대로 몸이 굳어버렸다. 왜 이렇게 마음을 흔드실까. 무슨 마음을 먹고 이런 위험한 말을 하는 건지…….

지원의 눈빛은 진지했다. 정말로 궁금해하는 듯했다.

"차라리 물고문을 해. 사람 설레게 그런 소리 하지 말고."

"나 사실…… 굉장히 고민 많이 하고 있어. 괜히 한 번 떠보는 거 아냐."

말이라도 고마웠다. 인하는 지원의 자그만 손을 꼭 잡았다.

"복잡하시겠네요. 대본 쓰랴, 고민하랴."

지원이 웃었다. 좀 더 진지하게 가보려고 했는데 요리조리 피해 가니 얄미웠던 모양이다. 조급하게 마음먹지 않으려고 해도, 이렇게 지나가듯 떨구는 지원의 말 한마디에 기대를 하게 된다. 분명 좋은 결과가 있을 거라고 믿는 수밖엔 없었다.

이쯤에서 산뜻하게 정리를 해야겠다고 마음먹은 인하는 자리에서 일어섰다.

"나가자. 좀 걸을까?"

"이러고 나가면 사람들 엄청 몰릴 텐데?"

"그럼 뭐 할까? 보통 선볼 때 밥 먹고, 차 마시고, 영화도 보나?"

"우린 보통 선이 아니니까, 다른 데 가자."

"어디?"

"집."

인하는 저도 모르게 아쉬운 마음부터 들어 어깨를 늘어뜨렸다.

"너무 야해. 진도 너무 빠른 거 아냐?"

괜한 소리에 결국 매를 번 인하는 등짝 한 대를 내어주고 좀 더 가벼운 분위기를 얻었다. 이 정도가 좋긴 했다.

자리에서 일어난 지원이 옷걸이에 걸어두었던 하얀 재킷을 집어 한 쪽씩 팔을 꿰어 넣었다. 그것을 지켜보고 있던 인하는 미간을 구기며 지원에게 가까이 다가갔다.

"근데 너…… 뭐 넣었지?"

평소 보지 못했던 볼륨감이었다. 인하가 지원의 가슴을 향해 턱 짓을 하자 지원의 얼굴이 불타는 고구마가 되어버렸다. 얘가 오늘 귀염 터지네.

"쯧쯧. 애쓴다."

혀를 끌끌 차자 지원이 기가 막히다는 듯 콧방귀를 끼더니 가슴을 쫙 펴고 도도하게 노려보았다.

"애쓴 보람이 없어서 좀 아쉬울 뿐이네. 흥."

미친 거 아냐? 누구 좋으라고 그걸 넣은 거래? 저런 음란마귀!

"왜 벌써부터 포기해. 보람이 있을지 없을지는 두고 봐야 아는 일이지."

장난기가 발동한 인하가 노골적으로 가슴을 뚫어져라 바라보자, 지원이 빙긋 웃으며 인하의 이마를 손가락으로 꾸욱 눌러 밀었다.

"우리 서인하 씨, 한마디 한마디 어찌나 서정적이신지."

인하는 장난은 이쯤에서 그만두기로 하고, 지원의 어깨를 한 팔로 감싸며 걸음을 옮겼다.

"솔직히 말하면, 나 옷이 너무 불편해. 발도 아파 죽겠어."

"어련하시려고."

결국 인하와 지원의 목적지는 사람들 눈에 띄지 않는 지원의 작업실이 되었다. 그래도, 둘이 함께할 수 있어서 인하는 무척이나 좋았다.

작업실에 도착하자마자 지원은 구두부터 벗어 던지고 소파에 널브러져 끙끙 앓는 소리를 해댔다. 그러자 뒤따라 들어온 인하가 구두를 주워 신발장에 가지런히 넣어두고 아무렇게나 던져 둔 핸드백도 가져다가 테이블 위에 놓았다.

"아참. 4회 대본 받았어?"

"수정했어?"

"했지. 키스신에 목숨 거는 남자주인공 때문에."

자리에서 벌떡 일어난 지원은 책상에 쌓아둔 대본 중 4회 대본을 들고 다시 인하의 옆자리에 앉았다.

"흐음. 어디 한번 볼까?"

이죽거리는 인하가 너무도 얄미웠지만 지원은 씨익 웃으며 키스신이 있는 페이지를 펼쳐 보여주었다. 본격적으로 읽어볼 작정인지, 인하는 재킷을 벗어 소파 팔걸이에 얹어두고 소매 단추도 풀어 걷어 올렸다.

지원은 그런 인하를 남겨두고 주방으로 향했다. 지금쯤이면 '이지원!' 소리가 나올 때가 됐는데, 라고 생각하면서…….

"이지원!"

지원의 예감은 적중했다. 지원은 냉장고에서 생수 한 병을 꺼내 태연하게 뚜껑을 열고 벌컥 벌컥 들이켰다.

"이게 뭐야?"

"뭐긴 뭐야. 키스신이지."

"나참. 너 질투하냐?"

다시 물을 들이켜던 지원은 인하의 말에 놀라 하마터면 입안에 담긴 물을 그대로 뿜을 뻔했다. 지원은 기가 차다는 듯 눈썹을 구기며 인하를 쏘아보았으나, 인하의 상상은 이미 저만치 앞서간 듯했다.

"왜? 마음에 안 들어? 화제가 될 만한 멋진 키스신 아닌가?"

자신감에 찬 어투로 말하며 어깨를 으쓱이자 인하도 지지 않고 피식 웃었다.

"화제가 되게 하려면, 내가 하는 게 낫지 않나?"

"개연성 다 말아먹고 남녀주인공 무작정 입술 비빈다고 화제가 되진 않지."

"에이. 개연성 있게 만들면 되지."

"그럼 본인이 직접 작가님 하세요."

인하가 졌다는 듯 두 손을 들며 대본을 테이블 위에 올려두고 고개를 저었다. 만족스러운 결과에 뿌듯해진 지원은 냉장고에서 캔맥주 두 개를 꺼내 인하에게 다가갔다.

인하의 제안대로 지원은 4회에 키스신을 넣었다. 넣긴 넣었는데, 그게 남녀주인공의 키스신이 아니라, 서브남주인공과 여주인공의 키스신이라는 점. 물론 인하의 말대로 개연성 있게 남녀주인공의 키스신을 만들려면 만들 수도 있겠지만, 지원은 그렇게까지 키스신에 열의를 보이고 싶지 않았다. 신 하나하나 지원에게 소중하지 않은 신은 없지만, 원치 않게 외부 압력으로 만든 키스신이라 애정이 아주 조금 덜한 것뿐이다.

"기대 많이 했을 텐데, 아쉬워서 어쩌나? 한잔하면서 마음 좀 추슬러."

지원이 얄밉게 웃으며 어깨를 토닥이자 인하는 어이가 없다는 웃으며 맥주캔을 땄다.

"이 키스신 상의를 오현준이랑 밤늦게까지 했다 이거지?"

"어? 어떻게 알았어?"

"어떻게 알면. 지금 그게 중요한 게 아니잖아. 너, 이 영감은 어디서 얻었는데?"

"뭐……. 상상해 본 거지. 어떻게 해야 그림이 예쁠까 하고."

지원의 대답이 못 미더웠는지, 인하가 미간을 구기며 눈을 흘겨 떴다.

"상상이라……. 어떻게?"

"어떻게는 무슨. 그냥…… 쉽게……."

살짝 아래로 처진 인하의 시선이 무척 노골적이었다. 그 시선의 목적지는 다름 아닌 지원의 입술. 지원은 입술이 바짝 말라 더 이상 말을 잇지 못했다. 그 순간, 정말 그러고 싶지 않았는데 절로 침이 꿀꺽 넘어가 두 볼이 붉게 달아올라 어쩌면 좋을지 판단이 서질 않았다. 지원은 일단 이 위기를 자연스레 넘어가기 위해 슬쩍 상체를 뒤로 젖혔으나, 인하 역시 티 나지 않게 슬쩍 거리를 좁혀 왔다.

숨결이 닿을 만큼 가까워졌을 무렵, 인하는 그대로 멈춰 지원의 눈을 빤히 바라보았다. 도저히 피할 수가 없었다. 피한다면 그대로 입술을 맞춰 버릴 것만 같아 피할 수도, 그렇다고 가만히 있을 수도 없는 숨 막히는 상황이 계속되었다.

그때, 인하의 팔이 지원의 허리를 감싸 안으며 바짝 끌어당겼다. 저도 모르게 흡 하고 숨을 들이켠 지원은 인하의 어깨에 손을 올리고 조심스레 밀어냈다.

"앞으로는 상상만 하지 말고, 직접 해보고 써. 그럼 더 잘 써질 거야. 다른 남자랑 상의할 일도 없을 거고. 알았지?"

지원은 인하의 말에 적극적으로 고개를 끄덕이며 동의를 했다. 그러자 인하가 피식 웃더니 지원을 놓아주고 일어섰다.

뭐야. 그, 그냥 이렇게 끝이야? 이 와중에 왜 아쉽고 난리야! 그렇게 낚이고도 또 낚이는 눈먼 고기 같은 이지원아! 아직도 정신 못 차렸구나! 그나저나, 저 인간은 왜 뿌린 떡밥을 회수할 생각을 안 하는 건데! 남자가 칼을 뽑았으면 뭐라도 잘라야 하는 거 아닌가? 서인하, 이제 보니 의지박약이네.

지원은 두 눈을 질끈 감고 자책에 자책을 했다. 민망하고 쪽팔리면서도 동시에 아쉽고 성질이 치밀어 참을 수가 없었다.

"설레서 잠이 잘 안 올 것 같긴 하지만, 잘 자라."

"아니거든? 눕자마자 잘 거거든?"

인하는 지원의 허세에 속지 않고 손을 흔들며 유유히 작업실을 빠져나갔다. 남겨진 지원은 소파에 벌렁 드러누워 분노의 하이킥을 날리며 두 손으로 얼굴을 가린 채 신음을 흘리고 말았다.

지원은 결국 쉬이 잠을 이루지 못하고 두 시간 넘게 뒤척이다가, 허기진 배나 간단히 채워볼 요량으로 동네 편의점으로 향했다. 만날 영양가 없는 것만 먹는다고 구박을 해대는 인하도 없으니 '그동안 먹고 싶었던 거 실컷 사먹어야지' 했지만 결국 컵라면 하나에 삼각김밥 하나, 복숭아맛주스 하나를 사서 야외 테이블에 자리를 잡았다.

서늘한 밤바람에 한결 기분이 좋아진 지원은 컵라면이 익을 때까지 얌전히 기다리지 못하고 몇 번이나 뚜껑을 열어보고, 닫아보고를 반복하다가 끝내 덜 익은 라면을 한 젓가락 집어 들었다. 그래도 무척이나 만족스러운 듯 어깨까지 으쓱이며 국물도 한 모금 들이켰다.

"지원 씨!"

이 시간에 이 동네에서 내 이름을 부를 사람이 누가 있을까? 라고 생각하며 고개를 치켜 든 지원은 얼굴을 확인하려고 허리를 구부정하게 하고 서 있던 현준과 눈이 딱 맞아버렸다. 괜히 놀란 맘에 사레가 들린 지원은 서둘러 주스팩을 열어 벌컥벌컥 마셨다.

"어어. 괜찮으세요?"

"네. 괜찮아요."

머쓱해진 지원이 뒤통수를 긁적이자 현준이 맞은편 자리에 앉으며 옅게 웃었다.

"뭐 죄 지은 것도 아닌데 뭘 그렇게 놀라세요. 제가 더 놀랐잖아요."

"근데 이 시간에 여긴 웬일이세요?"

"근처에서 직원들이랑 회식을 했거든요. 대리 불러놓고 기다리다가 맥주나 몇 개 사가려고 들렀는데, 여기서 딱 만나네요."

그러고 보니 그의 얼굴이 평소보다 붉게 익어 있었다. 자세히 보니 얼굴뿐 아니라 목과 손도 빨갰다.

"지원 씨는 이 시간에 어쩐 일이에요?"

"자려고 누웠는데 배가 고파서 잠이 오더라고요. 바람도 쐬고, 이것도 먹으려고 겸사겸사 나왔어요."

"늦은 시간에 여자 혼자 이렇게 막 다니면 안 돼요. 위험하잖아요."

맨 정신일 때도, 술에 취해 있을 때도 이 남자는 참 다정하고 배려가 깊은 사람이구나.

지원은 신경써 줘서 고맙다는 듯 배시시 웃으며 살짝 고개를 끄덕였다.

몇 번 보질 않았으니 속속들이 알 순 없지만, 현준은 모든 여자들이 탐낼 만한 남자였다. 정 안 되면 저런 아들이라도 낳고 싶을 정도로.

그런데 난 왜 저런 남자에게 마음이 동하질 않는 걸까. 하다못해 두근거리기라도 하는 게 정상 아닌가. 저렇게 따뜻한 눈을 하고 날 바라봐 주는데, 진심으로 걱정된다는 듯 상냥하게 말을 건네주는데도 왜 나는 저 사람에게 흔들리지 않는 걸까. 아주 작고 사소한 계기로도 쉽게 누군갈 좋아하던 이지원이었는데. ……하긴, 이젠 스물한 살이 아니니까.

"나 지원 씨한테 물어볼 거 있는데."

"뭔데요?"

현준이 짐짓 진지한 얼굴을 하고 아랫입술까지 깨물며 말을 골랐다. 도대체 무슨 얘길 하려고 저러는 건가 싶어, 지원도 덩달아 입술을 깨물었다.

"두 사람…… 어떻게 친구가 됐어요?"

어떻게라……. 지원은 어떤 대답을 해야 할까 잠시 고민을 하다가 천천히 입술을 열었다.

"차선이었어요. 친구로라도 남아야겠기에…… 친구가 됐어요."

현준이 고개를 끄덕였다. 더 이상의 부가 설명을 하지 않아도 대충 감을 잡은 표정이었다.

"무슨 말인지 알겠어요. 이제 궁금증이 풀리네요."

내심 쑥스러웠던 지원은 슬쩍 고갤 들어 하늘을 올려다보았다. 바람을 따라 나풀거리는 가로수 나뭇잎들이 사사삭 부서지는 소리를 만들어냈다. 고요한 길 위를 가득 메운 그 소리가 괜스레 사람 마음을 간지럽게 만들었다.

"역시 그랬군요. 그럼…… 제가 비집고 들어갈 틈은 없겠네요?"

생각지도 못했던 현준의 말에 놀란 지원은 뭐라고 말을 해야 좋을지 몰라 입술을 벌린 채 아무 말도 하지 못하고 한참을 그렇게 있었다. 어색하게 웃었다가, 눈썹을 긁적였다가, 괜히 무릎을 만졌다가, 계속 그렇게 해찰을 하다 조심스레 현준과 시선을 맞추었다.

"미안해요. 그게……."

"어우, 제가 취해서 정신이 나갔나 봐요. 후훗. 절대로 차이는 고백 같은 건 안 할 거라고 했는데 말이 헛 나왔어요. 못 들은 걸로 해줘요."

다행이라고 해야 할지, 고맙다고 해야 할지. 현준이 적절한 타이밍에 말을 끊곤 애써 밝게 웃었다.

"그냥, 대화 잘 통하는 친구로 지냅시다. 그건 해줄 거죠?"

지원이 고개를 끄덕여 대답을 대신하자 현준이 또 한 번 해맑게 웃었다. 그러더니 대뜸 코끝을 찡그리며 한심하다는 듯 지원을 비스듬히 쳐다보았다.

"솔직히 두 사람 보고 있으면 답답한 거 알아요? 남들 눈에는 훤히 보이는데, 둘이 지금 뭐하는 거예요?"

현준답지 않은 모습에 지원도 웃고 말았다. 일부러 분위기를 바꿔보려고 노력해 주는 것이 고마워서 지원은 피하지 않고 솔직한 대답을 꺼냈다.

"저도 알고 있어요. 인하도 잘 알고 있고요. 근데, 그 한 걸음이 안 떨어지네요. 한심하죠?"

살짝 고민하는 듯 눈동자를 굴리던 현준이 피식 웃더니 고개를 가로저었다.

"근데 뭐, 그럴 수밖에 없는 두 사람의 이야기가 있으니 제삼자들은 답답해도 어쩔 수 없죠. 이야기의 주인공들이 잘 풀어내는 수밖에. 그럼 전 이만 갑니다! 얼른 들어가세요."

지원은 뒷걸음질 치며 멀어져 가는 현준을 향해 살며시 손을 흔들어 인사를 건넸다. 그리곤 그가 차를 타고 길을 떠날 때까지 지켜보고 있다가 삼각김밥의 비닐포장을 까서 한입 크게 베어 물곤 오물오물거렸다.

그렇다. 남들은 알지 못하는 두 사람의 이야기이기에 다른 사람의 힘으론 이어갈 수도, 마무리 지을 수도 없다. 남들은 절대 알 수 없는 우리만의 역사와 우리만의 기억, 우리만의 추억, 그날의 감정, 표정들이 담긴 우리의 이야기……. 우리만의 이야기가 존재

한다는 것이 이렇게도 낭만적이고 가슴을 설레게 만들다니, 새삼스럽기도 하고 무언가 가슴속에서 울컥 치밀어 오르기도 했다.

지원은 컵라면을 끝까지 비운 후 쓰레기통에 껍질을 버리고 집으로 향하는 내내 '우리만의 이야기'란 말을 수백 번도 더 되뇌며 아주 느리게, 아주 천천히 걸었다.

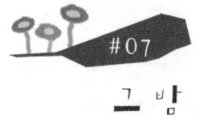

그 밤

인천공항으로 가는 길.

결국 출국날은 다가왔고, 인하의 마음은 점점 더 불안해졌다. 사실, 집을 나서기 전만 하더라도 이렇게까지 불안하지 않았다. 하지만 집을 나서다 주차장에서 마주친 현준이 아주 해맑게 건넨 그 말 때문에, 인하는 주먹을 쥐었다 폈다를 반복하며 거친 숨을 몰아쉬고 있었다.

"조심해서 잘 다녀와. 그동안 내가 지원 씨 말동무 하고 있을 게. 걱정하지 마."

내가 가장 걱정되는 게 바로 그거야!

현준의 그 말이 머릿속을 맴돌았다. 사람 좋은 미소 하며, 다정한 말투 하며, 정말 비호감이었다. 우연히 피트니스센터나 집 근처에서 만날 때마다 지원이에 대해 묻더니 이젠 대놓고 호감을 드러냈다. 이 중요한 순간에 2주씩이나 자리를 비워야 하는 인하는 조바심이 나지 않을 수가 없었다.

이러는 거 정말 유치해. 남자답지 못해. 촌스러워.

아무리 세뇌를 해도 어쩔 수가 없었다. 현준은 그동안 지원에게 꼬이던 놈들과는 차원이 달랐다. 여자라면 한 번쯤은 꿈꾸는 완전체이기 때문이다.

태원이를 괜히 유럽에 보냈나? 다음에 다시 보내준다고 하고 일단 얼른 들어오라고 할까?

"그러다 한 대 치겠다?"

"에?"

민석의 말에 놀란 인하가 눈을 깜박이며 어색하게 웃었다.

"아주 날 잡아먹을 듯이 노려봐 놓고 시치미 뗄 거냐?"

"아니에요! 절대 아니에요, 아버님! 실은……."

입을 열려던 인하는 사내자식이 속 좁게 뭐하는 짓이냐고 타박을 하실까 두려워 도로 입을 꾹 다물었다.

"실은 뭐?"

"하아……."

인하는 한숨을 내쉬며 등받이에 상체를 기댔다.

스페인에서 함께 촬영을 하는 지원의 아버지, 민석과 함께 공항으로 가고 있었다. 제 또래의 배우들은 모두 어려워하는 선생님이었지만, 민석과 인하 사이에는 지원이 있었기에 그리 두렵지 않았다. 물론 촬영장에서는 무섭지만 말이다.

"촬영 때문에?"

"아뇨."

"광고 뺏겼어?"

"아뇨."

"그럼, 지원이 때문이냐?"

정곡을 찔린 인하가 대답을 못하고 고개를 끄덕이자 민석이 고개를 저으며 혀를 끌끌 찼다.

"어쩜 그리 둘이 똑같냐. 으이그, 답답이들."

"지원이가 아버님한테 뭐라고 해요?"

"니들 일은 니들이 알아서 해라. 난 관심 없다."

애타는 인하가 민석의 옆에 바짝 붙었지만 민석은 그저 책장만 뒤적였다.

"아버니임."

간절한 눈빛을 보내봤지만 소용없었다. 인하는 다시 한 번 얼굴을 들이밀었다.

"무슨 일인지 너부터 말해봐."

인하는 침을 한 번 꿀꺽 삼키고 숨부터 골랐다. 유치하게도 이르는 꼴이 되었지만 어쩔 수 없었다.

"강적이 나타난 거 같아요."

"강적?"

"네. 그동안 지원이한테 찝적거리던 놈들이랑은 좀 다른 것 같아요. 접근 방법부터 아주 치밀하고 변태적이에요."

"변태?"

인하의 설명을 듣던 민석의 얼굴이 조금씩 일그러졌다.

"네. 변태. 지원이가 눈치채지 못하게 아주 서서히, 가랑비에 옷 젖는 줄 모르게 그렇게 은밀하게 작업을 걸어요. 지원이 꼬시려고 작정한 놈 같다니까요? 아주 고단수예요."

민석은 동조하듯 미간을 찌푸렸다.

"네가 보기엔 어떤 남자 같은데?"

"으음. 일단 표면적으로 보기엔 상냥하고, 예의 바르고, 다정하고, 배려 넘치고 뭐 그런 정도인데요. 그 검은 속은 누구도 모르죠."

"그런데 넌 어떻게 아니?"

"남잔 남자가 보면 딱 알잖아요. 지원이를 바라보는 눈동자에 아주 그냥 욕망이 줄줄 흘러요."

"욕망이라⋯⋯. 그렇구나."

가만히 듣고 있던 민석이 고개를 끄덕이며 입매를 한일자로 만들었다.

"아무래도 너 없는 동안 둘이서 무슨 사고를 쳐도 단단히 치겠구나."

"네⋯⋯. 네? 뭐, 뭘 쳐요?"

"내가 보기엔 그 정도 남자면 안 넘어갈 리가 없지. 나 같아도 반하겠다."

"아버님!"

"아이구, 우리 인하 불쌍해서 어쩌나. 닭 쫓던 개 지붕만 쳐다보는 꼴 되겠구만. 쯧쯧."

민석은 인하를 저만치 떼어내고 태연하게 다시 책을 보았다.

"이제 그만 지원이 놔주는 게 어때?"

"그렇게 못해요."

"이게 도대체 몇 년째야? 계속 이렇게 둘 다 바보짓만 반복할 거야?"

"기다릴 거예요. 조금만 더 기다려 달라고 했어요."

"지원이가 내 딸이긴 하지만, 믿는 도끼에 발등 찍히는 수가 있어. 이 미련곰퉁아."

"찍을 테면 찍으라죠. 발등이 아작 나도 어쩔 수 없어요."

민석이 웃으며 고개를 저었다. 하지만 인하는 심각했다.

가끔씩 잠들기 전에 생각해 보곤 했다. 난 왜 이렇게 이지원만 좋아할까. 도대체 왜 그 크기는 줄지 않고 점점 더 커져만 갈까. 그때의 미안함 때문에? 아니면 제대로 꽃피우지 못했던 첫사랑에 대한 미련 때문에? 그것도 아니면 친구란 이름으로 다시 새로 시작했지만, 시간이 흐를수록 매 순간 진화하는 감정 때문인가?

결국 인하가 내린 결론은 '모두 다' 였다. 그렇게밖에 설명할 수가 없었다. 이 모든 게 뒤섞여 범벅이 되어 이지원 아니면 안 된다는 결론이 만들어진 것이다. 하나의 이유가 아닌 여러 가지 이유가 얽혀 있기에 도저히 일목요연하게 설명할 수 없는 마음이었다.

남들은 사랑 참 쉽게 하던데 난 왜 이렇게 어렵고 복잡할까. 아니, 이지원과 서인하 사이라서 그런 걸까.

뭔가를 다짐한 인하는 손목에 채워둔 시계를 한 번 본 후 다부진 한숨을 내쉬었다.

"동규야. 나 내려주고 아버님이랑 먼저 출발해."

"예?"

"저쪽에다 세워."

동규가 어리둥절해하는 사이, 인하는 옷매무새를 가다듬고 선글라스를 콧등에 걸었다.

"우리 지금 대전이나 부산 가는 거 아니에요! 스페인이라구요!"

"촬영 전까지 어떻게든 시간 맞춰서 갈 거니까, 토 달지 말고 차 세워."

안 세우면 달리는 차 문이라도 열어서 뛰어내릴 서인하의 고집을 너무나도 잘 아는 동규는 잔뜩 얼굴을 찡그린 채 하는 수 없이 택시승강장 근처에 차를 세웠다. 인하는 서둘러 가방을 챙겨 차에서 내렸다.

"얼마나 더 차여야 정신 차릴래. 쯧쯧. 넌 절대 안 된다니까."

무심한 척 책만 읽고 있던 민석의 말에, 인하가 희게 웃었다.

"조만간 장인어른이라고 불러 드리겠습니다."

"미친놈. 두고 보자 어디."

차 문을 닫고, 인하는 택시승강장에 세워진 택시를 향해 달려갔다.

버티고 버티면 12시간 정도의 시간이 주어진다. 성공률을 쉽게 점 칠 수 없는 상황. 최악에는 돈과 시간만 까먹고 빈손으로 돌아갈 수도 있다.

하지만 인하는 무모한 선택을 했다. 정말 이번이 마지막이라는 각오로.

참석하지 않는 게 나을 뻔했던 자리였다. 삼 년째 거르던 동문회에, 그것도 한창 대본작업 중이라 바쁜 와중에 왜 나갔을까 하고 백 번쯤 후회를 하고 돌아오는 길, 지원은 곧장 작업실로 들어가지 않고 공원 벤치에 주저앉아 신경질적으로 구두를 벗었다.

동기들 중 진짜 기대주로 꼽히던 희선이는 1학년 때만 해도 지원과 단짝이었다. 그다지 주목받지 못했던 지원이 극본 공모에 당선이 되면서 가장 먼저 등단을 했고, 희선이는 그 이듬해에 신문사에서 주관하는 신춘문예를 통해 등단을 했다. 그 또래의 젊은이들이 대부분 그러하듯, 서로의 재능을 시기하고 질투하면서 자연스레 멀어지게 되었고 희선이 외국으로 유학을 가면서 완전히 연락이 끊겼었다. 그런데 얼마 전, 동기에게서 희선의 결혼소식을 듣게 되었고 꼭 만나고 싶다는 말을 전해 듣게 되어 동문회에 나간 참이다.

놀랍게도, 희선이는 말기암이라고 했다. 이젠 건강이 호전되거나 나빠지는 것 자체가 무의미하다며 담담하게 웃었다. 그리곤 함께 참석한 예비신랑과 가볍게 입을 맞추고 더할 나위 없이 행복한 표정을 지었다. 처음엔 다들 희선이 커플을 보며 멋지다고 엄지를 치켜세웠지만, 몇몇이 술이 한두 잔 들어가자 취중에 은근슬쩍 속내를 털어놓기도 했다. 남겨질 사람은 생각 안 하고 저지르는 무모한 짓이라는 둥, 이기적인 선택이 아니냐는 둥, 두 사람의 사랑을 가지고 말들이 많았다.

그 모습을 지켜보던 지원은 답답한 마음에 자리를 박차고 빠져나온 참이다. 자기가 알고 있는 사랑이 정의가 전부라도 되는 듯 떠들어대는 것에 못 견디게 신경질이 났다. 다른 사람도 아닌, 적어도 창작을 하는 사람이라는 머릿속에서 그런 틀에 박힌 생각을 한다는 게 가장 마음에 들지 않았다.

죽음을 앞둔 사람도 사랑을 할 수 있다. 헤어지고 난 후에도 그 사람을 사랑할 수 있다. 그런데 왜 사람들은 다른 모습의 사랑을 인정하려 하지 않을까. 조금은 불안하더라도, 위태로워 보여도, 한심해 보이고 안쓰러워 보여도, 그것 또한 그들에겐 소중한 감정이란 걸 왜 모를까. 꼭 사랑이란 테두리 안에 그것들을 가두고 같은 모습을 하고 있어야 마음이 편한 건가?

지원은 까만 밤하늘을 올려다보며 길게 한숨을 내쉬었다. 지금쯤이면 저 하늘 어딘가를 날고 있을 인하 생각도 나고……. 인하 생각이 나고……. 또 인하 생각만 났다.

그 사람이 어떤 음악을 좋아하는지, 어떤 음식을 잘 먹는지, 잘 땐 어떤 모습으로 자는지, 샤워할 땐 머리부터 감는지, 손톱은 엄지부터 자르는지, 글씨는 어떻게 쓰는지 같은 사소한 것들을 알아가는 게 연애라면 지원은 이미 인하와 하고 있었다. 인하가 자주 듣는 음악, 잘 먹는 음식, 잘 때 입는 옷, 샤워하는 순서, 손톱 깎는 순서, 필체는 물론이고 그 외의 사사로운 것까지 모두 알고 있으니까.

그 사람 목소리가 듣고 싶고, 얼굴이 보고 싶고, 기대고 싶고,

안고 싶고, 입 맞추고 싶고, 함께 밤을 지새우고 싶은 것 또한 연애라면 그것 역시 인하와 하고 있었다. 아닌 척 숨기고 피할 뿐, 지원 역시 늘 인하의 목소리가 듣고 싶고, 얼굴이 보고 싶고, 기대고 싶고, 안고 싶고, 입을 맞추고 싶으니까.

그 사람과 함께 하는 미래를 꿈꾸는 것? 그것도 진정한 사랑의 조건이라면 지원도 이미 갖추었다. 잘 꾸며둔 정원에서 나와 그를 꼭 닮은 아이와 술래잡기를 하고, 그네를 타고, 꽃밭을 가꾸는 상상 같은 거 수백 번도 더 했으니까.

그렇다면, 이지원은 지금 서인하와 연애를 하고 사랑을 하고 있다고 단정 지을 수 있을까? 아니다. 이지원과 서인하는 정체가 모호한 감정 안에서 시간을 축내는 중이다. 그 모호한 감정이라도 지켜내고자 안간힘을 쓰면서 말이다.

"하아……. 지친다."

지원은 무릎을 세워 두 팔로 바짝 끌어안고 그 위에 얼굴을 묻었다. 모든 준비는 끝이 났고, 지원이 인정하는 순간 두 사람은 연애 시작이다. 정체가 모호한 감정은 사랑이란 멋진 이름을 갖게 될 것이다.

얻는 것이 있으면 잃는 것도 있는 법. 공개연애를 하지 않는 한, 남들에게 서로를 친구라고 소개할 수 없게 된다. 물론 친구라고 말할 수 있겠지만 그것은 거짓이 될 것이고, 처음 몇 번은 괜찮다고 웃어넘기다가 오래전 그날처럼 사소한 갈등을 만들어 오해를 생산하고 다툼을 유발할 것이다. 이지원은 보편적인 인간에 속하는 감정적인 동물이니까. 그렇다고 공개연애를 하기에는 감당해야 할 부담이 너무 컸다.

민석의 말대로 시간이 흘렀으니 그때완 다를 수도 있다. 일어나지도 않을 일을 걱정하며 시간을 버리기엔 너무 많이 돌아왔고, 십여 년이 흐르는 동안, 배우의 사생활을 대하는 세상 역시 변했으니까.

"에이, 모르겠다."

거미줄처럼 엉켜 버린 생각 때문에 머릿속이 복잡해진 지원은 자리를 박차고 일어나 제자리에서 서너 번 콩콩 뛰다가 그대로 공원을 벗어났다. 숨이 턱까지 차오를 때까지 달려보기로 결정한 것이다. 운동만큼 머릿속을 비우는 데 탁월한 게 없다던 인하의 말을 떠올리며 지원은 무작정 작업실 쪽으로 달리기 시작했다. 스타킹을 신은 탓에 자꾸만 구두가 미끄러지자 구두를 벗어 양손에 들고 맨발로 달렸다. 길을 지나던 사람들이 이상한 눈으로 보든 말든 괘념치 않았다. 그저, 지금 달리고 있는 이 길 끝에 서인하가 서 있으면 정말 눈물 나게 행복할 것 같다는 황당한 상상을 하며 달리고 또 달렸다.

이 상황에 또 서인하 생각이라니.

지원은 터져 나오는 웃음을 어쩌지 못하고 큭큭대고 웃었다. 작업실에 다다랐을 무렵, 극심한 어지러움을 느꼈지만 계속해서 달렸다. 기왕 달리기 시작한 거 12층까지 계단으로 뛰어올라 가보기로 결심하고 들고 있는 구두를 꼭 움켜쥐고 힘을 쥐어짰다. 이렇게 달리고 나면 바닥에 쓰러져 곧장 잠들 수 있을 것 같은 기분 좋은 예감에 상쾌함마저 들었다.

"어?"

정신없이 달리던 지원은 낯이 익은 한 사람을 발견하고 천천히 속도를 줄였다. 이마를 흠뻑 적신 땀방울을 손바닥으로 닦아내며 두 눈에 힘을 주어 그 사람을 바라보았다.

환영인가. 아니면 닮은 사람인가.

결국 달리기를 멈춘 지원은 느린 걸음으로 그에게 다가갔다.

"변태라도 쫓아오디?"

서인하였다. 분명 서인하였다. 어제도 보고, 일주일 전에도 보고, 일 년 전, 십 년 전, 십일 년 전에도 봤던 그 서인하가 오늘도 자신의 앞에 서 있었다.

"너, 왜 여기 있어?"

숨이 찬 지원이 헉헉거리며 하늘을 향해 손가락질을 하자 인하가 옅게 웃으며 어깨를 으쓱였다.

"전화도 안 받고, 집에도 없고. 걱정했잖아."

지원은 한 걸음, 한 걸음 신중하게 발을 옮겼다. 다섯 걸음쯤 남겨두었을 때, 지원은 그 자리에 우뚝 멈춰 서서 허리를 숙이고 가쁜 숨을 몰아쉬었다.

"괜찮아?"

"거기 그대로 있어."

막 걸음을 떼려던 인하는 지원의 저지에 의아하다는 듯 고개를 갸우뚱거리더니 그대로 멈췄다.

"왜 왔는지 안 물어?"

"내가 보고 싶으니까 왔겠지."

지원의 대답에 인하가 피식 웃더니 팬츠주머니에 양손을 찔러 넣고 비스듬히 섰다.

"나 지금 공원에서부터 달려오는 길이거든?"

"오. 이지원이 달리기를 다했어? 대단하네."

"달리는 내내 생각했어. 이 길 끝에 서인하가 서 있었으면 좋겠다는."

방금 전까지만 해도 여유가 넘치던 인하의 얼굴에 슬쩍 긴장감이 돌았다. 지원은 그런 인하의 모습이 반가웠지만 내색하지 않고 인하에게 조금 더 다가섰다.

"이뤄졌네."

"그러게. 감격스럽다."

"그 다음엔…… 뭘 상상했으려나?"

인하의 기대에 찬 눈빛을 받으며 지원은 한 걸음 더 내딛었다. 그리고 인하를 향해 손을 내밀었다.

"낙산공원…… 갈래?"

인하의 눈매가 가늘어지면서 동시에 시선이 살짝 흔들렸다. 지원은 숨을 크게 들이쉬며 환하게 웃어 보였다.

"가자. 내가 낙산공원 야경이 얼마나 멋있는지…… 보여줄게."

지원은 인하의 손을 잡아 힘껏 당겼다. 마음을 온전히 털어놓기엔, 그곳이면 충분할 것 같았다.

"오랜만에 와보니까 어때?"

낙산공원 정상에서 성곽을 끼고 다시 내려가고 있었다. 편편한 산책길을 두고 야트막한 돌계단을 밟고 천천히 걸었다. 성곽에 설치된 조명을 지날 때마다 환히 비치는 지원의 얼굴을 가만히 바라보며, 인하는 지원의 표정에서 진심을 읽으려고 애쓰고 있었다. 얼마 되지 않는 작은 기억들 중 가장 많은 추억이 담긴 이곳에 왜 오자고 한 건지, 그 저의가 뭔지 너무나 궁금했다.

"여전히 아름답지?"

인하는 대답 대신 고개를 끄덕였다.

"내려갈 땐 이화동 쪽으로 내려가자. 옛날이랑 많이 달라졌어. 아, 이쪽으로 와봐."

이상했다. 지원은 아까부터 내내 이상하게 굴었다. 무슨 일이 있었기에 저리도 기분이 좋은 건지 평소답지 않게 예쁜 말만 쓰고, 별거 아닌 일에 잘 웃어주고, 마주한 시선을 절대 먼저 피하지도 않았다. 뭔가 단단히 작정이라도 한 사람처럼 다르게 굴어서, 인하는 즐겁기도 했지만 한편으론 불안하기도 했다.

그런 인하의 마음을 아는지 모르는지, 지원은 인하를 힘껏 끌어당겨 성곽에 기대게 만들었다. 비로소 서울 야경이 한눈에 들어왔다. 저 건너편에 있는 남산타워가 눈에 띄었다. 이곳이었나 보다. 이 근처 어딘가에서 남산타워를 보며 처음 입을 맞추었던 오래전 그날이 떠올랐다. 그리고…… 참 수줍게 웃어 보이던 스물한 살이지원의 얼굴도 떠올랐다.

"이렇게 날이 좋은데 사람들이 많이 없네."

인하는 끊임없이 조잘조잘 떠드는 지원을 가만히 바라보았다. 왜 이렇게 끊임없이 말을 잇는 걸까. 스페인행 티켓을 휴지조각으로 만들고 지원의 작업실로 가는 동안 무슨 말을 꺼낼까 수도 없이 고민했는데, 그 모든 걸 부질없는 것으로 만들어 버릴 만큼 지원은 쉬지 않고 말을 했다.

오늘 꼭 해야 할 말이 있는데……. 차인 지 얼마 되지 않아서 아직 마음이 단단해지진 않아 후폭풍이 염려되긴 하지만, 그래도 꼭 하고 가야 하는데…….

"인하야, 우리 좀 이상하지 않아? 보통 10년 넘게 친구로 지내면 이름보단 이상한 별명 지어서 놀리고 그럴 텐데, 우린 안 그랬잖아."

"……그랬나?"

인하가 되묻자 지원이 고개를 끄덕였다. 인하는 그런 지원을 보며 옅게 웃었다.

"너는 날 항상 '지원아' 하고 불러줬어. 그래서 나도 항상 널 '인하야' 하고 불렀고."

수많은 밤을 가슴 설레어 잠 못 자게 만들었던 무수히 많은 기억들이 하나둘 존재감을 드러냈다. 하나도 잊지 않았다. 잊히지가 않았다는 표현이 더 정확할지도 모르겠다. 내 이름을 부를 때마다 입매를 예쁘게 늘이며 배시시 웃던 그 모습을 어떻게 잊을 수가 있을까.

"그러고 보니 정말 그랬네."

"딱딱하긴."

하지만 대답은 담담하게 뱉어졌다. 그러자 지원이 피식 웃으며 팔꿈치로 옆구리를 쿡쿡 찔렀다.

"나 너한테 할 말 있어."

한숨 한 번 크게 쉬고 나지막이 꺼낸 말에, 지원이 여전히 미소를 지은 채 두 눈을 빛내며 바라보았다. 모든 것이 완벽한 이 밤, 또 한 번 가슴 아픈 거절의 말을 듣게 된다 하더라도 지원에게 향한 자신의 마음이 너무 많이 힘들어하지 않았으면 좋겠다고 생각하면서 인하는 빠르게 두근대는 가슴을 애써 진정시켰다.

"돌아오기로 마음먹었을 때부터, 네가 하고 싶은 말이 뭐였을지…… 짐작 가."

"내 말에 네가 어떤 대답을 하게 될지…… 알아. 그래도 할 거야. 난 늘 그래왔으니까."

인하의 말에, 지원의 얼굴에 웃음기가 천천히 가셨다. 인하는 담담한 시선으로 지원과 눈을 맞추고 주먹을 폈다 오므렸다 쉴 없이 꼼지락대는 지원의 자그만 손을 잡았다.

"공항에서 다시 돌아올 때부터 딱 한 가지 생각만 했어. 어떻게든 밀어붙여서 오늘 끝장을 내야겠다, 이대론 더 이상 못 견디겠다, 그런 생각."

인하는 자신의 손 안에 들어온 지원의 손등을 엄지로 부드럽게 쓸며 잠시 숨을 고르고 자꾸만 벅차오르는 마음을 억눌렀다.

"우리…….

"인하야. 내 얘기 먼저 들으면 안 돼?"

"뭐?"

갑자기 치고 들어온 지원 때문에 흐름이 끊겨 버린 인하는 저도 모르게 손에 힘이 빠져 잡고 있던 지원의 손을 스륵 놓고 말았다.

가슴이 뻥 뚫린 것만 같은 허탈함에 두 눈을 질끈 감아버린 인하
는 어금니를 악다물고 고개를 떨구었다.

"네가 나한테 하려고 했던 그 말, 오늘은 내가 하려고."

"무슨……."

그 순간, 지원이 인하의 손을 덥석 잡더니 입매를 길게 늘이며
씨익 웃었다. 인하는 지원에게 잡힌 제 손과 지원의 얼굴을 번갈
아가며 바라보다 저도 모르게 눈썹을 구기고 말았다.

"해보자 까짓 거."

순간 인하는 두 귀를 의심했다.

지금 이거, 무슨 뜻이지? 혹시 내가 미쳐 버려서 듣고 싶은 대
로 해석해 버린 건가?

"뭘…… 해?"

"해보자고. 연애."

연애.

지원의 입술 새로 나온 예상치 못한 그 한 단어로 인해 인하의
심장은 미친 듯이 날뛰기 시작했다. 조만간 밖으로 튀어나올 기세
였다. 인하는 놀라 벌어진 입술을 다물지 못하고 꺼벙하게 눈만
끔벅였다.

"농담이지?"

"믿기 힘들겠지만 농담하는 거 아냐. 술을 마시긴 했는데 취해
서 하는 소리도 아냐. 수천 번 수만 번도 더 고민하고 내린 결론이
야. 솔직히 내일 아침에 일어나서 후회할지도 모르겠지만, 그건
그때 가서 생각하려고."

이건 정말로 예상하지 못했던 반전이었다. 인하는 저도 모르게 미간을 구기며 지원이 하는 말 하나하나 빠짐없이 들으려 애를 썼다.

"끝장내러 왔다며. 수백만 원짜리 티켓 휴지 만들고 왔으면 뭐라도 얻어가야 할 거 아냐."

"내 티켓값이 걱정 되서 해본 소리라면 그만둬. 사람 들뜨게 하지 말고."

몇 번이고 확인을 해야만 했다. 갑자기 '뻥이요!' 해버릴까 봐, '등신, 속았냐?' 하고 말하며 비웃을까 봐 계속해서 묻고 또 물었다. 장난 아니지? 농담 아니지? 거짓말 아니지? 취해서 실수하는 건 아니지? 계속해서 같은 뜻의 말만 반복하고 있었다.

그러자 지원이 갑갑했는지 긴 한숨 끝에 미소를 지으며 하늘을 올려보았다.

"아아. 이런 기분이었구나. 너 그동안 어떻게 참았냐?"

"뭐?"

"내가 거절할 때마다 어떻게 참았냐고. 이렇게 못 들은 척, 안 들리는 척 배배꼬고 딴 짓만 하는 거 어떻게 보고만 있었어? 한 대 그냥 콱 쥐어박지 그랬어."

"하! 너 정말!"

그 순간, 지원이 인하의 두 뺨을 양손으로 감싸고 빤히 올려다보았다. 한 뼘도 되지 않을 만큼 가까이 마주하고 있는 두 사람의 시선은 여전히 불안하게 일렁였다.

"똑바로 들어. 두 번 말 안 해."

누구의 심장 소리인지 분간이 되지 않는 커다란 심장박동 소리가 귓가에 쩌렁쩌렁하게 울렸다. 인하가 들었으니, 분명 지원도 들었을 것이다.

"나랑…… 연애하자."

지원의 입술은 무척이나 다부졌고, 시선에는 흔들림이 없었다. 그 찰나의 순간, 인하의 가슴에도 확신이 파고들었다.

"너랑 연애하고 싶지 않은 이유를 세어봤는데, 한 열 가지 정도 되더라고. 근데…… 그 열 가지가 너랑 연애하고 싶은 단 한 가지를 못 이기더라. 웃기지 않아?"

"열 가지나 됐어?"

인하가 말을 끊자 지원이 눈썹을 구겼다. 그 모습마저도 사랑스러웠다.

"핵심은 그게 아니잖아."

"거짓말이라도 일단 뱉은 말은 절대 못 줍는다."

"한 번만 더 거짓말 어쩌고 하면 확 무른다?"

"너…… 정말이야? 진짜 장난치는 거 아니지? 이런 거 가지고 장난치면 너 정말 천벌받아!"

"거참 속고만 살았나. 안 해, 안 해!"

빈정이 상했는지 지원이 뺨에서 손을 떼어내곤 휙 하고 돌아섰다. 인하는 그런 지원을 그대로 안아버렸다. 허리를 양팔로 꼬옥 감싸고 자그만 어깨 위에 턱을 괴었다.

"말도 안 돼……."

그러자 지원이 인하의 손 위에 자신의 손을 포갰다. 그러더니 가느다란 손가락을 요리조리 움직여 인하의 손등을 쓰다듬었다. 인하는 그런 지원을 천천히 돌려세웠다.

감격스러웠다. 벅차오르는 마음을 어떻게 감출 방법이 없어서 인하는 지원을 품 안에 꼭 끌어안았다. 숨이 막히도록 아주 꼭 끌어안았다.

"아무리 생각해 봐도…… 네 생각하느라 할애했던 내 시간이 너무 많은 거야."

"그게 그렇게 아까웠어? 나만큼 했을라고."

"그건 모르는 거야. 그 부분은 나도 자신 있거든?"

괜히 어색하고 쑥스러워서 퉁퉁거린다는 것을 알기에, 인하는 지원의 등을 따뜻하게 쓰다듬어 주었다.

"미안해. 모른 척했던 거, 그래서 널 힘들게 한 거, 결국 널 지치게 한 거, 다……."

"알아. 네가 그럴 수밖에 없었다는 거. 이해해. 머리론 이해가 되는데, 좀 힘들긴 힘들었어."

"사람들이 흔히 말하고 정의 내리는 그런 사랑이나 연애는 아니지만, 그동안 우린 분명 우리 나름대로 사랑을 하고 연애를 하고 있었던 것 같아. 아니라고 우기는 거, 이제 그만하자."

"일반적인 사랑과 연애랑은 달라도 많이 달랐지."

지원이 인하의 가슴팍을 툭 밀어내곤 눈을 맞추었다. 하지만 인하는 다시 한 번 지원을 끌어안았다.

"표정관리가 안 돼서 짜증난다. 나 왜 이렇게 팔푼이 같지?"

"여자한테 고백받고 표정관리가 되면 그게 남자야? 그리고, 내가 보통 여자도 아니잖아? 무려 이지원이잖아."

"말이나 못하면……."

그렇긴 했다. 이 순간이 오기까지 기다려온 시간이 얼만데. 고백을 받아주기만 해도 숨이 넘어갈 판에 고백을 받기까지 했으니. 복받았네, 서인하.

"너 나한테 잘해야 돼."

"너도 나한테 잘해."

인하가 되받아치자 지원이 품을 벗어나며 새치름한 표정을 지었다.

"와! 너 웃긴다! 이제 고백받았다 이거지?"

어깨를 으쓱이자 그 모습이 얄미웠던지 지원이 주먹을 말아 쥐고 어깨와 가슴을 토닥토닥 때렸다. 조금 아프긴 했지만, 인하는 그런 지원이 못 견디게 사랑스러워서 또 한 번 끌어안았다.

11년 동안 담아둔 이야기가 너무 많아서 뭐부터 꺼내어 풀어야 할지 몰라 인하는 그렇게 지원을 끌어안기만 했다.

인하는 지원의 어깨를 양손으로 감싼 채 살짝 몸을 떼어냈다. 오늘따라 유난히 예뻐 보이는 건 조명 탓인가. 성곽길 안 되겠네.

인하는 지원의 얼굴에서 시선을 떼지 못했다. 엄지로 지원의 눈썹을, 볼을 매만지다 흐트러진 머리칼을 귀 뒤로 넘겨주었다. 지원은 내내 시선을 피하지 않고 마주보았다.

"뒤에 사람 지나간다."

"그래서?"

"너 지금 키스할 거잖아. 저 사람 지나가면 해."

지원의 능청에 인하는 피식 웃곤, 그대로 입을 맞추었다.

몸 속 어딘가에서부터 무언가가 뜨겁게 달아오르기 시작했다. 진부한 표현이지만, 모든 것이 정지한 것만 같은 기분이었다. 꿈 속을 헤매는 듯 아득하고, 땅을 딛고 선 게 아니라 물을 딛고 선 것처럼 가슴이 울렁거렸다.

오늘 밤은 모든 것이 끝까지 완벽했다. 공원의 밤향기도 달콤했고, 오르는 내내 기분을 좋게 해주었던 밤바람도 상쾌했다. 무엇보다 인하를 가장 행복하게 만든 것은, 살짝 야릇하게 들리는 지원의 색색거리는 숨소리였다.

이 모든 것들이, 마치 첫키스를 하는 것만 같은 착각을 불러일으켰다.

"저거 완전 미쳤구만."

민석의 빈정거림에도 아랑곳하지 않고, 인하는 계속해서 콧노래를 부르며 사뿐사뿐 발걸음도 가볍게 식당을 휘저었다. 지원과 지원의 가족 앞에서 가끔씩 가벼운 모습을 보인 적은 있었지만, 배우 서인하는 절대로 남 앞에서 이런 행동을 한 적이 없었다. 적당히 예의 바르고, 적당히 친절하지만 빈틈은 잘 내보이지 않는 배우 서인하가, 자신이 그어둔 선만큼은 철저히 지키던 그 서인하가, 지금 접시를 들고 방방 뛰고 있는 이 서인하와 동일인물인지 의문이 들 정도로 발랄했다.

인하는 둥그런 접시 위에 먹을 것을 가득 담아 동규와 민석이 앉아 있는 테이블로 향했다. 동규가 냅킨으로 입을 막고 키득거렸지만 인하는 신경 쓰지 않고 자리를 차지하고 앉아 포크와 나이프를 쥐고 계속해서 흥얼거렸다.

"실실 쪼개고 난리 났네. 그렇게 좋냐?"

"아버님. 무려 11년 걸렸어요. 아버님 같으면 어떠시겠어요?"

"미쳐 돌아버리겠지. 너처럼."

민석의 타박도 꽃노래 같은지, 인하는 즐거운 표정으로 호밀빵 위에 하몬을 올려 한입 크게 베어 물었다.

"밥 먹고 풀장에 수영하러 가실래요?"

"나 이따가 촬영이야. 너 혼자 실컷 해라."

단숨에 주스를 들이마신 민석이 냅킨으로 입술을 닦곤 자리에서 일어섰다.

"벌써 다 드셨어요?"

"밥맛 떨어져서 그만 먹으려고 그런다, 왜!"

"에이, 아버님. 질투하시는 구나?"

"저거 주인공만 아니었어도 한 대 걷어차 주는 건데."

민석은 주먹을 불끈 쥐어 보이곤 자리를 떠나셨다. 인하는 그런 민석을 향해 손을 흔들곤 배시시 웃으며 포도를 입안에 쏙쏙 밀어넣었다.

"스페인 멋진데? 이렇게 아름다운 나라였나?"

우주에서 내려다본 지구의 모습이 오늘만큼은 핑크빛이 아닐까 싶을 정도로 인하의 눈에는 만물이 사랑스러웠다. 의자에 한껏 등을 기대고 노을이 내려앉은 하늘을 올려다보던 인하는 숨을 크게 들이마시며 아직 대기에 남은 뜨거운 햇살을 만끽했다. 저 멀리에서 불어오는 해풍이 코끝에 닿는 것도 같고, 참으로 행복한 순간이었다.

"형님. 공항이랑 호텔밖에 못 보셨잖아요. 이동하는 내내 주무셨으면서……."

"으흠. 나중에 결혼하면 여기로 신혼여행 와야겠다."

인하의 말에 깜짝 놀란 동규가 주변을 두리번거리며 혹시나 누가 듣기라도 했을까 봐 서둘러 인하의 입을 손바닥으로 틀어막았다. 다행히 스텝들은 조금 떨어진 자리에서 식사를 하고 있었고, 주변의 테이블은 비어 있었다.

"형님 너무 앞서 나가시는 거 아닙니까?"

"왜? 나 촬영 마치고 한국 들어가면 나중에 우리 아이 대학등록금 모으려고 통장도 만들 건데?"

뜨악한 동규가 혀를 내두르며 접시를 들고 일어섰다.

"어디가?"

"다, 다 먹었습니다. 배가 부르네요. 흠흠. 형님, 이따 저녁부터 촬영 있는 거 아시죠? 그때 뵈어요. 쉬세요."

다들 왜 저러지. 낭만을 모르네.

인하는 다시 본격적으로 식사를 시작했다.

Rrrr.

요란한 휴대폰 벨 소리에 잠에서 깬 지원은 시계를 먼저 확인했다.

새벽 3시.

지원은 끙 소리를 한 번 뱉은 후 뒤통수를 긁적이며 일어나 앉아 스탠드를 켜고 휴대폰을 집어 들었다.

"여보세요."

〈아, 미안. 거기 새벽이지?〉

그런 건 전화 걸기 전에 알아뒀어야지! 소리가 목구멍에서 치밀어 올랐지만 지원은 숨을 고르며 고개를 가로저었다. 아직까지 잠들어 있는 정신을 깨우려고 눈을 비비며 고개를 한 바퀴 핑그르르 돌린 지원은 잠긴 목청을 가다듬고 천천히 입술을 떼었다.

최대한 곱게 말하자. 최대한 부드럽게.

"새벽 세 시다, 인간아."

〈아유, 부지런하다.〉

귀에서 휴대폰을 떼어낸 지원은 마치 휴대폰이 인하인 것처럼 노려보다가 스피커폰으로 연결했다.

"무슨 일이야."

〈꼭 일이 있어야만 전화를 거나?〉

"안 바빠? 촬영은? 거기 몇 시지?"

〈응, 안 바빠. 오늘 촬영 끝났어. 여긴 밤 8시.〉

물은 순서대로 대답도 참 잘하지. 지원은 기가 차서 웃어버렸다. 그리곤 마른세수를 한 번 하고 다시 쓰러지듯 침대에 누웠다.

"발렌시아는 여전히 아름답지?"

〈다음에 같이 오자. 혼자 보니까 재미없네.〉

"촬영하러 갔지 놀러갔냐? 관광 다닐 생각 말고 열심히 촬영해."

〈낭만이 아주 메말랐구만.〉

수화기 저 너머에서 끌끌 혀를 차는 소리가 다 들려왔다.

〈여긴 언제 여행 왔었어?〉

"3년 전인가, 4년 전인가……. 스페인은 내 평생의 로망이거든."

〈여기서 구상했던 거야?〉

"어. 이 멋진 곳을 우리 서인하 씨가 거닐면 정말 환상적이겠단 생각을 하면서부터 시작됐지. 어때, 감격적이지?"

인하는 대답을 하지 않고 웃기만 했다.

"대답이 없네. 고백 한 번 해줬더니 빠져 가지고. 이거 안 되겠는데?"

〈그런 협박 이제 씨알도 안 먹혀. 밥은 잘 챙겨 먹고 있어? 어디 아픈 데는 없고?〉

"응. 아주 튼튼해. 이보다 더 건강할 수 없을 만큼 기운이 넘쳐."

〈그 정도야? 에휴. 큰일이네.〉

반어적인 표현을 단번에 알아들은 인하가 기특해서 지원은 웃고 말았다.

"아까 저녁때 현준 씨 북카페 다녀왔어. 공원에서 죽 치고 있는데 딱 만난 거 있지?"

〈잘했어.〉

말은 '잘했어'인데 느낌은 '왜 그랬어'로 들리는 건 기분 탓인가.

　기운이 빠진 인하의 음성에 살짝 후회를 하긴 했지만, 그래도 말 안 하는 것보단 하는 게 나을 것 같아서 지원은 계속해서 말을 이었다.

　"현준 씨가 너 데뷔작 같은 작품 한 번 더 하면 좋을 것 같다던데?"

　〈날 아주 국민게이로 만들려고 작정했구나.〉

　"크큭. 근데 너랑 현준 씨 취향이 거의 비슷하더라. 그 사람도 고흐 좋아한대. 그 뭐지? 밤의 카페 테라스였나? 그 그림 말야."

　〈그 작품 좋아하는 사람이 어디 한둘인가. 나 예전에 프로방스에 화보촬영 갔다가 아를에 간 적 있었는데, 거기서 그 작품 배경이 된 카페 가봤었거든. 그래서 좋아하게 됐지.〉

　"어! 현준 씨도 그랬대! 이야, 진짜 둘이 잘 맞는다! 잘 지내봐! 사회 나와서 친구 만나기 쉽지 않잖아. 거기다 취향까지 비슷한 사람 찾기가 어디 쉬운 줄 알아? 너도 이제 나 말고 다른 사람들도 좀 만나고 해."

　〈그런 건 내가 알아서 할게.〉

　인하는 마치 귀찮다는 듯 투덜거렸다.

　"나중에 너 시간 나면 셋이 같이 영화 보자고 했어. 잘했지?"

　〈알았어. 알았으니까 이제 그 사람 얘기 그만해.〉

　"그럼 무슨 얘기 할까? 뭐 듣고 싶은 얘기라도 있어?"

　〈있지 그럼.〉

"뭔데?"

〈이번 작품에 대해 작가와 길고 긴 이야기를 나누면서 캐릭터 분석도 하고 앞으로 스토리가 진행되면서 내가 표현해야 할 인물의 내적갈등과 나아갈 방향 같은…….〉

"아으. 됐어, 됐어. 할 말 없으면 끊어. 잘 거야."

〈……보고 싶다고.〉

순간 정적이 흘렀다. 지원은 입술을 질끈 깨물고 눈을 감았다. 참 듣기 좋은 목소리였다.

"뭐라고?"

〈못 들은 척하지 마.〉

"정말이야. 나 못 들었어."

지원은 잔뜩 가슴을 졸인 채 주먹까지 꼭 쥐고 인하의 목소리를 기다렸다.

〈보, 고, 싶, 다, 고.〉

한 음절씩 천천히 끊어 말해주었다. 그래도 좋았다.

"다시."

칫 하고 웃는 소리가 건너왔다. 지원은 다시 한 번 눈을 감고 귀를 쫑긋 세웠다.

〈보고 싶다고.〉

"한 번 더."

〈아, 진짜. 보고 싶다고, 보고 싶다고, 보고 싶다고! 됐어? 이제 성에 차?〉

지원은 발을 동동 구르며 배를 움켜잡고 키득거렸다.

"우리가 이 좋은 짓을 왜 진즉에 안 했지?"

〈우리라니. 난 빼줘. 이런 짓 하고 싶어서 너한테 몇 번이나 들 이댔는지 기억 안 나?〉

"그래. 다 내 잘못이다. 내 잘못. 속이 시원해?"

정말 바보 같은 짓을 했었구나. 이제 보니 팔푼이는 서인하가 아니라 이지원이었네.

"이런 짓 말고 또 해보고 싶었던 거 있어?"

〈있지.〉

"뭔데? 한 번 해봐."

인하의 대답이 진심으로 기대되었다. 지원은 침대에 엎드려 한 손으로 턱을 괴고 휴대폰을 인하라고 생각하며 다정한 눈길로 내 려다보았다.

〈사랑한단 말 실컷 해보고 싶었어.〉

아, 어떡해!

지원은 베개에 얼굴을 묻고 발을 동동 구르며 이불을 걷어찼다.

달다, 달아.

손톱을 깨물며 다시 정신을 되찾은 지원은 철렁 내려앉은 가슴 을 손바닥으로 꾹 누르며 애꿎은 입술만 물어뜯었다.

"어디 한 번 해봐. 들어보자."

〈싫어.〉

"뭐야……."

인하의 허무한 대답에 실망한 지원은 옆으로 돌아누워 몸을 한 껏 웅크렸다.

〈잠이나 자.〉

사람 마음 이렇게 설레게 해 놓고 잠이나 자라니!

"치사하긴. 끊어!"

지원은 일방적으로 통화를 끝내 버리고 벌러덩 누워 천장을 바라보았다. 그 몇 분 통화했다고 휴대폰이 따끈따끈해져 버렸다. 지원은 허공에 하이킥을 하며 양손으로 두 뺨을 감싼 채 침대 위를 몇 번이나 데굴데굴 굴렀다.

도대체 이 간질간질한 기분은 뭐냐!

아무래도 이백 살까지 원 없이 살 수 있을 것만 같은 기분이 들었다.

연애, 핑계는 필요 없다

띵동.

초인종을 누르자마자 고개를 떨군 인하는 뻐근한 뒷목을 주무르며 빨리 열어라, 제발 빨리 열어라 하고 웅얼웅얼거렸다.

인하는 귀국하자마자 곧장 지원의 작업실로 달려왔다. 졸려서 죽을 것 같았지만 당장 지원의 얼굴을 봐야만 했다. 영상통화만으론 감질나서 더 이상 견딜 수가 없었다. 무려 2주 동안 못 봤으니…….
이미 오래전 인내심이 한계에 달한 인하가 잠깐 한국에 다녀오겠다고 설칠 때마다 동규와 민석은 사색이 되어 뜯어말리곤 했었다.

"어? 인하야!"

문이 열리고, 지원이 고개를 빼꼼 내밀며 환히 웃었다. 인하는 비틀거리며 한 발을 내딛고 그대로 지원의 옆구리에 두 팔을 밀어 넣고 가슴팍에 쓰러지듯 안겨 버렸다.

"야야. 잠깐만."

지원은 냉큼 안으로 인하를 끌어당기더니 이내 현관문을 닫고 벽에 밀어 세웠다.

"미쳤어. 누가 보면 어쩌려고."

"왜, 내가 창피해?"

지원은 어이가 없다는 듯 웃으며 인하의 이마를 손가락 하나로 꾸욱 눌렀다.

"언제 도착했어?"

"두 시간 전."

"공항에서 바로 이리 온 거야?"

"이거나 빨리 받아."

인하는 지원에게 쇼핑백 하나를 건네고 비척비척 걸어 소파에 털썩 뻗어버렸다.

"우와! 리오하 와인이네?"

선물을 확인한 지원의 목소리가 이보다 더 경쾌할 순 없었다. 인하는 손등으로 눈을 가린 채 몸을 한껏 웅크렸다.

"이거 나 주려고 사온거야?"

"응."

"이야……."

지원이 쪼르르 달려와 머리맡에 앉았다. 신경 써서 골라온 보람이 있었다.

"나보다 그 와인이 더 반가운가 보다?"

"너도 반갑고. 와인도 반갑고. 이거 언제 딸까?

"태원이 오면 따자."

"그래그래. 그러자."

신이 났나 보다. 지원은 그간 웬만해선 보여주지 않았던 애교 넘치는 웃음소리와 생기발랄한 표정까지 지어 보이며 아이처럼 기뻐했다.

역시 농익었어. 술 선물 받고 저렇게 좋아하는 걸 보면. 어린 애들 같았으면 명품 쥐어줘야 저런 기쁨을 표출할 텐데.

인하는 고개를 돌려 지원의 얼굴을 꼼꼼히 살폈다. 영상통화로는 절대로 채워지지 않았던 허한 마음이 점점 차오르기 시작했다. 이제야 좀 살 것 같았다.

역시 이지원과는 좁은 곳에서 살을 부대끼며 있어야 마음에 평안이 깃든다니까.

"촬영은 잘했어?"

"당연하지."

"하긴 뭐, 그거야 최 피디한테 물어보면 정확히 알 수 있겠지. 아빠도 같이 왔어?"

"아버님은 곧장 집으로 가셨어. 네 덕분에 고생 많이 하셨다."

지원의 얼굴은 보고 또 봐도 질리지가 않았다. 화장한 얼굴, 세수 안 한 얼굴, 방금 세수한 얼굴, 땀 흘린 얼굴, 푸석한 얼굴, 하여간 지원이 보여줄 수 있는 모든 얼굴을 보아온 인하였지만 볼 때마다 새롭고 자꾸만 보고 싶은 얼굴이었다. 인하는 손을 뻗어 지원의 뺨을 쓰다듬었다. 손에 닿으니 만 배 정도 더 좋았다.

"2주 만에 보니까 소감이 어때? 가슴이 막 뜨겁게 불타오르지 않아?"

"전혀."

지원의 담담한 대답에 인하는 정색을 하고 말았다. 몽글몽글 연기처럼 피어오르던 무한대의 기대감에 얼음물이 쏟아진 것 같은 기분이었다. 인하는 그런 지원이 얄미워서 휙 하고 돌아누워 소파 등받이와 눈을 맞추었다.

"이건 뭐, 연애를 하자는 건지 말자는 건지."

"뭐 그런 것 가지고 그래."

지원이 인하의 옆구리를 살살 긁어댔다. 하지만 이쯤에서 풀어 줄 순 없어서 흥, 하고 더 토라진 척을 했다. 그러자 지원이 두 손으로 허리춤을 붙잡고 양옆으로 흔들어댔다. 마음 같아서는 좀 더 버티고 싶었지만 지원의 마음이 바뀔까 봐 겁이 나서 못 이기는 척 다시 돌아누워 팔을 뻗었다.

"이리 와봐."

"대낮부터 왜 이래."

"대낮이니까 이런다. 오밤중이었음 오라가라도 안 해."

"안 하면?"

"그냥 마음 가는 대로 몸이 가는 거지."

"어으!"

지원이 눈을 흘겨 뜨며 옹골차게 말아 쥔 주먹으로 가슴팍을 툭툭 때렸다. 하지만 인하는 아랑곳하지 않고 소파 위를 손으로 톡톡 두들겼다. 그러자 지원이 샐쭉하게 입술을 빼물며 곁에 따라

누웠다. 딱 붙어 있지 않으면 떨어질 위험이 높은 좁디좁은 소파인지라, 인하는 지원의 등에 얼굴을 묻고 지원의 허리를 욕심껏 꼭 끌어안았다.

"숨 참지 마라."

"안 참았거든?"

지원의 거짓말에 인하는 지원의 옆구리를 간질였다. 그러자 용케 버티던 지원이 마지못해 힘을 뺐다.

"아……. 좋다."

잠이 쏟아졌다. 비행기에서 내내 잤는데도 또 잠이 몰려왔다. 아무래도 이대로 잠들어야 할 것 같았다.

이렇게 포근한 낮잠이 얼마만인지. 스페인에서 촬영을 하는 2주간 내내 긴장의 연속이었던지라 마음 놓고 숙면을 취한 건 정말 오랜만이었다. 첫 촬영이라 안 그래도 잔뜩 긴장했는데 그 첫 촬영이 하필이면 해외촬영이고, 거기다 스페인어로 대사를 치려니 감을 잡기가 더 어려워 고생을 꽤 많이 했었다.

방법이라곤 감독과의 끊임없는 대화뿐이라서 그것을 통해 길을 찾으려 무척이나 애를 썼다. 잘해야 본전이던 상황에서도 인하는 최선을 다했다. 최선을 다하는 것밖에는 좋은 수가 없었다. 자존심 같은 건 챙길 겨를 없이 계속해서 민석과 감독에게 돌아가며 지도를 받았다.

"저기 침대 가서 편하게 자."

"으음. 이게 더 편해."

"난 지금 무지 불편하거든?"

"침대 가면 내가 무슨 짓을 할지 장담 못해. 봉인해제되면, 어우……."

지원이 웃는지 어깨를 들썩거렸다.

"잠깐만 이러고 있자."

"알았어. 자."

코끝에 닿는 지원의 살냄새와 온몸으로 느끼는 지원이의 말랑한 살. 그리고 고스란히 전해지는 두근두근 심장박동을 자장가 삼아 인하는 잠을 청했다.

11년간 친구라고 우기며 지냈음에도 어느 한 기점을 기해서 이런 설렘을 가질 수 있는 사이가 되었다는 게 참으로 놀라운 일이었다.

이래서 연애가 좋은 거구나.

연애라는 그 흔한 단어 하나가 우리 사이에 끼어드니, 그간 오고갔던 애매한 감정들의 정체가 모두 다 뚜렷해졌다.

인하는 지원이 이렇게 말랑한 사람이었는지 미처 알지 못했다. 늘 예민하고 무심하던 이지원이 이렇게 변하다니.

내일은 또 무슨 핑계를 대고 이렇게 안아볼까. 아니, 이젠 핑계 같은 건 필요가 없어진 건가?

인하는 자신에게 불어오는 변화가 무척이나 즐겁고 반가웠다.

해외로케 촬영을 끝내고 배우들에게 주어진 휴식시간은 사흘. 사흘 후부터는 본격적으로 국내 촬영이 시작된다. 사실 그 사흘의 시간도 드라마의 남녀주인공 모두가 광고촬영 스케줄이 있어서 조정 끝에 비워진 시간이었다.

그래서 인하는 그 알토란 같은 휴식 중 하루를 고스란히 빼서 지원과 시간을 보내고 있었다.

밤 열 시를 넘긴 깊은 밤인데도 불구하고 공원에는 사람들이 꽤 많았다. 가로등 불빛 아래 모여드는 날벌레들이나, 사방에서 울어대는 풀벌레 소리로 보아 좀 더 여름에 가까워진 것 같았다.

"하아, 하아. 십 분만 쉬자."

인하는 벤치에 두었던 가방에서 물병을 꺼내 지원에게 건넸다. 늘 앉아서 글만 죽어라 써대니 체력이 저질스럽지 않을 수가 없었다. 절대로 안 나오겠다고 버티던 지원을 억지로 끌고나온 인하는 지원과 함께 공원에서 배드민턴을 치고 있었다.

"남들이 보면 한 삼십 분은 한 줄 알겠다."

"어으, 이거 봐. 팔 떨리는 거. 일주일은 팔 떨려서 대본 못 쓰게 생겼어."

벤치에 털썩 주저앉아 칭얼대는 지원을 바라보던 인하는 고개를 저으며 지원의 곁에 따라 앉았다.

"이렇게 약해 빠져 가지고 이 험한 세상 어떻게 살려고 그래?"

"너 있잖아. 너."

"내가 니 꼬붕이냐?"

"그거 괜찮은데? 꼬붕이."

나 참, 어이가 없어서.

인하는 지원이 마시던 물병을 빼앗아 벌컥벌컥 들이켰다.

"그래도 정신없이 뛰고 나니까 개운한데?"

"이 맛에 운동하는 거야. 내일 당장 피트니스센터 끊을래?"

"아으, 다리야. 몸살 날 것 같아."

지원이 귀를 두 손으로 막더니 벤치에 등을 한껏 기대고 엄살을 부렸다. 일부러 말을 돌리는 게 귀여워서, 인하는 그런 지원의 볼을 살짝 꼬집었다.

그때, 인하와 지원의 앞으로 다정한 한 가족이 지나갔다. 아빠는 귀여운 딸아이를 목마 태우고, 엄마는 한 걸음쯤 앞장서서 아장아장 걷는 사내아이가 혹시라도 넘어질까 조마조마해하며 뒤를 따르고 있었다. 화목해 보이는 가족의 모습을 지켜보고 있자니 절로 미소가 지어졌다.

부러웠다. 단 한 번도 가져 보지 못했던 화목함이었기에 조금 샘이 나기도 했다.

"지원아. 나는 결혼해서 아이 갖게 되면 맨날 저렇게 산책 다닐 거다. 아이도 많이 낳을 거야."

인하가 혼잣말하듯 멍한 얼굴로 조근조근 말을 꺼내자 지원은 대답을 하지 못하고 인하의 얼굴만 빤히 바라보았다. 아무래도 얘가 지금 뭔 소릴 하는 건가 싶었던 모양이다.

"쫄지 마. 프러포즈 아니니까."

"아우, 놀래라."

얄밉게도 지원이 가슴을 손바닥으로 쓸어내리며 작게 한숨을 내쉬었다.

"네 로망이 스페인이듯이, 내 로망은 화목한 가정이거든."

지원은 그제야 인하가 무슨 말이 하고 싶었던 건지 이해를 한 듯 고개를 끄덕였다. 점점 멀어져 가는 화목한 가정을 하염없이 바라보던 인하는 다시 시선을 옮겨 또 다른 화목한 가정을 찾고 있었다.

"그거 되게 어려운 건데."

"난 처음부터 가져 본 적이 없으니까, 더 많이 어렵겠지?"

인하의 눈에 또 다른 화목한 가정이 들어왔다. 이번엔 열 살쯤 되어 보이는 아들에게 자전거 타는 것을 가르쳐 주는 아빠와, 딸을 업고 몸을 양 옆으로 갸우뚱거리며 자장가를 불러주고 있는 엄마의 모습이었다.

정말, 기가 막힌 밤이었다.

"원망했어?"

지원이 무엇을 물은 건지 단번에 알아차린 인하는 고개를 저으며 희게 웃었다.

"아니. 오히려 감사했지."

서로 맡지 않겠다고 미루고 미루다가 결국 할머니의 품으로 가야 했던 인하는 부모님에 관해선 좋았던 기억이 없었다. 늘 소리를 지르며 다투었고, 자신은 늘 컴컴한 방 안에서 이불을 뒤집어 쓴 채 이 싸움이 어서 빨리 끝나기만을 기다리다가 울며 잠들었던 기억뿐이다. 까마득하게 멀기만 한 어린 시절의 기억이지만, 아직도 생생한 걸 보면 어린 나이에 큰 상처가 되었던 모양이다.

그래서인지, 유복하진 않았어도 할머니와 단둘이 살았던 시절이 더욱더 행복하게 느껴졌다. 장사를 마치고 돌아오는 길엔 어김없이 사탕과 과자 몇 봉지를 사가지고 집에 오시던 할머니. 그런 할머니를 기다리느라 쉽게 잠들지 못하고 몇 번이나 대문 밖을 내다보았던 어린 서인하가 더욱더 기억에 남았다.

보통의 아이들이 할머니는 냄새가 나서 싫다고 했지만, 인하는 할머니가 가장 좋았다. 인하는 할머니가 웃는 걸 보고 싶어서 까불기도 잘 까불었고, 할머니가 절대로 하지 말란 짓은 목에 칼이 들어와도 하지 않았다. 그래서 어디 가서도 미움받지 않는 아이로 자랄 수 있었고, 부모 없이 자라서 그렇다는 소리 같은 건 단 한 번도 들어보지 않았다.

"난 우리 할머니가 정말 좋아. 할머닌 나한테 엄마도 되어주고, 아빠도 되어주고, 친구도 되어주셨거든. 할머니가 해준 밥이 세상에서 제일 맛있고, 아플 때 할머니가 만져 주면 씻은 듯이 낫고, 할머니가 웃으면 무지 행복해."

인하의 말을 가만히 듣고 있던 지원은 수건으로 인하의 이마에 맺힌 땀을 닦아주며 슬쩍 손을 잡았다.

"할머니가 안 계셨으면, 난 이렇게 멀쩡하게 못 살았을 거야."

"아아! 부럽다……. 자랑쟁이, 칫."

지원은 짐짓 삐친 척을 하며 입술을 삐죽였다. 인하는 그런 지원의 어깨를 끌어안으며 제 어깨 위에 지원의 머리를 기댈 수 있게 해주었다.

"어머니 소식…… 못 들은 지 오래됐지?"

지원이 어깨를 으쓱이며 피식 웃어버렸다.

"잘 살고 있겠지. 가족 버리고 다른 남자 손잡고 떠났으면 세상 누구보다 행복하게 살아야지. 안 그래?"

말투는 비록 무덤덤했지만, 그 안에 가둬둔 상처와 슬픔이 가늠하기 힘들다는 것쯤은 인하도 알고 있었다. 그래서 더 미안했다.

담담한 듯 말하면서도 끝내 숨기지 못한 한숨 소리가 가슴을 쿡쿡 찔러댔다.

"그 얘긴 그만하자. 우리한텐 아픈 손가락이잖아."

지원의 말대로, 지원과 인하 모두 부모님이란 존재는 가장 아픈 손가락이었다. 그랬기에 인하는 그 오래전, 지원의 곁에 있어주지 못했던 것에 늘 미안했다. 절망의 순간에 손을 내밀어주지 못하고 혼자 방치해 뒀던 그때가 인하에겐 가장 후회되는 시간이었다.

어머니가 가족을 떠난 걸로도 벅찬데, 점점 나락으로 떨어져만 가는 아버지를 지켜봐야 했던 스물한 살의 이지원. 그런 상황에서도 꿋꿋하게 혼자서 가정을 지키고 일으켜 세워야만 했던 스물한 살의 이지원은 기특하다고 표현하기엔 단어가 너무 초라했다. 보통 사람이었다면 같이 절망하고 무너져 버렸을 텐데, 이 작은 몸으로 그 어린 나이에 어쩜 그렇게 담대할 수 있었을까. 얼마나 이를 악물고 견뎌냈을까.

"그때 나 많이 미웠지?"

지원이 핏 하고 웃더니 고개를 들어 눈을 맞췄다.

"말이라고 해?"

억수같이 비가 쏟아지던 그날, 눈물인지 빗물인지 모를 뭔가가 지원의 작고 하얀 얼굴을 뒤덮었다. 헤어지잔 말에 아픔을 토해내고 원망하듯 쏟아내며 숨이 넘어갈 듯 꺽꺽대며 울던 지원과 그런 지원에게 미안하다고, 잘못했다고 빌고 또 빌면서 지원을 붙잡고 매달렸던 인하. 그 오랜 시간을 돌고 돌아 이렇게 다시 마주 볼 수 있게 되었다는 것이 꿈만 같았다.

"십 분 됐다! 일어나."

"아으, 너무 빡빡하네. 나머진 내일 하면 안 될까? 나 대본도 써야 해."

지원이 우는 소릴 했지만 인하의 표정에는 변화가 없었다. 인하는 지원을 억지로 일으켜 세우곤 코트에 밀어 넣고 맞은편으로 달려갔다.

"나 내일부터 촬영 시작인 거 몰라? 거기다 내일은 촬영 마치고 회식도 있어. 당분간 이렇게 같이 운동할 기회 없다고. 자! 간다!"

인하가 서브를 넣자 지원이 삐죽삐죽 걸어 나와 툭 쳐 올렸다.

그렇지. 그렇게 열심히 운동해서 얼른 체력을 키워놔야지. 그래야 애도 많이 낳지.

*

감독님이 소집한 이번 회식에는 작품에 출연하는 모든 배우들이 한자리에 모였다. 단합대회 차원의 전체회식이라 아직 촬영을 시작하지 않은 배우들도 빠짐없이 참석했다.

자꾸 만나서 이런저런 이야기도 나누고 해야 배우들끼리 가까워지고, 그래야 그 분위기가 이어져 촬영장도 분위기가 좋아진다는 건 딱 한 작품만 해봐도 알 수 있는 진리였다. 이런 멍석이 자주 깔리는 것도 아니고, 그러니 멍석이 깔렸을 땐 신나게 놀아주는 것이 예의인 것이다.

이젠 인하도 촬영장에서는 중견배우들을 제외하곤 고참 축에

속했다. 데뷔 12년 차. 이러네 저러네 아무리 말이 많아도 그 경력과 필모그라피는 아무나 가질 수 있는 게 아니었다. 물론 전체적으로 배우들의 연령이 어려진 것도 사실이지만, 인하는 선배대접받는 게 나름 즐거웠다.

"자! 이번엔 우리 서인하 씨! 박수!"

유치하게도 한 명씩 돌아가면서 자기소개를 하고 있었다. 한 바퀴를 돌아 마지막 자신의 차례가 오자, 인하는 감독이 건넨 술잔을 들고 자리에서 일어섰다. 초롱초롱한 배우들의 눈망울을 보고 있자니 절로 가슴이 뜨거워졌다.

"안녕하십니까! 배우생활 12년 차이긴 하지만, 광고형 배우로 더 널리 알려진 서인합니다. 이번 작품을 통해 진짜 배우로 거듭나고 싶습니다! 잘 부탁드립니다. 저 그렇게 모나고 까칠한 사람 아닙니다. 전화도 잘 받아주고, 짜증도 생각보다 많이 안 냅니다!"

말을 끝내고 고개를 꾸벅 숙이자 여기저기서 휘파람을 불고 난리가 났다. 인하는 감독에게 받은 잔을 단숨에 꺾어버리곤 테이블 위에 잔을 내려놓았다.

"게이 아니에요?"

어느 구석에서 들려온 대담한 외침에 순간 웃음바다가 되었다. 인하는 흠흠 헛기침을 한 번 하곤 다시 자리에서 일어나 오른손을 맹세하듯 치켜들었다.

"전 여자가 미치도록 좋습니다! 살냄새에 환장합니다!"

이미 술에 거나하게 취한 배우들은 배꼽을 잡고 떼구르르 구르고 난리법석이었다. 민석은 그런 젊은 배우들이 못마땅한 듯 혀를 끌끌 차며 일어났다.

"소개 다 끝났으니까 나이 먹은 사람들은 이쯤에서 눈치껏 찢어집시다!"

민석의 말이 끝나자 또래의 중견배우들이 주섬주섬 일어서며 키득거렸다.

"그럼 제가 모시겠습니다! 가시죠!"

성격 좋은 제작피디의 인솔하에 중견배우들은 룸에서 빠져나갔고, 남게 된 젊은 배우들은 그런 선배들을 향해 연신 허리를 숙여 인사를 건넸다.

다시 자리에 앉은 인하는 기분이 좋아서 간만에 주량을 오버하기 시작했다. 따라주는 대로 다 마시고, 따라주지 않아도 스스로 잔을 채우며 콧노래를 흥얼거렸다.

3년 만의 복귀작이라 그런지 유독 더 설레는 것 같았다. 아, 지원의 작품이라서 더 그런 건가?

"이렇게 분위기 좋은 거 정말 오랜만인 거 같애."

옆자리에 앉아 계속해서 유쾌한 분위기를 주도하던 감독이 혼잣말처럼 툭 뱉으며 웃었다.

"그렇죠. 요즘 촬영장 분위기 좋은 작품 흔치 않죠."

까탈스러운 주연급 배우들이 워낙에 많다 보니 이러한 분위기로 촬영을 이어가는 작품들이 그리 많지 않았다. 그런 점에서 보면 인하는 무던한 편이었다. 물론 작품에 들어가기까지 워낙 고민이 많아 제작진을 애먹이긴 하지만 말이다.

"나 사실, 인하 씨랑 촬영 들어가기 전만 해도 반신반의했거든?

워낙 이 작가가 밀어붙여서 오케이하긴 했는데, 내심 걱정 많았다고."

"그럴 만하죠. 후훗."

"근데! 이번에 스페인 촬영 때 보고 확신했어! 이번에 무조건 대박이야. 이 작가 대본이야 워낙에 완벽하니까 걱정도 안 했고, 인하 씨정말 다시 봤어! 아니, 왜 그동안 그런 오명을 뒤집어쓰고 살았어?"

"왜 그러세요. 오그라들잖아요."

인하가 손가락을 접어 보이자 감독이 껄껄 웃었다.

"좋은 작품을 못 만나서 빛을 못 본 거야. 인하 씨, 이번에 우리정말 잘해보자! 나 진짜 자신 있어!"

"감독님만 믿겠습니다."

인하는 다시 한 번 감독과 건배를 나눴다.

"묻지도 않고 따지지도 않고 무조건 믿고 보는 신아영 씨가 내오른쪽에 떡하니 있고, 대중 영향력 단연 톱인 매력덩어리 서인하씨가 내 오른쪽에 떡하니 있으니까 나 정말 아무 걱정이 없어. 이판에서는 나만 잘하면 돼. 나만."

비록 입에 발린 말이라고 할지라도 인하는 기분이 좋았다.

그때.

"선배니임!"

걸그룹 멤버이자 이번 작품에서 서브주연을 맡은 세정이 콧소리를 장착하고 인하의 옆자리를 꿰찼다. 그러자 감독은 반대편으로 돌아앉아 아영과 이야기를 시작했다.

"제 잔도 한 잔 받으셔야죠옹."

"그래요."

인하는 순순히 잔을 받고 세정의 잔도 채워주었다.

"러브샤앗!"

떨떠름했지만 일단 거부할 겨를 같은 걸 허락지 않았다. 팔부터 밀어 넣고 보는 아이가 가당찮다고 느낄 때쯤 이미 자세는 러브샷을 취하고 있었다.

얘 웃기는 애네. 매니저가 고생 좀 하겠구나.

"있잖아요, 선배님. 저 전에 대본리딩 있던 날에요, 선배님이랑 작가님이랑 옥상에서 이야기 나누시는 거 봤어요."

혀 짧은 소리도 보통이 아니었다. 인하는 아몬드 한 알을 입안에 넣고 오독오독 씹었다.

"그랬어요?"

"에이, 말 낮추세요. 아영 언니랑은 말 놓으셨으면서 왜 저랑은 안 놓으세요. 히잉."

끼 부리는 것도 장난이 아니었다. 팔짱을 끼고 팔에 얼굴을 비비고 난리가 났다. 인하는 그런 세정의 이마를 손가락으로 밀어 떼어내려고 시도해 봤으나 다시 찰거머리처럼 찰싹 달라붙어 버렸다.

그러다 갑자기, 세정이 거리를 좁혀 오더니 귓속말을 시도했다.

"그때, 두 분 뽀뽀하셨죠?"

세정은 눈썹을 치켜 올리며 빙긋 웃었다. 이 영악한 것.

"저 다 봤어요! 히힛."

이렇게 해맑은 얼굴로 애가 지금 뭘 하는 걸까. 조막만 한 머릿속에 무슨 생각들이 가득 찬 건지 쉽게 짐작이 가지 않았다.

"세정 씨 뭘 봤는데?"

그때, 감독이 불쑥 끼어들었다. 안타깝게도 마침 감독이 볼륨조절에 실패하는 바람에 순간 인하에게 모든 이목이 집중되었다.

"무슨 얘길 그렇게 둘이서 재밌게 해? 우리도 알자!"

하나둘 사람들이 맞장구를 치기 시작하자 난감해진 인하는 어색하게 웃으며 눈썹을 긁적였다. 아무래도 얘는 여차하면 말을 할 기세였다.

"서인하 선배요, 글쎄……."

순간 머릿속에서 경고음이 울렸다.

만취한 여자는 위험하다!

"저 연애하거든요. 만나는 사람 있다고 그 얘기 하고 있었어요."

순간 정적이 흘렀다. 다들 진심으로 놀랐는지 얼음이 되어버렸다. 인하는 환히 웃으며 세정을 바라보았다. 이들 중 가장 놀란 건 세정인 듯했다. '설마 정말로 말할 줄이야' 하는 표정이었다.

"와. 인하 씨 멋있다! 화끈한데요?"

그때, 감독님 옆에 앉아 있던 아영이 큰 소리로 외쳤다. 그러자 다들 아영의 의견에 동의하며 감탄을 연발했다.

"시원시원한 게 우리 서인하 씨 최고의 장점이지! 안 그래?"

본의 아니게 시원시원한 사람이 되어버린 인하는 재빨리 머리를 굴렸다. 과부심정 홀아비가 잘 안다고, 이 중에서 비밀연애를 하고 있는 배우들이 절반쯤 되니까 섣불리 입을 열진 않을 것이다. 가장 크게 외친 신아영만 해도 꽤 오랜 시간동안 비밀연애 중이었고 이 사실을 대부분의 관계자들은 알고 있었다. 그리고 만약 말이

새 나간다고 해도 작품 도중에는 나대지 않는 게 상도덕이니까 기자들도 얌전히 기다려 줄 것이다. 물론 물증이 잡히면 그땐 사진을 들이대며 협상을 하려 들겠지. 일단 그건 그때 가서 생각하고.

"제 나이가 몇인데, 저도 부지런히 연애하고 얼른 장가가야죠."

인하는 일부러 능청스럽게 태연한 모습을 보였다. 그러자 감독이 박수를 치며 다시 잔을 건넸다.

"그럼 그럼! 연애하고 장가도 가야지! 다 좋은데 드라마 클라이막스 때 열애설 터지면 안 된다! 이유는 말 안 해도 알지? 서인하 씨 말고 지금 연애하고 있는 배우들한테 모두 해당되는 말이야!"

시청자들의 관심이 캐릭터가 아닌 배우에게 분산이 되어버리면 몰입도가 떨어지게 되고, 그렇게 되면 시청률에도 영향이 가기에 감독의 입장에선 신경을 쓰지 않을 수 없는 부분이었다.

"네. 걱정 마세요."

그때, 아영이 잔을 내밀었다. 인하는 아영과 서로의 건투를 빌며 건배를 했고 이번 잔도 단숨에 비워냈다.

머리끝까지 취한 인하가 전화를 걸어 무작정 자신의 집으로 오라고 떼를 쓴 지 15분 후.

지원은 못 이기는 척 인하의 집으로 향했다. 근 일주일 동안 18회에서 딱 막혀 열 신도 못 채워 넣었고, 거기다 3회 대본 부분 수정도 이제 막 시작해서 정신이 없는 와중이었지만 그래도 연인으로서 최선을 다하기로 마음을 먹었기에 지원은 묵묵히 길을 걸었다.

지원의 연애 모토는 '책임감 있는 연애'. 스물한 살 서툴고 여렸던 연애시절, 그가 온전히 내게 집중해 주길 바라는 마음에 서운해하고 아파했던 어리석은 짓을 이 나이 먹어서까지 반복할 수 없었기에 선택한 모토였다. 내가 필요하다고 말할 땐 그의 곁에 있어주고, 반대로 그가 필요할 땐 곁에 있어달라고 강력하게 말할 수 있게 말이다. 그렇기에 지원은 잠시라도 들러서 인하가 잠들 때까지만이라도 봐주고 돌아오기로 마음먹었다.

공동현관을 무사히 통과하고 인하의 집 앞에 도착한 지원은 초인종을 누르려다가, 그새를 못 참고 이미 반 뼘쯤 열어둔 현관문을 보곤 피식 웃으며 인하의 집 안으로 들어섰다.

"나 왔어."

"들어와."

길고 긴 현관을 지나 복도 끝 거실에 가니 인하가 팔짱을 낀 채 창밖을 내다보고 있었다. '생각보다 멀쩡하네'라고 생각을 할 무렵 인하는 허리를 숙이며 비틀거렸고 지원은 '그럼 그렇지' 하며 혀를 끌끌 찼다.

"얼마나 마신 거야."

지원은 인하의 팔을 붙잡고 부축을 해서 소파에 앉혔다.

"물 갖다줘?"

인하는 대답을 하지 않고 눈을 끔벅거리다가 고개를 가로저었다.

그나저나, 붉게 충혈된 눈이 이렇게도 섹시한 거였나.

'난 썩었어.'

지원은 두 눈을 질끈 감고 잡생각들을 떨쳐 내려 애썼다. 핏줄 돌아난 팔뚝도 아니고, 잘 빠진 뒤태도 아니고, 젖은 머리칼도 아닌, 어떻게 충혈된 눈을 보고 침을 흘릴 수가 있지!

지원은 물을 떠다 준다는 핑계로 인하에게서 멀어졌다. 주방에 있는 냉장고로 향해 걷는 동안 두어 번 정도 힐끔거리며 인하를 본 지원은 컵 두 개에 차가운 물을 반 컵씩 따라 다시 인하에게 다가갔다.

"얼른 씻고 옷 갈아입고 자야지. 내일부터 촬영이잖아."

"어디서 엄마놀이야. 앉아."

술에 취한 인하는 힘이 세 배쯤 세지는 것 같았다. 손목을 잡고 확 끌어당긴 인하 때문에 지원은 털썩 소파에 주저앉아 버렸다.

"영화 볼래?"

"얼른 씻고……."

아까와 같은 말을 하려던 지원은 미간을 구기며 노려보는 인하 때문에 더 이상 말을 잇지 못했다.

"이제부턴 자는 시간 쪼개서 연애해야 한단 말야."

살짝 잠긴 인하의 목소리가 무척이나 달콤하게 들렸다. 지원은 쑥스러운 마음에 코끝을 찡그리며 컵을 입술에 가져왔다.

"좋아. 그럼 영화는 내가 고른다?"

"그래."

지원은 소파에서 일어나 DVD 진열대로 향했다. 국적과 장르를 막론하고 ABC순으로 진열된 수백 장의 DVD 중 지원의 선택을 받은 건 인하의 취향과는 거리가 먼, 영국식 로맨틱코미디 영화의 교과서 「브리짓 존스의 일기」였다.

"아, 뭐야. 딴 거 보자."

"내가 고른다고 했잖아."

"그 위에 꽂힌 거 재밌는데."

인하의 말에 지원은 「브리짓 존스의 일기」가 꽂혀 있던 자리 바로 위에 꽂힌 DVD 제목을 확인했다.

「방자전」

에라이!

지원은 인하를 한 번 노려본 후, 투덜거림은 못 들은 척하고 플레이어에 DVD를 걸었다. 그리곤 거실조명을 모두 꺼버리고 낮은 조도의 벽등 하나만 밝혀두었다.

"와! 시작한다."

지원은 인하의 곁에 바짝 붙어 어깨에 머리를 기댔다. 인하는 그런 지원의 어깨를 감싸 안아주며 채워둔 단추를 풀고 셔츠 소매를 걷어 올렸다.

"좀 덥지 않아?"

인하는 셔츠의 단추를 두 개 더 풀곤 나른하게 고개를 돌렸다.

수 쓰고 있네.

지원은 피식 웃으며 테이블 아래 넣어둔 무릎담요를 꺼내 몸에 덮었다.

"아니. 난 추운데?"

"그래?"

못내 아쉬운 듯 입맛을 다시는 인하를 보며, 지원은 코를 살짝 쥐고 웃음을 참았다.

서인하는 조련이 필요했다. 너무 오랜 시간 야생에 방치한 탓에 시도 때도 없이 달려들 기회만 노리고 있었다. 그래서 지원은 생각했다. 러닝타임 내내 그 어떤 달콤한 유혹에도 절대 넘어가지 않겠다고.

눈 내린 밤.

한 여자를 두고 남자 둘이서 치고 박는 격렬한 몸싸움과 어우러진 「It's raining man」은 정말 퍼펙트한 매칭이 아닐 수가 없었다. 르네 젤위거가 목 놓아 부르는 「All by my self」만큼이나 완벽한 조화였다.

하지만, 이렇게까지 몰입을 해서 보는 건 좀 오버가 아닌가 싶었다. 인하는 소파에 비스듬히 누운 채 폭포수같이 쏟아지는 잠을 견뎌내며 기회를 엿보는 중이었고, 지원은 무릎을 세우고 끌어안은 채 장면 장면마다 감탄하고 공감하고 깔깔 웃어대며 푹 빠져 있었다.

"어쩜 저렇게 연기가 리얼할까. 진짜 최고야."

인하는 원망스러운 듯 지원을 바라보았다.

영화가 그리도 재미나더냐. 내가 이렇게 쇄골까지 훤히 드러내고 누워 있거늘.

"너 저렇게 싸워본 적 있어?"

"그럴 리가. 감히 누가 날 상대해."

퉁명스러운 인하의 대답에 지원이 입술을 삐죽이며 다시 영화에 몰입했다.

아, 정말 갑갑하다. 이러려고 오라고 한 거 아닌데.

인하는 자세를 바로 잡고 앉아 지원의 곁에 티 나지 않게, 최대한 자연스럽게 바짝 다가갔다. 심호흡을 한 번 하고 조심스레 손을 뻗어 지원의 허리를 감싸 안았다. 그리곤 아주 섬세한 손길로 지원의 티셔츠를 들춰 손을 넣었다.

"손 빼라."

지원의 말에 인하는 순종했다. 넣을 때도 말이 없었듯이, 뺄 때도 말이 없었다. 그러나 이대로 포기할 서인하가 아니었다. 이번엔 새로운 목표물을 정하고 흐트러짐 없이 임무에 착수했다. 인하는 지원이 덮고 있는 무릎담요 안으로 손을 스윽 집어넣고 조금씩 아래로 밀어 넣어 허벅지로 방향을 잡았다.

"어허."

두 번째 실패였다. 인하는 손을 빼서 지원의 어깨를 감싸 안았다. 그리곤 아주 농밀한 손길로 지원의 귓불을 만지작거렸다.

"아, 쫌."

지원이 진심으로 짜증을 냈다. 아니, 이 정도까지 했으면 모르는 척 넘어가 주는 게 인지상정 아닌가? 무슨 여자가 이래!

인하는 저도 모르게 육성으로 '흥' 소리를 내곤 토라져 버렸다. 그런데 지원은 달래줄 생각이 전혀 없는지 대꾸도 하지 않고 티비만 뚫어져라 쳐다보았다.

얘 완전히 성감을 잃어버린 거 아냐?

"이봐. 이지원. 너 여기 영화 보러 왔어?"

인하가 발로 툭툭 건들자, 하지 말라는 듯 지원이 손을 휘휘 저었다.

"영화 보자고 한 건 너야."

"너 정말 이렇게 비협조적으로 나올 거야?"

참다못한 인하는 결국 지원의 얼굴에 제 얼굴을 확 들이밀며 찌릿 노려보았다.

"뭘 협조해 줄까? 말을 해."

그걸 또 입으로 직접 대놓고 얘기하긴 좀 그렇지.

인하는 마른 침을 한 번 꿀꺽 삼키곤 입술만 달싹였다.

"밤도 늦었고, 어? 우린 연애 중이고……."

"그래서?"

이죽거리던 지원이 얼굴을 가까이 들이밀며 도발했다.

"너 작가잖아. 상상력을 발휘해 봐. 앞으로 어떤 일이 일어날 거같아?"

지원은 정말 진지하게 상상을 해보려는 듯 눈동자를 데굴데굴 굴리며 눈꺼풀을 요염하게 끔벅였다.

"음. 이쯤이면 남녀주인공이 눈이 딱 맞아서 폭풍섹스를 하겠지."

폭풍…… 뭐?

뜨악한 인하는 뭐라 말을 받아칠 생각은 하지 못하고 벌어진 입도 다물지 못했다. 그러나 동시에 가슴 깊숙한 곳에 잠들어 있던 기대감이 살며시 고개를 치켜들었다.

"근데 그건 너무 진부하잖아. 만약에 나라면 말이지……."

지원이 이번엔 눈매를 가늘게 만들며 더욱더 거리를 좁혔다. 아기 주먹 하나만큼의 공간을 두고 마주한 시선에 금방이라도 불이 붙을 것만 같았다. 심장이 튀어나올 듯했다.

가만있자. 콘돔을 미처 준비 못했는데 어쩌지? 사러 나가야 하나? 안 되는데……. 집 앞 편의점 알바가 내 얼굴 아는데.

"서로를 꼬옥 껴안고 잠을 청하는 거야. 거기서 컷. 그리고 그다음 신은 잠들었던 상태 그대로 눈을 뜨는 두 사람. 밤새 아무 일도 없었다는 사실에 여자는 감동을 받는 거지. 아, 이 남자가 날 정말 아껴주고 있구나. 날 정말 많이 사랑하는구나. 내 남자 자제력 최고다!"

인하는 실망감을 감추지 못했다. 도저히 표정관리를 할 수가 없었다.

"어때? 마음에 들어?"

인하가 단호하게 고개를 젓자 지원이 오히려 이해가 안 된다는 듯 어깨를 으쓱였다.

"채널 돌아가는 소리가 들리는 거 같애."

좌절하는 인하의 모습을 지켜보던 지원이 환히 웃으며 팔짱을 낀 채 다시 티비를 바라보았다.

"당연히 내 작품이면 그렇게 안 쓰지."

"그럼 이건 뭔데?"

"내 로망."

"로망? 그것도 로망이야? 로망이 도대체 몇 개야."

인하가 볼멘소리를 해도 지원은 시선도 주지 않았다. 그럴수록 인하의 한숨은 깊고 짙어져만 갔다.

"그럼 이번엔 내 로망에 대해 들어볼래?"

"안 들어도 알 거 같애."

"아니, 넌 몰라."

"모른다고 하기엔, 내가 좀 때가 탔지."

때가 탔다는 사람이 이래? 애저녁에 멍석까지 다 깔아놨는데, 거기서 공기놀이 윷놀이를 하려고 들어?

인하는 이를 악다물고 아드득 이를 갈았다.

"너 나한테 이러는 이유가 뭐야."

"애달프라고. 쉽게 가면 재미없잖아."

여태까지 어느 하나 쉽게 온 게 하나도 없거늘 이건 또 무슨 소리인가! 11년을 돌아왔으면 됐지 뭘 더 어렵게 가야 한다는 거야!

태연자약한 지원의 대답에 인하는 거품을 물기 일보 직전까지 감정이 치달았다.

"설마, 나만 원하는 거야? 넌? 넌 안 원해?"

"오늘은 아닌 게 확실해."

"왜? 오늘은 왜 아닌데?"

"너 술 마셨잖아. 진정성이 안 보여."

"그럼 정안수라도 떠다놓고 정성을 보여야 되는 거야?"

인하가 따지고 들자 지원이 웃으며 인하의 어깨를 토닥였다.

"천천히 가자. 뭐가 그렇게 급해?"

"야! 나 11년을 기다렸어! 너 정말 너무한 거 아냐?"

"어린애처럼 보채면 참 매력적이기도 하겠다. 잠이나 자!"

갑자기 지원이 자리를 털고 일어서며 벗어뒀던 카디건을 걸쳤다.

"갈라고?"

"가야지 그럼."

"이 새벽에 여자 혼자 어딜 간다는 거야!"

"이 집에 있는 것보단 덜 위험할 거 같은데?"

졌다 졌어!

결국 두 손 두 발 다 들어버린 인하는 하는 수 없이 마음을 고쳐먹기로 결심했다.

"알았어. 손끝 하나 안 건들 테니까, 여기서 자고 가."

"안 돼. 자고 괜히 아침에 나가다가 사람들이라도 만나면 어쩌라고."

"새벽에 일찍 가면 되잖아. 나 진짜로 안 집적거릴게. 너 저기 내 방 침대에서 자. 나 다른 방에서 잘 테니까."

정말 구차하지만 어쩔 수 없었다. 이렇게라도 곁에 붙잡아두고 싶었으니까.

"정말이지? 참을 수 있지?"

"그럼! 내가 또 한 번 뱉은 말은 꼭 지키잖아."

"그랬나?"

지원이 되물었지만 확언을 할 순 없었다. 일단 지원을 붙잡아두는 게 급했기에 공수표를 마구잡이로 날리고 말았다.

"좋아. 믿어볼게. 어디 한 번 서인하의 자제력을 확인해 볼까?"

그때 갑자기 지원이 다시 다가왔다. 그러더니 인하의 허벅지 위를 타고 올라가 앉아 인하의 양 뺨을 작고 보드란 손으로 감싸고 예고도 없이 입을 맞추었다. 명백한 도발이었다. 인하는 두 주먹을 불끈 쥐고 두 눈을 질끈 감는 것으로 마지막 자존심을 지키며 펄펄 끓어오르는 욕정을 억눌렀다.

"잘 자."

"으응. 너도."

지원이 엷게 웃으며 몸에서 떨어져 나갔다. 그러더니 망설이지도 않고 방으로 향했다. 미련도 없나 보다. 인하는 그렇게 점점 멀어져만 가는 지원을 바라보며 손바닥으로 입술을 틀어막았다.

하마터면 '제발 가지 마. 나 그냥 가만히 있을 테니까 아까 그자세로 계속 있으면 안 될까?' 하고 진상 짓을 할 뻔했기 때문이다. 뱉는 순간 초절정 찌질이가 됐을 텐데 다행히도 잘 참았다.

잘했어, 인하야. 기특하다. 너 정말 남자 중에 남자구나! 멋져!
……라며 아무리 위로를 해봐도 위로가 되지 않는 건 어쩔 수가 없었다. 지금 이 순간에도 당장 저 방문을 박차고 들어가 버리라고 지시하는 본능과, 지원이가 꿈꾸는 로망을 지켜주고 멋진 남자로 거듭나라고 지시하는 이성이 맹렬히 다투었다.

"허으."

결국 이성을 선택한 인하는 소파에 벌렁 드러누워 발을 동동 굴렀다. 마침 티비에선 르네 젤위거와 콜린 퍼스가 키스를 나누었고, 인하는 결국 복장이 터져 신경질적으로 티비를 끄고 엎드렸다.

알람소리에 잠에서 깨보니 새벽 5시 30분이었다.

지원은 천근만근 축 처진 몸을 간신히 일으켜 세우고 눈두덩을 비볐다. 이렇게 이른 시간에 일어나 본 게 얼마 만인지.

"서인하 대단한데?"

솔직히 큰 기대 안 했다. 눈 떠보면 서인하가 옆에 누워 있을 거라고 장담했는데 예상은 빗나가고, 침대 위엔 지원 혼자뿐이었다.

뭐지. 뿌듯함과 동시에 아쉬움이 밀려드는 이 기분은.

지원은 기지개를 쭉 켜고 방을 나섰다. 그리곤 욕실에서 세수와 양치를 하고 주방에서 물 한 잔을 마시고 거실로 향했다.

그곳에 잠든 인하가 있었다. 춥지도 않은지 무릎담요 한 장에 그 긴 몸을 접어 넣고 잔뜩 웅크린 채 자고 있었다. 지원은 다시 방으로 가서 두툼한 이불을 가지고 나와 인하를 덮어주었다.

많이 피곤했는지 인하는 곤히 잠들어 있었다. 턱에는 밤새 자라난 까슬한 수염이 푸릇하게 올라와 있었고, 머리카락은 사방으로 흩어져 있었다. 꿈속에서 뭐 맛있는 거라도 먹는지 입술도 오물거렸다. 지원은 그런 인하를 바라보며 피식 웃고 말았다. 손을 뻗어 흐트러진 머리칼을 매만지고, 반듯한 눈썹도 만져 보았다. 참 잘 생기기도 했지. 새삼스럽지만 절로 감탄이 나왔다.

사실, 지원도 밤새 갈등하느라 제대로 잠을 자지 못한 참이다. 그냥 못 이기는 척 받아줄 걸 그랬나? 하고 살짝 후회도 했었다. 하지만 한 번쯤은 시험해 보고 싶은 못된 마음이 발동해서 끝까지 버티고 만 것이다.

그런 사소한 테스트에도 성실히 임해주고 훌륭히 소화해 낸 인하가 사랑스러웠다. 지원은 잠든 틈에 몰래 입을 맞출 생각으로 조심스레 고개를 숙였다.

그때.

"야, 너!"

음흉한 인하의 손이 가슴 위에 척 얹어진 것이다. 그 틈을 놓치지 않고 가슴을 점령한 인하의 못된 손을 응징하기로 결심한 지원은 입술을 꾹 깨물었다.

"새벽이라 좀 커진 것도 같고."

"어으 진짜!"

지원은 인하가 베고 있던 쿠션을 빼내어 집어 들고 마구잡이로 휘둘렀다. 한참 동안 맞아주며 깔깔대고 웃던 인하가 갑자기 돌변한 건 한순간이었다.

지원은 인하에게 손목이 잡히자마자 소파에 눕고 말았다. 순식간에 위치가 변경된 것이다. 상위를 선점한 인하는 느긋한 미소를 지었고 지원은 그런 인하가 얄미워 미칠 지경이었다. 잡힌 손목을 비틀어봤지만 남자의 힘은 당해낼 수가 없었다.

순간, 어디선가 들었던 그 말이 떠올랐다. 남자는 역시 새벽이라고.

자세를 유지한 채 한참 동안 빤히 내려다보던 인하가 천천히 고개를 숙여 입을 맞춰왔다. 결국 이렇게 넘어가고 마는 건가. 조련은 애당초에 불가능한 것이었던 건가!

인하의 뜨거운 입술이 입술을 지나 턱을 타고 목에 다다랐을 때엔 수줍게나마 두 손을 뻗어 인하의 어깨를 그러쥐었다. 그러자 인하의 차가운 손이 스윽 옷 안으로 들어왔다. 다정한 손길로 옆구리를 쓰다듬던 인하의 손이 배를 지나 가슴에 닿으려던 그 순간.

"안 되겠다. 더 나가면 오늘 촬영 못 할 거 같애. 힘을 아껴야지."

어린아이 같은 해맑은 미소와 함께 뱉어낸 어마어마한 말에 지원은 순간 유체이탈을 경험했다. 온몸에 힘이 탁 풀려 말이 나오질 않았다. 인하는 아주 상쾌한 표정을 하고 몸을 일으키며 기지개를 켰지만 지원은 떡 벌어진 입을 다물지 못한 채 얼빠진 사람처럼 허허 웃기만 했다.

"아! 잘 잤다!"

작정한 듯 인하는 가벼운 발걸음으로 욕실로 향했다. 넋이 나간 사람처럼 멍하니 그 모습을 지켜보던 지원은 약 십 초간 그 상태를 유지하다가 거칠게 고개를 흔들어 간신히 정신을 되찾았다.

서인하 조련하려다가 되려 조련을 당하다니. 분하다!

＊

고작 6월 둘째 주밖에 되지 않았는데 한낮의 더위는 한여름을 방불케 했다. 지원은 잠시 모니터에서 시선을 거두고 창밖을 바라보았다. 사람들은 대부분 인상을 찌푸리며 햇살을 손으로 가리고 길을 지나갔고, 한결 가벼워진 옷차림으로 시선을 사로잡았다.

지원은 테이블 위에 놓인 청포도주스를 빨대로 쪼옥 빨아들이곤 어깨를 부르르 떨며 다시 모니터로 시선을 옮겼다.

인하는 오늘도 고생했겠구나.

오늘 낮에 야외촬영이 있다고 했는데, 한창 더울 때라 인하가 무척이나 짜증을 부리고 있을 것 같았다. 덕분에 인하 스텝들만 죽어나겠구나 싶었다. 워낙에 더위를 많이 타는 사람이라 견디기 힘들어하기 때문이다. 부채질해 줘야 하고, 쭈쭈바 대령해야 하고.

아직까진 순탄하게 촬영이 진행되고 있었다. 제작피디를 통해 3회 분까지 촬영이 끝났다는 이야길 들었고, 다음 주부터는 4회부터 7회까지 신 순서에 관계없이 촬영할 예정이라고 했다.

덕분에 지원도 조금 바빠졌다. 몇 주째 고전중인 18회 대본도 써야 하고, 현장에서 연락받을 때마다 대본 수정도 겸해야 했기 때문이다.

"누나!"

"얼른 와."

"구석이라 한참 찾았네."

"여기가 내 전용좌석이거든. 앉아."

드디어 태원이 길고 길었던 한 달간의 유럽여행을 마치고 귀국했다. 워낙 책임감이 강한 녀석인지라 당장 대본을 보겠다고 보채며 작업실로 오겠다는 걸, 해줄 말도 있고 해서 그러지 말고 현준의 카페로 오라고 한 참이다.

"여기 청포도주스 맛있어. 그거 먹어."

"그래."

지원은 마침 곁을 지나던 직원에게 주문을 하고, 그사이 좀 더 어른이 된 것 같은 동생을 바라보며 흐뭇하게 웃었다.

"분위기 좋다."

"그치? 인하랑 같이 왔었는데 좋더라고. 그래서 단골 됐어."

"내가 없는 한 달 동안, 많은 일이 일어난 거 같은데?"

"뭐, 그렇지."

지원이 쑥스러운 듯 웃자 태원은 뭔가 낌새를 채고 고개를 갸웃거렸다.

"둘이 정말 뭐가 있긴 있구나?"

"그렇게 됐다."

태원이 입을 쩍 벌린 채 함박웃음을 지었다. 지원은 괜히 민망스러워 헛기침을 하며 모니터를 바라보았다. 그때, 저기서부터 걸어오고 있는 현준이 눈에 들어왔다. 아니나 다를까, 직접 음료를 서빙하고 있었다.

"또 직접 오셨네요."

지원의 말에 현준이 엷게 웃었고, 태원은 그런 지원을 향해 누구냐고 묻는 듯 눈을 동그랗게 뜨고 바라보았다.

"이쪽은 제 동생이에요. 이태원. 그리고 이분은 여기 사장님. 인사드려."

그제야 태원이 엉거주춤 일어나며 현준을 향해 손을 내밀었다.

"안녕하세요. 이태원입니다."

"안녕하세요. 오현준이라고 합니다. 반갑습니다."

악수를 나누며 환히 웃는 두 남자의 모습은 훈훈 그 자체였다.

"앉으세요."

"그럼 잠시 실례하겠습니다."

현준은 비어 있는 옆 테이블의 의자를 끌어다가 앉으며 빙긋 웃었다.

"남매 사이에 우애가 좋은가 봐요."

"나이 차이가 많이 나서 제 아들 같고 그래요. 현준 씨는 형제가 어떻게 되세요?"

"저는 삼 형제 중에 둘째예요."

형제관계마저도 완벽하구나. 도대체 이 남자는 흠이 뭘까? 얼마나 더 캐야 흠이란 게 나올까?

"우와. 여자들이 가장 선호하는 딱 중간이네요."

"그런가요? 후훗."

그때, 가만히 대화를 듣고 있던 태원이 주스를 마시다가 문득 뭔가가 떠올랐는지 현준의 얼굴을 뚫어져라 바라보았다.

"어, 이상하다. 어디서 뵌 거 같은데."

"저를요?"

"네. 낯이 많이 익어서요. 어디서 봤지?"

고민에 빠진 태원은 손끝으로 이마를 긁적여 가며 미간을 구겼다.

"저도 사실 현준 씨 처음 봤을 때 그 생각 했었는데."

"지원 씨도요?"

"네. 긴가민가해서 내색은 안했지만, 현준 씨 낯이 많이 익어요."

"좋은 거겠죠?"

"그렇겠죠."

이렇게 모든 것이 완벽한 남자와 안 좋은 일로 엮였을 리가 없지.

그나저나, 태원이도 낯이 익다는 걸 보면 분명 공통분모가 존재할 텐데. 도대체 뭘까? 왜 또렷하게 기억이 나질 않는 걸까?

"점심 식사 하셨어요?"

"아뇨. 얘랑 같이 먹으려고요. 현준 씨도 아직 식전이시면 같이 가실래요?"

"하하. 아닙니다. 전 괜찮습니다. 오붓하게 시간 보내세요."

현준이 웃으며 자리에서 일어나자 지원은 그를 향해 고개를 끄덕여 인사를 건넸다. 멀어져 가는 현준을 바라보던 태원은 여전히 뭔가를 떠올리기 위해 애쓰고 있었다.

"얼마나 단골이기에 사장이랑 이렇게 친해?"

"인하네 윗집에 산대. 그래서 인하 소개로 여기 알게 된 거야."

"어쩐지. 인하 형이 어떻게 이런 델 알았나 했다. 형 촬영은 잘하고 있어?"

"뭐, 별다른 기사 안 나는 거 보니까 성실히 잘하고 있는 것 같기도 하고."

"아빠는 뭐라셔?"

"별 말씀 안하셔. 그럭저럭 하고 있나 봐. 왜? 걱정 돼?"

"걱정까진 아니고…… 그냥 궁금해서. 이번에 형도, 누나도, 아빠도 다 같이 잘돼야 하니까."

기특한 놈일세.

지원은 태원의 머리를 쓰다듬어 주었다.

"네가 빠졌잖아. 너도 잘돼야지."

"그거야 당연하지."

"점심 뭐 먹을래?"

"어으, 여행 내내 느끼한 것만 먹었더니 얼큰하고 개운한 거 먹고 싶다."

"짬뽕집 갈까?"

"좋아!"

말이 끝나기가 무섭게 태원은 시키지 않아도 알아서 척척 짐을 챙겼다. 노트북가방을 짊어 진 태원은 지원이 들고 있던 가방까지 챙겨 들고 앞장섰다.

"근데, 진짜 저 사장님 어디서 많이 본 얼굴인데."

"그치? 근데 나도 기억이 안 나. 분명히 낯이 익는데 말이지."

"사람이 너무 비현실적이다. 보아하니 성격도 좋아 보이는데."

"네가 상상하는 것 그 이상으로 비현실적인 사람이야. 저렇게 흠 없는 사람은 난생 처음 봤어. 얼른 가자!"

지원과 태원은 카페 직원들에게 상냥하게 인사를 건네고 카페를 빠져나갔다.

간단히 점심 식사를 마친 인하는 잠깐의 휴식시간에도 대본 검토에 열을 올렸다. 본인에게 주어진 대사마다 형광펜으로 색을 칠해놓고, 억양이나 부가적인 해설 같은 것은 연필로 빼곡하게 메모까지 해두었다.

대사 많지 않기로 유명했던 이지원 작가가 왜 하필 내가 주인공인 작품부터 대사량이 많아진 걸까. 이건 음모다.

"형님."

전화를 받고 오겠다고 잠시 자리를 비웠던 동규가 대기실에 들어오면서 대뜸 목소리를 깔고 무게를 잡았다.

"왜."

"드릴 말씀이⋯⋯."

쓸데없는 일로 말을 시키지 않는 동규가 뜸을 들였다. 인하는 대본에서 시선을 떼고 동규를 올려다보았다. 근심 가득한 표정까지, 분명 뭔가가 있는 듯했다.

"뭔데?"

동규가 흠흠 헛기침을 하자 인하의 개인스텝들이 눈치껏 대기실을 나가주었다. 모두가 나간 걸 확인한 동규는 그제야 뒤통수를 긁적이며 가까이 다가왔다.

"방금 K스포츠신문 황 기자한테서 연락 왔습니다."

황 기자라면, 이니셜 기사로 인하를 몇 번이나 엿 먹였던 융통성 제로의 바로 그 기자였다. 무슨 기사인지 대충 감이 온 인하는 손끝으로 눈썹을 매만지며 아주 작게 한숨을 흘렸다.

"그래서?"

"파파라치 컷 몇 장을 보유하고 있답니다. 두 분 공원에서 산책하시던 거랑, 카페에서 대화 나누시는 거⋯⋯."

인하는 손에 들고 있던 대본을 테이블 위에 내려놓고 어이가 없다는 듯 소리 내어 웃었다.

"진짜 촌스럽게 왜들 그러는 거야. 그러니까 찌라시 소리 듣는다는 걸 모르나 봐."

절레절레 고개를 젓던 인하가 휴대폰을 꺼내 어딘가로 전화를 걸었다.

"안녕하세요. 저 서인합니다."

무슨 짓을 하는 건가 싶어 놀란 동규가 황급히 손을 뻗어 휴대폰을 빼앗으려 했지만 인하는 아랑곳하지 않았다.

"오늘부터 드라마 종영할 때까지, 모든 매체와의 인터뷰 일절 사절하겠습니다. 자사 연예정보프로그램도 포함해서요. 홍보팀에 그렇게 말씀해 주시고, 번거로우시겠지만 홍보 콘셉트 다시 잡아 주세요."

제작피디의 대답은 듣지 않고 일방적으로 통화를 끝낸 인하는 아무 일 없었다는 듯 소매단추를 채우며 일어나 거울 앞에 섰다.

"형님, 이러시면 안 됩니다! 남자주인공이 홍보에 참여를 안 하면 어떻게 합니까!"

인하는 넥타이를 좀 더 조이며 동규를 향해 돌아섰다.

"이거 내부에서 소문 샌 거야. 왜냐? 이 얘기 내가 배우들 회식 때 했거든. 누군가 흘렸으니까 주워 들은 황 기자가 파파라치 붙인 거지."

"형님……."

"황 기자 또 연락 오면, '서인하 종영할 때까지 인터뷰 일절 안 한다고 했다. 이 사실이 곧 보도될 거다. 하지만, 종영 후 황 기자님하고 단독 인터뷰 하겠다고 했다. 그러니 기다려라'. 그렇게 협상해. 설설 기지 말고, 당당하게 말해. 연애하는 게 죄짓는 거 아니잖아? 나 물."

인하의 부탁에 들고 있던 동규가 생수병을 건넸고, 물 한 모금으로 입을 축인 인하는 다시 대본을 집어 들었다.

"알겠습니다. 형님."

여전히 심각하기만 한 표정의 동규를 귀여워 죽겠다는 듯 바라보던 인하가 웃으며 어깨를 툭툭 쳐주었다.

"황 기자 욕심 많아서 절대 허튼짓 안 해. 특종 단독보도 손에 쥐고 다른 데 흘리거나 실수할 사람 아니란 거 몇 번 겪어봐서 알잖아. 그러니까 너도 걱정 마. 이럴 땐 1인 기획사라서 참 좋다니까. 내 맘대로 할 수 있고. 후훗."

그제야 동규가 미소를 지으며 뒤통수를 긁적였다.

"그리고 N사에 전화해서 이번 신제품 있지? 그걸로 스텝들 발 사이즈 다 조사해서 100켤레 정도 주문해."

"지난번에 형님 광고촬영하신 제품 말입니까?"

"할인 필요 없고, 홍보자료도 내지 말라고 꼭 전하고."

"넵! 알겠습니다!"

인하는 대기실에 동규를 남겨둔 채 촬영세트로 발길을 잡았다. 인하가 세트에 들어서는 순간, 마치 모두가 짠 듯 대화가 중지됐다. 방금 전 제작피디와의 전화통화 내용이 금세 돈 모양이다. 심각한 얼굴을 하고 있던 감독이 다가오자 인하는 담담히 웃으며 시선을 맞췄다.

"인하 씨 갑자기 왜 그래. 종영 때까지 인터뷰를 안 한다니. 그건 작품 홍보를 안 하겠다는 얘기잖아. 주인공이 그러면 안 되지."

"감독님. 어차피 제가 주인공을 맡은 이상, 첫 회 방영하기 전까진 좋은 기사 절대 안 나와요. 우린 작품으로밖에 승부 못 내요."

인하의 능청스러운 대답에 감독이 피식 웃었다. 인하는 미리 나와서 기다리고 있던 여주인공인 아영에게 다가갔다. 초조했던지 입술을 질근질근 깨물고 있었다.

"나 아영 씨한테 업혀가야 돼. 졸지에 소녀가장 만들어서 미안해."

"걱정 마세요. 소속사에서도 소녀가장 역 하고 있어요."

신아영 혼자서 소속사 다 먹여 살린다는 말이 진짜였던 모양이다. 인하는 아영의 어깨를 톡톡 두들겨 주었고, 아영도 배시시 웃으며 괜찮다는 답을 대신했다.

"죄송합니다! 더 열심히 하겠습니다!"

인하가 허리를 숙이고 큰 소리로 외치자 여기저기서 박수 소리가 들려왔다. 인하는 넉살 좋게 웃으며 손을 머리 위로 뻗어 흔들기까지 했다.

"자! 촬영 들어갑시다!"

감독의 외침에 조연출들이 '촬영 들어갈게요!' 를 외치며 주위를 환기시켰다. 인하는 손에 대본을 꽉 쥐고 세트 안으로 들어섰다.

이번 작품은 모두를 위해서 반드시 잘해내야만 했다. 타고난 재능이 없으니 무조건 노력으로 바르는 방법밖엔 길이 없었다. 인하는 잠깐이나마 예민해지려 했던 마음을 고르며 크게 숨 한 번 들이쉬고 다짐을 바로잡았다.

"집에 가서 쉬지 뭐 하러 왔어."

인하의 차에 올라타자마자 지원은 핀잔부터 하게 되었다. 피곤에 절은 인하의 얼굴을 보는 순간 속상한 마음이 울컥 치밀어 말이 과하게 나온 것이다. 세 겹으로 겹친 쌍꺼풀을 보고 있자니, 내가 너무 초반부터 스토리를 세게 밀어붙인 건가 싶어 미안한 마음까지 들었다.

"이 시간에 내가 여길 뭐 하러 왔겠어. 알면서 묻고, 마음 한 번 떠보려고 묻고, 시험 삼아 묻고 이런 거 하지 말자. 그렇게 시간 낭비하기엔 우리가 너무 오래 돌아오지 않았냐?"

인하의 말이 맞았다. 그런 것들로 시간을 낭비하기엔 그동안 날려 버린 시간이 너무도 길었다.

지원은 웃는 얼굴로 인하를 바라보았다. 그 모습을 가만히 지켜보던 인하가 손을 잡았다.

"많이 피곤해 보여서 그러지."

"다 네 덕이야."

"으휴. 말을 어쩜 이렇게 예쁘게 하실까. 내일 촬영은 뭐야?"

"수영장."

"드디어 촬영하는구나. 울 아빠 그 신 때문에 얼마나 고생했는지 몰라. 몸 만들려고 하루에 세 시간씩 운동하셨어."

"나도 예전 같질 않아서 그림이 괜찮을까 모르겠다."

"뭐, 대충 보기엔 괜찮아 보이는데?"

눈을 힐끗 뜨고 인하의 머리부터 발끝까지 훑어보자 인하가 피식 웃었다.

"이렇게 봐서 아나. 확실하게 보여줄 수도 있는데."

"어련하시려고요. 됐거든?"

잡고 있던 손을 탁 하고 놓자 인하가 다시 또 손을 꼭 잡았다.

"얼굴 봤으니까 얼른 가. 피곤하잖아."

"이 노래 끝날 때까지만."

라디오에선 마침 인하가 가장 좋아하는 음악이 흘러나오고 있었다. 사랑한다는 말을 마치 고맙다는 말로 돌려 말하는 것만 같은, 가사가 무척이나 아름다운 노래였다. 지원은 오디오 볼륨을 좀 더 높이고 시트에 등을 기댔다. 그리곤 옆으로 돌아앉아 인하와 눈을 마주보았다. 인하는 두 눈을 지그시 감았다. 푹 꺼진 눈두덩이 안쓰러웠다. 지원은 손을 뻗어 인하의 눈썹을, 뺨을 차례로 어루만졌다. 웬일인지 인하는 얌전히 있었다.

"꼬붕아."

"어허. 꼬붕이라니. 인하느님이라고 불러."

"웃겨."

지원이 비웃자 인하가 힘겹게 눈꺼풀을 밀어 올렸다. 한층 깊어진 눈빛이 가슴을 설레게 만들었다.

이 남자, 피곤해도 정말 잘생겼구나.

"지원아."

"응?"

"고마워."

이지원을 향한 서인하의 마음은 정말 미련할 정도로 맹목적이었다.

예상치 못한 말이었기 때문일까. 아님, 난 그동안 아무것도 해준 것이 없기에 미안하고 창피해서 그런 걸까. 가볍게 꺼낸 인하의 말 한마디가 지원의 가슴을 툭하고 건드렸다.

"……뭐가?"

"그냥 다. 헤어진 후에도 친구로 남아줘서 고마웠고, 친구로 지내는 동안에도 여지를 남겨줘서 고마웠고, 지금은…… 이렇게 가까이에 있어줘서 고맙고."

언제 봐도 가슴을 두근거리게 만드는 눈빛이었다. 마치 엄청난 사랑고백을 받은 것만 같은 착각을 불러일으키는 담담한 인하의 말에 지원은 저도 모르게 옅게 웃어버렸다. 손등을 쓰다듬는 인하의 부드러운 손길, 무장해제하게 만드는 감미로운 음성, 모든 것이 완벽한 순간이었다.

"그래도 안 돼."

"아! 다 넘어왔는데!"

인하는 진심으로 아쉬운 듯 주먹을 불끈 쥐며 발을 동동 굴렀다.

얘가 또 무슨 마음을 먹고 분위기를 잡나 싶었다. 하마터면 홀랑 속아 넘어갈 뻔했지만, 그러기엔 지원이 인하를 너무도 잘 알았다.

"태원이 와 있어."

"이번엔 확 그냥 두 달 동안 남미여행 보내버릴까 보다."

"그게 무슨 소리야? 설마…… 태원이 유럽여행 네가 보낸 거였어?"

인하가 어깨를 으쓱이며 고개를 끄덕였다.

"단둘이 있을 시간이 너무 부족해서. 사건을 만들래야 만들 수

278 연애시대

없는 열악한 환경이었잖아."

"와! 진짜 너! 서인하가 이렇게 치밀한 인간이었다니!"

"태원이가 벌써 왔구나……. 에휴. 조만간 와인 따자."

지원은 차에서 내리자마자 몸서리를 치며 고개를 흔들었다.

"잘 자!"

"사라져 버려!"

인하는 대수롭지 않다는 듯 해맑게 웃으며 손을 흔들었고, 지원
은 그런 인하를 남겨두고 공동현관으로 달려들어 갔다.

물려가지 않으려면 정신을 더 똑바로 차려야 할 것 같았다.

차에서 내린 지원은 보기만 해도 절로 웃음부터 나는 할머니의
식당 대문을 바라보며 흐뭇한 미소를 지었다. 전통 한옥으로 지
어진 할머니의 식당은 지원이 가장 좋아하는 장소들 중 하나였
다.

활짝 열린 대문을 지나 몽돌자갈을 자박자박 밟으며 돌을 쌓아
만든 인공 시냇물 곁으로 다가갔다. 마당 저쪽 끝에서 돌아가는
물레방아에서 흘러나온 맑은 물 덕분에 한낮의 무더위를 잠시나
마 잊을 수가 있었다.

"이야!"

지원의 뒤를 따라 마당에 들어선 최 피디가 입을 쩍 벌리며 감
탄을 하자 지원은 어깨를 으쓱이며 뿌듯해했다.

"어때요?"

"환상적입니다! 작가님 사랑해요."

최 피디가 지원의 뒤에서 수줍게 백허그를 하며 갑작스레 사랑 고백을 퍼부었다. 충분히 그럴 만한 상황이었다.

지원은 여주인공의 본가로 사용될 장소 섭외차 제작피디를 데리고 할머니의 식당을 찾은 참이다.

"일요일은 무조건 쉬는 날이니까 낮 촬영은 일요일에 하면 될 거예요. 밤 열 시 이후에는 언제든 상관없다고 하셨고."

"정말 최곱니다! 나중에 몽타주 잔뜩 따놔야겠어요!"

최 피디는 챙겨온 카메라로 연신 식당 외관 곳곳을 촬영하기 시작했다.

사실 여주인공의 본가로 쓰일 저택을 오래전에 섭외해 두었다. 한 기업가 소유의 집이었는데, 여러 가지의 이해관계가 얽혀 결국 기업가는 변심을 했고, 급하게 다른 장소를 섭외해야 하느라 발등에 불이 떨어진 것이다. 그러던 와중에 지원이 실제 모델로 삼았던 할머니의 식당이 어떻겠냐고 제안했고, 최 피디가 일단 보고 결정하자며 한 걸음에 달려온 것이다.

"작가님, 여기가 서인하 씨 할머니가 운영하시는 곳이라고 하셨죠?"

"네. 그리고 서인하 씨가 직접 인테리어에 관여했대요. 최 피디가 보기에도 서인하 씨의 까다로운 안목이 느껴져요?"

"어우, 그럼요. 바닥에 굴러다니는 자갈 하나, 풀 한 포기 하나하나 다 서인하스러운데요?"

최 피디의 말에 지원은 큭큭대며 웃음을 참지 못했다. 그러던 중, 최 피디는 뭔가 갑자기 떠오른 듯 웃음을 뚝 그치더니 지원을 빤히 바라보았다.

"근데 작가님은 어떻게 아셨어요?"

"응?"

"서인하 씨랑 친분 없으시다더니…… 흐음. 수상한데."

최 피디가 눈을 가늘게 뜨고 의심을 보냈지만 지원은 능청스럽게 눈을 끔벅였다.

"여기 워낙에 유명해서 몇 번 와봤었거든요. 근데 알고 보니 서인하 씨 할머니 댁이더라고."

"아아. 그러셨구나. 헤헷."

지원의 대답을 100% 믿는 것 같아 보이진 않았지만 최 피디는 그쯤에서 믿고 넘어가 주기로 결정한 듯 배시시 웃었다.

"오셨어요."

그때, 정갈한 정장 차림의 한 여자가 안채에서부터 걸어나왔다. 식당의 전체적인 운영을 도맡아보고 있는 정아였다. 지원은 정아를 향해 고개를 숙여 인사를 건넸다.

"안녕하세요. 이쪽은 우리 드라마 제작프로듀서 최윤영 피디님. 그리고 이쪽은 도움 주실 홍정아 실장님."

인사를 시켜주자 두 사람은 알아서 인사와 명함을 주고받으며 반갑게 악수를 나누었다.

"정아 씨, 할머니는 어디 계세요?"

"동화원 가셨어요. 오늘 이불빨래하는 날이라고."

"그렇구나. 그럼 전 할머니 뵙고 올게요. 최 피디, 정아 씨한테 설명 들으면 될 거예요. 정아 씨, 최 피디 잘 부탁해요."

지원은 최 피디를 남겨두고 손을 흔들며 식당을 빠져나왔다. 그리곤 돌담길을 옆에 끼고 돌아 좁은 골목길을 걸었다.

서울 도심 한가운데지만 옹기종기 한옥들이 모여 있는 곳이라서인지 시내 한복판보다는 덜 덥게 느껴졌다. 따갑게 내리쬐는 햇살만 아니었다면 봄이라고 해도 믿길 만큼 화창하고 맑은 날씨였다.

할머니는 365일, 하루 24시간을 바쁘게 생활하셨다. 조금만 시간적 여유가 생기면 다니시는 성당에서 후원하고 있는 여러 복지단체를 찾아다니시며 정성을 쏟으셨다. 오늘은 그중 하나인 동화원에 가셨다고 한다. 갓 태어난 신생아들이 입양을 떠나기 전 잠시 머무는 위탁시설인데, 그곳에서 할머니는 봉사자들에게 밥을 해주거나 아이들이 덮고 입는 이불과 옷가지를 빨래하는 봉사를 주로 하고 계셨다.

이제 여든을 바라보는 고령이신데다, 평생을 일을 하셨기에 무릎과 허리, 손가락이 편치 않으신데도 불구하고, 그만하시라고 아무리 말려봐도 고집을 부리셨다. 아무래도 인하가 할머니를 닮아 고집이 센 듯했다.

식당에서 채 5분도 떨어지지 않은 곳에 동화원이 있었다. 야트막한 언덕을 타고 올라서니 저 멀리서 꾸부정하게 앉아 이불을 빨고 계신 할머니가 보였다. 지원은 한숨을 한 번 쉬곤 팔을 휘저어가며 빠르게 달려갔다.

"할머니!"

"어이! 지원이가 여긴 어쩐 일이여! 아구구."

지원을 발견한 할머니가 반가운 마음에 일어서려다 손으로 허리를 짚은 채 신음을 흘렸다. 지원은 냉큼 달려가 할머니를 부축해 드렸다.

"조심하세요."

"아이구 내 정신 좀 봐! 오늘 식당 보러 온다고 했는디 내가 깜박하고 여기 이러고 앉았다. 하긴 뭐, 정아랑 얘기하면 되니께."

"그렇죠. 헤헷. 제가 좀 도와드릴까요?"

지원이 할머니가 앉아 계시던 곳에 쪼그려 앉아 손에 물을 묻히자 할머니는 손사래를 치며 말리셨다.

"야야. 하지말어. 손 거칠어져."

"괜찮아요. 저 이불빨래 잘해요!"

"에헤이. 그래도 안 된다니께. 우리 지원이 손이 월매나 귀한 손인디 이렇게 써먹어. 그건 안 되야."

"그럼 장갑 끼고. 그럼 괜찮죠?"

"안 되는디. 우리 지원이 허리 꼬부리고 일하믄 글 쓸 때 힘들건디."

지원은 수돗가에 놓인 고무장갑을 챙겨 들고 다시 돌아와 손에 단단히 끼우고 목욕탕 의자를 놓고 앉아 신나게 이불을 비벼 빨았다.

"오늘은 안 바쁜겨?"

"할머니랑 같이 이불빨래할 시간은 있으니까 걱정 마셔요."

눈이 마주친 할머니와 지원은 배시시 웃으며 계속해서 이불을 비벼 빨았다. 할머니가 세제에 이불을 빨면, 지원은 그것을 받아 깨끗한 물이 담긴 고무대야에 이불을 담그고 빨래판 위에 올려 힘차게 비벼 빨았다. 웬만큼 세제를 제거하고, 저쪽에서 헹구기를 담당하고 있는 봉사자에게 가져다주었다. 그렇게 열댓 개의 이불을 빨아 가져다준 지원은 끙 소리 한 번 제대로 내지 못하고 입술을 꾹 깨물며 욱신거리는 허리를 비틀었다. 감히 할머니 앞에서 '아이고 허리야' 소릴 차마 할 수가 없었기 때문이다.

그사이, 할머니는 조금도 쉬지 않으시고 아기들 가제손수건을 조물조물 빨고 계셨다. 세월의 흔적이 고스란히 느껴지는 주름과 굵은 손가락 마디, 그리고 얇은 살갗 위에 박힌 거뭇거뭇한 점이 가득한 할머니의 손은 세상에서 가장 아름다운 손이었다.

"지원아, 너는 아가들 좋아허냐?"

"그럼요, 좋아하죠. 태원이 제가 다 키웠잖아요."

"으이그. 생색은."

할머니의 나지막한 타박에 지원은 배시시 웃었다. 그리곤 깨끗한 물에 헹군 가제손수건을 받아들고 건조대에 널어두었다.

"그람 여기 아가들 보고 갈려?"

"그래도 돼요?"

"그람. 이짝으로 와봐. 엄칭이 이뻐."

할머니는 지원의 물 묻은 손을 매고 있던 앞치마로 쓱쓱 닦아주시곤 앞장서서 걸으셨다. 지원은 할머니의 뒤를 따라 동화원 내부로 들어갔다.

할머니의 발길이 멈춘 곳은 아주 아주 작은 아기들이 가득한 방이었다. 문을 열고 들어서자 아기들에게 발라주는 특유의 분냄새와 젖비린내가 훅하고 끼쳤다. 다행히 지금 자는 시간인지 울며 보채는 아기들 없이 고요하고 평화로웠다.

"낳자마자 여기로 온 아가들이여."

지원은 할머니의 말씀에 그저 고개만 끄덕일 뿐, 아이들에게 더 가까이 다가가지도 못한 채 멀찌감치 서서 바라보았다.

"인하도 아가들 엄청 좋아하거든. 그래서 여기 가끔 와."

"인하가요?"

"오미. 몰랐는가 베? 인하가 말 안 하데?"

아이들을 좋아한다는 건 알고 있었지만 할머니를 따라 봉사를 다니는 줄은 알지 못했었다. 그동안 서인하에 대해서는 모든 걸 알고 있었다고 생각했는데, 그건 자만이었나 보다.

"네. 저한텐 말 안 해줬어요."

"미친놈. 쓰잘데기 없는 건 잘도 지껄이면서 이런 건 또 왜 말을 안 했댜."

지원은 옅게 웃으며 용기를 내어 세 아기가 잠든 침대로 한 걸음 다가섰다.

"지원이 너도 알제? 인하, 열 살 때부터 부모 대신 내 손에서 큰 거 말여."

"알죠."

오래전에 들어 익히 알고 있었다. 할머니 손에서 자란 인하는 할머니에 대한 애정을 숨기지 않았고, 그런 인하를 지원은 무척 좋아했다.

"나쁜 년놈들이지. 어뜨케 지 새끼를 버려. 서로 안 맡겠다고 애 앞에서 소리소리를 지르고……. 에이, 썩을 것들. 그런 놈으 자식을 낳고 미역국 처묵은 내가 몹쓸 년이지. 에휴."

"할머니……."

할머니는 순각 욱하고 뭔가 북받치신 듯 울컥하셨다. 지원은 그런 할머니의 손을 꼭 잡아드렸다.

"가여워 죽겠어. 난 아직두 생각나. 그 어린 것이 눈치가 빤해져 가지고 나한테 살갑게 굴면서 '할머니, 할머니' 하던 게. 지 부모가 버렸듯이 나도 지 버릴께 비 겁이 나가지고……. 그눔 자식이 그렇게 여수를 떨었어."

코를 훌쩍이셨지만 이내 아무 일도 없었다는 듯 돌아서던 할머니는 끝내 손등으로 눈물을 훔치셨다.

"인하가 할머니 얼마나 사랑하는 지 아시죠?"

"그람. 알지. 알다마다. 내 새낀디. 내 배 아파서 안 낳았다 뿐이지 내 새낀디 그럼."

"이제 인하 다 컸어요, 할머니. 할머니가 맘껏 기대셔도 될 만큼 든든한 남자가 됐어요. 그러니까, 이젠 가여워하지 않으셔도 돼요."

휴지 한 장을 빼내어 코를 힝 하고 푼 할머니가 입술을 꾹 다물며 지원의 작은 손을 두 손으로 꼭 감쌌다.

"지원아. 할미 부탁 하나 들어줄려?"

"뭔데요?"

"인하랑 그렇게 오래오래 붙어 있어."

가장 쉬운 부탁이면서도, 동시에 가장 어려운 부탁이기도 했다. 그러나 거절할 부탁이 아닌 것만은 분명했다. 그랬기에 지원은 고개를 끄덕였다.

"네, 할머니."

"너한테 많이 부족도 할 것이고, 내가 참 이런 부탁하기 면목은 없지만 그래도 인하가 내내 너 하나만 보고 살잖여. 그러니께, 못 이기는 척하고 마음 좀 받아주고 그랴. 잉?"

"그럴게요."

"나는 너랑 인하가 딱 붙어서 같이 올 때마다 그렇게 기분이 좋드라. 히힛."

할머니가 웃자 지원도 따라 웃었다. 문득 인하가 보고 싶어졌기 때문이다.

"뭐? 열애설?"

인하는 민석을 향해 목소리를 낮추시라고 손바닥을 펴서 아래로 꾹꾹 누르며 고개를 끄덕였다. 다행히 리허설 준비에 한창이라 스텝들과 다른 배우들은 민석과 인하의 대화에 귀를 기울이지 않았다.

이를 악무는 민석을 향해 인하는 심기를 건드리지 않는 선에서 미소를 지었다.

"기사 쉽게 안 낼 거예요. 제가 거절하기 힘든 제안을 했거든요.

그러니까 아버님 너무 걱정 마세요."

"정말 괜찮겠어?"

"제가 누굽니까. 서인하예요."

어깨를 으쓱이자 그런 모습이 얄미웠는지 민석이 팔뚝을 꾹 꼬집어 비틀었다. 인하는 악 소리 한 번 못 내고 제자리에서 쿵쿵 뛰고 말았다.

"지원이는 알아?"

"아뇨. 아직 말 안 했어요. 그러니까 아버님도 비밀로 해주셔야 해요."

"말을 해놓지 그래. 그래야 만약에 뭔 일 생기면 지원이도 빨리 머리를 굴리지."

"제 선에서 해결 볼 겁니다. 아버님, 저를 그렇게 못 믿으십니까?"

"그렇게 잘난 놈이 등신처럼 11년 동안 친구로 빌붙어 있었냐?"

"에이. 아버님은 왜 또 다 지나간 얘길 꺼내고 그러세요."

인하가 입을 삐죽이자 민석은 그것 또한 못마땅했는지 내민 입술을 엄지와 검지로 꼭 꼬집었다.

"두 사람 이제 적은 나이도 아닌데, 설마 가볍게 만나는 건 아니지?"

너무도 기다렸던 질문이었다. 인하는 반가운 마음에 민석의 손을 덥석 붙들고 진심을 담아 바라보았다.

"그럼요. 서인하 장인어른 되실 날이 머지 않으셨습니다."

민석은 인하의 말을 믿을 수 없다는 듯 눈을 흘겼다.

"지원이도 그래?"

인하는 잠시 고개를 갸웃했으나 이내 씩씩하게 웃었다.

"지원이 맘은 모르겠지만, 어쨌건 저는 확실합니다! 그러니 아버님 돈 많이 많이 벌어두세요. 아버님 외손자들이 줄줄이 사탕처럼 엄청나게 많을 거거든요."

"에라이 미친놈아!"

결국 인하는 등짝을 세게 한 대 맞고 말았다. 어찌나 쩌렁쩌렁하게 울렸는지 세트장 안에 있던 모든 스텝들과 배우들의 시선이 인하와 민석에게 꽂혔다. 하지만 인하는 실실 웃으며 민석의 허리를 끌어안았다.

"리허설 시작하겠습니다!"

조연출의 힘찬 외침에 세트가 분주해졌다.

"갑니다!"

인하는 가장 먼저 대답을 하곤 대본을 쥔 채 잽싸게 달려갔다.

이로써 아버님께도 통보를 드렸고. 가만 있어보자, 이제 또 누구한테 이 소식을 전해야 하나?

HEART ATTACK

장마는 장마였다. 요 몇 년 새에 장마라는 말을 없애자고 할 정도로 마른장마가 이어졌는데 이번엔 정말 장마가 장마다웠다. 며칠째 폭우가 쏟아지는 바람에 잠시 외출을 하고 돌아와도 우산 안으로 들이닥치는 비 때문에 옷이 흠뻑 젖기 일쑤였다.

오늘은 리오하 와인 개봉날이었다. 인하가 시간 있는 날엔 지원과 태원이 대본작업 때문에 바쁘고, 지원과 태원이 시간이 있는 날엔 인하가 촬영이 있어서 내내 시간을 맞추지 못해서 미루고 미루다가 오늘에서야 시간이 맞은 것이다.

그래서 지원은 간만에 솜씨를 발휘했다. 안 그래도 커다란 인하네 식탁 위에 한 상이 가득 차려졌다. 와인 안주치고는 거한 음식들이었다. 아직 저녁 식사 전이고 해서 지원은 인하가 좋아하는 음식과 태원이 좋아하는 음식을 골고루 차렸는데, 그러다 보니 오늘의 주인공 리오하 와인은 주인공 자리에서 밀리고 말았다.

"인하야, 와인잔은 어디 있어?"

"저 위에 있는데. 잠깐만."

포도를 씻던 인하는 급히 물을 잠그고 손에 묻은 물을 닦았다.

"내가 꺼낼게."

지원은 그런 인하를 만류하고 인하가 가리킨 수납장을 열었다. 깨금발을 들고 문을 간신히 열긴 했는데 꺼내는 것이 만만치가 않았다. 확실히 눈높이가 높아서 그런지 뭐든 높은 곳에 있었다. 키 작은 사람 어디 서러워서 살겠나.

"잠깐."

그때, 어느새 다가온 인하가 뒤에 바짝 붙어 서서 팔을 뻗어 와인잔 세 개를 꺼냈다. 순간 가슴이 두근거렸다. 이거 왜 이러지. 뭘 어쨌다고 두근대고 난리야! 고작 와인잔 꺼내준 것밖에 더 있어? 물론, 등에 인하의 단단한 가슴팍이 닿긴 했지만, 촌스럽게 왜 이러는 거야!

"태원이는 언제 온대?"

"방금 택시 탔대."

"이 자식이 빨리 빨리 안 움직이고 감히 날 기다리게 만들어?"

디저트는 자기가 준비하겠다고 나섰던 인하는 고작 포도 한 송이를 씻어주고 거실 소파로 향했다. 지원은 그런 인하를 보고 웃어버렸다.

"배고프면 먼저 먹을래?"

"아냐. 기다렸다가 같이 먹지 뭐."

"식빵이라도 구워줄까?"

"그래주면 고맙지."

지원은 식탁 위에 놓인 식빵봉지를 뜯어 식빵 두 장을 꺼내 토스트기에 넣고 냉장고에서 쨈을 찾았다. 집에 하도 먹을 것이 없기에 지난번에 사서 넣어주고 간 쨈이 뚜껑에 쌓인 비닐도 뜯기지 않은 채 그대로 놓여 있었다.

집에서라도 좀 챙겨 먹으면 좋으련만.

지원이 비닐껍질을 벗겨내고 뚜껑을 열려는데, 열리지가 않았다. 차가운 데 있어서 그런가. 지원은 한참을 낑낑대다가 마른행주로 감싸고 돌려봤지만 그래도 열리질 않아 결국 인하에게 들고 갔다.

"이거 따줘."

대본을 읽고 있던 인하는 그대로 대본에 시선을 둔 채 뚜껑을 단번에 비틀어 따서 건네주었다.

"약한 척은."

인하는 다시 대본을 읽었다.

아, 설렌다. 오늘 도대체 왜 이렇게 시도 때도 없이 사소한 것에 설레는 걸까.

지원은 식빵에 쨈을 발라서 인하에게 건네곤 옆자리를 차지했다. 힐끗 보니 6회 대본을 보고 있었다.

"4회부터 7회까지 막 섞어서 찍으니까 정신없다."

"그래도 생방 촬영보단 낫지 않아?"

"어유. 그걸 말이라고 해."

인하는 토스트를 한입 베어 물고 다시 대본을 보았다.

아직까지도 시간에 쫓겨 당일 촬영, 당일 편집을 해서 아슬아슬하게 방송을 넘기는 일이 다반사였다. 일부 제작사에서는 100% 사전제작을 해보기도 했지만 장점만큼이나 단점이 많기에 선호하지 않는 방법이 되어버렸다. 그래서 지원의 작품의 경우, 100% 사전제작까진 아니더라도 절반 이상의 분량을 촬영해 놓고 방영을 시작하기로 결정하였다. 시청자들의 반응에 휘둘리지 않고 계획대로 진행할 수 있다는 장점이 있고, 찍어둔 컷이 많아질수록 편집이 루즈해져서 수정이 쉽지 않다는 단점도 있지만 지금 국내 드라마 제작 여건상 가장 좋은 방법에 속했다. 모든 일에는 장단점이 있으니까.

"현장 분위기는 괜찮아?"

"신아영 성격이 워낙 좋잖아. 인간 비타민 아니냐. 나야 말할 것도 없고."

연차가 쌓일수록 인하도 한결 부드러워졌다. 배우 서인하는 약간 도도하고 촬영장 분위기에 무심한 편이었는데, 이젠 본인이 이끌어가야 한다는 책임감이 생긴 탓인지 스텝들과도 허물없이 어울리곤 했다. 현장에서 본인이 연기 이외에 받쳐 줘야 하는 것들에 대한 시야도 넓어지고, 연출부와 날을 세우는 일도 줄었다.

인하가 읽던 대본을 내려놓고 고개를 돌리더니 풀썩 그 자리에 누워버렸다. 인하의 머리가 내려앉은 곳은 다름 아닌 지원의 허벅지였다.

"왜 이래."

"왜 이러긴. 본능이지."

지원은 웃으며 인하의 코를 꼭 쥐고 흔들었다. 반항하지 않는 유순한 서인하도 꽤 매력적이었다. 지원은 두 눈을 감고 얌전히 있는 인하의 매끈한 뺨을 쓰다듬으며 다정한 눈길로 내려다보았다.

"태원이 군대 언제 간다고?"

"10월에 가겠대. 작품 마치고 좀 쉬었다가 가면 좋은데 말을 안 들어. 하루라도 빨리 다녀와야겠다고 다짐했단다. 여행 괜히 보냈어. 괜히 생각만 많아져 가지고."

"겨울 지나고 가지. 고생할 텐데."

"군대 가라고 네가 바람 넣었잖아."

갑자기 인하가 벌떡 일어나더니 서서히 얼굴을 가까이 들이밀었다. 얘가 또 무슨 꿍꿍이로 이러나 싶어, 지원도 덩달아 뒤로 물러났고 결국 지원은 소파에 비스듬히 누운 꼴이 되어버렸다. 자세가 참으로 묘해졌다.

"또 왜."

인하는 노골적으로 눈과 입술을 번갈아가며 바라보았다. 그러더니 훅 하고 다가와 거리를 손가락 한 마디 가량만큼 좁혀 버렸다.

"태원이 올 때 됐어."

"어쩌라고."

이런 무책임한 인간을 봤나.

지원은 손바닥으로 인하의 가슴팍을 밀어냈지만 손목마저 잡혀 버렸다. 숨결에 코끝에 닿을 만큼 가까워져 버려 숨을 제대로 쉴 수도 없었다. 절로 침이 꿀꺽 넘어갔다.

"너, 국내 첫 경험 평균 연령이 몇 살인 줄 알아?"

"글······ 쎄?"

"17세에서 21세 사이래."

"그, 그······ 래? 그렇게 빠, 빨라? 쬐끄만 것들이 안 되겠 네······."

"근데 말야. 우리가 그 평균을 깎아먹고 있으면 되겠니, 안 되겠 니?"

"······상관없지 않을까?"

"어허. 무책임한 여자네."

인하가 자세를 고쳐 잡았다. 팔꿈치에 체중을 완전히 의지한 채 지원을 그 아래 반듯이 눕혔다. 아까보다도 자세가 더 묘해졌다.

"우리 같은 사람들 때문에 콘돔회사가 망할 수도 있어. 수요와 공급이 평행을 맞춰줘야지. 그래야 경제 성장에 이바지할 수 있지 않을까?"

얼굴이 너무도 진지해서 웃음조차 나오질 않았다.

"그래서 핵심이 뭔데?"

"답답하네. 내가 전에 말했지? 알면서도 모르는 척 같은 거 하 면서 낭비할 시간 없다고."

이마 위에 흘러내린 머리카락을 넘기는 인하의 손길이 무척이 나 잔망스러웠다. 이 와중에 속눈썹이 바르르 떨려 지원은 쥐구멍

에라도 숨고 싶었다. 속마음을 홀딱 뒤집어 보여준 것처럼 부끄러 웠다.

띵동.

"아이씨."

결정적인 순간 집 안에 울려 퍼진 초인종 소리에 인하는 진심으로 짜증이 난 듯 턱이 부서져라 이를 악다물었고, 지원은 빙긋 웃으며 눈썹을 치켜세웠다.

"지금 웃음이 나와?"

지원은 냅름 혀를 내밀어 약을 올리곤 인하를 밀어냈다. 그리곤 옷매무새와 흐트러진 머리카락을 단정히 정돈하며 인터폰 앞으로 향했다.

"문 열어주지 말고 그냥 돌려보내."

"흥!"

인하가 손을 휘휘 저으며 태원이를 쫓아 보내라고 했지만 그 말을 순순히 따를 지원이 아니었다. 지원은 냉큼 공동현관 문을 열어주고 현관으로 달려가 현관문도 활짝 열어두었다.

"형님! 저 다녀왔습니다!"

인하의 사정을 알 리 없는 태원이 허겁지겁 달려와 현관을 차고 들어왔다. 그러자 인하는 못마땅한 기색을 숨기지 않고 심드렁한 얼굴로 손을 흔들어주었다.

"아무래도 와인으론 부족하지 싶어서 소주를 더 사왔는데, 괜찮으시죠?"

태원이 소주가 가득 담긴 비닐봉투를 들고 흔들었지만 인하가 관심 있을 턱이 없었다. 지원은 태원에게서 봉투를 건네받고 가벼운 걸음으로 주방으로 향했다.

"자! 식사합시다!"

지원의 외침에 인하는 마지못해 슬금슬금 주방으로 기어왔고, 이 형은 오늘 또 왜 이러나 싶었는지 여전히 영문을 모르는 태원만 분위기를 살피며 어색하게 웃었다.

인하가 스페인에서 공수해 온 리오하 와인 한 병을 바닥까지 비워냈지만 그것에 만족할 남매가 아니었다. 소주 두 병과 막걸리 네 병까지 깨끗이 비워낸 남매는 여전히 두 눈을 말똥거리며 세 번째 소주병을 개봉하고 잔을 채우고 있었다.

"이탈리아, 스페인 남자가 젤 잘생겼다는 소리 다 뻥이에요! 이십삼 년 동안 제가 살면서 본 사람 중에서요, 제일 잘생긴 사람은 형님밖에 없어요. 진짜! 거짓말 아니구요! 진짜예요!"

제법 취기가 오른 태원이 혀 짧은 소리를 해대자 인하는 그런 태원이 귀여워 죽겠다는 듯 따스한 눈길로 바라봐주었다. 인하가 태원이를 처음 봤을 때는 열두 살이었는데, 이렇게 성인이 되어 마주 앉아 술잔을 기울인다는 게 마냥 귀엽고 신기했다.

그러고 보면, 이지원이랑 참 징하게도 오래 보고 살았구나. 갑자기 확 와 닿은 11년이란 시간이 새삼스럽기도 하고 우습기도 했다.

"형님! 저 궁금한 게 있습니다!"

"뭔데."

태원이 자세를 바르게 고쳐 앉으며 오랫동안 비어 있던 인하의 빈 잔을 가득 채웠다. 인하는 뭐 대단한 걸 물으려고 저러나 싶어 덩달아 자세를 바로 잡고 태원에게 술병을 건네받아 잔을 채워주었다.

"형님은 우리 누나를 왜 좋아하십니까? 어디가 좋아서요?"

태원의 진지한 물음에 육포를 뜯던 지원이 웃음을 참지 못하고 키득거렸지만, 인하는 훌륭한 질문이라는 듯 박수까지 치며 태원의 어깨를 토닥였다.

"태원아. 너는 네 아버지가 왜 좋아? 어디가 좋아서?"

"왜라뇨! 제 아버지니까 당연히 좋죠."

"그럼 누나는?"

"제 누나니까요!"

당연한 걸 왜 묻느냐는 듯 태원이 어깨를 으쓱이자, 인하가 엄지와 중지를 딱 소리 나게 맞부딪치며 고개를 끄덕였다.

"그거야."

"⋯⋯아!"

인하의 대답에 마치 큰 깨달음이라도 얻은 듯 태원이 벌어진 입을 다물지 못했다. 인하는 그런 태원의 입안에 소시지 하나를 넣어주고 배시시 웃었다.

"이지원이니까 좋은 거야."

"하아⋯⋯. 정말 감동적이에요!"

감동의 물결에 빠져 정신 못 차리고 허우적거리는 태원과는 달리, 곁에서 듣고 있던 지원의 반응은 어째 시큰둥했다. 인하는 그런 지원을 슬쩍 팔꿈치로 찔러보았지만 지원은 대꾸하지 않은 채 젓가락으로 부추전을 쭉쭉 찢었다.

"누나. 누나는 형 어디가 좋아?"

여전히 감격 중인 태원이 이번엔 지원에게 질문을 던졌다. 인하는 태연한 표정을 지으며 지원이 어떤 대답을 해줄지 기대감에 부풀어 귀를 쫑긋 세웠다.

"뭘 그런 걸 물어보고 그래."

"궁금하잖아! 형님도 궁금하죠?"

지원이 타박을 하자 태원이 동의를 구하는 듯 인하에게 눈짓을 했다.

"나야 뭐⋯⋯."

"거봐! 형님도 궁금해하잖아. 빨리. 응?"

잘한다, 우리 태원이!

고맙게도 태원이 쉽게 포기하지 않고 계속해서 지원을 부추겼다. 그러자 지원이 귀찮다는 듯 손끝으로 눈썹을 긁다가 잔을 비우고 천천히 입을 열었다.

"나도⋯⋯ 그래. 서인하라서 좋은 거지 뭐."

그 말을 뱉어놓곤 쑥스러웠는지 잽싸게 일어나더니 욕실 쪽으로 달리듯 걸어갔다. 태원은 간지러워 죽겠다는 듯 양손으로 옆구리를 벅벅 긁으며 소리 내어 웃었고, 인하는 흠흠 헛기침을 하며 참을 수 없이 번져 나가는 미소를 가까스로 억눌렀다.

낯간지러운 고백을 예비 처남 앞에서 들으니 참 간질간질하구만.

인하는 자리에서 일어나 거실 정 가운데 놓인 테이블로 향했다. 그 위에 얹어둔 지갑을 들고 다시 주방으로 온 인하는 지갑 안에서 지폐를 몽땅 꺼내, 식탁 의자에 걸어둔 태원의 가방 안에 쑤셔 넣고 가방을 태원에게 툭 던져 주었다. 그러자 눈치 빠른 태원이 고개를 끄덕이더니 잔을 마저 비우고 자리에서 일어나 가방을 어깨에 짊어졌다.

"에이, 형님 왜 이러세요."

"이뻐서 그런다. 이뻐서. 넌 어쩜 그렇게 이쁜 짓만 골라서 하니? 으유, 귀염둥이."

인하는 태원의 양 볼을 손으로 꼬집어 늘이며 좌우로 세차게 흔들었다. 그러자 태원이 고통의 신음과 환희의 미소를 한꺼번에 흘리며 발을 동동 굴렀고, 인하는 태원의 등짝을 시원하게 한 대 때려주었다.

"그럼 전 누나가 욕실에서 나오기 전에 잽싸게 사라지겠습니다!"

"너야말로 날개 없는 천사가 아닐까 싶다. 잘 가라."

태원이 인하에게 거수경례를 씩씩하게 붙이곤 잽싸게 현관으로 달렸다. 인하는 태원이 완전히 집을 빠져나간 것을 확인한 후, 에너지 절약 차원에서 거실조명을 소등하고 주방도 메인조명 하나만 남겨두고 모두 소등해 버렸다.

"어? 태원이는?"

"친구 만난다고 먼저 갔어."

대답을 100% 믿는 것 같진 않았지만, 지원은 태원이가 앉아 있던 자리에 놓인 빈 그릇과 술잔을 치우며 고개를 끄덕였다.

"그럼 나도 가야겠다."

"마저 마시고 가. 니들 남매 아니면 마실 사람도 없는데."

"다음에 마시면 되지."

"그러지 말고, 나랑 한잔 더 하자. 응?"

인하가 지원의 잔을 채우며 두 눈을 초롱초롱 빛내자 지원이 마지못해 자리에 앉았다.

"네가 웬일로 술을 더 하재? 내일 촬영 없어?"

"내가 이런 기회를 날려먹을 만큼 우둔하지 않지."

"어련하실까."

지원이 고개를 저으며 잔을 비웠다.

"인하야."

"응?"

"나 궁금한 게 있는데, 물어봐도 돼?"

"오늘 이 남매 뭐 이렇게 궁금한 게 많아. 뭔데?"

지원은 선뜻 묻지 못하고, 취기에 붉게 달아오른 두 볼을 손등으로 연신 꾹꾹 누르더니 입술을 요리조리 깨물며 한참 동안 뜸을 들였다. 인하는 재촉하지 않고 얌전히 기다리며 지원의 빈 잔을 다시 가득 채워주었다.

"나 때문에 많이 힘들었지?"

"후훗. 그걸 말이라고 해?"

술에 취한 탓인지, 웬만해선 감정에 잘 휘둘리지 않던 지원에게서 큰 폭의 감정기복을 관찰할 수 있었다. 가볍게 던진 대답에 금세 시무룩한 표정을 지은 지원을 보고 있자니 괜히 마음 한 구석이 쓰라렸다.

"언제가 제일 힘들었어?"

"다 지난 얘기 뭐 하러."

"말해줘. 궁금해."

과거를 들추는 일은 그리 자주 있는 일이 아니었다. 눈부시게 아름다웠던 기억만큼이나 가슴 아리게 아팠던 기억이 상당하기 때문이다.

"흐음. 보자. 워낙 많아서 꼽기가 힘드네?"

"장난하지 말고. 응?"

지원의 두 눈이 무척이나 진지했지만, 인하는 쉽게 입을 열지 않았다.

"나 소개팅 같은 거 나갔을 때?"

"아니."

"우리…… 헤어졌을 때?"

"아니."

"그때보다 더 힘들었을 때가 있었단 말야?"

인하가 웃으며 고개를 끄덕이자 지원의 표정이 좀 더 진지해졌다. 꽤나 놀란 듯해 보였다.

"그렇게…… 아팠단 말야? 나 때문에?"

인하는 대답 대신 그저 고개만 끄덕였다. 지원은 한참 동안 두 눈을 끔벅이며 잠시 생각을 정리하는 듯하다 희게 웃으며 잔을 비웠다.

"너한테 미안해서 어떡하지……."

"다 지난 얘기잖아. 괜찮아."

"넌 뭐가 그렇게 맨날 괜찮아. 속상하게……."

불현듯 화가 치밀었는지 지원이 이마를 감싸 쥐며 고개를 떨궜다. 인하는 그런 지원의 옆으로 자리를 옮겨 자그만 어깨를 감싸 안고 천천히 쓰다듬어 주었다.

"그러니까 앞으로 나한테 잘하라고."

이러려고 말을 꺼낸 건 아니었는데. 술 취한 애한테 괜한 말을 해서 감수성 폭발하게 만들었나. 다 지난 일이라 난 이제 정말 괜찮은데…….

인하가 일부러 환히 웃어도 봤지만 지원은 여전히 생각에 잠겨 있었다. 아무래도 상상의 여지를 남겨두는 것보단 확실하게 이야길 마무리 지어야 되겠다고 결심한 인하는 단 한 번도 지원에게 꺼내 보이지 않았던 진짜 속마음을 조심스레 들춰냈다.

"친구로라도 곁에 남겠다고 내 입으로 말해놓고, 한 일 년쯤 지나서 '아, 이제 우리가 진짜 친구가 되가는구나'라고 생각하니까 미치겠는 거야. 그렇게라도 남아서 널 보긴 봐야겠는데, 감당이 안 되더라고. 도로 무르자고 하면 너 보나마나 뒤도 안 돌아보고 떠날 것 같고."

사랑했던 사람과 친구가 되어가는 과정만큼 고통스러운 게 남녀 사이에 또 존재할까. 상대방을 향한 감정에 전혀 변화가 없는 상태에서 말이다. 여전히 사랑하고 있는 사람을 친구로라도 남아서 지켜보겠다며 곁에 남아야 하는 그 마음은 당사자가 아니면 절대 모를 것이다. 사람 마음이 무 자르듯 단칼에 잘라지는 것도 아니니까.

하지만 그것보다 더 잔인하고 아픈 건, 친구가 되었음을 인정하고 그에 따른 변화 역시 인정하는 것이었다. 상대방을 속이고, 자신을 속이고, 모두를 속여야 하는 일이니까.

"막막했어. 선택의 여지가 없다는 게 서글프고."

"그래도 줄기차게 쫓아다녔잖아."

"그랬지."

"……진작 그러지 그랬어."

살며시 떨리는 지원의 목소리에 인하가 눈을 맞추었다. 어느새 차오른 눈물로 지원의 눈시울이 붉어져 있었다.

"그때 좀 봐주지. 나 좀 봐주지……."

"지원아."

자그만 입술이 파르르 떨렸고, 위태롭게 매달려 있던 눈물이 후두둑 떨어져 뺨을 스쳤다. 순간 당황한 인하는 눈물을 닦아줄 생각도 못하고 멍하니 그런 지원의 두 눈을 바라보고 있었다.

"알아. 너 그럴 여유 없었다는 거. 근데, 난 많은 걸 바란 게 아니었어. 숨이라도 쉴 수 있게 옆에라도 있어주길 바랐는데……. 아주 잠깐이라도……."

지원이 두 눈을 질끈 감자 아까보다 더 많은 눈물이 흘러내렸다. 인하는 지원의 뺨을 손으로 감싸며 젖은 뺨을 닦아내었다.

"너무 화가 나잖아. 왜 나만 이해해야 하는데? 힘든 아빠, 어린 태원이, 바쁜 너까지 왜 항상 나만 이해해 줘야 하는 건데. 어느 날 갑자기 다른 남자 손잡고 떠난 엄마, 점점 망가져 가는 아빠 때문에 힘든 나는 왜 아무도 이해해 주지 않는 건데. 왜 나만……."

"알아. 그때 많이 힘들었다는 거."

"아니. 아무도 몰라. 아무도………."

정말 화가 난 건지, 말을 하는 내내 지원의 새하얀 옆 이마에는 푸른 핏줄이 도드라졌다. 인하는 그런 지원에게 뭘 해줘야 좋을지 방법이 떠오르질 않아 빈틈없이 꽉 끌어안은 채 등을 토닥여주었다.

"네가 제일 나빴어."

"그래. 내가 나쁜 놈이야."

"그럴 수밖에 없는 상황이었다고 내 스스로를 아무리 설득해 봐도 넌 그때 정말 나빴어."

성공적인 영화데뷔 후, 두 편의 평작과 망작을 거쳐 드라마에 뛰어들자마자 또다시 대박이 났고 소속사에서는 재빠르게 차기작을 선택했다. 입지를 제대로 다져야 한다는 소속사와 같은 생각이었던 인하는, 지원을 사랑하는 마음만큼이나 성공에 대한 욕심 또한 컸었다.

체력이 버텨내질 못할 만큼 지쳐 가는 동안, 지원 역시 지쳐 가고 있었다. 지원은 항상 인하의 시계에 맞춰 기다려야 했고, 가장 힘들 때 혼자여야 했으니 지원의 선택도 이기적이라고만은 할 수 없었다.

만약 지금 같은 상황이 온다면, 둘의 접점을 충분히 찾아 사랑도 잃지 않고 작품도 잘해낼 방법을 찾을 수 있을 것이다. 그만큼 경험과 나이가 쌓여 마음의 여유도 생겼고, 좀 더 성숙해졌고, 그때만큼 나약하지 않기 때문이다. 핑계일지 모르지만 그땐 고작 스물한 살이었고, 멀리 내다보는 눈이 없었다.

단 한 번도 이런 적이 없던 지원이었다. 헤어졌던 그날 이후 이보다 더 많은 술을 마시고, 더 많은 옛 기억을 들췄어도 이런 적은 없었다. 지원이 꽁꽁 숨기고 있던 진심을 무엇이 자극한 건지 알 순 없지만, 인하는 오히려 속이 시원했다. 이젠 전보다 더 미안한 마음이 들게 됐지만, 그래도 좋았다. 지원이 그 오랜 시간 무겁게 짊어지고 있던 마음의 짐을 건네받았으니까.

몇 번의 원망과 한숨이 이어지고, 시간이 조금 흐른 후 지원은 인하의 품에 안긴 채 잠이 들었다. 인하는 잠든 지원을 가만히 내려 보다가 흐트러진 머리카락을 정리해 주고 이마 위에 입을 맞추었다. 눈물로 얼룩진 뺨과 붉게 부풀어 오른 입술에도 살짝 입을 맞추고 지원을 그대로 안아 들어 침실로 옮겼다.

"아우, 더워."

지원은 손부채질을 하며 마트에서 욕심껏 싹쓸이해 온 쭈쭈바를 한 짐 챙겨들고 집으로 향하고 있었다. 어제 간만에 정신을 놓을 때까지 술을 마신 탓인지 아침부터 내내 갈증이 나고 단 게 당기던 참이었다.

잠에서 깬 건 새벽 4시였다. 침대가 유난히 좋다는 생각이 들었을 무렵 이곳이 인하의 침실이란 사실을 눈치챘고, 정신이 번쩍 들어 뒤도 돌아보지 않고 인하의 집을 빠져나왔다. 혹시나 동네

주민이라도 마주칠까 봐 양손으로 얼굴을 최대한 감싸고 나오느라 오히려 더 요란을 떨었던 것 같다.

Rrrr.

발신인은 예상대로 인하였다. 받을까 말까 잠시 고민하던 지원은 목소리를 가다듬고 통화를 연결했다.

"어. 인하야."

〈술은 깼어?〉

"당연하지. 그 정도 가지고. 흠흠."

〈어젯밤에 나한테 무슨 소리 했는지 기억은 나?〉

머쓱해진 지원은 고개를 떨군 채 쭈쭈바를 한입 크게 베어 물고 입천장이 얼얼해지도록 오독오독 깨물었다.

기억 안 날 리가 없었다. 나쁜 놈 소리까지 한 것도 몽땅 기억이 났다. 하지만 쑥스럽고 창피해서 그냥 필름이 끊긴 거라 믿어줬음 싶었다.

"안 나. 어디야? 밥은 먹었어?"

〈아직. 촬영 중이야.〉

촬영 일정이 급박하게 돌아가는 것도 아닌데, 배우 밥도 안 챙겨 먹이고 너무하네…… 하고 생각하는 순간,

〈키스신 촬영 있거든.〉

"아, 그래?"

인하의 대답에 지원은 손에 들고 있던 쭈쭈바를 꾸욱 아주 힘껏 움켜쥐었다. 마치 쭈쭈바가 인하의 목덜미라도 되는 양. 지원은 제 손이 넘친 쭈쭈바 때문에 젖어드는 줄도 모르고 분노가 치미는

대로 쭈쭈바를 세게 쥐었다.

"오늘 아주 혼신의 연기를 불태우겠네. 키스신, 키스신 노래를 부르더니."

〈그러려고. 최선을 다해야지.〉

순간 지원의 머릿속엔 승리의 미소를 짓고 있을 인하의 얼굴이 떠올랐다.

네가 아주 내 속을 박박 긁으려고 전화했구나.

지원은 이를 아드득 소리가 나도록 꽉 다물며 입매를 끌어올렸다.

"8회 분 대본 수정된 거 얘기 들었어?"

〈못 들었는데? 뭐 수정됐어?〉

"몰랐구나? 몇 가지 장면이 추가됐어. 아버지한테 양쪽 뺨 불꽃따귀 맞는 신인데, 기대해."

지원은 그대로 전화를 끊어버렸다.

점점 열이 올랐다. 지원은 거칠게 마른세수를 하곤 벌떡 일어나 발아래 굴러다니는 자갈 하나를 힘껏 걷어찼다.

"아이씨."

결국 지원은 짜증이 폭발하고 말았다. 슬리퍼를 신고 있었던 지라, 걷어찬 돌은 정확히 엄지발가락을 때리고 고작 1m정도를 튀어나갔기 때문이다.

"짜증나!"

지원은 양팔을 짜증스럽게 털어내며 투덜투덜 다시 집으로 가는 길을 걸었다. 손등으로 삐져나온 눈물을 쓱 훔쳐 내고, 볼이 홀쭉해지도록 쭈쭈바를 힘껏 빨아 당겼다.

"……어?"

입안에 인하를 가두고 아득아득 씹어대던 그때, 지원의 두 눈에 저 멀리 오피스텔 공동현관 앞에서 서성이고 있는 한 남자가 들어왔다. 지원은 혹시나 하는 마음에 발길을 재촉했고, 눈을 가늘게 뜨고 집중해서 남자의 얼굴을 확인했다. 놀랍게도 그곳에 서인하가 서 있었다.

"뭐? 불꽃따귀?"

인하가 코웃음을 치며 냉큼 오라는 듯 손을 저었다. 지원은 방금 전까지 인하 욕을 하던 것도 새까맣게 잊은 채 뭐에 홀린 사람처럼 빠른 걸음으로 인하를 향해 다가갔다.

"애도 아니고 얼굴에 뭘 그렇게 묻히고 다녀?"

인하가 커다란 손으로 볼과 이마를 문지르다 갑자기 코를 가까이 들이밀며 킁킁거리고 냄새를 맡았다.

"아이스크림 뒤집어썼어?"

아마도 아까 손으로 얼굴을 문질러 대는 통에 묻은 듯했다. 하지만 지원은 침만 꼴깍 삼키곤 인하의 얼굴을 뚫어져라 바라보았다.

"입이 딱 붙었어? 왜 대답을 안 해?"

지원은 천천히 두 팔을 인하의 옆구리에 밀어 넣으며 품을 파고들었다. 그리곤 가슴팍에 얼굴을 묻고 인하의 등을 욕심껏 감싸고 깍지도 단단히 끼웠다.

"뭐야. 키스신 준비 안 하고 여긴 왜 왔어?"

"좋으면서 괜히 그런다."

"누가 좋대?"

"그럼 나는 왜 끌어안는 건데?"

"그야……."

그러게. 보자마자 내가 얠 왜 끌어안았지? 어제 마신 술이 아직
도 덜 깼나?

순간 머쓱해진 지원이 인하를 품에서 떼어내고 입술을 삐죽이
며 노려보자 인하가 미간을 구겼다.

"어쭈. 어디서 도끼눈을 뜨고 쳐다봐? 너 좀 혼나야겠다."

인하가 갑자기 지원의 손에 들려 있던 지갑을 뺏더니 공동현관
문을 열고 오피스텔 안으로 들어섰다. 인하에게 손목을 잡힌 지원
은 인하가 끌어당기는 대로 걸어야만 했고, 인하의 긴 보폭 탓에
속도를 맞추느라 거의 달리듯 했다.

"놔. 아파."

잡힌 손목을 비틀어도 보았지만 인하는 꿈쩍도 하지 않았다. 엘
리베이터버튼을 신경질적으로 누르던 인하는 엘리베이터가 금방
내려오지 않자 안 되겠다 싶었는지 비상계단 쪽으로 빠르게 걸었
다.

"아프다니까."

몸을 뒤로 젖히며 버텨보았지만 인하는 그럴수록 더욱더 세게
잡아당겼다. 그렇게 뛰듯 걸어서 2층에 다다랐을 무렵, 인하가 지
원을 벽에 밀어붙였다.

그런데 이 그림, 낯설지가 않았다. 그날의 기억을 몸이 기억하
고 있는 건지, 심장이 미친 듯이 쿵쾅거렸다. 인하는 좀 전과는

전혀 다른 따뜻한 시선으로 내려다보았다. 초록색 비상구 안내등과 낮은 조도의 주황빛 조명이 전부인 이 계단에서 벽에 세워놓고 뭘 하려는 건지 지원은 대충 감이 왔다. 전혀 예상하지 못했던 11년 전이나, 느낌이 딱 온 지금이나 떨리고 설레는 건 매한가지였다.

"뭔가를 아는 눈빛인데?"

인하가 눈썹을 씰룩이며 얄밉게 웃자, 지원이 뒷걸음질 쳐 한 계단을 더 디디고 올라가 인하와 눈높이를 맞추었다. 그리곤 양손으로 인하의 뺨을 감싼 채 저돌적으로 입을 맞추었다. 당돌한 지원의 입맞춤이 마음에 들었는지, 인하가 한 팔로 지원의 허리를 욕심껏 휘감고 다른 한 손으론 지원의 뒷목을 받쳤다. 지원은 인하의 뺨에서 손을 떼어내고 단단하고 넓은 인하의 어깨로 손을 옮겼다.

점점 숨소리가 가빠질 무렵, 밀착된 서로의 몸이 뜨겁게 달아올라 금방이라도 이성을 놓아버릴 것 같은 그 순간 지원이 힘겹게 입술을 떼었다. 그리곤 생에 가장 큰 용기를 내어 조심스레 입술을 달막였다.

"잠깐…… 올라갔다가 갈래?"

먼 훗날 오늘을 떠올리며 이불을 걷어찰지도 모르겠지만, 일단 지금은 아무런 계산도 할 수가 없었다. 조금 더 이 시간을 붙잡고 싶은 마음뿐이었다.

지원의 말에 인하가 옅게 웃었다. 그게 어떠한 의미인지 쉽게 짐작할 수 없던 그때, 인하가 지원의 머리카락을 손가락으로 흐트러뜨렸다.

"킵해뒀다가 다음에 쓸게."

그렇게 안달 낼 땐 언제고, 정말 큰맘 먹고 말했더니 사람 민망하게…….

지원은 실망감을 애써 감추며 입술을 질끈 깨물었다.

"킵 좋아하네."

"촬영장 가봐야 돼."

"촬영하다가 온 거야?"

인하의 웃음에서 아쉬움을 읽었다고 한다면 내가 너무 구차해지는 건 아닐까.

"진작 그러지 그랬어, 소리 듣기 전에 미리미리 예쁜 짓 좀 하려고."

"너…….."

어제의 술주정을 토씨 하나까지 기억하고 있는 인하 때문에 창피함이 밀려든 지원은 두 손으로 얼굴을 감싸며 고개를 떨궜다.

"그럼…… 하루 연장해 줄게."

지원의 말에 인하가 고개를 저으며 지원의 머리칼을 귀 뒤로 넘겨주었다.

"내 생일날까지."

인하의 생일이라면 삼 주 정도의 시간이 남아 있었다.

그때까지 살 떨려서 어떻게 기다리지? 그렇게 콕 집어서 날짜를 지정하니까 더 긴장되서 미칠 것 같은데.

"몰라."

지원이 흥 하고 토라지자 인하가 다시 지원을 꼭 끌어안았다. 그리곤 어김없이 인하의 못된 손이 지원의 가슴을 향해 스멀스멀 올라오고 있었다.

"죄송하지만 미리보기는 제공 안 합니다."

지원이 인하의 손을 툭하고 쳐내자 쉽게 포기를 모르는 그 못된 손은 슬금슬금 엉덩이로 방향을 틀어 내려가고 있었다.

"예고편도 제공 안 합니까?"

"음. 40초 정도 보여 드리죠."

"하이라이트로?"

음흉한 미소를 짓던 인하가 엉덩이로 향하던 손을 아랫배 쪽으로 옮기자 지원이 그런 인하의 손목을 휙 낚아채곤 정색했다.

"하이라이트가 40초 분량이면…… 고려를 해봐야겠는데?"

지원의 능청에 인하가 어이가 없다는 듯 입을 쩍 벌린 채 눈썹을 구겼다.

"졌다, 졌어."

결국 인하는 패배를 인정하며 두 손을 들었고, 지원은 승리를 만끽하며 쭈쭈바가 가득 담긴 비닐봉투를 신나게 흔들었다.

＊

노트북 앞에 앉은 지원이 간만에 인터넷 창을 열고 실시간 뉴스를 확인하고 있었다. 포털사이트 연예 메인 란에 대문짝만 하게 걸린 첫 기사의 주인공은 다름 아닌 서인하였다.

오늘은 드라마 '우연'의 제작발표회날. 제작발표회에는 방송 3사를 통틀어 역대 최다 취재진이 모였다. 드라마에 출연하는 각 배우들의 팬카페와 갤러리에서 보낸 쌀화환, 연탄화환 등이 계속해서 실시간 뉴스로 업데이트되고 있었고, 그들이 준비한 플랜카드 등에 쓰인 기발한 문구와 통 큰 기부내역도 쭉쭉 기사로 실렸다.

"이야…….인하 형 정말 멋있다."

이어서 제작발표회장에 들어선 인하의 사진들이 정신없이 올라오기 시작했다. 몸에 딱 맞는 블랙 슈트 차림의 인하에게 온갖 낯간지러운 찬사가 뒤따랐고, 오히려 여배우들보다 더 많은 관심이 쏠렸다. 노타이에 행커치프를 매치한 것을 두고 인하의 패션에 대한 분석기사가 올라오는 한편, 인하가 찬 고가의 시계와 한 달여의 스페인 촬영으로 인해 살짝 그을린 피부 톤에 대해서도 찬양기사가 이어졌다.

지원은 혼잣말로 끊임없이 '인하 형 정말 멋있다'를 연발하는 태원을 바라보았다. 모니터를 뚫고 들어갈 기세로 잔뜩 허리를 숙인 채 감탄하고 있는 태원의 모습에 지원은 피식 웃고 말았다. 태원이 보고 있던 사진은 손을 흔들며 웃고 있는 인하의 모습이었다. 새삼스럽게 인하가 참 배우 같아 보였다. 왠지 모를 흐뭇함에 뿌듯하기도 하지만, 한편으론 나와 연애 중인 그 서인하가 맞는건가 싶기도 했다.

"아직까진 악플 안 달렸지?"

"찌질이들 하나 둘씩 모이고 있어."

아니나 다를까, 인하의 기사 아래 하나 둘 악플이 달리기 시작했다. 하지만 크게 신경 쓰이진 않았다. 모든 사람이 인하를 좋아할 순 없는 노릇이니까. 인하 역시 그 사실을 잘 알고 있었다.

"누나는 왜 안 갔어? 최 피디님이 그렇게 부탁을 했는데."

"내가 뭐 하러 가. 저런 자리는 나랑 안 맞아."

지원은 아직까지 단 한 번도 제작발표회자리에 나선 적이 없었다. 간혹 인기작가들이 제작발표회에 참석을 하기도 했지만, 지원에겐 아직 부담스러운 자리였다. 작가는 그저 대본으로 대중과 만나면 된다는 게, 고리타분하고 구태의연하지만 지원의 생각이었다.

"촬영은 얼마나 했대?"

"9회는 일곱 신, 10회 열다섯 신 남았고, 편집은 오늘부터 4회꺼 시작한답니다."

"결국 10회까지 다 못 찍었네."

"그래도 이만큼 찍고 시작하는 게 어디야. 낼 모레부턴 11회부터 13회 분 촬영 들어갈 수 있을 거라던데?"

메모지를 뒤적이며 성실하게 대답해 준 태원을 향해 배시시 웃어 보인 지원이 인터넷 창을 모두 내리고 다시 대본 파일을 열었다. 한 달 동안 속을 썩였던 18회 대본을 넘기고, 엊그제부터 드디어 19회 대본작업에 착수한 참이다. 다음 주가 첫 방이니, 첫 방송 전에 20회 분까지 탈고하는 건 불가능해졌지만 그래도 뿌듯했다. 쪽대본으로 촬영하지 않게 하는 작가라는 자부심에 스스로가 기특했던 것이다.

"근데 누나, 이제 어떡할 거야?"

"뭘?"

"둘이 연애하는 거."

태원의 걱정스러운 물음에 지원은 고개를 갸웃거렸다.

"그게 뭐?"

"지난번엔 형이 잘 막긴 했지만, 언젠간 사람들도 알게 될 테
고……."

이건 또 무슨 소리지?

지원은 고개를 돌려 태원을 바라보았다.

"인하가 막았다고?"

"누나 몰랐어? 어떤 기자가 파파라치 컷까지 가지고 있다고 해
서 형이 나중에 단독으로 기사 내주는 걸로 협상했대."

지원은 희게 웃으며 다시 모니터를 바라보았다.

언젠간 세상에 드러나게 될 거란 걸 알면서도 애써 뒷전으로 미
뤘던 것이 사실이다. 알면 어쩔 수 없는 일이지, 하고 대담한 척
마음을 속였지만 실은 지원도 내심 부담감을 안고 있었다.

상대가 무려 서인하인데, 세상에 드러나게 된다면…….

상상만으로도 지치고 피곤해졌다. 그래서 가능하면 감출 수 있
을 때까지 감추고 싶었다. 지금 이정도가 가장 편하고 좋으니까.
하지만 언젠가는 터져도 터질 일, 어느 정도 마음의 준비는 해두
는 게 나쁘지 않겠다고 생각했다. 지원은 아직 일어나지 않은 일
같은 걸로 지레짐작 기운을 빼고 싶지 않아, 한숨 한 번 크게 쉬고
마음을 가다듬었다.

#010

ㅗ블리ㅂㅏㅌㅔ

　드디어 첫 회가 방영되었다. 한 시간 넘게 긴장을 하고 티비를
시청한 탓에 온몸이 뻐근했고, 한동안 잠잠했던 등 통증까지 일을
거들어 눈물이 날 것만 같았다.

　"수고했어."

　"어으. 아빠……."

　예고편 영상까지 모두 끝나고 광고가 시작되자, 지원은 손등으
로 눈을 가린 채 깊은 한숨을 내쉬며 소파에 한껏 등을 기댔다.

　그래. 이건 몸이 아파서 눈물이 나는 거야. 절대로 첫 회 보고
감격해서 눈물이 나는 게 아냐. 절대.

　자신의 작품을 객관적으로 본다는 건 불가능하다. 그렇기에 지
원의 눈에 「우연」의 첫 회는 솔직히 말하자면 '나쁘지 않았다' 정

도로 평을 낼 수 있었다. 그나마 1회가 스페인 올 로케이션 촬영 분이었기에 화면도 시원하고 앵글도 좋고 연출이 좋았으니 망정이지, 시청자들 입장에서는 작품의 프롤로그에 해당하는 1회를 엄청나게 재미있었다고 평할 순 없을 듯했다. 그것을 각오하고 시작했지만, 목에 걸린 생선 가시처럼 신경에 거슬리는 건 어쩔 수가 없었다.

그래도 본방송과 재방송까지 광고는 완판을 했다. 공중파 3사가 자존심을 내걸고 동시에 출격한 수목 미니시리즈 중 지원의 「우연」만이 첫 회부터 마지막 회까지 모든 광고를 완판했다. 일단 그것으로 홍보 쪽에서 기선제압을 했기 때문에 대중들의 채널 선택에 있어서도 어느 정도 영향이 있었을 것이다. 거기다 서인하의 3년 만의 복귀작이기도 하고, 일명 믿고 본다는 최고의 여배우 신아영의 조합은 드라마 시작 전부터 화제를 몰고 다녔다.

고맙게도 두 배우의 연기 또한 안정적이었다. 가장 걱정스러웠던 세정 또한 제 몫을 잘 챙겨주었다. 그런 것들을 종합해 보자면 '일단 안심'이라고 표현할 수 있겠지만, 지원은 그다지 만족스럽지 않아 한숨만 푹푹 내쉬고 있었다.

Rrrr.

"드디어 시작이네."

"누나, 내가 대신 받을까?"

"됐어. 이리 줘."

예상대로 첫 번째 전화는 제작피디인 최 피디에게서 걸려왔다. 지원은 테이블 위에 놓아둔 노트북으로 인터넷 창을 띄우며 통화를 연결했다.

〈작가님! 어떠셨어요?〉

최 피디 또한 긴장을 했는지 조용조용하게 물었다.

"나야 뭐…… 좋았지."

말이 끝나기가 무섭게 수화기 저 편에서 '꺄악' 하고 지르는 소리가 그대로 넘어왔다. 지원은 최 피디의 격한 리액션이 고마워서 피식 웃으며 포털사이트 검색 창에 「우연」를 찍어 넣었다. 실시간 반응이 무척이나 뜨거웠다. 일단 눈에 먼저 들어온 기사 제목들은 대체적으로 호의적인 제목들이었고, SNS 반응도 좋다는 반응들이 대부분이었다.

하지만 안심하긴 일렀다. 공중파 3사가 동시에 출격한 만큼, 반응 또한 동시에 세 갈래로 나뉘기 때문이다.

〈실시간 시청률 보니까 최종 20% 안팎이 될 거 같아요.〉

"이제 시작이지만, 수고 많았어요."

〈앞으로 더 많이, 더, 더, 더 많이 수고해야죠. 헤헷. 작가님, 오늘 푹 주무세요. 물론 걱정 되서 잠이 안 오시겠지만요.〉

잠이 올 턱이 있나. 침대에 누워 멀뚱멀뚱 눈만 끔벅이다가 날을 샐 확률이 높았다.

"내일 오전 중에 사무실 들어갈 거예요. 내일 봐요."

지원은 최 피디와 간단히 통화를 마치고 스크롤을 올려 실시간 반응들을 찬찬히 살폈다. 「우연」이 좋다는 사람만큼이나 타 작품이 좋다는 사람도 많았다. 오늘은 좋았지만 내일은 다른 걸 보겠다는 사람들도 있고, 다른 걸 보았는데 내일은 「우연」을 봐야겠다는 사람들도 있었다.

이제 뚜껑은 열렸으니, 끝까지 이 열기를 지속할 수 있느냐가 관건이었다.

그때, 다시 전화가 울렸다. 지원은 액정화면에 뜬 발신인을 확인하곤 피식 웃으며 전화를 받았다.

"어. 인하야."

〈나 받고 싶은 생일선물 있는데, 말해도 돼?〉

인하의 첫 마디는 무척이나 뜬금없었다. 어쩌면 일부러 드라마 얘기는 쏙 빼고 말을 하는 것일지도 모르겠다.

"뭔데?"

〈나 향수 다 썼어. 뭐 쓰는지 알지?〉

"고작 향수야?"

그래도 연애를 시작하고 나서 첫 번째 생일선물인데, 덜렁 향수만 사주기엔 좀 낯간지러울 것 같아 지원이 고개를 갸웃거렸다.

〈말을 끝까지 들어야지. 향수랑, 나 드레스 셔츠도 한 장 사줘. 사이즈 알지?〉

"알았어. 제일 비싸고 좋은 걸로 사줄게."

〈또 있어.〉

"또?"

이러다가 한 열 개쯤 말하는 거 아냐?

메모지에 연필로 적던 지원이 연필을 탁 내려놓고 머리를 긁적였다.

〈손목시계도 하나 사줘. 그리고…….〉

"설마 또 있어?"

〈지갑도 사줘.〉

"그냥 날 다 뜯어먹어라."

이 양반이 날 정말 홀딱 벗겨먹으려고 작정을 했나, 왜 이러지?

지원이 이를 악다물며 목소리를 깔았다.

〈그리고…… 지갑 사면서 같은 데서 키홀더도 사줘.〉

"너 왜 이래?

〈하나 더 있는데. 침대 베개랑 이불도.〉

"야……. 서인하……."

지원은 두 눈을 질끈 감고 분노를 다스렸다.

"한 몫 제대로 챙기겠단 거야, 뭐야? 등골 빼 먹으려고 작정했어?"

단 한 번도 선물을 안 해준 것도 아니었다. 그동안 매해 인하의 생일날 선물을 사줬다. 그런데 왜 이럴까. 선물 못 받아보고 죽은 총각귀신이라도 붙은 건가, 왜 이렇게 요구하는 게 많아!

아니, 가만있어 보자. 그러고 보니 지금 인하가 사달라고 했던 것들 싹 다 그동안 내가 생일선물로 사줬던 것들인데?

〈다 바꿔달라고. 네가 직접 다. 향수, 셔츠, 시계, 지갑, 키홀더, 베개랑 이불까지.〉

"욕심도 많다."

〈아참. 그리고 속옷도.〉

지원은 어이가 없어서 웃고 말았다. 웃음밖에 나질 않아서이기도 했다.

"면도기도 바꿔야지."

〈오, 기억력 좋은데?〉

나름 비꼰 건데도 인하는 예상 밖의 반응을 보였다. 더 이상 지원의 눈에 모니터가 들어오지 않았다. 지원은 소파에 넙죽 엎드려 온몸을 꼼지락거렸다.

〈사소하지만, 그냥 의미를 두고 싶어서……. 우리가 전과 다르단 걸 느끼고 싶어서.〉

"그럼 너도 내 생일 때 선물로 다 바꿔줄 거야?"

〈뭐든지.〉

말이나 못하면.

지원은 뻐근해진 가슴을 손으로 쓸어내리며 옅게 웃었다.

"오늘…… 멋졌어."

〈멋있긴…….〉

"무려 이지원 작가가 직접 선택한 주인공인데! 그리고, 내가 여성 시청자들 다 꼬실라고 작정하고 쓴 건데 안 멋있고 배겨?"

〈잘난 척은. 치.〉

자꾸 말을 비비 돌리는 걸 보니 쑥스러운 모양이다. 지원도 덩달아 쑥스러워져 양쪽 발바닥을 맞비비며 손톱을 깨물었다.

〈촬영 들어가야 돼. 내일 전화할게.〉

"응. 수고해. 기다리고 있을게."

아쉽게도 인하와의 통화도 금방 끝이 나버렸다. 엎드려 있던 지원은 느릿하게 상체를 일으켜 세우곤 다시 티비를 바라보았다. 그

사이 태원은 이미 거실을 떠나 버렸고, 민석은 구운 오징어 한 마리와 삶은 땅콩 한 그릇, 그리고 맥주까지 테이블 위에 세팅을 해 두셨다.

"아빠랑 한잔하자."

"좋죠!"

지원은 활짝 웃으며 민석의 빈 잔에 맥주를 가득 따라 드렸다. 그리곤 아직까지 따뜻한 오징어를 칼집이 난 대로 쭉쭉 찢어 먹기 좋게 해두었다.

"싸웠다더니, 그새 화해했어?"

"어디 하루 이틀인가. 싸웠다가 화해했다가 그런 거지 뭐."

민석이 채워준 잔을 치켜든 지원은 민석과 다정하게 건배를 하곤 고개를 돌려 잔을 단숨에 비웠다. 개운했다. 절로 '크으!' 소리가 날 만큼 속이 다 시원해졌다. 민석과 지원은 감탄사를 연발하며 오징어를 하나씩 입에 물고 질겅질겅 씹었다.

다른 연인들도 그러하겠지만, 지원과 인하 역시 다툼은 늘 사소한 것에서부터 시작되었다. 무심결에 나온 전작 남자주인공 칭찬 몇 마디가 불을 붙였고, 질투심이 불을 제대로 키운 것이다. 돌이켜 생각해 보면 그런 것으로 다툰다는 게 우스울 정도로 하찮은데 당시엔 왜 그리 심각했는지 다시 생각해 봐도 웃음이 났다.

그래도 그렇게 투닥투닥하면서 지내는 것도 연애의 참맛이 아닐는지.

"싸우면 적어도 헤어지네 마네 죽일 놈 살릴 놈 해가면서 격렬하게 주고받아야지. 그게 뭐야. 그런 건 싸운 축에도 안 들어가는 거야. 니들은 그냥…… 그래, 말장난. 말장난 수준인거지."

"아니거든? 그때 사흘이나 갔거든?"

"사흘 가지고는 명함 못 내민다. 이 어린양들아."

지원은 입술을 씰룩이며 민석의 잔을 채웠다.

"왜 싸웠는데?"

아빠한테 이르는 꼴이 되는 것 같기도 하고, 그럼 정말 유치한 짓이 될 것 같아서 말을 안 하려고 했지만, 내심 어디다가 하소연 할 데가 없어서 답답했던 지원은 이야기보따리를 풀기 시작했다. 최대한 중립적인 입장에서 인하와 자신의 상황 모두를 설명하려 고 했지만, 말을 하다 보니 본의 아니게 자신에게 유리한 쪽으로 설명을 해서 살짝 양심의 가책을 느끼기도 했다.

그렇게 한참 동안 가만히 듣고만 있던 민석은 지원이 말을 끝내 자 못마땅하다는 눈길로 바라보았다. 그리곤 고개를 설레설레 저 으며 혀까지 끌끌 찼다.

왜 그러지? 역시 가재는 게 편인 건가. 피는 물보다 진하다던 진리는 어쩌시고!

"남자는 말이지, '당신이 이 세상에서 제일 멋져! 최고야!' 하고 우쭈쭈 치켜세워 주면 간이고 쓸개고 다 빼주는 족속들이야. 넌 그렇게 간단한 것도 못 다뤄서 어떡하니? 쯧쯧."

물론 지원도 이론적으로는 빠싹하게 꿰뚫고 있었다. 하지만 가 끔씩 마음과 달리 말이 너무 앞서 나가 일을 그르치는 일이 종종 생겼다.

"나도 알아."

"으이그. 답답이들. 연애를 하나 안 하나 답답한 짓 하는 건 변함이 없구만."

"아, 진짜. 아빠는 누구 편이야!"

지원의 발끈에 민석은 코웃음을 치며 소파에 털썩 기대 앉아 고개를 뒤로 젖혔다.

"아빠가 보니까 말이다. 지원이 네가 인하보다 크기가 작은 거 같아."

"무슨 크기?"

"네가 인하를 좋아하는 것보다, 인하가 널 더 많이 좋아하는 것 같다고."

지원은 잔을 비우고 단호하게 고개를 가로저었다.

"나도 인하 많이 좋아하는데…… 표현이 서툴러서 그런 거야."

"그럼 인하는 뱃속에서부터 너한테 주구장창 고백하고 정성 쏟으라고 만들어져서 열 달 만에 태어난 줄 알아? 무의식 중에 표현이 잘 안 나오면, 억지로라도 마음을 보여줘야 인하도 마음이 놓이지. 그 바보 같은 놈이 혼자서 얼마나 속을 끓이면서 삽질을 하고 있겠냔 말야. 그래놓곤 너 보면 또 좋아서 팔푼이처럼 헬렐레 해 가지고 다니지? 안 봐도 비디오다. 이 녀석아."

정곡을 찔린 지원은 쉽게 말을 잇지 못했다.

"치. 인하 반대할 땐 언제고 왜 갑자기 편들고 그래?"

"내가 맨날 인하보고 팔푼이, 푼수, 등신, 바보 그러니까 너도 인하를 그렇게 보나 본데……. 뭐 그게 사실이긴 하지만 탁 깨놓고 남자 대 남자로 보면 그렇게 영 모자란 놈은 아니거든. 그리고 무엇보다 널 많이 좋아하잖니. 가뭄에 콩 나듯 드물긴 하지만 믿음직해 보이기도 하고."

"아빠……."

빙 둘러 말했지만 그건 분명 칭찬이었다. 지원은 아빠의 입을 통해 처음으로 들은 인하의 칭찬이 마치 자신에게 한 것만 같아 마음이 뿌듯하기까지 했다.

"니들 지금도 충분히 답답하다니까?"

민석이 일부러 지어 보인 짓궂은 표정에 지원이 피식 웃으며 민석의 품 안을 파고들었다.

"나 인하 좋아해. 아주 많이……."

"그 말을 아빠한테 하지 말고 인하한테 하란 말야. 이 답답아."

지원은 민석의 등을 더욱 세게 끌어안으며 넓은 가슴에 얼굴을 비볐다.

"뭐, 이정도면 선방한 거 아닌가?"

다들 서로의 눈치만 살피느라 쉽게 입을 열지 못하던 와중에, 제작사 대표가 큰맘 먹고 쿨하게 뱉은 말임에도 사무실 전 직원들의 반응은 시큰둥했다. 지원은 팔짱을 낀 채 연필 끝으로 테이블 위에 놓인 대본을 톡톡 두들기고 있었다.

전체 시청률이 발표되자마자 촬영장으로 향하던 감독까지 제작사 사무실로 달려온 참이다.

"18.5란 말이지……."

한숨 섞인 지원의 말에 사무실은 더욱더 고요해졌다. 절간이 따로 없었다.

GBS 수목 미니시리즈는 내리 2년간 쭉 말아먹었고, 「우연」의 바로 앞 전작은 무려 4%로 종영을 했다. 그것을 감안하더라도 첫 회 시청률은 모두의 기대 이하였다. 최소 20%는 가뿐히 넘길 거라고 예상했기에 지원은 꽤 충격을 받은 상태였다. 실시간 반응도 나쁘지 않았고, 방영 전 언론사들의 반응도 좋았다. 제작발표회 기자회견장에서의 반응까지 포함한 전체적인 기대치는 18.5%로 만족할 수 있는 상황이 아니었다. 거기다가 작가, 감독, 배우들의 네임밸류까지 합치자면, 상황은 조금 더 심각했다. 물론 다른 제작사들이 보기엔 배부른 투정이라고 취급할 수도 있겠지만 말이다.

"시청률이야 삼대가 함께 사는 삼사천 가구 가지고 조사하는 건데 뭐. 이 작가, 신경 쓰지 마!"

조바심이 난 대표만 계속해서 설레발을 쳐댔다. 하지만 지원은 요지부동이었다.

"그런데 저쪽은 잘 나왔잖아요."

"뭐가 잘 나와! 하나는 15프로, 다른 하나는 12프로 나왔잖아."

"셋 다 첫 방인데다가 다 고만고만하게 나왔는데, 대표님은 마음도 넓으시네."

지원의 말에 머쓱했는지, 대표가 허허 웃으며 지원의 옆자리에 앉았다.

"시청률은 신의 영역이란 소리도 못 들어봤어?"

"맞아요. 그리고 우리가 2분 일찍 끝내서 막판에 떨어진 거지,

그거 빼면 거의 20% 나온 거예요."

대표의 말에 최 피디도 한술 거들었지만 지원과 감독의 표정은 여전히 풀 썩은 고양이 얼굴이었다.

"전혀 위로가 되지 않아……."

이번엔 내내 말이 없던 감독이 멍한 표정으로 지나가듯 이야기 하자 다들 울상을 지었다. 결국 이 분위기를 타파할 사람은 자신 밖에 없다고 생각한 지원이 자리를 박차고 일어나 박수를 치며 전 직원의 이목을 집중시켰다.

"뚜껑은 열렸고, 뭐 이제 어쩔 수 없죠. 우린 지금 서로를 위로 하는 게 급한 거 아니잖아요. 우리 현실을 직시하고 이성적으로 대처합시다! 홍보팀은 어떻게 하기로 했어요?"

"신아영 씨 소속사랑 상의를 했는데요, 신아영씨가 SNS를 시 작하겠다고 하셨대요. 그쪽으로 촬영 뒷얘기나 비하인드컷 같은 거 좀 올릴 예정이구요. 공식홈페이지에 영상 스케치도 많이 풀기 로 했습니다. 일단은 우리 작품 배우들 파급력이 상당하니까 그 쪽을 적극 활용하는 걸로 소속사들하고 얘길 맞추고 있습니다."

역시 홍보팀 무지하게 일 잘해.

홍보팀의 믿음직한 해결방안에 다들 감탄을 했는지 조금씩 표 정이 밝아졌다.

"그럼 저는 편집을 반 박자 빠르게 잡겠습니다. 약간 지루했다 는 평이 있어서요."

기운을 차린 감독도 해결책을 보탰다.

"감독님, 아끼지 마시고 걷어내세요. 전 괜찮아요. 대본 수정도

하겠습니다. 이미 찍어둔 분량은 편집으로 손보구요, 아직 촬영 안 들어간 분량은 이야기 진행을 좀 더 빠르게 해볼게요."

지원이 힘을 보태자 감독이 악수를 청했다. 지원은 감독과 격렬하게 악수를 나누곤 어깨를 토닥여 주었다. 누구보다 현장에서 가장 고생하고 있는 사람이기에 이런 자리에 오게 하고 싶지 않았지만, 그래도 책임감을 가지고 제 발로 찾아와 준 게 고맙기도 하고 미안하기도 해서 무슨 말을 더 해야 할지 답을 찾기가 어려웠다.

"이 작가…… 고마워."

감격한 대표가 양손을 모으며 두 눈을 초롱초롱거리자 지원이 코끝을 찡그리며 고개를 흔들었다. 쿨하게 얘기하긴 했지만, 죽자고 쓴 대본에 난도질할 생각을 하니 벌써부터 눈앞이 깜깜해졌다. 안 그래도 계속해서 엄청난 분량을 수정하고 있는데 말이다. 하지만 어쩔 수 없었다. 초반부터 치고 나가지 않으면 밀리게 생겼으니까.

"대표님!"

"어, 이 작가! 난 뭘 할까?"

"대표님은 시원하게 지갑 팍팍 여세요. 회식도 많이 시켜주시고, 선물도 빵빵하게 돌리고, 스텝들이랑 배우들 기 팍팍 살려주세요."

"아유, 그럼 당연하지! 걱정 마! 내가 오늘 당장 전체 회식 쏜다! 솔직히 J미디어 누른 것만 해도 난 그냥 좋다!"

직원들이 한마음 한뜻이 되어 묶음의 환호성을 내질렀다. 표정으로 그 기쁨을 읽어낸 지원은 가방을 챙겨 사무실을 나섰다. 그리곤 걱정되는 마음에 휴대폰을 꺼내들었다. 아침에 전화를 하겠다던 인하에게서 아직까지 연락이 없었다. 혹시나 촬영장 분위기가 다운되지 않았을까 염려가 되어, 전화를 걸까 했던 지원은 대신 문자를 찍어 넣었다.

〈다 발라 버리자.〉

지원의 문자를 확인한 인하가 빵 터져 버렸다.
다들 내색은 안하지만, 분명 어제와 오늘 촬영장의 분위기는 달랐다. 약 3도쯤 기온이 떨어진 것 같다고나 할까. 대부분의 스텝들과 배우들이 3사 드라마 중 「우연」의 시청률 압승을 예상했기에 아슬아슬한 시청률 차이가 정신을 번쩍 들게 만들기도 했다.

〈좋았어.〉

인하는 지원에게 답장을 보낸 후, 동규에게 휴대폰을 맡겼다.
"동규야, 커피 아직 멀었대?"
"다 왔답니다."
"자. 그럼 나가보자."
비타민 한 알 먹고 원기 보충했으니 이제 열심히 내 할 일을 해야지.
인하는 테이블 위에 올려두었던 대본을 손에 들고 대기실을 빠져나와 세트장으로 향했다. 세트에선 세정이 한창 리허설 중이었고 삼삼오오 모인 스텝들은 휴대폰을 들고 우울한 표정으로 대화를 나누고 있었다.

"커피 드시고 하세요!"

그때 마침, 심부름을 보냈던 막내 매니저가 커피가 담긴 박스를 끌어안고 낑낑대며 세트 안으로 들어왔다. 막내 매니저의 씩씩한 외침에 여기저기서 박수가 터져 나왔고, 인하는 그들을 향해 손을 흔들어 답례를 하곤 느긋하게 걸었다.

"20% 넘겼으면 스무디 살랬는데, 20% 못 넘었으니까 다들 그냥 아메리카노나 드세요."

사람들은 '잘 먹겠습니다!'를 외치며 깔깔거리고 웃었다. 인하도 동규가 건넨 커피 하나를 들고 세트 안으로 들어갔다.

3년 전만 하더라도 절대 이런 짓을 하지 않던 인하였다. 하지만 연차가 쌓일수록 자의 반 타의 반으로 변하게 되었다. 항상 지쳐 있는 스텝들과 배우들에게 조금이나마 활력을 불어넣어 주고 싶다는 이상한 오지랖이 군 제대 후 생긴 듯했다.

"선배님, 잘 마실게요. 안 그래도 커피 생각이 간절했는데."

세트장 안 소파에 걸터앉아 있던 인하 곁에 세정이 다가와 앉았다. 그리곤 엉덩이를 붙이기가 무섭게 재잘재잘거리며 애교를 부렸다.

"어제 방송 보니까 선배님 정말 멋있더라고요."

아무래도 소속사 사장이 '넌 이 표정을 지을 때가 가장 사랑스러우니까 끊임없이 짓고 있어'라고 가르쳐 준 것만 같은 틀에 박힌 눈빛과 표정을 한 채 커다란 두 눈을 쉴 틈 없이 끔벅였다.

"근데요, 선배님. 정말…… 작가님하고 연애하시는 거예요?"

그때, 세정이 주위를 두리번거리더니 잔뜩 목소리를 낮추며 쓸데없는 걸 물어왔다. 하는 수 없이, 인하는 덩달아 고개를 숙이며 세정과의 거리를 좁혔다.

"입이 근질근질하지?"

"에?"

인하는 세정의 귀에 가까이 입술을 갖다 대곤 속삭이듯 말을 꺼냈다.

"너 자꾸 그렇게 종알거리면…… 삼각관계 불어버린다? A그룹 3세랑, 축구선수 K군이랬나?"

제대로 듣지 못한 건지, 아니면 전혀 예상치 못했던 말에 놀란 건지 세정은 얼음덩어리가 된 듯 아무 말도, 아무것도 하지 못했다. 인하가 세정의 자그만 머리통에 꿀밤을 놓고 벌떡 일어나자 그제야 놀란 토끼가 되어 인하를 바라보았다.

"그것도 황 기자한테."

"흠흠. 속눈썹이 떨어질 거 같네? 언니!"

세정이 급히 딴청을 부리며 기겁을 하고 떨어져 나가자 인하는 그 모습을 흐뭇하게 지켜보며 이야기꽃을 피우고 있는 스텝들에게 다가갔다.

협박은 이렇게 하는 거란다. 아가야. 한 주먹거리도 안 되는 게 까불고 있어.

*

카페 안에 들어서자 현준이 평소와는 다르게 지원의 전용석에 앉아 노트북과 씨름을 하고 있었다. 지원이 휘청휘청 걸으며 자리로 다가갔지만 현준은 눈치도 채지 못한 듯 잔뜩 미간을 구긴 채 눈매를 가늘게 떴다.

"뭐 보고 계셨어요?"

노트북 옆으로 고개를 빼꼼히 내밀자 현준이 화들짝 놀라며 노트북을 확 닫아버렸다. 지원은 그런 현준을 보며 웃어버렸다. 이렇게 당황하는 건 처음 본지라, 인간적인 모습을 보게 되어 반가웠다.

"오셨어요?"

"배가 너무 고파서 뭐 좀 먹고 들어가려고요."

"잘 오셨어요. 뭘로 드릴까요?"

"밥이요. 뭐든 좋으니까 쌀로 만든 걸로 주세요."

"네. 잠깐만 기다리세요."

멀어지는 현준을 지켜보던 지원은 그대로 테이블에 엎어져 버렸다. 19, 20회 탈고는 뒷전이고 미친 듯이 수정만 반복하고 있었다. 화끈한 편집으로 들어내는 신이 많아지자 자연스레 분량이 줄어들었고, 그 분량을 다음 회차에서 가져다 쓰다 보니 결과적으로 1회 분 정도의 분량을 다시 맞춰야 하는 상황이 된 것이다. 지금 한창 촬영 중인 회차가 바로 13회에서 12회가 되어버린 그 회차였다.

다행히도 2회부터 시청률이 상승세를 타기 시작했다. 2회에선 20%를 거뜬히 넘었고 그 격차를 조금씩 벌려 나가고 있었다. 아무래도 시청률 상승의 가장 큰 효자는 3회 엔딩신에서 서브남주인공과 여주인공이 나눈 키스신인 듯했다. 일명 '식탁 키스'라고 불리며 온—오프라인을 뜨겁게 달구었던 그 키스신은 결국 사흘 동안 각 포털사이트의 검색어 1위를 싹쓸이하는 쾌거를 이루었다.

사실 초반에 키스신을 넣는 것이 썩 내키진 않았지만 방영되고 보니 나름 보람을 느꼈다. 본인 키스신이 아니라며 무척이나 아쉬워하던 인하의 얼굴이 떠오르긴 했지만, 차마 인하의 키스신을 넣어줄 순 없었다. 물론 극의 흐름상 두 주인공의 키스신으로 하기엔 개연성도 부족하고 지나치게 빨라 기대감이 떨어진다는 그럴듯한 변명거리가 있긴 하지만 말이다.

"아참. 편지!"

지원은 문득 떠오른 생각에 주섬주섬 가방에서 편지지와 펜을 꺼냈다.

인하가 부탁한 생일선물들을 사는데 오롯이 하루를 쏟아부은 덕에 지원은 며칠째 계속해서 밤을 새고 있었다. 그 바람에 아직까지 편지를 쓰지 못했다. 얼른 써서 오늘 선물 줄 때 같이 줘야 하는 데 말이다.

어떻게 해야 내 마음을 가장 많이 보여줄 수 있을까, 내 진심을 정확하게 보여줄 수 있을까 고민하다가 선택한 방법이 바로 편지였다. 사실 간단히 카드에 몇 자 적어 넣는다면 이렇게까지 시간과 공이 들어가진 않았을 것이다. 마음을 담으려니 더욱더 시간이 걸렸다.

이렇게도 인하에게 못다 한 말이 많았나 싶을 정도로 내용이 길어졌다. 거의 매일 통화를 하면서 수많은 이야기를 나눈다고 생각했는데, 아무래도 마음을 적는다는 것은 조금은 다른 것 같았다.

"식사하세요."

"고맙습니다."

금세 식사를 준비해 온 현준이 테이블 위에 세팅을 해주곤 맞은 편 자리에 앉았다. 지원은 편지에 마침표를 찍고 곱게 접어 편지 봉투에 넣고 가방 속에 넣었다.

"요즘 많이 바쁘시죠?"

"예. 죽겠어요."

"정말 신기한 거 있죠? 그 작품 작가가 내 가게 단골이고, 거기 나오는 주연배우가 아랫집 이웃이라는 게."

"그 작가와 배우가 평소엔 어떤 사람인지도 다 알고 계시잖아 요."

"후훗. 그것도 엄청 뿌듯하네요. 정말 재밌게 잘 보고 있어요. 최고예요."

입에 발린 칭찬인 걸 알면서도 이렇게 기분이 좋아지는 걸 보면 참 이지원도 단순한 인간이구나 싶었다. 지원은 따뜻한 브리또를 큼직하게 잘라 입안에 넣고 우물거렸다.

"오늘 5회 다들 엄청나게 기대하고 있어요. 우리 직원들도 난리 예요."

"아고, 왜 이러세요. 부끄럽게."

"1회랑 2회는 정말 흠잡을 데가 없더라고요. 스페인이 그렇게 멋진 나란 줄 처음 알았어요. 꼭 가보고 싶어요."

"나중에 꼭 가보세요. 단연 최고라고 말할 수 있어요."

지원은 틈틈이 냅킨으로 입술을 닦으며 정신없이 음식을 흡입했다. 그 모습을 지켜보던 현준은 자꾸 말 시키는 것이 조금 미안했는지 자리에서 일어섰다.

"식사하시는 데 제가 방해했네요. 천천히 드시고 쉬다 가세요."

"네. 감사합니다."

지원은 현준이 떠나자 마음을 푹 놓고 먹기 시작했다. 무슨 맛인지 느낄 필요는 없었다. 그저 빨리 포만감을 느끼고 싶은 욕심에 두어 가지의 음식을 동시에 입안에 넣고 우적우적 씹어 꿀꺽 삼켰다.

Rrrr.

그때, 주머니에서 휴대폰이 울어댔다.

"어, 인하야."

〈어디야? 왜 아직도 감감 무소식인데?〉

"뭐?"

지원은 그 순간에도 다시 입안에 토마토를 밀어 넣으며 고개를 갸웃거렸다.

〈와. 진짜 너무한다.〉

사흘 밤을 꼴딱 샜더니 아무래도 정신이 나간 모양이다. 방금까지 인하에게 줄 편지를 쓰고 있었다는 사실을 까맣게 잊은 건 물론이고 이따가 인하네 집에 가서 밥 먹어야지 하고 배고파도 참았던 걸 잊고 현준의 카페에 들러 밥을 먹고 있었다.

지원은 한 손으로 얼굴을 감싸며 번개 맞은 사람처럼 벌떡 일어서서 가방을 챙겼다.

"지, 지금 가고 있어! 잠깐만 기다려!"

지원은 전화를 끊자마자 허겁지겁 카페를 빠져나갔다.

인하는 뒷짐을 지고 흐뭇한 표정으로 집안 곳곳을 살폈다. 완벽했다. 더할 나위 없이 완벽했다. 현관에서부터 거실까지 이어지는 촛불길과, 거실에서부터 안방까지 이어지는 꽃길은 정말이지 감격스러울 지경이었다. 집 안의 모든 불을 끄고 언제쯤 지원이 오려나 목이 빠져라 기다리던 인하는 욕실로 가서 몸단장에 마저 열을 올렸다.

"다음엔 바디제품도 다 사달라고 해야겠다."

팔을 들어 킁킁 냄새를 맡던 인하는 만족스러운 표정을 지으며 다시 거실로 나왔다.

띵동.

드디어, 기다리던 사람이 도착을 했다. 인하는 서둘러 현관으로 달려가다가 숨을 한 번 고르곤 아무 일도 없었다는 듯 태연한 표정을 지으며 문을 열었다.

"미안! 늦었지!"

지원이 문을 벌컥 잡아당기며 현관 안으로 들어섰다. 달려온 건지, 흐트러진 머리칼과 쇄골이 고스란히 드러날 만큼 느슨한 티셔츠가 가장 먼저 눈에 들어왔다. 가슴을 들썩이며 숨을 고르는 모습이 무척이나 매력적이었다.

오늘을 위해 준비라도 한 건가? 완벽한데?

돌부처라도 넘어갈 듯한 흘러넘치는 여성스러움에 인하는 침을 꿀꺽 삼켰다.

"얼른 들어와."

"인하야, 미안한데. 나 잠깐만 집에 다녀올게."

이건 또 무슨 소리지?

촛불길을 걷기도 전에 현관에 서서 헛소리를 하는 지원을 향해, 인하는 눈썹을 구기며 노려보았다.

"뭐?"

"잠깐이면 돼. 달려갔다 오면 30분도 안 걸려!"

"안 돼."

다시 나가려는 듯 문고리를 쥐고 돌아서자, 인하는 단호하게 가로막았다. 그러자 지원이 안절부절 못하며 발까지 동동 굴렀다.

"선물 사논 걸 깜박하고 그냥 왔어. 빨리 갔다 올게."

"그 선물 어디 도망가는 거 아니니까 다음에 줘. 괜찮아."

인하가 웃자 지원도 덩달아 따라 웃었다. 그제야 지원이 포기를 하고 어깨에 메고 있던 가방을 내려 손에 들었다.

"일단, 들어와."

인하가 손을 내밀자 지원이 인하의 손을 잡았다. 인하는 지원의 자그만 손을 꼬옥 움켜쥐고 천천히 잡아당겼다.

지금 급한 건…… 선물 따위가 아니란다.

그런 날이 있다. 손톱을 바짝 자르면 몸 어딘가를 시원하게 긁고 싶어지고, 가방이 무거워 우산을 빼놓고 외출을 하면 소나기를 만나고, 배가 고파서 딱 죽을 것만 같을 땐 밥통에 밥이 없고.

오늘은 인하가 벼르고 별렀던 바로 그날. 나이가 서른둘인데 설마 그 정도 눈치도 채지 못했을까. 잠을 쫓고 피곤을 풀기엔 샤워가 제일이라고, 그래서 두 번이나 한 거라고 스스로를 위안하기까지 했다.

헌데 그 과정에서 결국 실수를 범했다. 지원은 신발을 벗는 순간, 오늘 위아래 속옷을 세트로 입지 않았다는 것이 떠올랐다. 첫 번째 샤워 후 야심차게 챙겨 입은 속옷세트를 두고, 두 번째 샤워 후 엄한 속옷을 입고 그대로 나온 것이다.

인하가 눈치채지 못한다고 하더라도, 완벽한 하루를 선물하고 싶었던 지원으로서는 무척이나 아쉽고 속상하기까지 했다. 제대로 할 수 있을지 자신도 없는 상태에서 첫 단추부터 잘못 꿴 기분이랄까.

완벽주의자도 아니면서 뭐 이런 사소한 걸 가지고 아쉬워하고 난리야, 이지원! 오늘만을 손꼽아 기다린 인하의 해맑은 눈동자를 보라고!

"어때?"

인하는 오늘을 위해 현관에서 거실까지 향하는 복도 양쪽에 줄지어 촛불을 밝혀두기까지 했다. 제 생일날 이게 뭐하는 짓인지.

"고생했겠네."

한껏 기대에 부푼 표정을 숨기지 못하고 들떠있던 인하가 지원의 반응이 마음에 안 찼는지 슬쩍 고개를 갸웃거렸다. 지원은 그런 인하의 눈치를 보며 느릿하게 걸었다.

"이거 다른 사람 안 시키고 내가 다 했어. 이벤트 부른 거 아냐."

"어, 그래. 수고했어."

지원이 어색하게 웃자 인하의 표정이 점점 시무룩해져 갔다.

"예뻐. 꼭 프러포즈할 때 이벤트한 것처럼."

"흔해 빠졌단 얘기지?"

"아니! 그런 게 아니라……. 근데 생일 당사자는 넌데 뭐 하러 이 고생을 했어."

"내가 뭐 하러 했겠냐? 너 좋으라고 했지. 에이, 다 망쳤어!"

인하가 발끈하며 결국 허리를 숙이고 입으로 후후 불어 촛불을 꺼버렸다.

"다신 이런 거 해주나 봐! 너 앞으로 국물도 없어!"

이러려고 그런 게 아닌데.

또다시 핀트가 어긋나 버렸다. 지원은 미안한 마음에 인하의 허리를 두 팔로 꼭 끌어안았다.

"미안, 미안. 내가 지금 정신이 없어서 그래. 정신없이 오느라 선물도 못 챙겨 와서 너무 미안하기도 하고."

인하는 조금 화가 누그러진 건지 고개를 숙여 눈을 맞춰 왔다. 하지만 그 눈빛이 너무도 진지해서 웃음이 터질 것만 같았다.

"부, 불 켤까?"

"켤 필요 없을 것 같은데."

등을 감싸 안은 농밀한 손길이 예사롭지 않았다. 지원은 침을 한 번 꿀꺽 삼키고 마음을 다잡았다.

"너무 어둡지 않나?"

"내가…… 에너지 절약 홍보대사인거 몰라?"

언제부터 홍보대사 임무에 충실했다고.

한마디 받아치려던 지원은 오늘만큼은 그래도 인하에게 순종하자 싶어, 입술을 질끈 깨물며 가방끈을 꼭 쥐었다.

"아참! 나 편지 써왔어. 선물은 다음에 주고, 오늘은 일단 편지부터 줄게."

지원은 냉큼 인하를 품에서 떼어내고 가방을 뒤적여 편지를 꺼냈다. 인하는 못마땅한 얼굴을 하고 바지주머니에 손을 꽂은 채 불량한 자세로 지원이 내민 편지를 바라보았다.

"이따가 나 가고 나면 읽어."

지원은 그런 인하의 손에 편지를 꼭 쥐어주었고, 인하는 편지와 지원을 번갈아가며 바라보다가 대뜸 편지봉투 안에서 편지지를 꺼냈다.

"어어! 이따가 읽으라니까."

"이따가 언제? 너 잘 때?"

"어?"

"들어올 땐 맘대로 들어왔지만, 나갈 땐 맘대로 못 나가지."

지원은 순간 헉 하고 말았다. 그사이, 인하는 편지를 테이블 위에 올려두고 빠른 걸음으로 훅 다가와 지원을 가뿐하게 안아들었다.

우리 인하, 정말 많이 급하구나.

"잠깐만 인하야."

"왜 또."

"일단, 밥부터 먹자."

인하가 지원을 품에서 내려놓으며 죽일 듯이 노려보았다. 지원은 슬쩍 시선을 피하고 애꿎은 바닥을 발끝으로 툭툭 찼다.

왜 이렇게 심장이 터질 것 같은 건지. 순수한 척하는 내가 정말 싫지만, 근원을 알 수 없는 불안함 때문에 인하의 속도를 맞추기 힘들었다. 그것은 온전히 속옷을 세트로 챙겨 입지 못해서는 아니었다.

"그래. 그러자. 우린 오늘 해야 할 일이 아주 많으니까."

무슨 생각인건지, 인하가 제법 시원하게 허락했다. 짜증을 낸다면 기꺼이 받아주려고 했는데, 다행이었다. 지원은 조금 의아했지만 그래도 시간을 번 것 같아 마음이 한결 가벼워졌다.

"집에 먹을 거 없지? 내가 나가서 좀 사가지고 올게."

"아냐. 있어. 라면도 있고, 즉석밥도 사다놓은 거 있어. 먹을 거 많으니까 안 나갔다 와도 돼."

서인하가 이리도 철두철미한 사람이었나.

급한 대로 편의점에라도 가서 짝 맞는 속옷을 사가지고 오려던 계획은 수포로 돌아갔다. 이젠 어쩔 수가 없었다. 순리를 따르는 수밖에.

"라면 먹자."

"내가 끓여줄까?"

"아냐. 내가 끓일게."

지원은 인하의 눈치를 살피며 냄비에 물을 받았다. 사실 여기 오기 전에 약간의 식사를 한지라 그다지 생각은 없었으나 시간을 벌기 위해 꺼낸 말이었으니 라면이라도 먹어야 했다.

인하는 소파 팔걸이에 머리를 기대고 비스듬히 누워 지원을 뚫어져라 바라보았다. 지원은 정자세를 하고 앉아 꼭 봐야 하는 예능프로그램이 있다고 우기며 꾸역꾸역 티비를 보고 있었다.

시계를 보니 대충 끝날 때가 다가오고 있었다. 인하는 지원의 볼을 태워 버릴 기세로 계속해서 바라보았다.

"하하. 저 사람이 우리나라에서 제일 웃긴 거 같애. 그치?"

"지원아."

"응?"

가까이 오라고 손짓하자 지원이 마지못해 간격을 좁혔다.

"더."

인하의 말에 지원이 아까보다 조금 더 많이 가까이 왔다. 하지만 인하는 그 정도로 만족할 수 없었기에 상체를 일으켜 세우고 지원의 손목을 잡아당겨 제 몸 위에 지원을 포갰다. 그리곤 잽싸게 리모컨을 집어 들고 티비를 꺼버렸다.

"아직 안 끝났는데……."

지원의 핑계에 인하가 피식 웃으며 아래로 쏟아져 내린 머리카락을 귀 뒤로 넘겨주었다. 그리곤 지원의 뒤통수를 손으로 끌어당겨 제 어깨에 턱을 대도록 만들었다. 두 사람의 몸은 요철블록처럼 빈틈없이 딱 맞아떨어졌다.

"이 이불 엄청 좋네. 매일 덮고 자면 좋겠다."

지원이 고개를 번쩍 들려고 힘을 주자 인하가 더 세게 뒤통수를 눌렀다.

"숨 막혀."

"서인하 품에 안겨서 숨 막혀 죽는 걸 영광으로 생각해."

"어으, 진짜."

견디다 못한 지원이 자그만 손가락으로 인하의 턱을 간질였다. 턱 간지럼을 유난히 타는 인하가 결국 키득거리고 웃다가 지원을 안은 채로 옆으로 돌아누웠다. 자연스레 지원은 인하의 팔을 베고 눕게 되었다.

"11년 전에…… 내가 너 세 번째 보던 날 연애하자고 했잖아. 그때 무슨 생각으로 승낙했어?"

그날의 기억을 찾고 있는지, 지원이 옅게 웃으며 눈을 깜박였다.

"글쎄다. 내가 왜 그랬지?"

쑥스러운 건지, 약을 올리고 싶은 건지는 모르겠지만 지원이 장난스레 말을 돌렸다. 하지만 인하는 꼭 듣고 싶었다. 단 한 번도 묻지 않았기에 들을 수 없었던 그 이유가 궁금했기 때문이다. 인하는 대답을 재촉하는 진지한 시선으로 지원을 바라보았다.

"스물한 살이었잖아. 연애 세포가 온몸에서 펄떡거리던 때. 너란 인간이 궁금하기도 했고, 그냥…… 좋았어. 아무 이유 없이. 네가 어떤 사람인지 잘 알지도 못하면서, 그냥 넌 좋은 사람일 것 같아서 만나보고 싶었어. 그리고 내가 널 거절할 만한 이유가 없잖아. 잘생기고, 멋있고, 잘 나가는 남자가 나 좋다는 데 뭘 망설여. 안 그래?"

다행히 지원도 인하와 그 시작이 다르지 않았다. 서로에 대한 궁금증과 약간의 호감을 믿고 평범한 또래의 남녀처럼 그렇게 쉽게 연애를 시작했다. 정말 가벼운 마음으로 말이다.

"사실, 이젠 잘 기억도 안 나. 사오 년 전도 아니고, 십일 년 전 얘긴데 뭐. 내가 스물한 살이 되어서 처음 해본 연애가 너였다는 거, 다른 연인들처럼 조금 아프게 헤어졌고 그 후로 오랜 시간 친구로 지냈다는 것 정도. 아, 그 친구로 지냈다고 치부하기엔 좀 더 뭔가가 있는 친구였다는 거. 그게 조금 특별하긴 하다. 후훗."

지원이 배시시 웃었다. 11년이 흘렀다고 했지만, 사실 인하는 가끔씩 그 시간이 느껴지지 않았다. 연애하잔 말에 '그래'라고 대답했던 그 다음 날인 것처럼 여전히 지원을 보면 가슴이 뛰고 설레었다.

"난 너한테…… 어떤 남자였어?"

항상 궁금했다. 결국 헤어질 수밖에 없었지만, 그래도 그 시간 동안 난 너에게 어떤 기억으로 남아 있는지, 어떤 사람으로 남아 있는지가 말이다.

"항상 기다려야 했고, 늘 보고 싶었고……. 그러다 한 번씩 데이트라도 하면 그 힘으로 또 널 기다리고, 보고 싶어하다가…… 손 잡아주고, 안아주면 또 그게 좋아서 며칠을 참고……. 그런 나 때문에 늘 미안해하는 널 보면서 속이 상했고…… 그래도 얼굴 보고 나면 좋고. 날 아주 바보 천치로 만든 남자였지."

지원이 희게 웃으며 자그만 손으로 인하의 뺨을 쓰다듬었다. 조금씩 젖어드는 지원의 두 눈이 담담한 척 웃었지만 인하는 가슴이 시렸다.

"미안해."

스물한 살 이지원에게 사과하고 싶었다. 가장 힘들고 나를 필요로 했던 순간에 혼자 두게 만들었던 것, 그리고 늘 기다리게 했던 것 모두…….

인하는 지원을 꼬옥 끌어안고 등을 토닥여주었다.

"그게 왜 갑자기 궁금한데. 물으려면 그때 물었어야지."

"나…… 다신 실패하지 않을 거거든."

지원이 고개를 들어 시선을 맞춰왔다. 눈물은 이미 지원의 볼을 타고 흘러내렸고, 인하는 손끝으로 그것을 닦아냈다.

지원은 잘 울지 않는 아이였다. 강해져야 한다는 자기 최면을 단단히 걸어둔 탓이다. 그래서 더 지켜보기 안쓰러웠다. 목 끝까지 감정이 차올라도 한숨 한 번에 도로 밀어 넣고, 항상 저보다 아빠와 동생의 기분을 먼저 살폈다.

간신히 친구로라도 남아 곁에 있을 수 있다는 게 얼마나 다행인지……. 곁을 내주지 않아 처음 몇 년은 힘들고 아팠지만, 그래도 이렇게 돌아왔으니 그거로도 충분했다.

그때, 지원이 고개를 들어 입을 맞춰 왔다. 눈을 꼬옥 감고 용기를 낸 지원이 사랑스러웠다. 마주한 입술 새로 따뜻한 숨이 넘어오자, 인하는 지원을 아래쪽에 반듯이 눕히고 한 손으로 지원의 뺨을 감싼 채 깊은 입맞춤을 나누었다.

가슴이 부풀어 오를 만큼 숨을 참고 있던 지원이 걱정되어 인하는 잠시 입술을 떼고 지원을 내려다보았다. 상기된 두 볼, 긴장한 기색이 역력한 흔들리는 눈빛, 가늘게 떨리는 입매까지 빠짐없이 살폈다. 인하는 지원의 반듯한 눈썹을 매만지며 슬쩍 미소를 지었다.

"어설프다고 웃지 마. 이게 다 너 때문이니까."

인하는 다시 고개를 숙여 입을 맞추었다. 아까보다 더욱 깊고 진하게.

무릎으로 지원의 두 다리 사이를 비집고 들어가자 지원이 자연스레 무릎을 세워줘 한결 자세가 편안해졌다. 인하는 조심스레 티셔츠 안으로 손을 넣어 브래지어를 밀어 올렸다. 순간 지원이 어깨를 움츠렸지만 인하는 멈추지 않았다. 천천히, 느긋하게, 차분히, 배려하는 마음으로 절대 먼저 흥분하지 말라고 스스로를 다독이며 세뇌시켰다.

지원의 등 뒤로 손을 넣어 브래지어 후크를 풀고, 티셔츠를 끌어 올려 머리 위로 벗기려 하자 지원이 팔을 위로 뻗어주며 도왔다. 인하는 그런 지원이 못 견디게 사랑스러워 단 한순간도 멈추지 않고 계속해서 입을 맞추었다.

인하는 살짝 입술을 떼고 아래를 내려다보려고 고개를 숙였다. 그러자 지원이 잽싸게 두 손으로 인하의 뺨을 감싸더니 저돌적으로 입을 맞댔다. 가슴을 보여주기 민망했던 모양이다. 인하는 억지로 떼어내며 웃어버렸다.

"왜? 이제 다 내 껀데."

지원이 주먹으로 팔뚝을 때렸지만 인하는 꿈쩍도 하지 않았다. 인하는 입술을 내려 지원의 턱에, 쇄골에, 가슴 둔덕에 입을 맞추며 천천히 방향을 아래로 잡았다. 그러자 어찌나 긴장을 하셨는지, 지원이 가슴을 들썩이며 숨을 몰아쉬는 통에 인하는 다시 한 번 지원과 키스를 나누었다. 그제야 조금 진정이 되었는지 여유를 찾기 시작했다.

"여기선 안 되겠다."

인하에겐 조금 더 넓은 장소가 필요했다. 해서, 셔츠를 벗어 지원의 가슴 위에 얹어주고 지원을 그대로 안아 침실로 향했다. 그 때 지원이 묘한 미소를 지었다. 알다가도 모를 여자였다.

폭발할 듯 뻗쳐오르는 뭔가를 초인적인 힘으로 누르고 있던 인하는 방문을 뻥 차는 것으로 일부 해소를 하고 그대로 지원을 침대 위에 눕혔다. 그리곤 지원의 가슴을 가리고 있던 제 셔츠를 저만치 집어던져 버렸다.

"장미꽃길 못 봤지?"

"그런 것도 해놨었어?"

"아냐. 아무것도."

지금 그게 중요한 게 아니지.

인하는 다시 입을 맞췄다. 한 손으로는 지원의 가슴을 그러쥐고 조심스레 다른 한 손을 아래로 내렸다. 골반부터 무릎까지 쓰다듬자 지원이 어쩔 줄 몰라 하며 이리저리 피했다. 하지만 인하가 더 집요했다. 계속해서 따라갔다. 그러자 지원이 두 다리를 들어 인하의 허리를 감아버렸다. 아무래도 여우를 피하려다가 호랑이를 만난 걸 눈치채지 못한 듯했다. 얼마나 위험한 짓을 저지른 건지 아무래도 알려줘야 할 듯했다.

인하는 지원의 바지버클을 풀어버렸다. 지퍼를 내리고 골반에 걸친 바지를 내리자 지원이 슬쩍 엉덩이를 들어주었다. 호흡이 척척이었다. 기대에 부응하기 위해 인하는 지원의 바지를 잽싸게 벗겨내고 드디어 드러난 지원의 매끈한 맨살을 쓰다듬었다.

이지원 피부가 이렇게 피부가 좋았구나. 슬쩍 슬쩍 닿았다 떨어졌을 때 느꼈던 설렘 같은 건 비교도 할 수 없을 만큼 황홀했다. 인하는 어깨를 지나 허리, 골반, 허벅지, 종아리까지 욕심껏 쓰다듬다가 지원이 방심하고 있는 틈을 타 팬티 안으로 손을 집어넣었다.

그러자 지원이 허벅지에 힘을 주고 오므려 인하의 허리를 조였다. 덕분에 한층 더 강한 자극을 받은 인하는 손을 그대로 둔 채 부끄러워 어쩔 줄 몰라 하는 지원의 얼굴을 빤히 바라보았다.

"그만할까?"

"맘에도 없는 소리 하지 마."

"그만하라면 그만할 수 있어. 네가 싫으면 나도 싫어."

'싫다고 하기만 해! 절대로 용서하지 않을 거야!' 하는 마음을 담뿍 담아 바라본 탓인 지, 지원의 시선이 거칠게 일렁였다.

그때, 지원의 자그만 두 손이 인하의 바지버클로 향했다. 수줍은 얼굴을 하곤 바지버클을 풀어버렸다. 그 시점을 기해 결국 이성의 끈을 놓아버린 인하는 지원의 두 손을 한 손으로 잡아 머리 위로 올려둔 채 입을 맞추었다. 그리곤 다른 한 손으론 지원이 풀어놓은 바지를 벗어 침대 밖으로 던져 버렸다. 인하는 지원의 목덜미에 잠시 입을 맞추고, 알고 지낸 지는 오래되었지만 처음 만난 가슴 위에 입을 맞추었다. 이미 한계점에 도달해 버렸기에 더는 시간을 끌 수가 없었다.

꿈만 같은 이 시간을 수도 없이 그려보며 그 긴 시간을 버텨왔다. 오랜 시간이 걸리더라도 다시 지원이와 연애를 할 수 있을 거라는 밑도 끝도 없는 자신감이 있었다. 하지만 내 마음이 너무 커서 지원을 힘들게 하는 건 아닐까 내심 불안했던 것도 사실이다.

하긴, 그러면 좀 어때. 원래 남자랑 여자 사이엔 그게 좋은 거라는 노랫말도 있는데.

인하는 다시 한 번 지원의 입술에 깊은 입맞춤을 선사했다. 지원이 두 팔을 뻗어 인하의 목에 두르고 좀 더 깊이 숨을 나누던 그 순간, 서로의 마음을 서로의 마음 안에 온전히 밀어 넣었다.

세상모르고 깊은 잠에 빠진 지원을 바라보는 인하의 두 눈에서 애정이 뚝뚝 떨어질 지경이었다. 인하는 티슈 한 장을 뽑아 지원의 얼굴에 맺힌 땀을 닦아주었다. 이렇게 더운 데도 이불을 꼭 덥고 있는 걸 보면 어쩌면 아직 잠이 들지 않은 것 같기도 했지만, 이럴 땐 모르는 척 넘어가 주는 게 좋을 듯싶어 믿어주기로 했다.

인하는 지원이 깨지 않게 조심스레 침대에서 내려와 방을 빠져나왔다. 그리곤 거실로 가서 스탠드를 하나 켜고 아까 지원이 준 편지를 꺼냈다.

인하에게.

인하야, 생일 축하해.

유치하고 오그라드는 말이지만, 이 세상에 태어나 줘서 고맙다는 말을 하고 싶었어.

수많은 나라 중에 내가 태어난 나라에서 태어나 줘서 고맙고, 나랑 같은 해에 태어나 줘서 고맙고, 네가 배우가 돼서 내가 너랑 만날 수 있게 된 것도 고맙고, 연애하자고 말해줘서 고맙고, 아픈 말로 밀어냈는데도 그 오랜 시간동안 나무처럼 한결같이 내 곁을 지켜줘서 고맙고, 이렇게 다시 연애를 할 수 있게 해줘서 고마워.

이렇게 한 번씩 지난 시간들을 되짚을 때마다 감회가 새로웠다. 시간 참 빨리 지나갔구나 싶었다. 인하는 소파 등받이에 털썩 기대앉아 천장을 올려다보았다. 아직도 생생하게 떠오르는 그날의 기억들 때문에 웃음이 절로 났다.

아무래도, 우리에겐 그날의 이별부터 11년의 시간 모두 연애였던 것 같아. 그렇지 않고서야 어떻게 그날의 모든 순간들이 행복한 기억으로 남을 수 있을까.

정말 신기하지 않아? 분명 그 시간동안 너랑 다투기도 참 많이 다투고, 상처도 주고받으면서 지냈는데 가만히 생각해 보면 좋았던 일만 떠올라.

혹시 너, 매일 밤마다 '오블리비아테'라고 주문 외운 건 아니겠지? 상대방의 기억을 수정하는 주문. 좋은 기억만 두고 나쁜 기억은 지워버리는 그 주문 말야.

그렇게 좋은 주문이 있었으면 진작 알려주지.

인하는 혼잣말로 '오블리비아테'라는 말을 곱씹어보았다.

이별을 선택했던 것도, 그리곤 차마 꽉 닫아두지 못하고 반 뼘쯤 문을 열어두었던 건 나였어. 내가 널 기다렸던 시간들보다 더 오랜 시간을 기다리게 만들었던 걸 후회해. 내가 미련했어.

그때의 난 너무 어리석었고, 나밖에 몰랐고, 이 세상에서 내가 제일 불행한 사람이라고 생각했거든. 지금 생각해 보면, 참 많이 어렸어. 생각도…… 마음도.

다 읽은 장을 뒤로 넘긴 인하는 검지 끝으로 지원의 반듯한 글씨를 따라가며 두 번째 장의 첫 줄을 읽었다. 가슴을 쿵 하고 떨어지게 만든 그 말에, 인하는 턱이 부서질 듯 이를 꽉 다물었다.

미안해.
스물한 살의 서인하한테 꼭 해주고 싶은 말이었어.

인하는 그대로 스르륵 옆으로 쓰러져 누웠다. 편지지를 꼭 쥔 두 손이 살며시 떨렸다. 한 자 한 자 정성껏 읽는 걸로도 모자라 행간에 담긴 지원의 마음까지도 놓치지 않았다.

네가 그 어떤 말로 날 흔들어도 흔들리지 않게, 버티고 또 버티는 것에 익숙해져 버려서 표현이 서툴고 그마저도 잘하질 못해. 서른두 살의 서인하한테 그게 가장 미안해.

나도 다른 여자들처럼 '지원이 배고파쪄요. 쮸뿌쮸뿌' 이런 말도 해
보고 싶은데, 차마 입이 안 떨어진다.

어찌됐건 난 너랑 친구라는 허울을 쓰고 11년을 지냈잖아. 내가 만
약 저런 짓을 하면 넌 왠지 나한테 정말 돌을 던질 것 같아서 참고 있는
거야. 네가 돌을 던지지 않겠다고 약속만 해준다면, 용기내서 한 번 해
볼게. 일단 움켜쥔 주먹부터 힘 빼.

"쮸뿌쮸뿌라니."

인하는 지원이 정말 저 말을 하는 상상을 해보며 고개를 저었
다.

너 지금 속으로 쮸뿌쮸뿌 따라했지? 다 알아.

이런 귀신같은 사람.

인하는 미간을 구기며 편지지를 노려보았다.

노력할 거야.

서인하한테 더 많이 사랑받는 여자가 되도록……

내가 더 많이 널 사랑하고 있다는 걸 너도 느낄 수 있도록……

그런 내 모습이 조금은 서툴고 어색하겠지만, 인내심을 가지고 기다
려 줘.

결국 인하의 입술 새로 긴 한숨이 새어 나왔다. 인하는 옅은 미

소를 지으며 지원이 잠들어 있는 침실을 한 번 바라보았다.

고마워.

그리고…… 사…… 사…….

2002 한일 월드컵 스페인전에서 홍명보 선수가 볼을 차기 전보다, 김연아 선수가 점프를 뛰기 바로 직전보다 더 떨리고 온몸이 짜릿해졌다. 인하는 입술까지 질끈 깨물고 설레는 마음으로 다음 장을 영접했다.

사고치지 마.

그럼 그렇지. 기대한 내가 등신이지.

하지만 인하의 입가엔 보기 좋은 미소가 걸려 있었다. 굳이 말로 하지 않아도 충분히 진심을 전해 받았기 때문이다.

PS. 나 가고 나면 읽으라고 했을 텐데…….

뜨끔한 인하가 벌떡 일어나 침실을 다시 한 번 확인했다. 지레 놀란 것이 머쓱했는지 훗 하고 웃어버린 인하는 그 후로 한참 동안 지원의 편지를 가슴에 꼭 끌어안고 있었다.

가슴이 뜨거워졌다. 지원의 마음을 들여다본 것만 같아서…….

편지지를 다시 곱게 접어 봉투에 넣고 아까 그 자리에 내려놓은 인하는 방으로 성큼성큼 걸어갔다. 아까 그 자세 그대로 누워 있는 지원의 뒷모습을 한참 동안 바라보다가, 지원의 뒤에 모로 누워 두 팔과 두 다리로 꽁꽁 안아버렸다.

"왜 그래……."

코맹맹이 소리가 섞인 지원이의 잠긴 목소리가 이렇게 유혹적인 줄 미처 몰랐었다. 인하는 지원의 맨 어깨에 입을 맞추었다. 그러자 지원이 고개를 돌려 실눈을 뜨고 바라보았다.

"안 잘 거야? 나 무지 졸린데……."

"신경 쓰지 말고 넌 그냥 자."

사랑하는 사람과 이렇게 살을 맞대고 있는 것이 얼마나 행복한 일인지 알게 되어버린 판국에 잠이 올 수가 없었다. 인하는 자신의 손에 꼭 맞는 가슴을 욕심껏 그러쥐고 등에 입을 맞추었다.

잘 수 있으면 한번 자보시든가요.

✱

안성에 위치한 드라마 세트장은 지원에겐 익숙한 곳이었다. 이곳에서 그간의 전작들을 모두 촬영했었고, 지원의 작품뿐 아니라 수많은 작품들이 이곳에서 촬영되었으니까.

세트장 입구에 도착한 지원은 유리문에 비친 제 모습을 몇 번이고 확인하며 옷매무새를 바로잡았다.

대본이 여러 차례 수정되는 바람에 재촬영까지 하기도 했지만, 6회를 기점으로 시청률이 30%를 넘어서자 화기애애한 촬영 분위기 덕에 오늘부로 무사히 13회 촬영이 끝난다고 했다. 아직 갈 길이 많이 남았으나 방영이 시작된 후로는 촬영 속도가 전에 비해 빨라져, 19회와 최종회를 제외하곤 촬영과 방영까지의 간격에 일주일 정도의 시간적 여유를 가질 수 있었다.

시청률 상승세가 무척이나 가파른 편이었다. 방영날은 물론이고 방영 없는 날까지도 관련기사들이 쏟아져 나오는 건 예삿일이고, 촬영장 뒷이야기나 배우들의 일거수일투족까지 연일 화제를 모으며 온—오프라인을 뜨겁게 달구었다. 케이블 채널에선 수도 없이 재방송을 틀어댔고, 주연배우들의 다른 작품들까지도 끊임 없이 방송되고 있었다.

덩달아 인하의 인기도 하늘을 뚫을 기세로 치솟았다. 애초에 종영까진 인터뷰를 일체 사절하겠다고 했음에도 불구하고 기자들은 인하의 촬영장 모습이라도 몰래 담으려고 혈안이 되었고, 광고제의마저 종영 이후로 미루는 인하의 배짱에 안달이 난 건 광고주들이었다.

"감독님, 작가님 오셨어요."

최 피디의 말에 세트장 안에 있던 모든 스텝들의 시선이 지원에게 집중되었다. 머쓱해진 지원이 어색하게 웃으며 고개를 숙여 인사를 건넸다.

"여러분! 오늘 저녁 우리 작가님께서 쏘신답니다! 하던 일 모두 내려놓으시고 식당으로 고고!"

부산했던 촬영장이 최 피디의 말에 활기차졌다. 다들 박수를 치며 지원에게 감사를 표했고, 지원은 고개를 끄덕여 계속해서 인사를 해댔다.

"제가 뭐 딱히 해드릴 건 없고, 맛있는 식사라도 한번 대접해 드리고 싶어서요. 많이들 드세요."

지원은 눈썹을 긁적이며 쑥스러워서 어쩔 줄을 몰라 했다. 그때 마침 민석이 다가와 주었고, 반가운 마음에 손을 흔들며 민석에게 다가갔다. 촬영장에서의 모습은 정말 오랜만이었다. 몸에 딱 맞아 떨어지는 클래식한 슈트에 절로 탄성이 새어 나왔다.

"우와. 아빠 진짜 멋있다!"

"솔직히 말해봐. 너 인하 보러 왔지?"

깜짝 놀란 지원이 주위를 두리번거렸다. 다행히 지원과 민석의 대화에 귀를 기울이는 사람은 없었다.

"아냐. 안 그래도 한 번 와봐야지 했는데, 수정하느라 이제야 와 본 거야."

손가락으로 치맛단을 만지작거리며 몸을 배배꼬자 민석이 피식 웃었다.

"인하 대기실에 있어. 다음 신이 엄청나게 중요한 신이라나 뭐라나. 가봐."

"그런 거 아니라니까."

대답은 그렇게 했지만 벌써 지원의 눈은 인하의 대기실을 찾고 있었다. 그 모습을 지켜보던 민석이 지원의 이마를 콩하고 때리곤 매니저와 함께 식당으로 발길을 잡았다.

지원은 세트장을 빠져나와 출연자 대기실이 쭉 늘어선 복도로 향했다. 가장 크고 좋은 방 대신 가장 구석지고 조용한 곳에 자리

를 잡은 인하의 대기실 문 앞에 선 지원은 두 번 노크를 하고 문을
열었다.

"어? 지원아."

다리를 꼬고 앉아 대본을 보고 있던 인하가 놀란 눈을 하고 지
원을 보았다. 덩달아 놀란 인하의 스텝들이 자리에서 벌떡 일어나
허리를 숙여 인사를 했고, 지원 역시 인사를 건넸다.

"여긴 웬일로?"

"우리팀 밥 한 끼 대접하려고. 식당으로 내려가세요. 다들 그 쪽
으로 가셨어요."

지원의 말에 신이 난 스텝들이 대기실을 빠져나갔고, 그 모습을
지켜보던 인하가 이쪽으로 오라며 손짓을 했다.

"마침 잘 왔네. 이제 키스신 촬영할 차례거든."

순간 빠직 했지만, 지원은 태연하게 웃으며 인하의 옆에 의자를
끌고 가 앉았다.

"그래? 키스신이 또 있었나?"

"네가 써 놓고도 까먹었어? 여기 봐, 여기."

인하가 들고 있던 연필로 대본을 가리키자 지원이 슬쩍 고개를
내밀고 대본을 보았다. 정말 체크가 되어 있었다. 8회 엔딩에 남
녀주인공의 첫 번째 키스신이 있었고, 두 번째 키스신은 14회에
삽입한 참이었다. 지원이 몇 날 며칠 고심해서 만든 회심의 두 번
째 키스신은 요리를 하고 있는 여주인공의 뒷모습을 지켜보다가
손목을 확 잡아당겨 무릎 위에 앉혀두고 나누는 키스신이었다. 이

별을 직감하고 나누는 키스신이기에 서글프면서도 애절하고, 보는 이로 하여금 가슴이 시리게 만드는 것이 포인트였다. 아무래도 이것 때문에 분위기 잡고 앉아서 대본을 보고 있었던 모양이다.

"이 지문 말야. '담담하게 보지만 어딘가 서글프다. 그러나 감정이 넘치지 않게' 이 부분. 네 머릿속으로 그린 그림이 어떤 지 알려줘."

말이 끝나기가 무섭게, 지원의 손목을 잡아챈 인하가 확 끌어당겨 지원을 제 무릎 위에 앉혔다. 순간 깜짝 놀란 지원은 볼을 붉히며 혹시나 문을 열고 누가 들어올까 싶어 문만 바라보았다.

"네가 알아서 해."

"작가가 뭐 이래. 봐봐. 이 정도?"

인하가 지원의 고개를 억지로 돌려 시선을 맞췄다. 그리곤 눈을 길게 감았다가 뜨면서 지문을 충실히 수행했다. 지원은 저도 모르게 침을 꿀꺽 삼키고 말았다. 지원의 두 눈에는 온통 인하의 붉은 입술만이 입체적으로 들어올 뿐이었다.

"어, 그렇게 해."

"대충 보지 말고 잘 봐봐. 이렇게?"

인하는 아까보다 좀 더 감정이 들어간 눈빛으로 바라보았다. 잡고 있던 지원의 손을 엄지로 부드럽게 쓰다듬으며 다른 한 손으로는 지원의 등을 받쳐 주었다. 지원은 헛기침을 한 번 하곤 용기를 내어 손을 잡고 있던 인하의 손을 자신의 무릎으로 옮겨주었다.

"이 손은 여기에 두고, 시선은 더 담담하게."

인하는 여전히 아까 그 눈으로 바라보고 있었다. 지원은 머쓱함에 고개를 이리저리 돌렸다.

"그건 너무 뜨겁고."

인하가 손으로 지원의 턱을 잡아 스윽 돌리더니 다시 시선을 맞추었다. 얼굴이 타들어갈 것 같았다. 인하는 거기에서 멈추지 않고 고개까지 갸웃거리며 지원의 눈 코 입을 요리조리 뜯어보고 있었다.

"아유, 난 모르겠다. 감독님의 연출을 믿고 맡길래. 알아서 잘해봐."

"오늘 화장도 했네. 무슨 맘먹고 화장까지 하고, 샤랄라 원피스까지 입고 나타난 거야?"

"그래도 촬영장에 처음 오는 건데 페인처럼 하고 올 순 없잖아."

"앞으로 이런 옷은 나 만나러 올 때만 입어."

안 그래도 그래서 입고 왔단 소리를 하고 싶었지만 차마 쑥스러워서 사실대로 말을 할 수가 없었다. 지원은 순순히 고개를 끄덕이곤 조심스레 인하의 무릎에서 내려왔다.

"흠흠. 가서 밥 먹자. 신경 써서 준비했어."

"엊그제 우리 팬카페에서 엄청난 식사 대접을 했는데, 비교당하면 어쩌나?"

망했다. 막강 화력으로 소문난 인하의 팬카페에서 대접했다면 분명 엄청났을 텐데.

그래도 지원 역시 나름 큰 돈 썼으니 자신 있었다.

"나도 전혀 꿀리지 않거든?"

"패기는 인정하지. 가자."

인하가 자연스레 손을 내밀었다. 지원도 스스럼없이 그 손을 잡으려다가 여기가 세트장인 것이 문득 떠올라 손을 뒤로 감추었다.

"여기 세트장이야."

"이참에 그냥 확 공개해 버릴까?"

"농담 한번 살벌하네. 됐거든요?"

지원이 앞장서서 문고리를 잡자 인하가 막아 세웠다.

"황 기자한테서 연락 왔어. 우리 사진 찍었대."

"얘기…… 들었어. 종영하고 단독기사 내주기로 했다는 거까지."

지원은 애써 담담하게 웃었지만 인하는 복잡한 마음을 숨기지 않고 표정에 고스란히 드러냈다.

"네 생각은 어때? 네가 하잔 대로 할게. 네가 불편해지면 안 되니까."

"어차피 기사 날 건 각오했으니까. 이럴 땐 어떻게 해야 하는 건지 나보단 네가 더 잘 알잖아. 네 계획대로 해."

인하는 입술을 꾹 다물고 잠시 허공을 보며 눈을 깜박였다. 그러다 이내 환히 웃으며 고개를 끄덕였다.

"좋아. 그 부분은 내가 일임하는 걸로. 너한테 포커스 안 가게 최대한 알아서 할게."

"너무 애쓰진 마. 나도 어느 정도는 감당할 수 있으니까. 생각했던 것보다 시기가 조금 빠르긴 하지만, 예상은 했던 일이잖아."

지원이 어깨를 으쓱이며 피식 웃자 인하가 지원의 머리를 쓰다듬어주곤 문을 열었다.

종영 후 단독기사를 내게 해준다는 협상으로 일단 보도를 미루긴 했지만, 아무래도 알게 되는 사람들이 늘어가게 되고 그럴수록 인하가 받는 압박은 심해질 수밖에 없다. 보도 이후에는 단지 배우라는 이유로 악의적인 댓글과 추측 기사들에 또 한 번 홍역을 앓게 될 것이다.

그 어떤 소문이 돌아도 사생활만큼은 철저히 함구하며 끝까지 지켜왔던 인하가 이렇게 공개적으로까지 나서는데, 지원이라고 해서 인하의 등 뒤에만 숨어 있을 순 없었다. 다시 연애를 시작해야겠다고 마음먹었던 순간부터 어느 정도 마음의 준비를 하고 있었기에 지원은 크게 두렵지 않았다.

죄를 지은 것도 아니고, 문제를 일으킨 것도 아니고, 그저 연애를 하는 것뿐이니까. 숨을 이유도, 감출 이유도, 도망칠 이유도 없었다. 그렇게 생각하면 단순하게 해결될 일이었다. 세상 모든 건 마음먹기 나름이니까.

조연출이 감독의 옆자리에 의자를 가져다주었다. 지원은 그 자리에 앉아 모니터와 세트를 번갈아가며 보고 있었다. 촬영에 들어가기 직전까지 계속해서 대본을 보고 아영과 대사를 맞춰보는 인하를 사람들 틈 속에서 잠깐씩 볼 수 있었다.

"시작합시다!"

세트에서 내려온 감독이 자리에 돌아오자 세트엔 두 사람만이 남고 세트장이 고요해졌다. 풀 샷, 두 사람의 바스트샷까지 찍고 이번엔 클로즈업 촬영이었다. 두 주인공의 키스신 촬영이라 그런지 자사 연예정보 프로그램을 비롯한 제작사의 홍보팀까지 카메라를 들이대고 있었다. 스텝들까지 바글바글한 가운데, 이 많은 사람 앞에서 감정에 몰입을 하고 키스를 한다는 게 보통은 아닌 일인 듯싶었다. 새삼스럽게 인하가 대단해 보였다.

"큐!"

감독의 사인에 두 배우의 연기가 시작되었다. 지원의 자리에선 카메라 감독이 두 사람 앞을 가리고 있어서 볼 수가 없었다. 그래서 이번엔 모니터로만 확인할 수 있었다.

역시 키스 귀신이었다. 몇 번이나 반복해서 촬영을 했음에도 감정 연결이 자연스러웠다. 절로 숨이 멈춰졌다. 이 순간, 서인하가 아니라 완전히 자신이 맡은 배역이 되는 모습이 무척 신기했다. 지원도 이 순간만큼은 서인하의 연인이 아닌 작품의 작가로서, 한 명의 스텝이 되어 두 사람의 키스신에 몰입했다.

"오케이!"

감독의 컷 사인에 두 사람의 입술이 떨어지고, 지원은 저도 모르게 움켜쥐고 있던 주먹에서 힘을 뺐다. 두 배우는 전혀 쑥스러워하지 않고 몇 마디 대화를 나누더니 미소를 지었다. 그런데 그 미소는 인하가 머쓱할 때 짓는 그 미소였다. 지원은 솔직히 그 미소가 무척이나 반가웠다.

인터뷰를 하려고 리포터들이 세트 안으로 들어서기 전에 인하는 다음 신 준비를 위해 대기실로 향했다. 하지만 지원은 쉽게 인하에게 다가갈 수가 없었다. 아직도 그 서인하가 아닌 것 같아서였다. 인하의 뒤를 따르는 개인스텝들과 인하의 앞에 선 동규가 무척 듬직해 보였다. 지원은 팔짱을 끼고 벽에 기대어 그런 인하를 지켜보고 있었다.

그때, 손에 쥐고 있던 휴대폰이 문자 메시지가 도착했음을 알렸다.

〈거기 서 있지 말고 대기실로 빨리 와. 5초 준다.〉

지원은 피식 웃으며 휴대폰을 한 번 노려보곤 잰걸음으로 세트장을 빠져나갔다. 5초는 너무 짧다고 투덜거리면서 말이다.

011

결국 그대

바람이 제법 서늘해졌다. 따사로운 햇볕에 속아 얇은 카디건 차림으로 산책에 나선 지원은 몇 번이나 어깨를 움츠려야 했다. 벌써 10월 첫 주의 절반이 지나갔다. 대본 집필을 시작하고 난 후 시간개념을 완전히 잊고 살았던 지원은 오늘 날짜를 확인하며 새삼스레 한숨을 내쉬었다.

올해도 석 달이 채 남지 않았구나. 이지원의 서른두 살, 참 다이내믹했네.

오늘만큼은 산책길이 가뿐했다. 가방에 노트북을 쑤셔 넣고 낑낑대며 걷지 않아도 되기 때문이다. 연필 한 자루도 가지고 나오지 않은 지원은 바지 뒷주머니에 만 원짜리 한 장 찔러 넣고 길을 나선 참이다. 만 원 가지고 뭐 맛있는 걸 사먹을까 잠시 고민하던 지원은 현준의 카페에 가서 주스 한 잔 사 먹고 들어가는 길에 떡볶이나 사가야겠다고 결정을 하곤 그의 카페로 향했다.

"청포도주스 한 잔 주세요."

낯익은 직원이 친절하게 주문을 받아주곤 거스름돈을 건네주었다. 지원은 그동안 유심히 보지 않았던 테이블 위에 놓인 메뉴판을 꼼꼼히 읽어보기도 하고, 이름 모를 허브화분들과 낯선 이름의 커피 이름도 읽어보았다. 인하를 따라 이곳에 처음 왔던 게 봄이었는데 벌써 가을이라니. 오늘따라 왜 이리 계절의 변화에 반응을 하는 건지 스스로 생각해 봐도 유별나다 싶었다.

"두유로 바꾸시는 건 어때요?"

그때, 등 뒤에서 귀에 익은 목소리가 들려왔다. 역시나 현준이었다.

"계셨네요."

"지금 막 들어오는 길이에요. 이제 찬 거 그만 드시고 따뜻한 걸로 바꾸실 때 되지 않았어요?"

"음. 그럼 그럴까요?"

사장이 추천하는 거니까 오죽 맛있을까 싶어서 지원은 고개를 끄덕였다. 그러자 현준이 직원에게 다시 부탁을 해주었고, 지원은 지정석을 향해 걸음을 옮겼다.

초저녁 시간이라 그런지 카페 안은 한산했다. 책장을 지나다가 눈에 들어오는 제목의 책 한 권을 빼들고 지정석에 자리를 잡은 지원은 손끝으로 책의 표지를 슥슥 문질러 보았다.

"오늘은 노트북이 없네요. 탈고하셨어요?"

"아뇨. 아직 마지막 회 남았어요. 그냥 아무 생각 없이 멍 때리고 있으려고 왔어요."

19회 대본을 한 달에 걸쳐 작업하고 나니 진이 빠져서 아무것도 할 수가 없었다. 그래서 지원은 딱 이틀 동안만 미친 척하고 쉬기로 마음을 먹었다. 벌써부터 제작피디는 다음 회 대본을 재촉했지만 지원은 그저 다 써간다는 대답만 반복하며 버티고 있었다.

어제부로 10회 분이 방송되었고, 이제 절반이 남아 있었다. 아니, 절반이나 왔다. 감당하기 벅찰 정도로 드라마는 대중들에게 큰 사랑을 받고 있었다. 매 회 껑충껑충 뛰어오르는 시청률은 물론이고, 연예뉴스 란으로도 부족한지 이젠 경제, 사회분야까지도 드라마의 흥행에 뜨거운 관심을 보였다. 그에 따른 파급력 역시 상당했다. 첫 회가 방영되기 전부터 1회부터 20회까지의 모든 광고가 완판된 것은 물론, 재방송과 케이블 방송도 광고가 완판되었다. 이미 수십여 개의 나라에 고가로 수출 계약이 체결되었으며 2차 저작권 계약 또한 다양한 분야에서 성사되었다.

"저 어제 10회 보면서 진짜 울 뻔했어요."

"진짜요?"

"하아. 뭐랄까……. 대사가 마음을 깔짝깔짝 긁는다고 해야 하나? 분명히 슬픈 장면은 아닌데, 아 진짜 이상한 드라마예요."

뭐라고 표현을 해야 좋을지 난감해하는 현준의 모습에 지원은 무척이나 만족스러운 듯 미소를 지었다.

"명필름 심 대표님이 이런 말씀을 하셨죠. 관객보다 영화가 먼저 울면 안 된다고."

"와······."

"멋있는 말이죠?"

현준이 감탄하며 고개를 끄덕였다. 지원은 직원이 두고 간 따뜻한 두유잔을 두 손에 꼭 감싸 쥐고 있다가 조심스레 한 모금을 마셨다. 탁월한 선택이었다. 아무래도 내년 봄이 오기 전까진 계속 이 두유만 찾게 될 것 같았다.

"제가 다른 건 좀 약한데, 멜로는 강하거든요. 후훗."

지원이 어깨를 으쓱이자 현준이 웃었다. 하지만 그건 사실이었다. 최고라고 단언할 순 없지만 일반적인 멜로의 틀을 벗어나 독자적인 멜로 분야를 개척하고 있다는 자부심이 있었다. 진부한 클리셰 범벅이 아닌, 조금은 다른 시각과 표현으로 멜로를 그리고 있었다. 그래서 지원의 작품에 적응하기 어려워하는 시청자들도 많았다.

"음, 인정합니다. 드라마 보고 있으면 연애세포가 살아나는 기분이 들던데요?"

"에이, 왜 그러세요."

지원이 손사래를 치며 수줍게 두유잔을 입술로 가져갔다. 그때, 현준의 휴대폰이 드르르륵 테이블 위에서 몸을 떨었다. 사실 아까 전부터 계속해서 전화가 걸려오고 있었다. 그런 휴대폰을 내려다보는 현준의 시선이 조금은 불안한 듯해서 지원은 모른 척하고 있었다.

"받으세요."

"아닙니다. 안 받아도 되는 전화예요."

현준은 거절하며 다시 친절한 미소를 지었다.

"사장님, 전화 왔는데요."

아무래도 현준의 휴대폰에 주구장창 전화를 걸던 사람이 결국 현준의 가게로 전화를 건 모양이다. 직원이 건넨 전화기를 바라보는 현준의 표정이 점점 싸늘하게 식어갔다. 그런 표정은 정말 의외였던지라, 지원도 살짝 놀라 긴장해 버렸다.

"잠시만요."

지원은 현준에게 상관없다는 듯 손짓을 하곤 컵을 내려두고 책을 폈다. 이게 얼마 만에 읽어보는 책인지. 대본작업을 시작한 이후로는 단 한 권의 책도 읽지 못했다. 책을 읽을 시간이 없기도 했지만, 혹시나 0.00001%라도 영향을 받게 될까 봐 멀리하곤 했다.

「혼자 있기 좋은 날」

작가 이름은 아오야마 나나에였다. 책장을 몇 장 넘기자 이 작품에게 쏟아진 언론과 독자들의 찬사들을 친절하게 모아두어 그것부터 읽기 시작했다. 지원은 문득 스무 살 그 즈음에 일본 작가들의 책을 많이 읽었던 기억이 떠올랐다. 그 무렵 일본 특유의 감수성이 담긴 수채화 같은 일본 영화들이 연달아 국내에 소개되면서 많은 작품들을 보았고, 지금 생각해 보면 그 나이 즈음에 잘 어울렸던 그 작품들에게 많은 영향을 받았던 것 같다.

나도 언젠간 그런 작품을 쓸 날이 오겠지? 그래서 먼 훗날 내가 만든 이야기를 보고 자란 사람이 나에게 영향을 받아 더 멋진 창

작가가 되어줄 날이 오면 참 행복할 것 같았다. 그것이 소설이든, 음악이든, 영화든, 미술이든 그 어느 분야에서든 말이다.

'차례'를 지나 첫 번째 챕터 '봄'을 펼치려던 지원은 고개를 저으며 책을 닫았다. 아무래도 오늘은 읽지 않는 것이 좋을 듯했다. 조금만 참았다가 탈고하면 그때 꼭 다시 펼쳐 보겠다고 생각하며 자리에서 일어섰다.

화장실에 들렀다 가기로 결정한 지원은 책을 책장에 꽂아두고 2층으로 향했다.

"싫다니까요! 몇 번을 말씀드립니까. 전 싫습니다. 취지는 이해합니다만, 저 예전 일들 모두 잊고 새로운 인생을 살고 있어요. 솔직히 말씀드리자면, 그땐 어린 나이에 멋모르고 시작한 거였고…… 이제 와서 다시 옛날 일 들추고 싶지 않아요."

2층 계단 끄트머리 쪽에서 큰 소리가 들려왔다. 지원은 무슨 일인가 싶어 발소리를 죽이며 조심스레 계단을 올랐다. 그 순간, 화를 억누르는 듯 미간을 잔뜩 구긴 채 홱 하고 뒤돌아선 현준과 눈이 딱 마주치고 말았다. 순간 지원은 고민했다. 여기서 다시 내려가는 것도 모양새가 이상할 것 같고, 그렇다고 꾸역꾸역 올라가자니 낯이 뜨겁고.

결국 지원은 어색하게 웃으며 그의 앞을 지나 화장실로 향했다. 다시 나갈 때까지 밖에서 그러고 있으면 꽤 많이 민망할 것 같긴 하지만, 이미 상황을 되돌릴 순 없었기에 어쩔 수가 없었다.

그나저나, 저 남자도 화를 낼 줄 아는 사람이었구나. 사람이라면 응당 그러한 감정을 표출한다는 게 당연하지만, 현준이라면 그 어떤 일에도 절대 화를 내지 않을 것만 같은 사람이었는데.

지원은 고개를 갸웃거리며 세면대에 물을 틀고 손을 씻었다.

쇄도하는 촬영현장 공개 요청을 더 이상 거부할 수가 없어서, 의례적인 인터뷰를 첨부할 촬영장 공개가 이뤄진 날이었다. 애초에 세트 촬영장에서 진행할 예정이었지만 모든 배우가 한자리에서 촬영하는 날을 선택하다보니 야외촬영현장에서 이뤄지게 되었다.

그 때문에 안 그래도 도깨비 시장을 방불케 하는 촬영장이 더욱더 아수라장이 되었다. 대한민국에 이렇게도 기자들이 많았나 싶을 정도였다. GBS 드라마 제작발표회 사상 최다인원이 참석했다던 그날보다 두 배 이상 많은 취재진들에, 팬들과 시민들까지 한데 뒤엉켜 제작사의 경호팀은 물론이고 각 배우들의 소속사에서도 대규모의 경호 인력을 배치했다.

인하는 촬영장에서 제공한 임시 대기실에서 촬영을 대기하고 있었다. 모든 공식 인터뷰를 거절했기에 인하의 몫은 모두 다른 배우들에게 골고루 돌아갔다. 인하는 오늘 촬영할 분량을 꼼꼼하게 체크하며 난조가 시작된 컨디션을 제어하고 있었다.

사흘째 17, 18회 분을 섞어가며 촬영하고 있었다. 드라마의 최종회까지 그 흐름이 단단히 유지되기 위해선 허리와도 같은 방영분이기에 모든 스토리의 구심점이 되는 인하의 역할이 가장 중요했다. 촬영 중반만 하더라도 매주 월요일에는 촬영 스케줄을 모두 비워주더니, 이젠 그런 것이 15회 분 촬영을 시작하면서부터 완전히 사라져 버렸다. 밤샘은 기본이고 벌써 일주일째 집에도 못 들어가고 있었다.

저절로 신경은 날카로워지고 사소한 것에 예민하게 반응이 나갔다. 물론 그 반응은 인하의 개인스텝들이 감당하고 있었다. 촬영팀과 다른 배우들 앞에선 내색하지 않으려고 안간힘을 쓰며 촬영장 분위기를 발랄하게 만들기 위해 가장 앞장서고 있었다.

그래도 연기력 논란 없이 10회까지 온 거 보면 다행이다 싶었다. 연출부, 작가, 배우들 간의 호흡부터 촬영장 분위기까지 모든 것이 아귀가 딱딱 맞게 맞물려 돌아가기 때문인지 몰라도 확실히 이번 작품은 뭔가 달랐다.

똑똑.

노크 소리에 구석에서 졸고 있던 동규가 냉큼 일어나 문으로 다가갔다. 그리곤 뭐라고 잠깐 이야길 나누더니 도로 문을 닫고 들어와 쭈뼛거리며 인하의 곁으로 다가섰다.

"아직 시간 남았지 않아?"

조연출이 찾아온 건가 싶어서 동규에게 물었지만, 동규는 입맛만 다셨다.

"저기, 형님……."

슬쩍 고개를 돌려 동규를 본 인하는 그가 난감한 표정을 짓고 있자 못마땅한 듯 미간부터 구겼다.

"뭐야?"

"황 기자님이 오셨는데……. 형님을 좀 뵙고 싶다고."

동규의 말에 인하가 피식 웃으며 다시 대본을 보았다.

"종영할 때까지 인터뷰 안 한다고 했잖아. 네가 보도자료 돌려 놓고 까먹었어?"

인하의 무심한 대답에 동규가 허리를 낮춰 시선까지 맞추며 애원의 눈빛을 보냈다.

"다시 한 번 확답을 받고 싶다고……."

인하는 손에 들고 있던 대본책을 탁 닫아버리고 동규를 빤히 보았다. 기죽은 동규의 표정은 정말이지 볼 때마다 가여웠다. 그래. 얠 족쳐서 될 일이 아니긴 하지. 인하는 한숨을 한 번 쉬곤 고개를 가로저었다.

"사실 제가 형님 촬영에 지장받으실까 봐 말씀은 못 드렸는데요. 황 기자님이 형님 뵙게 해달라고 몇 번이나 연락해 오셨……."

"들어오시라고 해."

동규는 하던 말을 멈추고 고개를 꾸벅 숙여 인사를 하곤 문으로 향했다. 짜증이 머리끝까지 치밀 정도로 못마땅했지만 인하는 자리에서 일어나 슈트 재킷을 차려입고 소매 끝과 옷깃을 체크했다.

"오랜만입니다, 서인하 씨."

문을 열고 들어온 황 기자는 능구렁이 같은 미소를 지었다. 인하 역시 만만치 않은 여유로운 미소를 지으며 먼저 황 기자를 향해 손을 내밀었다.

"그러게요. 황 기자님 오랜만에 뵙네요."

인하가 언론과 일대일로 인터뷰를 하는 일은 거의 없었다. 데뷔 초 자극적인 제목을 뽑아 골탕을 먹었던 일이 너무도 많았던지라,

머리가 굵어지고 난 후부터 가장 많이 했던 일이 인터뷰 거절이었다. 그래서 더 밉보였는지도 모른다. 하지만 인하는 여전히 화보를 싣는 잡지사와 주로 인터뷰를 하곤 했다. 사실 그마저도 개인적인 이야기는 거의 꺼내지 않았고 새로운 작품에 관한 이야기가 주를 이루었다.

"앉으시죠."

맞은편 자리로 안내하자 황 기자가 큼지막한 가방을 바닥에 내려놓으며 의자에 앉았다.

"무슨 일로 절 이렇게 찾아오셨는지."

"매니저분을 통해서 연락받긴 했습니다만, 다시 한 번 확답을 받고 싶어서 무례인 줄 알면서도 이렇게 찾아왔습니다. 죄송합니다."

한마디 한마디가 어찌나 얄미운지. 인하는 주먹을 꾸욱 움켜쥐며 치밀어 오르는 짜증을 억눌렀다.

"일단 그거부터 끄고 합시다."

자리에 앉자마자 테이블 위에 올려둔 황 기자의 휴대폰을 향해 인하가 손을 뻗었다. 그리곤 휴대폰 화면을 열어 음성녹음 앱을 닫아버렸다.

"아, 제가 실수를 했네요. 아까 신아영 씨 인터뷰 하고 나서 끈다는 게 그만."

"급하게 절 찾아오시느라 그랬나 보죠 뭐. 괜찮습니다."

초반부터 재미 없게 쫄고 그래.

인하는 미소를 지으며 반쯤 남아 있던 커피를 끝까지 마신 후

종이컵을 쓰레기통에 던져 넣었다.

"사진 잘 나왔던데요?"

인하의 말에 황 기자가 눈썹을 치켜들었다가 이내 사람 좋은 미소를 지었다.

"제가 지난번에도 실명으로 기사 안 낸 거, 알고 계시죠? 가로수길."

"잘 알죠. 이니셜 기사로 전 국민이 서인하인 줄 다 알게 해주셨잖아요. 한두 번도 아니고, 늘 감사하게 생각하고 있습니다."

황 기자가 혀끝을 세워 볼 안쪽을 밀며 씰룩였다. 본래 감정을 잘 숨기지 못하는 사람인 듯싶었다.

"11월 8일 밤 11시 7분, 드라마 최종회 방영 끝나자마자 단독보도 낼 겁니다. 괜찮으시겠습니까?"

더 말을 섞어봤자 득될 게 없다고 판단한 듯, 황 기자가 직구를 날렸다.

"대신 사진은 예쁘게 잘 나온 걸로 첨부해 주세요."

인하가 능청스럽게 받아치자 황 기자가 옅게 웃었다. 인하도 덩달아 따라 웃으며 팔짱을 꼈다.

"키스 사진으로 해드릴까요? 아니면 새벽에 서인하 씨가 이지원 작가 작업실에서 나오는 사진으로 해드릴까요?"

빈정거리는 건 만만치가 않구나.

순간 욱하고 치밀었지만 인하는 미소를 지은 채 마음을 표정으로 드러내지 않았다.

"공원에서 손잡고 산책하는 사진으로 해주세요."

이미 동규를 통해 황 기자가 협상으로 제시했던 사진 원본을 확인해 두었다. 어찌나 많이도 찍었는지, 도무지 빠져나갈 구멍이 없을 정도로 딱 봐도 연인 그 자체인 사진들뿐이었다.

이렇게 된 마당에 이제 인하에게 가장 중요한 건 어떠한 사진이 첨부되느냐였다. 어떠한 사진이 함께 실리느냐에 따라 한순간에 한없이 가벼워 보이는 연인이 되어버릴 수도 있고, 보기만 해도 흐뭇한 연인이 되어버릴 수도 있었기에 그것까지 완벽하게 협상을 마쳐야만 했다. 그중 인하가 가장 마음에 드는 사진이 함께 손을 잡고 나란히 걷는 사진이었다. 한눈에 보아도 다정한 연인으로 보이고, 무엇보다 지원이의 옆얼굴이 무척이나 예쁘게 나왔기 때문이다.

"임팩트가 약해서요. 이렇게 말 다 맞춰놓고 보도하면 친구 사이라면서 나중에 뒤통수 치는 분들이 워낙에 많아서 말이죠. 그 사진은 친구 사이라고 우기기에 딱 좋은 사진이잖아요."

"딱 봐도 연인 같아 보이지 않아요? 난 그래 보이던데."

인하가 어깨를 으쓱이자 황 기자의 표정이 점점 더 안 좋아졌다. 그렇다고 해서 이쯤에서 물러설 순 없었다. 반드시 그 부분까지도 조율을 해야 했다.

"싫으면 할 수 없죠. 다른 기자님한테 부탁하는 수밖에."

"서인하 씨. 저 오늘 밤에라도 당장 기사 낼 수 있어요."

설마 협박하는 건가?

인하는 손끝으로 턱을 매만지며 다시 한 번 어깨를 으쓱였다.

"그럼 전 지금 당장 다른 기자님한테 열애기사 내달라고 부탁을 해야겠죠."

"사진을 가지고 있는 건 접니다."

당당하고 거만한 표정을 보고 있자니 도저히 더는 웃어주고 싶지 않았다. 하지만 인하는 참고 또 참았다. 입가가 덜덜 떨리려고 했지만 평온함을 잃지 않았다.

"황 기자님이 찍어주신 사진 말고 제가 찍어서 가지고 있는 사진 중에도 예쁘게 나온 거 많아요. 그리고…… 그 사진 주인공은 저고요."

"기다리는 대신 단독보도하게 해주겠다고 제안한 건 서인하 씨죠."

"불쑥 들이닥쳐서 자극한 건 황 기자님이잖아요."

웃고 있는 인하와 약이 오를 대로 오른 황 기자 사이에 팽팽한 긴장감이 흘렀다. 마주한 시선은 더없이 평화로웠지만 주변 공기는 냉랭하기 그지없었다. 그렇게 말없이 5초 정도가 흘렀다. 5시간의 신경전과 맞먹는 5초였다.

먼저 백기를 든 건 황 기자였다. 어설프게나마 자존심을 지키며 코웃음을 치고 시선을 옮겼기 때문이다.

"조급한 마음에 제가 실례했습니다. 소문 도는 건 알고 계시죠?"

"눈치 못 채는 게 이상할 정도로 대놓고 데이트하고 있으니까 당연히 알고 있죠."

이러다가 남 좋은 일만 시키는 꼴이 될까 봐 황 기자가 전전긍긍 하고 있다는 걸 인하도 알고 있었다. 하지만 그런 기자들의 사정까지 일일이 봐줄 만큼 인하의 마음이 곱진 못했다.

"누구 하나 미친 척하고 먼저 기사 내면, 저만 등신 되는 것도 알고 계시죠?"

"그런 상도덕도 없는 또라이 기자는 그리 흔하지 않죠. 앞으로 기사 한 번 쓰고 말 것도 아닌데."

주먹을 꾹 움켜 쥔 황 기자가 마른 입술에 침을 바르며 초조함을 감추지 않았다. 채찍을 줬으니 당근을 좀 줘야 안 울 것 같았다.

"미리 러브스토리 작성해서 보내 드릴 테니까 얌전히 계세요. 자꾸 들쑤시면 많이 힘들어질 겁니다. 그리고 다른 언론사들은 걱정 안 하셔도 됩니다. 일 잘하는 우리 소속사 직원들이 법적 대응 운운하면서 강하게 대응하고 있으니까요. 단독보도 성공적으로 하실 수 있을 거예요."

인하가 자리에서 일어서자 황 기자도 덩달아 일어섰다. 인하는 황 기자를 향해 먼저 손을 내밀고 슬쩍 웃었다.

"전 소속사 나온 후로 황 기자님이 단 한 번도 좋은 기사 내주신 적 없는 거 알고 있어요. 물론 황 기자님만은 아니죠. 오히려 좋은 기사 내주시는 기자님 꼽는 게 더 빠르니까. 그래도 저, 그동안 단 한 번도 기자분들 고의로 엿 먹인 적 없어요. 성질 같으면 신문사 찾아가서 책상 다 엎어버리고 싶은 기사도 많았지만 언젠간 진심은 통할 거라고 믿는, 좀 등신 같은 구석이 있거든요."

황 기자가 그제야 조금 편한 웃음을 지으며 고개를 끄덕였다. 인하는 잡고 있던 손을 놓고 문으로 다가가 나갈 곳을 열어주었다.

"기다리겠습니다."

"이해해요. 압박받으셨겠죠. 위에선 빨리 내라고 들들 볶고, 주위에선 조만간 서인하 열애설 터뜨릴 것처럼 떠들어대고. 거기다 서인하 쪽은 호의적으로 나오지도 않고. 지 까짓 게 뭐라고. 그쵸?"

정곡을 찔렸는지 황 기자가 웃으며 고개를 숙여 인사를 하곤 대기실을 나섰다. 인하는 그런 황 기자의 뒷모습을 한참 동안 바라보다가 문을 닫고 대기실 안으로 들어섰다. 그리곤 다시 평온한 얼굴을 하고 대본책을 집어 들었다.

"황 기자가 뭐랍니까?"

잽싸게 대기실로 뛰어들어 온 동규가 잔뜩 긴장한 얼굴로 물었다.

"다른 데서 먼저 기사 낼까 봐 걱정되서 그런 거지 뭐. 다른 데서 연락 온 건 없어?"

"어휴. 왜 없겠습니까."

땅이 꺼져라 한숨을 쉬는 동규를 보며 인하가 풋 하고 웃어버렸다.

"솔직히 황 기자 얄미워서 19회 방영 끝내고 다른 언론사로 열애기사 내려고 했는데, 그냥 황 기자 내게 해줘야겠다."

"예에? 형님 정말 그런 생각했습니까?"

"열받잖아! 내가 황 기자 때문에 물 먹은 게 한두 번도 아니고."

"그러시면 안 됩니다! 약속은 지키셔야죠."

"약속은 무슨. 넌 이 바닥이 몇 년짼데도 그런 걸 믿냐? 내가 내 사진만 걸린 거면 지금이라도 그렇게 하고 싶은데, 지원이의 사회적 지위와 명예도 있고 해서 그냥 좋은 게 좋은 거다 하고 넘어가는 거야."

동규는 진심으로 실망했다는 듯 뜨악한 표정을 지으며 입술을 삐죽였다. 인하는 그런 동규의 통통한 배를 손바닥으로 짝 소리가 나게 때리며 힐끗 노려보았다.

"촬영 아직 멀었어?"

"아, 취재진들 철수했습니다. 15분 안에 리허설 시작하신답니다."

"알았어."

불쌍한 황 기자. 이번에 사진 예쁜 거 첨부해 주면, 결혼기사도 단독으로 낼 수 있게 해줘야지. 다음엔 뭘 가지고 협상할까? 찬양 글 써주면 단독으로 내게 해주겠다고 할까? 너무 유치한가.

곧 촬영 들어갈 신의 대사를 읽으며, 인하는 기분 좋은 상상으로 어지럽게 흩어졌던 마음을 하나로 모았다.

✳

낮에 구름 한 점 없이 맑아서였을까. 오늘 밤엔 유난히 별이 많이 보였다. 고개를 한껏 뒤로 젖힌 채 하늘을 올려다보던 지원은 이름 모를 별자리의 별들을 검지 끝으로 마음대로 따라 그려보다가, 차가운 밤바람 때문에 찡해진 코끝을 손바닥으로 꾸욱 눌렀다.

"아, 추워."

이 시간에 내가 왜 이런 지지리 궁상을 떨고 있을까.

우우웅하고 바람이 불 때마다 나뭇가지에 매달린 나뭇잎들이 사사삭거리며 부서지는 소리를 만들어냈다. 누군가는 이러한 소리를 들으며 낭만을 즐기겠지만, 지원은 그저 추울 뿐이었다.

휴대폰을 꺼내 시계를 확인한 지원은 한숨을 한 번 쉬곤 다시 밤하늘을 올려다보았다. 11시 즈음 보자고 했는데 지금 시각 11시 25분.

그래, 뭐 11시 정각에 보자고 한 것도 아니고 그 즈음에 보자고 했으니까 이 정도 늦는 건 이해해 주자. 그리고 예전에 비하면 25분 기다리는 것쯤은 기다리는 축에도 못 들지. 나이가 들어서 그런가? 이젠 마음에 여유가 생긴 것 같았다.

오늘은 18회 방영분의 마지막 촬영이 있는 날이라고 했다. 지원도 어제 자정을 기해 20회 대본을 90%까지 완성해 두었다. 오늘 밤 태원이가 지문을 다듬기만 하면 끝이었다. 초고 탈고가 코앞이었다.

"워!"

그때, 뒤에서 인하가 불쑥 나타나 등을 툭 치며 놀래켰다. 하지만 지원은 아무렇지 않게 고개를 돌려 인하를 올려다보았다.

"뭐야, 재미없게."

인하가 투덜거리며 옆자리에 앉자 지원이 바닥에 드리워진 나무 그림자를 손가락으로 가리켰다.

"그림자로 다 보여."

벤치 바로 뒤에 가로등이 있다는 걸 모르고 있었던 모양이다. 인하는 제대로 실망한 듯 나무 그림자를 발로 툭툭 건들며 눈을 맞춰왔다.

"작업실로 간다니까 왜 말 안 듣고 여기서 기다렸어."

"인하야. 나 네가 만든 음식 먹어보고 싶어."

"응?"

물음에 대답하지 않고 엉뚱한 소리를 하자 인하가 진심으로 놀란 듯 눈을 동그랗게 떴다.

"내가 며칠 동안 곰곰이 생각해 봤는데, 11년 동안 안 해본 건 그거뿐이더라고."

"……그랬나?"

인하는 고개를 갸우뚱거리며 기억을 떠올리려고 애쓰고 있었다. 그러다 문득 뭔가가 떠올랐는지 피식 웃으며 긴 팔을 뻗어 어깨를 감싸 안았다.

"너 설마…… 질투하냐?"

지원은 기가 막힌 타이밍에 코웃음을 쳤지만 인하는 단번에 눈치챈 듯했다. 배우 앞에서 연기를 하려고 했던 내가 모자란 인간이지.

"아니거든?"

"에에. 아니긴."

사실, 지난 주 방송을 보다가 지원은 문득 떠올랐다. 인하가 아영에게 죽을 끓여주는 신이 있었는데, 정작 쓸 때는 아무 생각 없이 썼던 그 신이 지나고 보니 가슴에 탁 걸린 것이다.

난 인하한테 한 번도 직접 만든 음식을 얻어먹어 본 적이 없는데, 신아영은 먹었어! 비록 소품이긴 했지만 그래도 직접 냄비에 넣고 휘휘 저으며 끓이는 시늉은 했으니 인하가 만들긴 만든 거잖아!

곰곰이 생각할수록 열이 받아서 그냥 넘어갈 수가 없었다.

"방송 보자마자 뚜껑 열렸구만. 그래서 해달라는 거지?"

"그래서 뭐! 하겠다는 거야, 말겠다는 거야?"

당당하게 확 쏘아붙이자 인하가 입을 꾹 다물고 눈만 끔벅였다.

"누가 안 하겠대? 가자."

인하가 먼저 일어나 손을 내밀었다. 지원은 입술을 삐죽이며 못 이기는 척 손을 건넸고 인하가 힘을 줘 잡아당겨 일으켜 주었다. 일어난 지원은 자연스레 인하의 허리에 팔을 둘렀고, 인하는 그런 지원의 어깨를 감싸 안은 채 발을 맞춰 같은 방향을 보고 걸었다.

늦은 시간이라 사람이 없으니 참 좋았다. 주차장까지 가는 동안 단 한 사람도, 단 한 대의 차도 마주치지 않아 마음 졸일 일도 없고 눈치 볼 일도 없었다. 지원은 그게 참 좋았다. 한낮에도 이렇게 걸을 수 있으면 얼마나 좋을까. 손을 잡고 길을 걸어도 아무도 관심 갖지 않고 그냥 한 여자와 한 남자로 봐준다면 얼마나 행복할까.

하지만 그것들은 인하와 연애를 하겠다고 마음을 굳힌 순간부터 지원이 가장 먼저 포기한 것이기도 했다. 조금은 아쉽지만, 그것들을 포기하고서 인하를 얻었으니 그거로도 충분하다고 서운한 마음을 다독였다.

"줘. 내가 운전할게."

지원이 손을 내밀자 인하가 순순히 키를 건넸다. 지원은 운전석에 올랐고, 인하는 조수석에 올랐다.

"잠깐이라도 자."

"집까지 얼마나 걸린다고."

말은 그렇게 해놓고, 차 시동을 걸고 출발해서 주차장을 나와 첫 번째 신호대기를 받는 그 짧은 사이에 인하는 잠이 들어버렸다. 가슴이 찡했다. 본격적으로 시작된 죽음의 촬영 일정을 견뎌내느라 살도 빠지고, 피곤한 기색이 역력했다. 그 일정을 누구보다도 잘 알고 있는 지원이지만 그 와중에도 오늘은 꼭 봐야겠다고 말하는 인하를 끝까지 말리지 못했다.

보고 싶어서. 지원도 인하가 많이 보고 싶었기 때문이다. 그래서 지원도 순순히 대본작업을 손에서 놓고 나온 참이다. 그렇게 한걸음씩 양보해야만 더 많이 행복할 수 있단 걸 알기 때문이다.

인하가 사는 빌라 주차장에 차를 주차한 지원은 라이트를 끄고 시동까지 껐다. 하지만 인하를 쉽게 깨울 순 없었다. 깨우기가 미안할 정도로 곤히 잠든 인하를 바라보며, 지원은 인하의 흐트러진 머리카락을 매만져 주었다. 그러다가 문득 허벅지 위에 가지런히 올려둔 손이 눈에 들어왔다. 바짝 깎은 손톱과 핏줄과 힘줄이 고스란히 드러난 매력적인 손등. 지원은 인하의 예쁜 손을 수줍게 뻗은 검지로 살살 만져 보았다. 수도 없이 잡아본 손인데도 새삼스럽게 떨렸다.

"간지러워."

인하의 말에 흠칫 놀란 지원은 잽싸게 손을 거두었다. 그때, 인하가 눈꺼풀을 힘겹게 밀어 올리며 머리 위로 두 팔을 뻗어 기지개를 켰다. 붉게 충혈된 눈동자가 눈에 들어오자 지원은 나지막하게 한숨을 내쉬었다. 눈이 잘 떨어지지 않는지 눈썹을 구긴 인하가 손등으로 눈두덩을 비볐다.

"오늘은 그냥 가서 자. 다음에 먹을게."

지원의 말에 인하가 피식 웃더니 차 문을 열고 내려 보닛을 돌아 운전석 문을 열었다. 그리곤 안전벨트를 풀어주곤 손을 내밀었다.

"우리가 다음으로 미룰 여유가 어디 있어. 우린 앞으로 뭐든지 지금 이 순간에 해야 돼."

인하의 설득에 못이기는 척 넘어간 지원은 인하의 손을 잡고 차에서 내렸다. 그리곤 손가락 깍지를 단단히 끼우고 맞잡은 손을 앞뒤로 힘차게 흔들며 눈이 마주칠 때마다 키득거렸다.

노력은 가상하지만, 솔직히 말하자면 맛은 없었다.

물론 비몽사몽인 상태이기도 하고, 재료가 갖춰지질 않아서기도 했지만 그냥 요리는 앞으로 내가 전담하는 게 속 시원할 듯했다.

그래도 설거지는 참 잘하니까. 과일도 잘 씻고.

양송이불고기덮밥은 참패를 했지만 그래도 인하는 당당했다. 그거면 된 거지 뭐. 남자는 언제나 당당하고 자신감이 넘쳐야 매력적이지.

그렇게 합리화를 시킨 지원은 소파에 앉아 티비를 보고 있었다. 케이블 방송에서는 지원의 드라마를 1회부터 12회까지 논스톱으로 방영하고 있었고, 지원과 인하는 11회 중반부터 보기 시작했다.

"솔직히 재밌긴 하다."

"뻔뻔하긴."

인하의 대꾸에 지원이 입을 삐죽이며 쿠션을 끌어안고 드라마에 몰입하기 시작했다. 그런 지원이 못마땅했는지 인하는 옆구리를 손가락으로 찌르거나 발가락을 간질이거나 손가락을 꼭꼭 깨물며 끊임없이 시비를 걸었고, 지원은 그럴 때마다 지지 않고 똑같이 복수를 해주었다.

"태원이 다음 주에 입대랬지?"

"응. 걱정이야."

태원의 입대 생각에 풀이 죽은 지원이 땅이 꺼져라 한숨을 쉬었다. 걱정이 태산이었다. 씩씩하고 듬직한 아이지만, 그래도 지원의 눈엔 태원은 늘 어린아이였다. 그런 녀석이 벌써 군대를 가다니. 추운 겨울, 더운 여름 얼마나 고생을 할까 걱정이 앞서 요 며칠 태원의 얼굴을 볼 때마다 마음이 심란하던 참이다.

"나 군대 갈 때도 그렇게 걱정했어?"

혹시나 하는 표정으로 묻는 인하의 물음에 지원이 고개를 끄덕이자 인하의 표정이 확 밝아졌다.

"나 아직도 그때 네가 보내줬던 편지 다 가지고 있다? 볼래?"

인하가 냉큼 일어나 서재로 뛰어가더니 금세 상자 하나를 들고 거실로 나왔다.

"딱 백 통."

"내가 그렇게 많이 보냈나?"

인하가 내민 상자를 받아든 지원은 떨리는 마음으로 뚜껑을 열어보았다. 박스 안에는 정말 지원이 보낸 편지가 한가득이었다. 지원은 문득 그때가 떠올랐다. 나이 서른에, 군대 간 인하에게 쓸 편지지를 고르기 위해 문구점을 전전하던 그날이 말이다.

"별걸 다 모아."

"네가 준 거니까."

기특하네.

지원은 인하의 어깨를 토닥이며 볼에 살짝 입을 맞추었다. 그 틈을 놓치지 않고 인하의 손이 가슴을 향해 달려들었지만 지원은 능숙하게 인하의 손을 안전구역으로 처리했다.

"우린 진짜 친구 사이라고 우기기도 민망한 사이였구나."

다시 보니 참 정성스럽게도 썼다. 별 시답지 않은 말만 잔뜩 썼네.

편지 하나를 꺼내 읽던 지원은 도로 박스 안에 넣고 뚜껑을 확 닫아버렸다. 쑥스러워서 더는 읽을 수가 없었다.

"아, 졸리다."

그때, 인하가 지원의 어깨에 고개를 기대며 길게 숨을 뱉었다. 용케도 잘 참는다 싶었다. 며칠 동안 제대로 잠 못 잤을 게 뻔한데 이렇게 오랫동안 멀쩡한 척하고 있는 게 신기하던 참이었다. 인하가 두 눈을 감자 지원도 못지않게 며칠 동안 잠을 이루지 못했던지라 쿠션을 목 뒤에 받치고 머리를 기댔다.

"자. 내일도 일찍 나가야 하잖아."

"자고가."

"가 봐야지. 20회 오늘 중에 마무리해야 돼."

당장 가겠다는 것도 아닌데 인하가 지원의 손을 꼭 잡았다. 그리곤 손가락 하나하나를 매만졌다. 지원은 저도 모르게 스르륵 눈을 감아버렸다. 이대로 잠이 들면 족히 사흘은 꿈쩍 않고 잘 수 있을 것만 같았다.

"매일 이렇게 살았으면 좋겠다. 같이 티비도 보고, 맥주도 한잔하고, 그러다가 잠들고……. 아침에 눈 뜨면 네가 나보다도 더 늦게 일어나서 내가 아침도 준비하고."

"그건 넣어둬. 차라리 내가 일찍 일어나서 아침밥 하는 게 나아."

"그럼 아침은 네가 해. 그럼 내가 설거지 해줄게."

"매일 아침 생과일주스도 만들어줘."

"청포도주스 비법 알아놓을게."

"좋다. 후훗."

인하가 웃느라 어깨를 들썩일 때마다 지원의 몸도 덩달아 들썩여졌다. 조금 웃고 났더니 몸이 한결 더 추욱 가라앉았다. 눈을 감고 있어서 그렇게 느껴지는 건가 싶어서 눈을 뜨려 했지만, 눈이잘 떨어지지 않았다. 어쩌면 지금 서로 잠꼬대를 하고 있는 건지도 모르겠다는 생각이 머릿속을 스쳐 지나갔다.

"저녁에는 같이 배드민턴 치자."

"지난번에 너랑 배드민턴 치고 나서 손 떨려 죽을 뻔했던 거 그새 잊었어?"

"자꾸 치면 괜찮아. 너 운동부족이야. 일주일에 두 번은 꼭 배드민턴 치는 거야. 알았지?"

"흠. 생각해 볼게."

인하는 말할 것도 없고, 지원 역시 말이 점점 늘어졌다. 마치 잔뜩 술에 취한 사람처럼 말이다. 서로 알아듣고 대화를 주고받는 게 용할 정도였다.

"그리고 공원 산책도 하고……. 너 그때 공원에서 봤던 쌍둥이 기억나?"

"어. 딸 쌍둥이."

"쌍둥이 유모차 정말 귀엽더라. 우리도 나중에 그거 사자."

"쌍둥이를 낳아야 사지. 바보야."

"그냥 연년생으로 둘을 낳아서 같이 태우면 되잖아."

"음. 그럼 되긴 하겠다."

지원은 간질간질한 코끝을 손등으로 비비며 인하의 머리 무게를 감당하느라 뻐근해진 어깨를 치켜올렸다.

가만. 우리 지금 무슨 얘길 하고 있었지?

그 순간 거짓말처럼 잠이 확 달아난 지원은 두 눈을 번쩍 뜨고 인하를 바라보았다. 인하는 이미 잠 속에 빠지기 시작한 듯했다.

그럼…… 잠결에 헛소리를 한 건가? 아니면 혼자서 꿈을 꾼 건가?

Rrrr.

몇 번의 벨소리가 울릴 때까지도 곰곰이 생각을 하고 있던 지원은 벨소리에 인하가 눈을 뜨자 그제야 휴대폰을 집어 들었다. 인하는 아직까지 방금 대화를 나눴던 걸 자각하지 못한 듯했다. 지원은 발신인이 태원임을 확인하곤 인하를 빤히 바라보면서 통화를 연결했다.

〈다 썼다! 으악!〉

소리를 지르는 태원 때문에 확실하게 잠에서 깬 지원이 피식 웃었다.

"일단 파일 보내줘. 너도 검토해 보고 다시 전화해."

인하는 여전히 잠에 취한 채 눈을 감았다 떴다를 반복하고 있었다. 지원은 그런 인하를 보며 차라리 그냥 잠에서 안 깨는 게 낫겠다 싶어 인하를 허벅지를 베고 눕게 만들었다. 그러자 인하가 곱게 말을 듣고 얌전히 누웠다.

〈아! 그리고 누나! 나 기억났어!〉

"뭘?"

그새를 못 참고 인하가 통화 빨리 끝내라며 휴대폰을 빼앗으려고 손을 휘휘 저었지만 지원은 그런 인하의 손을 꼭 잡아두었다.

〈그 카페 사장님 말야! 인하 형 윗집 사는. 어디서 봤는지 기억났어!〉

"정말? 어디서 봤는데?"

한껏 흥분한 태원의 목소리가 인하에게도 들렸는지, 인하가 여전히 눈을 감은 채 상체를 일으켜 세워 덩달아 휴대폰에 귀를 갖다 댔다.

"진짜? 너 진짜 거기서 봤어?"

태원이 확신에 차서 몇 번이고 대답을 하자 인하가 드디어 잠에서 깨어나 뜨악한 표정을 지었다. 지원은 웃음을 참지 못하고 발을 동동 구르며 죄 없는 인하의 팔뚝을 손바닥으로 툭툭 때렸다.

"알았어. 일단 대본 파일이나 보내."

통화를 끝낸 지원은 배를 잡고 연신 발을 굴렀다. 어디서 많이 본 얼굴이란 생각은 했었는데 거기서 봤을 줄이야. 그걸 또 기억해 낸 태원이 대단하다 싶었다.

"와, 진짜 대박이다."

"믿을 수가 없어. 검색해 볼래."

인하는 잽싸게 휴대폰을 집어 들고 검색을 시작했다. 그러더니 이내 심각한 얼굴을 하고 지원에게 휴대폰을 건넸다.

"진짜네!"

지원은 휴대폰 화면을 보곤 벌어진 입을 다물지 못했다. 직접 두 눈으로 사실을 확인한 지원과 인하는 눈이 마주칠 때마다 배꼽을 쥐고 웃느라 정신이 없었다.

잠결에 어떠한 미래까지 그렸는지조차 새까맣게 잊은 채…….

#012

연애시대

"식기 전에 얼른 자셔!"

두 명의 직원들이 테이블을 가득 채워주고 나가자 그 뒤에 서서 지켜보고 계시던 할머니가 흐뭇한 표정을 지으시며 얼른 먹으라고 손짓을 하셨다.

"할머니도 빨리 오세요."

"장어 마저 구워가지고 올 테니께 먼저 먹고 있어."

마음이 급했던 할머니는 직원 뒤를 따라 또다시 후다닥 주방으로 나가셨다. 이미 상다리가 휘어지도록 한 상 가득 차려주시고도 뭔가 허전하셨던 모양이다.

"자. 먹자."

태원의 군입대를 사흘 앞두고 민석과 지원, 태원이 할머니의 식당에서 모처럼 외식을 하게 되었다. 촬영 때문에 군입대 전날과 당일에 함께할 수 없는 민석의 표정은 벌써부터 심란했다. 그런 민석의 마음을 너무도 잘 알아차린 속 깊은 태원이는 내내 활기차고 씩씩하게 굴었다.

그와 동시에 오늘은 지원에겐 경사스러운 날이기도 했다. 두 시간 전, 마지막 회 원고를 넘겼기 때문이다. 완고를 하고서도 며칠을 붙잡고 수정에 수정을 반복하다가 드디어 'END'를 박아 넣었다. 사실 또다시 수정해야 할 일이 생길지도 모른다. 그래도 마음만은 종방을 한 것만큼이나 가뿐했다.

태원이에겐 고맙기도 하고, 그만큼 미안한 마음도 컸다. 친구들만나서 술도 실컷 마시고, 연애도 실컷 하다가 군에 가면 참 좋았을 텐데, 궂은 일 도맡아하며 고생만 하다가 가는 것 같아서 말이다. 아무래도 없는 애인을 대신해서 태원이에게 매주 편지를 써줘야 할 듯했다.

"태원아, 많이 먹어라."

민석이 태원이의 밥 위에 큼지막한 살점이 붙은 갈비찜을 하나 올려주었다.

"태원아, 많이 먹어."

지원도 밥공기 안에 태원이가 가장 좋아하는 갈치살을 발라 올려주었다. 그러자 태원이 왜 이러나 싶은 표정으로 민석과 지원을 번갈아가며 바라보았다.

"아직 사흘이나 남았는데 왜들 이러실까."

"사흘 금방 가. 정신 차리고 나면 어느새 낮은 포복을 하고 있는 널 발견할 거야."

태원이 찌릿 노려보았지만 지원은 가엾고 안쓰러운 마음에 태원의 엉덩이를 토닥여 주었다.

"아빠, 태원이가 수색대 지원할 거래."

"정말?"

막 밥 한술을 뜨던 민석은 정말로 깜짝 놀란 듯 그대로 얼음이 되어버렸다. 태원은 그런 제 결정이 무척이나 뿌듯했는지 단호하게 고개를 끄덕였다.

"너 인하한테 낚인 거야, 인마."

"그런 거 아냐! 형은 정말 멋진 남자라고!"

인하의 군생활 이야기를 듣고 입대를 결심했던 태원이었다. 아니나 다를까, 결국 태원이는 인하의 꼬드김에 넘어가 생고생의 지름길을 선택한 가여운 어린양이 되어버렸다. 녀석의 초롱초롱한 눈망울에는 수색대에 대한 로망으로 가득했다.

"난 누나가 얼른 인하 형이랑 결혼했음 좋겠어."

예상치 못한 태원의 돌발 발언에 숟가락으로 동치미 국물을 떠서 입안에 넣던 지원도, 육회를 비비던 민석도 얼어버렸다.

"너 또 무슨 사주를 받은 거야? 제대하고 나면 인하가 유학이라도 보내준대?"

"다음엔 아메리카 대륙으로 여행 보내준다고 하긴 했는데, 꼭 그것 때문은 아니고."

그럼 그렇지.

지원은 태원의 옆통수에 꿀밤을 한 대 놓고 다시 숟가락을 들었다.

"흰소리 말고 밥이나 잡숴."

"정말이야. 난 정말로 누나랑 인하 형이……."

"와, 이거 맛있겠다. 이거 먹어봐."

지원은 태원의 입안에 잘 삭은 홍어 두 점을 강제로 밀어 넣었다. 그 모습을 지켜보고 있던 민석이 묘한 미소를 지으며 수저를 내려놓고 물 한 모금을 마셨다.

"적당할 때 결혼해야지?"

"에에?"

민석의 말에 지원은 또 한 번 놀라고 말았다. 수저를 내려두고 물 한 모금을 마시다가 사레에 걸려 켁켁거렸다.

"무슨 소리야. 결혼은 무슨."

"연애 그만큼 했음 됐지 얼마나 더 재미를 보겠다고……. 그리고 니들 내년이면 서른셋이야. 어찌됐건 드라마 종영하면 열애기사 나갈 건데, 니들 나이가 있어서 결혼 전제라고 알아서들 도장 찍어버릴 테고. 그냥 바로 결혼기사를 내는 게 여러모로 보기 좋을 거다."

지금이라도 당장 결혼식을 치러도 섭섭해하지 않을 사람처럼 담담한 민석의 표정에 지원은 입술을 삐죽였다.

"아빤 뭐가 그렇게 쿨해? 인하한테 나 시집보내려고 준비 다 한 사람처럼……."

"인하한테 하도 귀에 딱지가 앉도록 들어서 세뇌당했다."

"뭐라고 했는데?"

"장인어른이라고."

"변죽도 좋아⋯⋯."

"아빠랑 태원이 의견 흘려듣지 말고 잘 생각해 봐."

가족들과 이런 비슷한 이야기도 해본 적이 없어서 그런지 마냥 쑥스럽고 부끄러웠다. 그냥 농담처럼 지나가듯 툭 던져 주었다면 이렇게까지 기분이 묘하진 않았을 텐데.

결혼을 꿈꿔보지 않았다면 그것은 거짓일 것이다. 만약 인하와 결혼을 하게 된다면 어떠한 일상이 주어질까, 하고 생각해 본 적 있었다. 한 가지 확실한 건 발표와 동시에 혼이 쏙 빠질 정도로 정신없는 하루하루가 될 거란 거다. 결혼기사가 나게 되면 기자들이 집과 작업실 주변에 들끓을 테고, 지금보다 덜 예뻤던 옛날 사진이 인터넷을 떠돌면 눈 코 입 돌려 깎기를 한 사람이 될 거고, 학창 시절 동창이었다는 사람들이 툭 튀어나와 과거를 이야기해 줄 것이고, 천 명 중 한 사람 꼴로 부럽다고 반응해 주는 귀인들도 있을 테지.

그러나 지금 가장 중요한 건 다른 사람들의 반응이 아닌 지원과 인하의 생각이었다.

인하는 정말로 나랑 결혼하고 싶은 걸까? 난 인하와 결혼하고 싶은 걸까? 아니, 난 결혼이란 걸 할 마음의 준비가 되어 있는 사람인가?

구체적으로 상상해 본 적도 물론 있었다. 하지만 그때마다 결론은 늘 같았다. 아직은 준비가 덜 되었다는 것.

일단 대본작업을 시작하면 다른 것에는 신경 쓸 여력이 없다.

가사 일도 제대로 할 수 없을 테고, 시간이 흘러 아이까지 생기면 그땐 정말 아이에게 미안할 일만 골라서 할지도 모른다. 거기다 작품에 들어가면 늘 예민하게 굴 텐데, 그걸 잘 맞춰가며 살 수 있을까? 한 사람으로도 모자라 인하도 만만치 않은데, 그렇게 되면 전쟁 같은 부부싸움은 다반사일 테고……. 이러한 생각들이 꼬리에 꼬리를 물어, 상상조차도 도중에 그만두곤 했었다. 얼마 전까지만 해도 이러한 생각에 변함이 없었다.

하지만, 언젠가 한 번 인하와 잠결에 이런저런 이야길 나누고 난 이후로 아주 조금 생각에 변화가 생기긴 했다. 다들 그렇게 살지 않을까 하는 자기 설득을 하면서 말이다. 그렇게 부딪히기도 하고, 양보도 하고, 당장이라도 갈라설 것처럼 싸우고 돌아섰다가 또다시 서로를 뜨겁게 끌어안고…….

해봐도, 괜찮지 않을까? 다른 사람도 아닌 인하니까……. 생각보다 나쁘지 않을 수도 있잖아. 모든 일은 마음먹기 나름이니까. 생각만 해도 간지러운 일이지만, 서인하와 평생을 함께한다는 거 꽤 괜찮은 선택이 될 지도 모른다. 사랑하는 사람과 같은 곳을 바라보며 같은 길을 걷고 인생을 산다는 거, 분명 가슴 설레는 일이니까.

"저 왔습니다!"

인하가 때맞춰 불쑥 문을 열고 쳐들어왔다. 이제 막 촬영을 마치고 온 건지 블랙 슈트 차림 그대로였다.

"양반 되긴 글렀네."

"제 얘기 하고 계셨어요?"

인하는 고민할 것도 없이 지원의 옆자리를 차지하고 앉았다. 지원은 인하의 얼굴을 빤히 바라보다가 헝클어진 생각들을 털어내고 피식 웃었다.

"몰랐어? 우리 가족 모이면 네 욕이 8할이라는 거."

"넌 충분히 그럴 거 같은데, 우리 태원이나 아버님은 아닐 거야. 날 얼마나 좋아하는데."

자신만만한 표정으로 어깨를 으쓱이는 꼬락서니가 너무도 얄미워서 꼬집어주고 싶었지만 지원은 꾹 참으며 이를 악다물었다.

"인하도 왔는갑네?"

드디어 할머니도 야심차게 준비한 장어구이를 가지고 식사에 합류를 하셨다. 이제야 한자리에 모두 모이게 되었다.

"와! 장어다!"

인하는 젓가락을 들자마자 잽싸게 장어로 손을 뻗었지만 막아내는 할머니의 손이 더 빨랐다.

"어허이. 이건 태원이 꺼여. 넌 굴비나 뜯어."

할머니가 굴비접시를 인하 쪽으로 쭉 밀자 심통이 난 인하가 눈치를 살피더니 장어 한 점을 낼름 집어 먹었다. 그것도 꼬리를 말이다.

"할머니, 이제 군대 갈 애한테 이런 거 먹이는 거 자체가 고문이야. 이런 건 내가 먹어줘야 돼. 그래야 모두가 행복해진다니까?"

인하의 능청에 지원은 가재미눈을 뜨고 인하를 노려보았다.

"모두가 행복해진다고?"

"다 알아듣고선 순진한 척하지 마."

방심하는 순간 날아든 인하의 나지막한 공격에 지원의 두 눈이 동그래졌다.

"좋아, 네 눈높이에 맞춰서 설명해 줄게. 우리 할머니는 증손자 안아서 좋고, 아버님도 손자 봐서 좋고, 태원이는 외삼촌 돼서 좋고, 너는……."

지원이 허벅지를 꽉 꼬집어 비틀자 인하가 그제야 입을 꾹 다물었다. 다들 안 웃은 척하고 있었지만 모두 웃고 있었다.

"듣고 보니 그러네. 그럼 장어는 인하가 다 먹어."

"그려그려. 그게 낫겠다."

거기에 한술 더 뜨는 아빠와 할머니라니. 눈치 없는 태원은 장어접시를 인하에게 건네며 거들기까지 했다. 그러자 인하는 엄지까지 치켜들며 아이처럼 좋아했다. 이 상황에 적응하지 못하는 건 지원뿐이었다.

"이 분위기 뭐야?"

"뭐긴 뭐야. 새 생명 탄생에 한마음 한 뜻으로 대동단결하는 거지."

"아으, 진짜!"

이를 악물고 노려보자 인하는 또다시 태연한 얼굴로 식사를 시작했다. 주변을 둘러보니 다들 무슨 일이 있었냐는 듯 식사에 열을 올렸다.

다들 날 가지고 노는구나.

지원도 다시 숟가락을 들었다. 다들 합심을 한 것 같은 느낌적인 느낌에 그 어떤 돌발 상황에서도 휘말리지 말아야겠다고 마음을 다독였다.

"봄이 좋겠죠?"

"아무래도 봄이 좋지."

민석과 인하의 난데없는 봄타령에 지원의 두 눈이 번쩍 뜨였다.

"뭐?"

"뭐가?"

"뭐가 봄이야?"

설마…… 지금 결혼식 얘기 하는 건 아니겠지?

"그런 게 있어."

인하가 대충 둘러대며 민석과 눈을 맞추곤 배시시 웃었다.

수상한데……. 이거 진짜 수상한데.

"혹시나 해서, 정말 말도 안 되는 얘기긴 한데, 진짜 혹시나 해서 묻는 건데……. 둘이 지금 결혼…… 얘기 같은 거 하는 건 아니지?"

잔뜩 긴장한 지원과는 달리, 인하는 어이가 없다는 듯 입을 쩍 벌리며 눈매를 가늘게 떴다.

"그런 비루하고 진부한 상상력으로 드라마는 어떻게 쓰냐? 아버님이랑 바다낚시 가기로 한 거 얘기 중이거든?"

머쓱해진 지원은 다시 밥 한술을 떠 입안에 넣었다.

그래. 내가 너무 그쪽으로만 생각해서 그런 걸 거야.

"아버님도 마음에 드실 거예요."

"그래? 나도 한번 미리 가봐야겠다. 얘기만 들어서는 머릿속에 그림이 잘 안 그려져서."

"사진 찍어둔 거 있어요. 내일 보여 드릴게요. 거긴 낮에도 괜찮구요, 밤에도 괜찮아요."

"오호, 그래? 저녁도 운치 있고 괜찮겠다."

"그래도 사진 찍으려면 낮이 낫겠죠? 아, 그리고 한 삼사십 명 정도 초대하면 딱일 것 같아요. 가족들이랑 가까운 지인들만 모시기로 하구요."

"음. 그래야지. 상상만 해도 벌써부터 설레는데? 입장하는 거 연습이라도 좀 해둬야 하나."

지원은 고개를 갸웃거리며 인하와 민석을 번갈아가며 바라보았다. 대화를 들으면 들을수록 이건 바다낚시 얘기가 아니라 이지원 낚시 얘길 하는 게 분명했다.

"둘이 지금 나 가지고 놀아? 누굴 바보로 알아?"

"눈치는 빤해 가지고……."

인하가 그렇게 혼잣말로 구시렁거리지만 않았어도 지원은 그 어떤 핑계를 대더라도 속아 넘어가 주려고 했지만, 아무래도 진짜였던 모양이다.

"뭐라고 그랬어?"

"응? 내가 뭐?"

"너 자꾸 발뺌할 거야? 너 지금 그…… 그…….."

"그 뭐? 말을 제대로 해."

입안이 바짝 말라 버린 지원은 침을 억지로 쥐어짜 침을 삼키곤 다시 입술을 떼었다.

"그 겨…… 결호…….."

"결호 뭐. 아버님, 애 오늘 왜 이래요?"

인하의 능청에 민석도 어깨를 으쓱이며 다시 식사에 열중을 했다. 할머니는 연신 싱글벙글이셨고, 태원도 구경하는 재미에 쏙 빠져 바보처럼 헤헤 웃기만 해댔다.

"아휴, 우리 지원이가 대본 쓰느라고 넋이 나갔나 봐요. 딱해라. 쯧쯧."

이 와중에 인하는 혀를 끌끌 차며 지원의 머리를 쓰다듬어 주었다.

와! 진짜 어이가 없다!

분기탱천한 지원이 씩씩대자 인하는 정색을 하고 부지런히 젓가락을 움직였다.

"너 지금 우리 결혼식 얘기 하는 거지!"

지원의 외침이 민망할 정도로 사방은 고요했다. 그 고요함을 깬 건 다름 아닌 인하의 웃음소리였다.

"나랑 결혼이 그렇게 하고 싶었어? 알았어, 하자. 하면 되지 뭐. 뭘 그런 거 가지고 목소리를 높여. 해줄게, 결혼. 걱정 말고 얼른 밥 먹어."

그러더니 밥 한 숟갈을 뚝 떠서 지원의 입안에 억지로 쑤셔 넣어주었다.

"야, 내마으 그게 아이아……."

"또 먹여줘? 뭐 줄까. 너도 장어 먹을래?"

그러더니 가장 큰 장어 한 조각을 입안에 밀어 넣고 등을 쓰다듬어 주었다. 볼이 터져 나갈 것만 같아 빨리 씹고 말을 하려고 하면 인하는 더 빠르게 입안에 다른 반찬을 집어 넣어주었다.

이게 뭐야! 이게 뭐냐고!

인하가 오피스텔 맞은편에 위치한 편의점 앞에 차를 세웠다. 지원은 그러거나 말거나 뚱한 얼굴을 하고 유리 창밖만 내다보았다.

"아이스크림?"

지원은 팔짱을 낀 채 시선도 맞추지 않고 고개를 저었다.

"그럼 사이다?"

지원은 또다시 고개를 저었다.

"시원한 걸 먹으면 속 답답한 게 뚫릴 거 같은데. 그럼 그냥 약국 가서 소화제 사자."

인하가 다시 차를 출발시키려고 했지만 지원은 고개를 저었다. 가벼운 체기나 감기 같은 것에는 약을 잘 먹지 않는 성격 탓이기도 했고, 인하의 말에는 뭐든 부정하고 싶은 유치함 때문이기도 했다.

"음. 또 뭐가 있을까. 귤?"

오오. 귤.

한 소쿠리쯤은 거뜬히 까먹을 자신 있었으나 지원은 눈물을 머금고 고개를 저었다.

"내가 손 따줄까?"

찌릿 노려보자 인하가 눈동자를 굴려가며 다시 고민을 했다. 아까 할머니 식당에서의 당당함은 어디다가 두고 왜 이리 눈치를 보는 건지, 자꾸 웃음이 새 나오려고 했다.

무슨 정신으로 밥을 먹고 나온 건지도 모르겠다. 식사 내내 유린을 당했던 것이 분하고 화가 치밀어 올랐다. 아무래도 그래서 체한 모양이다. 지원은 창문을 끝까지 내리고 시원한 초겨울의 밤 공기를 실컷 들이마셨다.

"맞다! 황도통조림!"

역시 인하는 귀신이었다. 취향을 완벽하게 꿰뚫고 있었다. 아플 때마다 약처럼 먹었던 황도통조림. 차마 그것만큼은 고개를 저을 수가 없었다. 지원이 입술을 꾹 닫은 채 콧김만 쉭쉭 내뿜자 인하는 그거다 싶었는지 냉큼 안전벨트를 풀었다.

"잠깐 기다려."

차에서 내린 인하는 편의점 안으로 달려갔다. 그리곤 직원에게 다가가 뭔가를 물었고, 친절한 직원이 황도통조림을 찾아 카운터로 가져갔다. 계산을 하려던 인하는 다시 진열대 이곳저곳을 헤매며 몇 가지 물건을 더 챙겨 카운터에 올려두었다. 그렇게 채 3분도 지나지 않아 인하는 큼지막한 봉투에 물건을 가득 담아 편의점을 나섰다. 그 모습을 빠짐없이 지켜보고 있었던 지원은 언제 그랬냐는 듯 절대로 보지 않은 척 고개를 획 하고 돌려 버렸다.

"황도 샀고, 혹시 몰라서 아이스크림이랑 주스랑 사이다랑 귤이랑 다 샀어. 두고 먹어."

뒷좌석에 물건을 싣고 다시 운전석에 오른 인하는 상체를 완전히 지원 쪽으로 돌려 앉았다. 지원은 여전히 창밖을 바라보고 있었다.

"손 줘봐."

지원은 슬쩍 고개를 돌려 힐끔 인하를 보았다. 두 손 두 발을 모두 주고 싶게 만드는 눈을 하고 바라보는 인하의 모습에 속절없이 흔들리는 제 마음이 한심스러웠다.

"왜."

묻기가 무섭게 인하는 당당히 지원의 손을 잡아챘다. 잡힌 손을 빼내려고 비틀어보았지만 부질없는 짓이었다. 혼자서 무려 장어 두 마리를 두둑하게 드신 분인데 오죽할까.

"너 나랑 결혼 안 하려고 했어? 너 나 가지고 논 거야?"

"뭐어?"

"하기 싫어 죽겠단 표정 하고 있잖아."

뜬금없는 소리에 뜨악한 지원이 인하의 두 눈을 빤히 바라보았다. 정말 상처받은 얼굴을 하고, 진지한 눈으로 지원을 원망하듯 바라보고 있었다.

그러려고 그런 게 정말 아닌데. 그냥 좀 약이 올라서, 얼렁뚱땅 넘어가는 것 같아서 서운하기도 하고 쑥스럽기도 하고 민망하기도 하고, 너무 서두르는 건 아닐까 싶어서 겁도 나고. 뭐라고 딱 잘라 설명할 수 없는 그런 복잡한 마음 때문에 그랬던 것뿐인데…….

"내가 언제…….."

"아까부터 지금까지 계속."

"그런 적 없어!"

욱한 마음에 목소리를 높이자 인하가 피식 웃었다. 그런 반응이 의아했던 지원은 인하의 눈을 끊임없이 바라보았다. 5일 동안 쪽잠 자며 밤 샌 사람 눈 치곤 꽤나 똘망똘망했다.

"난 너랑 늙어죽을 때까지 같이 살고 싶어. 근데, 네가 싫다면 꼭 결혼 안 해도 돼. 이렇게라도 난 괜찮아."

이건 또 무슨 소리야.

순간 머릿속이 띵해진 지원은 저도 모르게 미간을 구기고 말았다. 실망감을 감추고 있는 게 눈에 훤히 보였다.

"싫은 게 아니라……."

어디서부터 어떻게 설명을 해줘야 할까.

지원은 한참 동안 입술을 질근질근 깨물었다. 아직 마음의 준비가 되지 않았다는 이유와 인하라면 괜찮지 않을까 하는 마음 그 중간에서 아슬아슬하게 중심을 잡고 있던 추가 조금씩 움직이곤 있었다. 하지만 이 사실을 알게 된다면 망설이고 고민하고 있다는 것 자체만으로도 인하 입장에서는 서운할지도 모른다.

그 순간, 인하가 잡고 있던 지원의 손을 스윽 놓았다. 순간 가슴이 철렁 내려앉았다. 지원은 인하의 손을 바라보며, 마음을 어지럽혔던 오만 가지 고민들과 생각들을 비로소 단숨에 털어내고 단 하나만 생각하게 되었다. 그리곤 중심을 잃고 한 쪽으로 쿵 떨어져 버린 마음을 용기 내어 꺼내 들 수 있게 되었다.

"프러포즈도 제대로 안 했잖아!"

지원의 말에 인하가 눈썹을 치켜 올렸다.

"나도 프러포즈에 대한 로망이 있는 여자라고! 꽃다발이랑 반지는 어쨌어? 연기론 잘도 하면서 왜 나한테는 제대로 안 하는데? 너야말로 나 가지고 노냐?"

인하가 어이가 없었는지 진심으로 소리를 내어 크게 웃었다. 차

안을 팽팽하게 감돌던 긴장감도 박살이 나버리고, 그제야 모든 것이 편안해졌다. 인하가 지원의 뺨을 두 손으로 감싸려 했지만 지원은 그런 인하의 손을 탁 쳐냈다.

"진부하다며? 오그라든다며? 그런 거 질색이라며? 유치해서 못 봐주겠다며? 나 같으면 저따위 프러포즈 안 받아준다며?"

"내가…… 그랬어?"

왜 난 기억이 없지. 설마…… 질투가 나서 그랬던 건가? 괜히 객기 부렸던 건가?

지원은 괜히 딴청을 부리며 다시 창밖을 내다보았다.

"알았어. 제대로 다시 할 테니까 기다려."

차를 출발 시킨 인하는 계속해서 키득거렸다. 그런 인하를 몰래 훔쳐보던 지원도 옅게 웃으며 차창에 비친 인하의 얼굴을 실컷 바라보았다.

＊

신호대기에 걸린 지원은 간만에 라디오를 틀었다. 운전할 땐 이런저런 생각을 하면서 조용하게 다니는 걸 좋아하지만, 오늘은 누가 옆에서 시끄럽게 떠들어줬으면 싶었기 때문이다. 자꾸만 마음이 울컥하고 시도 때도 없이 치밀어서 운전하기가 힘에 겨웠다.

오늘, 드디어 드라마가 막을 내렸다.

지원은 작업실에서 홀로 마지막 회를 지켜보았다. 오만 가지 복잡한 감정이 교차했다. 이미 오래전에 손을 떠난 원고인데도 영상으로 보고 나니 이제 정말 끝이구나 싶고, 그렇게 수도 없이 고치고 또 고쳐 놓고도 아쉬웠다. 완벽하지 못한 아쉬움도 있겠지만, 끝이라는 아쉬움이 조금 더 컸다. 잠도 못자고 몸 망가져 가면서 고생을 해놓고도 끝나서 아쉽다는 생각을 한다는 것 자체가 우스웠다. 이러니 계속해서 작품을 쓰는 거겠지만.

제작진과 배우들은 1차 회식 후 다같이 마지막 회를 시청하고 2차 회식 장소로 이동했다. 지원은 그 2차 회식 장소로 향하는 중이었다. 그냥 영화나 한 편 보고 잠이나 늘어지게 자려고 나가지 않겠다고 버텼지만, 호프집에서 가볍게 맥주 한잔하자고 꼬드기는 제작피디 때문에 하는 수 없이 꾸역꾸역 나가고 있었다.

"……아주 난리네요. 하지만 전 축하해 드릴 수가 없어요! 열애 보도마저 이건 너무 완벽하잖아요! 인정할 수 없어요. 흐흑……."

잡생각에 디제이의 멘트가 드문드문 귀에 들어왔다. 초록불로 신호가 바뀌자 지원은 차를 출발시키며 작은 한숨을 내쉬었다.

"이 곡은 절대로 서인하 씨의 연애를 축하드리는 의미에서 띄워드리는 곡이 아니란 걸 확실하게 밝혀두겠습니다. 아, 정말 배 아파요. 부럽다……. 전 이제 무슨 낙으로 살죠?"

응? 서인하라고? ……그럼 나잖아!
지원은 놀란 마음에 서둘러 가장 끝 차선으로 변경하고 갓길에 차를 세웠다. 그리곤 주머니에서 휴대폰을 꺼내 인터넷을 띄웠다.

'단독보도' 서인하 11년째 열애 중!

톱스타 서인하(32)가 11년째 열애 중이다. 열애 상대는 서인하가 주연을 맡아 엄청난 흥행 돌풍을 일으키며 바로 오늘 유종의 미를 거둔, 드라마 「우연」을 집필한 작가 이지원(32)으로 확인됐다.

두 사람은 11년 전 이지원의 아버지인 배우 이민석과 서인하가 함께 출연했던 드라마 촬영장에서 우연히 만나 사랑을 키웠으나, 10여 년간 헤어져 지냈다고 한다. 그러나 두 사람은 친구관계를 유지하며 나름의 연애를 이어갔고, 최근 결혼을 전제로 다시 사랑을 키워가고 있다고 서인하 측에서 직접 공개했다.

서인하의 자택과 이지원의 작업실이 도보로 20여 분 거리에 위치해 있어, 두 사람은 주로 산책을 하거나 공원에서 시간을 보내는 등 보통의 연인들과 다르지 않은 소박한 데이트를 즐겼다. 가끔 공원에서 배드민턴을 치기도 하고, 인근에 위치한 단골 북카페에서 사람들의 시선을 의식하지 않고 대화를 나누기도 했다.

드라마 관계자에 따르면, 이지원은 이번 드라마 「우연」에서 서인하가 맡은 차재현 역을 오직 서인하를 위해서 만들어냈으며 대중이 미처 알지 못하는 서인하의 본모습을 담기 위해 많은 노력을 했다고 한다. 그런 이지원의 내조에 힘입어 서인하는 그간 꼬리표처럼 따라다니던 '광고형 배우'라는 수식어를 확실히 잘라내고 다시 한 번 대중들에게 배우 서인하라는 존재를 확실히 각인시켰다.

사실 드라마 방영 초부터 서인하와 이지원을 둘러싼 핑크빛 기류가 감지되었지만, 제작진과 출연배우들 모두 한마음 한뜻으로 두 사람의 열애 사실을 함구했다는 후문이 전해지고 있다. 서인하의 극중 연인이었던 신아영 역시 인터뷰 도중 '실제와 혼동될 만큼 리얼한 연인 연기에 혹시 서인하와 좋은 소식을 기대해도 되겠냐'는 기자의 질문에, '목에 칼이 들어와도 그럴 일은 절대 없다'며 강하게 부인한 바 있다.

서인하 측은 오늘 오후 '이지원 작가와의 열애는 사실'이라며, '구체적인 이야기는 오늘 드라마 종방연을 마치고 내일 중 서인하가 직접 팬카페에 글을 남길 예정'이라고 밝혔다.

한편, 2004년 스물네 살의 나이에 GBS 극본 공모에 당선되어 등단한 이지원은 최근 「우연」까지 다섯 편의 작품을 선보였으며 국내에서 다섯 손가락 안에 들 정도의 흥행보증 스타작가로 손꼽히고 있다.

그 기자님 진짜 부지런하시네. 정말 마지막 회 방송 끝나자마자 기사 올리셨나 봐.

머릿속이 멍해진 지원은 몇 번이나 기사를 읽고 또 읽었다. 그리곤 다른 배우들의 열애설기사들에서 볼 수 있었던 특유의 문체에 피식 웃음이 났다. 우리의 연애가 이렇게도 표현이 가능하구나, 싶고 후폭풍을 어찌 감당해야 할지 머릿속이 하얘지기 시작했다.

"키보드 워리어들 출동했겠네."

지원은 희게 웃으며 기사 아래 달린 수백 개의 댓글 숫자를 보곤 차마 읽지 못하고 다시 기사를 훑어보았다. 다행히 첨부된 사진이 참 예뻤다. 파파라치 컷이라기에 내심 걱정을 많이 했는데 자연스럽고 편안한 모습이 담겨 있었다.

이 와중에 예쁜 사진 첨부해 준 걸 고맙다고 해야 하나. 아무래도 인하가 고생을 많이 했겠구나 싶었다. 기사 한 줄, 토씨 하나에 얼마나 신경을 쓰고 검토를 하고 기자를 달달 볶았을까.

그나저나, 11년째 열애 중이라니. 누구 마음대로?

어쩌다가 이렇게 멋진 허울을 뒤집어쓰게 된 건지 생각할수록 웃음이 났다.

웃긴다, 진짜. 대단한 순애보 나셨네.

지원은 고개를 절레절레 흔들며 다시 차를 몰았다. 순애보의 주인공이 있는 그곳으로.

"작가님 오셨다아!"

지원이 호프집 안에 들어서자마자 스텝들과 배우들이 일동 기립하며 엄청난 박수갈채를 퍼부었다. 호프집 안은 그야말로 난리법석이었다.

인하도 자리에서 일어나 휘청휘청 걸어 지원에게 다가갔다.

"어으, 서인하 진짜……."

스텝들에게 고개를 숙여 상냥하게 인사를 하던 지원이 인하를 보자마자 눈을 샐쭉하게 뜨며 노려보았다. 그러거나 말거나, 인하는 뭐가 그리도 신이 나는지 빙긋 웃으며 두 팔을 활짝 벌렸다.

"뽀뽀해! 뽀뽀해!"

호프집이 떠나가라 외치는 사람들 때문에 지원은 이러지도 못하고 저러지도 못한 채 인하에게 눈치를 줬다.

"이정도로는 안 되겠나 봅니다! 여러분, 더 크게!"

"뽀뽀해! 뽀뽀해!"

한층 더 커진 목소리에 지원의 얼굴이 점점 더 붉게 달아올랐다. 입술을 질끈 깨물며 노려보았지만 전혀 무섭지가 않았다.

"여기서 작가님이 거절하면 인하 씨는 어떻게 되는 거예요?"

"땅굴 파야지 뭐!"

사람들을 배꼽을 쥐며 깔깔대고 웃었다. 그러자 머쓱한 듯 목덜미를 긁적인 인하는 지원의 어깨를 두 손을 감싸 쥐고 힘주어 품 안에 끌어안았다.

"이젠 못 물러."

"하여간…… 일 크게 만드는 데 뭐 있어."

사람들은 '서인하 남자다!', '결혼해라!' 등을 외치며 휘파람을 불고 환호를 퍼부었다. 인하는 고개를 숙여 지원의 볼에 자신의 볼을 맞댄 채 지원의 자그만 머리통을 쓰다듬어 주었다. 그러자 지원이 인하의 허리를 두 팔로 꼭 감싸 안았다.

"다들 휴대폰 꺼내서 시원하게 사진 찍으세요! 대신 잘 나온 사진만 올리는 겁니다!"

인하의 말이 떨어지기가 무섭게 너나 할 것 없이 휴대폰을 꺼내 들고 연신 셔터를 누르며 플래쉬를 터뜨렸다. 지원은 얼굴을 들어 못 말리겠다는 듯 눈매를 가늘게 만들며 인하를 바라보앉고, 인하는 지원의 턱을 손으로 받치고 그대로 입을 맞추었다.

오늘만큼은 많은 사람들 앞에서 마음껏 자랑하고, 아주 많은 축하를 받고 싶었다. 잘 어울린다고, 정말 예쁘다고, 샘 날 정도로 부럽다는 말을 듣고 싶었다. 그 오래전, 혼자 기다리고 애태웠던 스물한 살의 지원을 위해…….

어제처럼 그렇게 많은 술을 마셔본 건 난생 처음이었다. 그것도 종방연에서 말이다. 보통 적당히 분위기를 맞추고 내일 스케줄이 있다는 핑계로 먼저 빠져나오곤 했는데, 어젠 정말 끝까지 달렸다. 어떻게 집에 왔는지 기억도 나질 않았다.

대낮이 될 때까지 늘어지게 자고 일어난 인하는 집에 물이 똑 떨어지는 바람에 어쩔 수 없이 나갈 채비를 하고 현관에 섰다. 사방으로 뻗친 머리칼을 모자 안에 구겨 넣고, 퉁퉁 부은 눈두덩은 선글라스로 가린 인하는 문득 떠오른 생각에 휴대폰을 꺼내 팬카페에 접속해 보았다.

그간 워낙 악의적인 기사들에 시달리고 별별 의혹들이 많았기에 단련이 된 건지, 팬들의 반응은 대체적으로 의연했다. 축하까진 아니더라도 남자 좋단 소리 안 해서 천만 다행이라는 둥, 게이설 나올 때마다 울 오빠가 절대로 그럴 리 없다고 방어를 해주면서도 혹시 정말 게이가 아닐까 하고 눈곱만큼 의심했는데 미안하다는 둥 귀여운 하소연을 해댔다.

역시 내 팬들이야.

인하는 어서 물을 사가지고 돌아와 기다리고 있을 팬들에게 글을 남겨야겠다고 다짐하며 현관을 나섰다.

"어."

"오랜만이네."

문을 열고 나서자마자 인하는 현준과 마주쳤다. 현준은 머리끝부터 발끝까지 잔뜩 힘을 준 상태였다. 그래서 하필 이런 꼴을 하고 있을 때 마주친 게 조금 자존심이 상해, 휴대폰을 주머니에 넣고 까슬하게 수염이 올라온 턱을 만지작거렸다.

"어디 좋은데 가나 봐?"

"어, 뭐……. 아참! 기사 봤어."

"봤어?"

만천하에 공개하고 나니 속이 후련했다. 현준을 봐도 마음을 푹 놓을 수 있었다.

"아주 난리던데? 축하해. 드라마도 잘되고, 연애도 잘되고, 정말 부럽다."

인하는 어깨를 으쓱하며 공동현관을 향해 걸음을 옮겼다. 그때, 인하의 눈에 현관 밖에 오글오글 모여 있는 기자들이 들어왔다. 아무래도 보충 취재를 하기 위해 달려온 모양이다.

"물 사러 갈랬더니 안 되겠다."

"왜?"

인하가 턱으로 그들을 가리키자 현준이 공동현관 쪽을 보며 옅게 웃었다.

"487485. 들어가서 필요한 거 챙겨가."

현준이 쿨하게 디지털도어록의 비밀번호를 알려주자 인하가 '오오' 하며 감탄을 했다. 그러자 이번엔 현준이 어깨를 으쓱하며 멋진 척을 했다.

　"고마워. 그럼 물 한 병만 가지고 갈 게. ……덕호 형."

　멋지게 걸어가며 손을 흔들어 보이던 현준이 인하의 마지막 말에 우뚝 멈춰 섰다. 인하는 하얗게 질린 얼굴로 자신을 바라보는 현준을 향해 맑게 웃으며 손을 흔들어 주었다.

　"너…… 어떻게…….."

　현준의 낯빛이 점점 더 사색이 되어갔다. 그러더니 눈을 질끈 감으며 무너지듯 벽에 등을 기대고 섰다.

　"뭘 그렇게 놀라고 그래."

　"어떻게 알았어……?"

　그 큰 눈에서 금방이라도 눈물이 후두둑 떨어질 것만 같아 인하는 웃으며 현준의 어깨를 토닥여 주었다.

　"태원이가 기억해 냈어."

　"지원 씨…… 동생? 그럼 지원 씨도 내가…….."

　"어. 알아. 형이 고고라이저의 블루 드래곤이었다는 것도, 본명이 오덕호라는 것도."

　현준은 커다란 두 손으로 얼굴을 감싸며 괴로운 듯 신음을 흘렸다.

　"괜찮아. 다 옛날 일이잖아."

　"어떻게 기억했지? 말도 안 돼……. 관련 자료들은 인터넷에서 발견될 때마다 내가 직접 연락해서 다 내렸는데……. 그게 내 하루의 일과였다고! 하루 종일 카페에서 노트북 끼고 앉아서 게시물 삭제해 달라고 포털사이트에 전화 돌리고 메일 보내는 게……."

좌절하게 하려고 꺼낸 얘긴 아닌데, 현준이 너무도 절망하자 인하는 조금 미안한 마음이 들어 고개를 저었다.

"인터넷이라는 게 원래 그런 거야. 아무리 없애고 없애도 어딘가엔 계속 남아 있지. 서인하 굴욕 검색하면서 위안 삼아."

땅이 꺼져라 한숨을 푹푹 쉬는 모습이 정말 낯설었다. 이웃에 사는 동안 이런 모습은 처음 보았다. 늘 반듯하고 당당하던 사람이 그다지 굴욕적이지도 않은 과거 가지고 좌절을 하나 싶었다.

"나 사실…… 오늘 방송국 가는 길이야. 특촬드라마가 붐이었을 때 아이들의 영웅으로 불리던 그때 그 사람들을 모아서 특집 방송을 한다고 꼭 참석해 달라고 해서……. 몇 번이나 고사를 했는데……. 하아……."

뭐라고 위로를 해야 할지.

인하는 그저 현준의 넋두리에 장단을 맞춰 고개를 끄덕여 주었다.

"정말 잊고 싶은 과건데……. 정말 깨끗하게 오려내고 싶은데……."

모든 것이 완벽한 이 남자의 단 한 가지 오점인가 보다. 남들이 생각하는 거랑 자기 자신이 생각하는 거랑 분명 차이가 있긴 하니까. 인하가 생각하기엔 뭐 그 정도 가지고 이러나 싶었지만, 현준의 입장에선 큰 오점이라고 생각할 수도 있겠다 싶었다.

"그렇게 나쁜 과거는 아니잖아."

"네 일 아니라고 쉽게 말하는 거 아니다."

"근데 그거 일본에서 만든 거 아냐?"

"맞아. 나 스무 살 때까지 일본에서 살았거든. 우연히, 정말 우연히 하게 된 건데……."

현준이 정성껏 매만진 머리칼을 쥐어뜯으려 하자 인하가 잽싸게 말리곤 옷매무새를 갖춰 주었다.

"멋졌대! 그때 정말 최고의 영웅이었대! 태원이가 고고라이저를 일곱 살 때 봤는데, 엄청 좋아해서 지원이가 직접 일본에서 비디오도 구해다 주고 그랬었대."

"으으윽……."

이 말은 괜히 했나.

더 좌절하는 현준을 보며 인하의 표정도 일그러졌다.

"형이 올챙이 괴물이랑 일대일로 격투할 땐 너무 감동적이어서 눈물도 흘렸대."

"그만해라."

현준답지 않게 이까지 아드득 다물었다.

"블루 드래곤으로 변신할 때 다리를 4자로 만들면서 현란하게 팔을 접을 때면 가슴이 타들어갔다는데? 나도 그거 볼 수 있어?"

"나 참……."

결국 현준이 팟하고 웃음을 터뜨렸다. 인하는 그런 현준의 어깨를 톡톡 두들겨 주며 다시 한 번 염장 가득한 위로를 건넸다.

"그래도 형은 여전히 완벽해. 겁먹지 마. 올챙이 괴물보단 블루 드래곤이 낫잖아?"

"너 끝까지 놀릴래!"

인하가 얄미웠던지, 현준이 참지 못하고 인하의 목을 조르는 시늉까지 했다. 인하가 항복하는 의미로 두 손을 번쩍 치켜들자 그제야 현준이 마른세수를 하며 돌아섰다.

"간다!"

"방송 잘하고 와! 방송 날짜 잡히면 알려주고!"

현준이 또 한 번 멋지게 손을 흔들며 현관을 나섰다. 인하는 멀어지는 블루 드래곤의 뒷모습을 지켜보다가 씨익 웃곤 현준의 집에 물을 가지러 계단으로 향했다.

＊

동규는 오늘도 인하의 차에 대본과 시나리오를 한가득 실어주었다. 말로는 천천히 검토해 보라면서, 이거랑 이거는 꼭 읽어보라고 자기가 보기엔 놓치면 정말 아까울 거 같다고 말을 보탰다. 이미 인하의 집 책상 위엔 조만간 천장에 닿을 기세로 대본과 시나리오가 쌓이고 있었지만 인하의 마음이 이미 콩밭에 가 있으므로 그것들이 눈에 들어올 리가 만무했다.

하지만 인하는 지금 생애 가장 중요한 계획을 실천하기 위해 1년 동안 무조건 쉬기로 마음의 결정을 내린 참이다. 밀려드는 광고들이야 어차피 이미 오래전부터 포화상태였기에 더 할 수도 없는 노릇이고, 언론사 인터뷰는 체질적으로 맞질 않아 화보촬영과 병행하지 않는 한 응하지 않으므로 서둘러야 할 이유가 전혀 없었다.

인하는 다섯 시간에 걸친 화보촬영을 마치고 개인스텝들을 먼저 보낸 후 자신의 차로 이동을 준비했다. 차에 올라타자마자 기다리고 있을 지원에게 전화부터 걸었다.

"어디야?"

〈공원. 언제 와?〉

"지금 출발할 거야."

〈알았어. 천천히 와.〉

떨렸다. 데뷔작을 영화관에서 처음 보던 날보다, 영화제에서 신인상을 받던 순간보다 더 떨렸다.

인하는 재킷 안주머니에 챙겨온 물건이 제대로 들어 있는지 재차 확인을 하곤 작게 심호흡을 한 번 하며 차를 출발시켰다.

일기예보가 틀리지 않는다면 오늘 밤에는 서울에도 첫눈이 내릴 것이다. 이미 이틀 전에 경기도 북부 쪽에 첫눈이 온 참이다. 지원은 하늘을 올려다보았다. 구름 한 점 없이 지나치게 맑은 하늘로 보아, 아무래도 오늘 첫눈을 보긴 힘들지 싶었다. 아직 날이 많이 차지 않아서 내린다고 해도 비가 될 확률이 높아 보였다.

지원은 휴대폰을 만지작거리며 어젯밤에 밤을 새가며 찾아보았던 사진들을 다시 한 번 뒤져 보았다. 인터넷 웹서핑을 하던 중에 우연히 발견한 외국의 결혼식 사진 한 장에 꽂혀, 그 뒤로 계속해서 야외 결혼식 사진만 주구장창 찾아보는 중이었다.

아름다웠다. 바닷가 결혼식도, 숲 속 결혼식도, 정원 결혼식도 모두 다 예쁘고 아름다웠다. 화려하지 않은 드레스를 입고 있어도, 으리으리한 꽃장식이 없어도 정말 기쁘고 행복한 날이라는 게 사진 한 장으로도 충분히 느껴질 만큼.

날씨만 도와준다면 정말 야외가 좋을 것 같았다. 외국처럼 가까운 친구들과 가족들만 조촐히 모여 즐거운 파티를 하듯 허례허식은 모두 빼버리고 의미 있는 결혼식을 치른다면 그거야말로 진정한 결혼식이 아닐까 하는 생각도 들었다.

지원은 휴대폰에서 시선을 떼고 공원을 쓰윽 둘러보았다. 작정하고 꾸며놓은 공원이 아니라 더욱 살갑고 정감 가는 아담한 공원. 여기서 결혼식을 해도 참 예쁠 것 같다는 생각이 들었다.

프러포즈 아닌 프러포즈를 받은 후로 지원은 계속해서 생각해 보았다. 내가 과연 한 남자의 아내로, 아이의 엄마로 잘해낼 수 있을까? 그럴 준비가 되어 있는가? 그에 해당하는 답은 '전혀 준비되지 않았음' 이었다.

그런데도 해보고 싶은 마음이 든다는 건, 분명 마음에 큰 변화가 인 것이다. 잘하진 못하더라도, 열심히 하다 보면 나도 언젠간 잘해낼 수 있지 않을까 하는 되도 않는 욕심까지 부리고 있었다.

"무슨 생각을 그렇게 골똘히 해?"

인하가 불쑥 고개부터 들이밀며 나타나자 놀란 지원이 서둘러 인터넷을 잽싸게 닫고 휴대폰을 가방 안에 집어넣었다.

"뭐 보고 있었어?"

"아무것도 아냐."

"이상한 거 보고 있었던 거 아냐?"

인하가 지원의 가방 안에 손을 쑥 집어넣고 휴대폰을 꺼내려 하
자 지원이 잽싸게 인하의 손을 잡아챘다.

"수상한데."

"아니라니까."

인하는 여전히 의심가득한 눈초리로 지원을 바라보았고, 지원
은 그것을 무마하기 위해 인하의 손가락 사이에 빈틈없이 자신의
손가락을 밀어 넣으며 깍지를 꼈다.

"이러다가 우리 황새가 아기 물어다 주게 생겼어."

"그건 또 무슨 소리야."

"서른두 살의 신체 건강한 남녀가 지양해야 할 연애 스타일이
란 거지. 이건 너무 건전하잖아."

인하의 말에 기가 막힌 지원이 어이가 없다는 듯 노려보았다.
도대체 서인하 머릿속에는 무슨 생각이 가득한 걸까?

"이거."

그때, 인하가 불쑥 장미꽃 한 송이를 내밀었다. 그 흔한 비닐포
장도 하지 않은 달랑 꽃 한 송이었다. 지원은 인하가 건넨 그 꽃을
받아들고 인하를 바라보았다. 인하는 쑥스러운 듯 눈도 맞추지 못
하고 이리저리 시선을 피했다.

처음이었다. 인하에게 꽃을 받아본 것은. 다른 선물을 다 해줘
도 절대로 꽃은 안 사주던 사람이 웬일인가 싶었다.

"그리고 이거."

그 다음에 내민 것은 '여기 반지 들어 있소' 라고 딱 적힌 베이지색의 주얼리케이스였다. 지원이 케이스와 인하를 번갈아가며 바라보자 인하가 입술을 꾹 깨물고 케이스를 열어보았다.

정말 그 안에는 반지가 들어 있었다. 눈이 돌아갈 만큼 화려한 다이아몬드반지는 아니었지만, 뭐라고 쉽게 설명하기 어려운 아름다운 반지 하나가 들어 있었다. 완전히 해가 지지 않아 어스름해진 저녁, 가로등 불빛 아래에서 빛을 내는 반지 때문에 숨이 막힐 것 같았다. 지원은 반지에서 눈을 떼지 못했다.

"예전 스타일이라 좀 촌스럽긴 한데, 그래도 이걸 주고 싶었어."

지원은 인하를 올려다보았다. 이런 표정, 이런 시선, 이런 미소 정말 오랜만이었다. 마치 11년 전 첫 번째 데이트를 신청하던 그날의 그 모습처럼 설렘 가득한 얼굴이었다.

"옛날에 너랑 헤어지고 나서 사둔 거야."

"……왜?"

"청혼할 때 주려고."

그런 자신감은 도대체 어디에서 난 건지.

지원은 피식 웃고 말았다.

"이렇게 될 줄 알고?"

"어. 난 다 알고 있었거든."

지원은 인하의 눈을 빤히 쳐다보았다. 흔들림이 없었다. 정말로 자신을 했던 모양이다.

인하는 깍지를 끼고 있던 지원의 손을 제 손 위에 쫙 펼쳐 올려 놓곤 한참을 보았다. 그리곤 케이스에서 반지를 꺼내 왼손 약지 끝 마디에 반쯤 걸어두었다.

"전에도 말했지만, 이젠 못 물러."

지원은 다시 반지를 바라보았다.

내가 작가라 상상력이 풍부해서 그런 건가?

그 긴 시간 동안 이 반지를 보며 이 날을 그려왔을 인하의 모습 이 눈에 선하게 보여 자꾸만 코끝이 찡해졌다. 우습게도, 눈물이 날 것 같았다.

왜 이러지. 유치하고 오그라든다고 타박을 해도 모자를 판에 감 동을 받고 난리야! 뻔하고 상투적인 청혼일 뿐인데, 드라마나 영 화에서 수도 없이 봤던 장면인데 왜 이렇게 가슴이 설레는 건 지…….

"지원아. 나랑…… 결혼하자."

말을 그따위로밖에 못해? 사랑한다, 평생 행복하게 해주겠다, 앞으로 절대 눈물 흘리지 않게, 손에 물 한 방울 묻히지 않게 해주 겠단 말도 해야 할 거 아냐! 수도 없이 작품에서 써먹었던 그 말들 다 까먹은 거야? 무릎도 안 꿇고! 장미도 한 송이가 뭐야! 서인하 스케일이 있지! 적어도 한 트럭은 갖다 바쳐야지!

쏟아내고픈 말이 너무도 많은데, 입술을 떼기도 전에 눈물이 흘 러 버렸다. 지원은 손끝으로 맺혀 있던 눈물을 마저 닦아내고 인 하를 바라보며 천천히 고개를 끄덕였다. 그러자 인하가 씨익 웃더 니 반지를 마저 쏙 밀어 넣었다.

"날짜는 내년 5월. 장소는 이 공원. ……어때?"

이번에도 역시나 같은 생각을 했던 모양이다. 지원은 대답 대신 인하의 품 안을 파고들었다. 그리곤 인하의 허리를 두 팔로 감싸 안은 채 손깍지를 꼭 끼고 단단한 어깨 위에 머리를 기댔다.

"그때까지 우리…… 못다 한 연애나 실컷 하자."

지원의 말에, 인하가 고개를 끄덕이며 크고 따뜻한 손으로 등을 가만히 쓸어내렸다.

사랑한 시간보다 헤어져 있던 시간이 길었다고 생각했다. 그 헤어진 시간 속에서 한참이나 길을 헤맸다고 생각했다.

그런데, 아니었다. 우린 그동안에도 계속 연애를 해왔고, 사랑을 했고, 지금처럼 그때도 늘 함께였다.

EVER AFTER

새벽 세 시.

목이 말라 잠에서 깬 지원은 베개 옆에 둔 휴대폰으로 시간을 확인했다. 사실 잠을 청한 것도 반 억지였다. 잠이 오지도 않고, 별로 자고 싶지도 않았지만 신체리듬이 흐트러질까 봐 억지로 침대에 누워 눈을 감고 있었다. 결국 잠든 지 두 시간 만에 도로 깨어나 정신이 말똥말똥해졌지만.

지원은 깨금발을 들고 조심스레 방을 빠져나와 정수기에서 따뜻한 물 한 잔을 받아 테라스 쪽으로 향했다. 시원한 바람이라도 쐴까 싶어 창을 반 뼘쯤 열었던 지원은 훅 끼쳐드는 차가운 겨울 바람에 도로 문을 닫고 나풀나풀 떨어지는 손톱만 한 함박눈을 빤히 바라보았다. 아무래도 이 새벽이 지나고 나면 제법 쌓일 듯싶었다.

드라마가 종영한 지 석 달. 지원은 드라마 종영과 동시에 두 손을 놓고 집에 돌아와 쉬고 있었다. 배가 고프면 밥을 먹고, 잠이 오면 잠을 자고, 심심하면 책을 읽고, 그러다가 멍하니 앉아 숨만 쉬기를 반복, 그렇게 나름의 방법으로 휴식을 취하는 중이었다.

태원이 입대를 해버려 안 그래도 집이 썰렁한데, 지원 역시 이 집에 머물며 아빠와 살 날이 얼마 남지 않아 벌써부터 걱정스러웠다. 차라리 아빠가 좋은 분이라도 만나서 연애를 하면 마음이 놓일 것 같다는 생각도 들었다.

한편으로는 혼자 남을 아빠를 생각하는 효녀인 척하는 제 자신이 가증스럽게 느껴지기도 했다. 작가라는 타이틀을 이름 석 자 앞에 내건 이후론 일 년에 절반 이상을 대본작업한다며 작업실에서 지내놓고 이제와 걱정을 하다니.

거실 소파에 앉아 멍하니 생각에 잠길 때면, 그동안 잘해 드리지 못했던 것들만 불쑥 떠올라 마음을 어지럽혔다. 아빤 늘 친구가 되어주기 위해 노력하셨는데, 정작 자신은 아빠에게 친구가 되어드리지 못한 것 같은 죄송스러움에 자꾸 짙은 한숨만 새어 나왔다. 지원은 민석의 방 앞에 멈춰 서서 방문을 한참 동안 바라보다 다시 제 방으로 걸음을 옮겼다.

보름여 만에 컴퓨터를 켜고 책상 앞에 자리를 잡았다. 일부러 멀리한 건 아니었지만, 자연히 그렇게 되었다. 세상 돌아가는 이야기야 중요한 건 티비 뉴스를 통해 볼 수 있으니 크게 지장 없고, 속이 편해지니 세상만사가 편해져 굳이 인터넷 세상을 들여다보고 싶지 않았다.

간만에 열어본 온라인 세상은 여전히 빠르고, 소란스럽고, 정신 사나웠다. 벌써부터 피로가 몰려들었다. 포털사이트 메인을 장식한 소소한 기사들과 그냥 지나치지 못하고 할퀴려고 발톱부터 꺼내 보이는 댓글들. 스킵하려 노력해 봐도 눈에 띄는 것들을 못 본 체하긴 어려웠다. 눈썹을 구기며 스크롤을 빠르게 내리던 지원은 낯익은 한 남자의 사진에 저도 모르게 배시시 웃으며 마우스포인트를 맞추고 클릭을 해버렸다.

인하였다. 지난 연말 연기대상 시상식에서 짙은 네이비 톤의 멋진 슈트를 입고 한껏 멋을 내고 찍었던 사진 한 장이 두 달이 훌쩍 지난 지금까지도 회자되고 있었다. 가끔씩 서인하가 어떠한 존재인지 잊고 지내는 것 같았다. 이렇게나 많은 사람들에게 사랑과 관심을 받는 사람인데 말이다.

지원은 설레는 마음으로 동영상 사이트에 접속했다. 그리곤 몇 번이고 돌려보았던 시상식에서의 인하 모습을 찾았다. 동영상 제목은 '연기대상 서인하 무한 소환 동영상'. 어쩜 제목도 그리 재미나게 잘 지었는지, 역시 서인하 팬답다는 생각이 들었다. 압도적인 재생횟수에 괜히 흐뭇해진 지원은 의자 등받이에 상체를 한껏 기대고 팔짱을 낀 채 재생버튼을 클릭했다.

그날 인하는 인기의 척도를 가늠할 수 있는 네티즌 인기상과 베스트 커플상에, 최우수연기상까지 받아 시상식 내내 바쁘게 불려다녀야 했다. 그 외에도 드라마 전체로 보자면 주조연 연기자들의 연기상과 작품상, 감독상까지 모두 휩쓸었지만, 사실 지원은 드라마의 성공만큼이나 인하의 수상이 가장 반가웠다. 사람들이 배우 서인하의 진가를 알아봐 주는 것만 같아서 말이다.

인하의 이름이 호명되고 상을 받으러 나오자 지원은 팔짱을 풀고 본격적으로 턱을 괸 채 모니터를 뚫어져라 바라보았다. 인하가 카메라를 향해 빙긋 웃으면 저도 덩달아 따라 웃고, 축하공연을 하는 걸그룹을 보며 흐뭇한 미소를 지으면 코끝을 찡그리기도 했다.

그렇게 한참을 시상식 속 인하의 모습을 지켜보던 지원은 외우고 있던 지점으로 재생 포인트를 이동해 버렸다. 그 지점은 바로 최우수 연기상에 호명된 인하가 긴장한 얼굴로 몸에는 잔뜩 힘을 준 채 걸어나오는 장면이었다. 보고 또 봐도 설레는 장면이었다. 덩달아 긴장한 지원은 아랫입술을 꼭꼭 깨물었고, 멋쩍게 웃으며 트로피와 꽃다발을 받아들고 손끝으로 이마를 긁적이는 인하의 행동 하나하나를 지켜보았다. 환호성을 질러주는 팬들을 향해 여유 있는 척 손을 흔들어 보이자 장내가 뒤흔들릴 정도로 커다란 환호성이 터져 나왔다.

"감사드릴 분들이 정말 많습니다. 가장 먼저, 이 방송 보고 계실 할머니……. 감사합니다. 말 잘 듣고 착한 손자가 될게요. 그리고 유난히 더웠던 지난여름 내내 정말 고생 많이 했던 「우연」의 감독님 이하 모든 스텝들과, 처음부터 끝까지 한 호흡으로 함께했던 배우들, 작품을 사랑해 주신 시청자분들 모두 감사합니다."

가장 먼저 할머니의 얘길 꺼내며 아주 잠시 울먹이는 인하의 모습은 볼 때마다 마음을 찡하게 만들었다. 그래도 끝까지 씩씩하게 웃어 보이는 인하를 보며 지원도 따라 웃었다.

"이제 웬만한 일엔 눈도 끔쩍 안 한다고 허세 부리지만, 오늘은 또 무슨 기사가 뜬 건가 싶어서 뉴스 제목 클릭할 때마다 가슴 졸인 다는 팬들 정말 많이 고맙고……. 뭐든 주긴 줘야겠는데 안 주긴 뭐 하고, 주자니 애매했던 제게 매번 적당한 상을 챙겨주려고 고생 많 으셨던 방송국 관계자분들께도 감사의 인사를 전합니다."

인하의 말에 순간 시상식장 안은 웃음바다가 되었다. 정작 본인 만 진지한 얼굴이었다.

"마지막으로…… 오는 봄, 제 아내가 되어줄 그 사람에게 이 모 든 영광을 돌리겠습니다. 늘 함께해 줘서 고맙고…… 사랑해. 감사 합니다."

말을 마친 인하는 쑥스러운 듯 서둘러 무대 뒤편으로 돌아나갔 다. 지원은 이제야 하루 일과를 완벽하게 끝낸 것처럼 마음이 가 뿐해졌다. 가슴 위에 두 손을 포개 얹고 지그시 눈을 감은 지원은, 만족스러운 표정으로 컴퓨터를 끄고 침대에 벌러덩 드러누워 이 불을 머리끝까지 폭 뒤집어쓰고 발을 동동 굴렀다.

인하에겐 버릇이 하나 생겼다. 아침에 눈을 뜨자마자 휴대폰으로 날짜부터 확인하는 버릇.

"고작 2월 26일이라니……."

침대에서 벌떡 일어난 인하는 투덜거리며 욕실로 향했다. 오늘은 황 기자와 단독으로 결혼발표 인터뷰를 하는 날이었다. 인터뷰라면 떡 먹다 체한 것처럼 영 속이 불편하지만 이런 기사라면 얼마든지 응할 수 있었다. 그래도 몇 달 사이 황 기자와 서너 번의 단독 인터뷰를 진행하면서 미운 정도 들었다.

연말 시상식에서 오는 봄 아내가 생길 거란 드립을 해 근 한 달간은 기자들에게 들들 볶여야 했었다. 하지만 인하는 노코멘트로 일관했고 어느 순간부터는 기다리다 지친 기자들이 알아서 추측 기사를 쏟아내며 초호화 호텔에서 결혼을 시키고, 신혼여행 보내고, 임신시키고 난리가 났다.

그러던 와중에 이번에도 역시 황 기자가 빼도 박도 못할 파파라치 컷을 보유했다고 연락이 왔다. 나름 은밀하게 진행했다고 생각했는데, 신혼집 인테리어 진행을 하던 와중에 황 기자의 레이더망에 걸려들고 만 것이다. 지원과 인테리어 사무실을 손잡고 다정히 드나드는 모습과 가구 디자이너를 만나는 것이 다 찍혀버렸다.

일이 이 지경까지 오자, 좋은 일을 앞두고 말이 너무 많이 앞서 나간 것도 같고 해서 이번에도 인하는 황 기자와 협상을 했다. 단독으로 결혼발표를 할 테니, 결혼식에 대한 그 어떤 것도 취재하지 말아달라고 말이다. 사실 결혼에 대한 모든 것을 비공개로 부

칠 생각이었다. 이번 인터뷰를 통해서도 그다지 자세히 밝힐 생각
은 없었다. 결혼식 날짜와 결혼식은 비공개로 진행된다는 사실만
간단히 밝히며 결혼 준비 상황 정도만 공개하고 일련의 각종 설들
에 대해서는 가벼운 해명으로 끝낼 생각이었다.

공식석상에서 봄에 하겠다고 운을 띄워놓은 바람에 결혼식 날
짜는 5월로 잡혀 있었다. 그 마저도 참고 기다릴 끈기가 없어서 할
머니를 조르고 졸라 5월 1일로 해버렸다. 요즘 5월은 봄이 아니라
여름이라는 핑계로 말이다.

결혼식은 철저히 비공개로 진행하기로 했다. 원래는 늘 데이트
를 하던 공원에서 하려고 했으나, 시민을 위한 공간인데 개인적인
행사를 위해 경호원을 세워두고 막을 수가 없어서 할머니의 식당
정원에서 하기로 최종 결정을 한 참이다. 할머니가 다니는 성당의
신부님께서 간단히 서약을 진행해 주시고, 주례나 기타 등등의 순
서 상관없이 허례허식은 모두 빼고 양가 가족들과 아주 가까운 지
인, 그리고 친구들만 모시고 파티처럼 즐기는 결혼식을 계획하고
있었다.

준비도 차근차근 잘 되어가고 있었다. 오직 지원이만을 위한 세
상에서 단 하나뿐인 드레스는 평소 친분이 있는 디자이너에게 제
작을 부탁해 두었고, 웨딩촬영은 여러모로 의미가 있는 낙산공원
과 성곽길에서 4월 중 날씨 좋은 날에 하기로 했고, 신혼여행지는
당연히 지원의 로망인 스페인으로 결정했다.

그래서 요즘 인하는 눈코 뜰 새 없이 무척이나 바빴다. 작품이
끝난 후 화보촬영, 광고촬영, 아시아 투어 팬미팅까지 하느라 바

쁜 와중에, 어제는 하루 종일 감독 판으로 발매될 「우연」의 감독판
DVD에 들어갈 코멘터리 녹화까지 진행했다.

차기작 선정은 엄두도 안 내고 있었다. 결혼을 이유로 1년 정도
무조건 작품활동 없이 휴식하겠노라 했는데, 어쩌면 더 길어질 것
도 같다. 가장 큰 이유는 2세 욕심이었다. 그 부분은 지원도 일찌
감치 합의를 한 상황이었다. 그래서 지원도 2년 정도 휴식을 가지
며 열심히 노력하겠다고 했고, 물론 지금도 열심히 노력을 하곤
있었다. 다음 주부터 민석이 새로 시작하는 작품의 촬영이 시작되
면 더 열심히 노력할 기회가 생길 예정이었다.

샤워를 마친 인하는 샤워가운을 걸치고 젖은 머리칼을 손으로
털며 드레스룸으로 향했다. 벽에 걸린 시계를 힐끔 보고 테이블
위에 올려 둔 휴대폰을 집어 든 인하는 휴대폰 화면에 떠하니 박
힌 지원의 얼굴을 보며 씨익 웃었다. 볼 때마다 기운이 솟아나는
것 같았다. 볼에 잔뜩 바람을 넣고 토끼 흉내를 낸 사진인데, 남들
이 보면 어으 소리부터 하지만 인하는 좋기만 했다.

이 시간 즈음이면 늦은 아침을 먹고 책을 읽고 있을 듯싶었다.
인하는 지원에게 전화를 걸며 거울 앞에 섰다.

〈어, 인하야.〉

"오늘 인터뷰 있어. 알지?"

〈워낙 알아서 잘해주시니 걱정은 없다만, 제발 일 좀 크게 만들
지 마.〉

"내가 언제 일 크게 만들었다고……."

〈벌써 잊었어?〉

수많은 스텝들과 배우 앞에서 공개적으로 입을 맞추고, 사진까지 찍어 올리라며 부추겼던 그날을 어찌 잊을 수 있을까. 사진은 SNS를 타고 빠른 속도로 전파되어 다음 날 연예기사 란을 도배하기도 했었고, 그거로도 모자라 연말 시상식 때도 대뜸 봄 이야길 꺼내서 집에서 티비로 지켜보고 있던 지원을 깜짝 놀라게 하기도 했었다.

인하는 오늘 입고 나갈 셔츠와 재킷을 고르곤 어울릴 만한 구두를 고르기 위해 수백 켤레의 구두가 나란히 진열된 곳으로 향했다.

"그때는 기분에 취해서 그런 거고, 오늘은 이성적이니까 걱정 안 해도 돼. 오늘은 뭐 할 거야?"

〈작업실에 들렀다가 연극이나 한 편 보고 들어오려고.〉

"인터뷰 끝나고 나도 같이 갈까?"

〈시간 괜찮겠어?〉

"오래 안 걸릴 거야. 작업실에서 기다려. 데리러 갈게."

마음에 드는 구두를 고른 인하를 이번엔 시계를 고르기 위해 진열장으로 걸음을 옮겼다.

〈우리 그냥 혜화역에서 만나자. 2번 출구 앞.〉

지원이 생일선물로 사준 시계를 꺼내 든 인하는 진열장에 걸터앉아 휴대폰을 귀와 어깨 사이에 끼우고 손목에 시계를 채우며 피식 웃었다.

"데이트네?"

〈뭐, 그런 셈이지.〉

"좋아. 그럼 오늘은 내가 먼저 가서 기다리고 있을게."

〈치. 이따 봐.〉

통화를 마친 인하는 서둘러 골라 놓은 옷으로 갈아입기 위해 분주히 움직였다. 황 기자와의 약속시간까지 아직 두 시간 정도 남아 있었지만 한 시간 정도 앞당겨야겠다고 생각하며 동규에게 전화를 걸었다.

마음은 이미 스물한 살의 이지원이 스물한 살의 서인하를 오랜 시간 기다리며 서성였던 그곳으로 향해 있었다.

＊

"남자 입술에 여자 이마가 닿는 키 차이가, 가장 보기 좋은 이상적인 키 차이래."

두 손에 따뜻한 찻잔을 꼭 쥐고 눈을 말똥거리고 있는 지원이 오늘 유독 생기가 넘쳐 보였다. 지난 석 달간 몸 고생 마음고생하지 않고 푹 쉰 탓에 살이 쪽 빠졌던 두 볼에 살도 붙었고, 창백하리만큼 새하얗던 낯빛도 혈색이 돌아 보기가 좋았다. 하루가 멀다 하고 식당에 불러 몸에 좋은 음식을 해 먹이는 할머니의 덕일 수도 있고, 한창 연애를 하고 있기 때문일 수도 있고.

"그래? 일어나 봐."

인하는 자리에서 벌떡 일어나 지원의 곁에 다가갔다. 그러자 카페 안에 있던 다른 손님들이 크게 술렁였다.

"앉아."

지원의 간청에도 아랑곳하지 않고, 인하는 지원의 손목을 잡아 일으켜 세웠다. 순간, 사람들의 손에 일제히 휴대폰이 들렸고 지원은 인하의 옆구리를 팔꿈치로 연신 찔러댔다. 그러거나 말거나, 인하는 유리창에 비친 지원과 자신의 모습을 바라보며 키를 맞춰 보곤 만족스러운 듯 미소를 지었다.

　"우리도 이상적이네?"

　"빨리 앉아. 제발."

　지원은 냉큼 인하의 손을 잡고 끌어다가 자리에 앉혔다. 태연한 인하와는 달리, 지원은 민망함에 어쩔 줄을 몰라 했다.

　"아버님은 촬영 언제부터 시작하신대?"

　"다음 주 화요일부터. 일주일 정도 제주도에서 촬영하신대."

　듣던 중 반가운 소식이었다. 인하는 기쁨을 감추지 못하고 고개를 끄덕이며 번져 나가는 미소를 막지 못했다.

　"아주 좋아 죽는구나."

　"나만 좋아? 넌 안 좋아?"

　지원이 새침한 표정을 지으며 대꾸하지 않고 호로록 유자차를 마셨다.

　"올해 안에 꼭 손자를 안겨 드리자."

　주먹까지 불끈 쥔 인하의 굳은 다짐에 지원이 옅게 웃으며 고개를 가로저었다.

　"기사는 언제 나온대?"

　"내일 바로 나갈 거야. 당분간 조금 피곤하겠지만…… 견뎌주라."

"나야 뭐 집에 콕 박혀 있으니까. 아빠랑 네가 많이 피곤하겠다."

"그래서 나도 당분간 스케줄 비워뒀어. 진짜 아버님 어떡하지?"

"넌 이제 두고두고 갈굼당하게 생겼다."

"그러니까 빨리 손자를 안겨 드려야 한다니까."

결국 대화가 원점으로 돌아가자 지원은 검지로 귀를 틀어막는 시늉까지 하며 코웃음을 쳤다.

"속은 좀 가라앉았어?"

"응. 괜찮아. 저녁을 너무 많이 먹었나 봐."

"많이 먹긴. 새 모이만큼 먹어놓고."

인하는 지원의 등을 살살 쓰다듬으며 다른 한 손으로는 지원의 자그만 손을 조물조물 만져 주었다. 연극 관람 도중 지원이 속이 울렁인다고 하여 입장 삼십 분 만에 소극장을 빠져나와야 했다.

"청포도주스 먹고 싶다."

"거기 갈까?"

"근데 현준 씨 있을 때만큼 맛이 없더라. 그땐 진짜 맛있었는데."

현준은 아침 토크쇼 추억의 영웅 편에 출연한 후 인사도 없이 훌쩍 떠나 버렸다. 남은 직원의 말로 외국으로 떠난 것으로 추정만 될 뿐, 석 달이 흐른 지금까지도 연락이 닿지 않았다. 그가 운영하던 카페는 매니저 일을 봐주던 직원이 인수를 받아 운영하고 있었지만, 그 집 청포도주스 마니아였던 지원의 말에 의하면 맛이 조금 달라졌다고 했다.

"에이, 진작 배워둘걸."

"근데, 현준 씨는 잘 지내고 있겠지?"

"무소식이 희소식이야. 분명히 다른 나라에 가서도 여자깨나 홀리고 있을걸?"

그게 뭐 창피한 과거라고 그렇게 꽁꽁 숨기려 들었을까 싶다가도, 문득 머리끝부터 발끝까지 숨소리마저 완벽했던 남자가 과거를 숨기기 위해 얼마나 많이 노력했을까 싶어 마음이 짠해지기도 했다. 과거는 과거로 툭 놔버리면 참 편한데…….

"일어나자. 찬바람 쐬고 싶어."

"그럴래?"

인하는 먼저 일어나 지원에게 손을 내밀었다. 그러자 지원이 인하의 손을 잡고 자리에서 일어나 빈틈없이 깍지를 꼭 꼈다. 그 모습에 다시 한 번 카페 안이 소란스러워졌지만, 두 사람은 아랑곳하지 않고 당당히 걸어나갔다.

"하아. 이제 겨우 두 달 남았네."

문을 열고 나온 지원이 하늘을 올려다보며 시원하게 한숨부터 내쉬었다. 인하는 그런 지원을 바라보며 맞잡고 있던 두 손을 재킷주머니에 쏘옥 집어넣었다.

"겨우라니. 무려 두 달이나 남아서 속이 새까맣게 타들어간 사람이 여기 이렇게 두 눈을 시퍼렇게 뜨고 있는데."

인하의 말에 지원은 코를 찡긋거리며 인하의 보폭에 맞춰 씩씩하게 걸었다.

"근데, 좀 신기한 거 같애. 어쩌다가 내가 너랑 결혼을 하게 됐지?"

"뉘앙스가 묘하다? 어쩌다가?"

인하가 눈썹을 구기며 찌릿 노려보자 지원이 허리를 뒤로 젖히며 배시시 웃었다.

"넌 안 신기해? 우리가 그렇게 오랫동안, 참 뭐라 딱히 꼬집어서 설명할 수 없는 관계로 지냈는데 결국 결혼까지 하게 된 거 말야."

"신기하긴. 당연한 거지! 난 오히려 노력의 결실이 너무 늦게 열린 거라고 본다."

인하의 대답에 지원이 어깨를 툭 밀치며 왼손에 끼워진 반지를 바라보았다. 달빛에 비쳐 은은하게 빛나는 반지가 오늘따라 눈이 부셨다.

"이거 보면 볼수록 정말 예쁜 거 같애. 스물한 살의 서인하 안목 꽤 쓸 만한데?"

"쓸 만한 게 어디 안목뿐이겠어? 아끼지 말고 두루두루 써먹어."

"그럼…… 오늘 밤에도 써먹어볼까?"

지원의 말에 귀를 의심한 인하는 자리에 우뚝 멈춰서고 말았다. 인하는 장난끼가 가득 담긴 지원의 두 눈을 빤히 바라보며 서너 번 눈을 끔벅였다.

"일단 집으로 가자."

"장난이야!"

그런 변명 따위가 인하의 귀에 들어올 리가 없었다. 일단 듣고 싶은 말은 제대로 들었으니, 해석하고 싶은 대로 해석하는 것만 남았을 뿐이다. 인하는 잡고 있던 지원의 손을 더욱 꼬옥 쥐며 빠른 걸음으로 주차장으로 향했다.

"인하야 잠깐만."

당황한 지원이 인하를 말리려 했지만 설득당할 인하가 아니었다. 생긋 웃으며 장난처럼 꺼낸 지원의 그 말에 퓨즈가 탁 끊어져 버린 인하는 서둘러 차 문을 열고 조수석에 지원을 고이 앉혀두고 달리듯 걸어 보닛을 돌아 운전석에 자리를 잡았다.

그리곤 옆에서 재잘재잘 떠들어대는 지원의 말에 귀를 딱 닫고 운전에만 집중했다. 오늘 밤에는 꼭 지원이를 쏙 빼닮은 예쁜 딸 하나만 점지해 달라고 간절히 기도를 하면서 말이다.

에필로그. 보통날

3년 후.

"재이 나갑니다!"

티비를 보고 있던 인하는 지원의 말에 자리에서 벌떡 일어나 커다란 샤워타월을 들고 욕실 쪽으로 달려갔다.

"압빠아!"

그곳엔 발가벗은 세 살배기 재이가 작고 오동통한 두 팔을 머리 위로 올린 채 인하를 향해 뒤뚱 뒤뚱 걸어오고 있었다. 인하는 재이를 샤워타월로 꼼꼼히 감싼 후 번쩍 안아들어 소파로 향했다.

"아이구, 우리 이쁜 강아지 엄마랑 목욕했어?"

"웅!"

재이 앞에선 천하의 서인하도 절로 혀 짧은 소리가 나왔다. 인하는 무릎 위에 재이를 앉히고 젖은 머리칼을 수건으로 살살 털어주었다. 그러느라 뒤늦게 마무리를 하고 욕실에서 나온 물기에 푹 젖은 지원을 놓치고 말았다. 아쉬움에 절로 터져 나온 한숨을 막아내지 못한 인하는 애처로운 눈빛으로 지원을 올려다보았다.

"재이 로션 갖다줄게 꼼꼼히 발라주고, 손톱도 깎아줘."

인하의 마음을 모르는 건지, 아니면 외면하는 건지 지원은 인하의 애타는 눈빛은 사뿐히 무시하고 재이가 쓰는 로션과 작은 손톱깎기를 테이블 위에 놓아주곤 드레스룸으로 떠나 버렸다.

"잠깐 기다려. 재이 발라주고 너도 내가 발라줄게."

"어으, 진짜!"

방문 사이로 빼꼼 얼굴을 내민 지원이 샐쭉하게 노려보았지만 전혀 무섭지 않았다. 인하는 오늘의 아쉬움을 다음에 반드시 백배 돌려받겠다고 다짐하며 재이를 품 안에 꼭 끌어안았다. 품 안에서 꼼지락대는 딸아이의 앙증맞은 두 다리와 올챙이 같은 통통한 배 위에 로션을 발라주던 인하는 찹쌀떡 같은 자그만 엉덩이를 오늘도 그냥 넘어갈 수가 없어서 앙앙거리며 무는 시늉을 했다. 그러자 재이가 꺄르륵거리며 숨이 넘어갈 듯 웃어댔다.

"빨리 빨리 안 하고 또 딴 짓 하지."

그새를 못 참고 지원은 옷까지 챙겨 입고 드레스룸을 빠져나와 인하를 타박했다. 거 좀 기다려 보라니까.

"아이 정서를 위해서 스킨십은 필수라고."

"맨날 물고 빨고……. 부녀간의 스킨십만으로 아이 정서가 발달하면, 우리 재이는 나중에 신사임당 저리가라 되겠네?"

인하의 품에서 재이를 앗아간 지원을 원망스러운 눈길로 바라보던 인하는 입술을 삐죽이며 재이의 자그만 발을 만지작거렸다.

"이러다 늦겠어. 얼른 준비해."

"아직 시간 남았어. 괜찮아."

"시간이 남긴? 세 시간밖에 안 남았어! 얼른 얼른."

지원의 타박에 마지못해 일어난 인하는 마지못해 드레스룸으로 터덜터덜 걸어갔다.

오늘은 드라마 「Breaking」의 제작발표회가 있는 날.

9월에 방영 예정인 이번 작품은 다음 달 6월부터 본격적으로 촬영이 시작되는 이지원 작가의 새 작품이었다. 결혼과 출산으로 본의 아니게 3년여간 공백기를 가졌던 이지원 작가의 복귀작이자, 동시에 배우 서인하의 복귀작이기도 했다.

하반기 라인업 중 가장 큰 기대를 모으고 있는 화제작이라 제작 확정과 동시에 편성을 두고 방송 3사의 경쟁부터 뜨겁게 만들었다. 이번 작품이 종전의 이지원 작가의 작품과 다른 것이 있다면, '이지원=멜로' 라는 공식을 깨고 새로운 장르를 들고 나왔다는 것과, 다른 작가와의 공동 집필이란 점이었다.

공동 집필하게 된 작가는 다름 아닌 이태원 작가였다. 군 제대 후 그 이듬해에 GBS 극본 공모에 당선이 되면서 그해에 단편 드라마로 등단한 태원에겐 이번 작품이 첫 장편 데뷔작이기도 했다.

1년 전 처음 작품을 구상할 때 제작사와의 기획 회의 당시, 지원이 액션 장르를 선택하자 대부분 의아한 반응을 보였다. 멜로에

특화된 작가라는 명성답게 멜로 장르에 있어서는 거의 독보적인 네임밸류를 얻게 된 지원이 다른 노선을 선택한 게 의외였던 모양이다. 하지만 지원은 결정을 뒤집지 않았다. 기본적인 총기류 조사부터 시작해서 지난 1년여간 태원과 함께 방대한 분량의 자료를 수집하였고 자문을 얻을 수 있는 사람이라면 가리지 않고 만나며 인터뷰를 했다. 마치 작가 일을 막 시작한 사람처럼 발로 뛰면서 말이다.

그러느라 자연스레 인하가 육아일을 분담하게 되었다. 물론 지원이 대본작업을 시작하면서부터 보모를 고용하긴 했지만 가능하면 인하가 재이와 많은 시간을 보내려고 애를 쓰고 있었다. 부모의 분에 넘치는 사랑, 비록 받고 자라지 못했으나 자신의 아이만큼은 세상 그 어느 누구보다도 부모의 사랑을 듬뿍 받고 자라게 하고 싶은 욕심이었다.

그런 아빠의 마음을 재이가 알아준 건지, 보통의 아이들이 엄마를 찾으며 울 때 재이는 어느 순간부터 아빠를 찾으며 울었고, 밥 안 먹고 고집을 부리다가도 인하가 떠 먹여주면 언제 그랬냐는 듯 덥썩 받아먹어 가끔씩 지원을 욱하게 만들기도 했다. 생김새가 이지원 판박이인 걸로도 모자라서, 아빠를 좋아하는 것까지 이지원을 꼭 닮은 것이다.

워낙에 순해서 보채거나 떼를 쓰진 않는 편이지만, 유독 바깥바람 쐬는 걸 좋아하는 재이 때문에 인하는 하루에도 서너 번씩 아기띠를 메고 공원에 산책을 나가야 했다. 그 장면을 그냥 지나칠 리 없는 황 기자 덕분에 그 모습이 몇 번이나 기사화되어 '딸바보'

라는 듣기 좋은 별명까지 얻게 되었고, 대중의 관심은 이상한 쪽으로 발전이 되어 인하가 쓰는 아기띠와 유모차가 불티나게 팔리기도 했다.

지원이 챙겨준 멋진 슈트로 갈아입은 인하가 거울 앞에 서서 옷매무새를 점검했다. 참으로 오랜만에 배우 서인하가 보였다. 이렇게 멋지게 차려 입는 것도 두어 달에 한 번 있는 광고촬영 때가 전부였는데 말이다.

그래도 여전히 몸에서는 재이의 냄새가 났다. 재이가 쓰는 로션 냄새와 아이 특유의 달큰한 냄새. 인하는 향수를 뿌리지 않고 그냥 그대로 드레스룸을 나섰다.

거실로 걸음을 옮긴 인하는 그새를 못 참고 서로를 꼭 안고 잠이 든 모녀를 내려다보며 빙긋 웃었다. 목욕하느라 곤했는지, 지원의 한쪽 가슴을 조막만 한 손으로 욕심껏 움켜쥔 채 품에 폭 안겨 쌔근쌔근 잠이 든 재이가 사랑스러워 견딜 수가 없었다. 인하는 재이가 깨지 않도록 살금살금 조용히 다가가 말캉한 볼 위에 입을 맞추고, 불편하게 무릎을 접고 있는 지원의 다리를 테이블위에 올려 쭉 펴주었다. 그러느라 잠시 잠에서 깬 지원이 눈을 떴지만, 인하는 그냥 자라는 듯 손을 흔들며 머리를 쓰다듬어 주었다. 그러자 지원이 다시 눈을 감고 깊게 숨을 내쉬었다.

"아으, 피곤하다."

"그냥 자. 다녀올게."

발걸음이 도무지 떨어지질 않았다. 마음 같아서는 이 둘을 인형으로 만들어서 항상 주머니에 넣고 다니고 싶었다. 이제 곧 촬영을 시작하게 될 텐데 어떻게 해야 할지 벌써부터 막막했다.

"저녁에 재이 데리고 할머니 식당으로 갈 거야. 끝나고 그 쪽으로 와."

"알았어."

인하가 아쉬운 마음에 지원의 뺨에 갖다 댄 손을 거두지 못하자, 지원이 배시시 웃으며 인하의 손바닥에 살짝 입을 맞추었다.

"오늘 정말 멋지다, 서인하."

"기 살려주는 거야?"

"서재이 아빠 완전 새끈한데? 오우, 탄력이 장난 아냐!"

"까분다."

어느새 지원의 손이 인하의 엉덩이를 쓰다듬고 있었다. 인하는 그런 지원을 내려다보며 어이가 없다는 듯 피식 웃고 말았다.

연애할 때의 이지원과 결혼 후의 이지원은 크게 다르지 않았다. 마찬가지로 인하 역시 연애시절과 지금이 크게 다르지 않았다. 오로지 서로에게만 집중되었던 관심과 사랑을 재이에게도 같은 무게의 관심과 사랑으로 쏟아준다는 것을 제외하면 말이다.

가끔은 아무것도 아닌 일에 당장이라도 갈라설 것처럼 격렬하게 다투고, 언제 그랬냐는 듯 서로를 품에 안고 뜨겁게 사랑을 하고, 그러다가 어린아이처럼 말도 안 되는 장난을 걸며 깔깔 웃고, 그렇게 보통의 생활을 이어가고 있었다.

보통. 중간. 평범……

한때, 그런 것들이 주는 사소한 행복을 가져 보지 못했던 두 사람에겐 한 공간에서 숨을 쉬고 웃고 떠드는 모든 순간이 선물이 되었다. 가끔씩 잠들기 전 침대에 누워 하루를 돌이켜 보며 오늘 하루 정말 꿈만 같았다고 잠결에 말하기도 한다. 간절히 바랐지만 오랜 시간을 돌아올 수밖에 없었던 두 사람이었기에, 지금의 행복이 몹시도 소중했다.

"갔다 올게."

"잘 다녀와!"

인하는 지원에게 가벼운 입맞춤을 남기고 걸음을 옮겼다. 현관을 나설 때까지 연신 손을 흔들어주는 지원에게 인하도 손을 흔들어주며 아쉬운 마음을 고이 접어 밀어 넣고 집을 나섰다. 그리곤 아무도 듣지 못하게 나지막이 되뇌었다.

오늘 하루도 평범한 하루가 되길.

그리고…… 이런 날들이 영원히 계속되길.

THE END

작가 후기

연애하고 싶다.

읽고 난 후에 저런 생각이 드는 이야길 쓰고 싶어서 시작한 〈연애시대〉였습니다. 제목부터 노골적이죠. 본격 연애조장 소설, 또는 연애세포자극 소설이 모토였습니다.

3월 초, 청계천에 갔다가 카페 마마스라는 곳에서 청포도주스 한 잔을 사 마시며 종각 인근을 배회하다가 〈연애시대〉를 구상하게 되었습니다. 초여름과 잘 어울리는 연애 이야기, 청포도주스가 생각나는 그런 이야기를 꿈꾸면서 말이죠. 그러다 광화문 교보문고에 들렀는데, 계단에 걸터앉아 뭔가를 열심히 적어 내려가고 있는 한 여자 분을 보게 되었고 어딘가에서 머리를 쥐어뜯으며 작품을 쓰고 있을 지원이가 그렇게 탄생되었습니다.

스물한 살의 연약했던 연애. 그 후 한참의 시간이 흘러 다시 시작된 연애.

멀리 갈 것도 없이 저의 스물한 살 적 연애를 돌이켜 보면 그때의 지원이와 인하가 했던 연애와 크게 다르지 않더라고요. '쉽게'라는 단어가 어감상 좋진 않지만, 사소한 것에 반했고 열렬히 좋아하다 한순간에 짜게 식어버렸던 그때의 연애. 철이 없었다고 표현할 수도 있고, 그 나이 때의 사랑은 충분히 그럴 수도 있다고 위로도 해보았습니다.

　하지만 분명 그때의 그 연애가 잘못된 것은 아니죠. 사랑이나 연애는 한 가지 색, 한 가지 모양이 아니니까요. 내가 하는, 혹은 내가 아는 사랑과, 네가 알고 있는, 혹은 네가 아는 사랑이 다르다고 해서 너의 사랑은 잘못된 거야라고 말할 순 없으니까요.

　친구로라도 곁에 남았던 두 사람, 결국은 다시 연애를 시작했고 그들 역시 세상에 없는 단 하나의 사랑을 만들어가지 않을까 싶습니다.

　이 글을 짓는 동안 늘 즐거웠고 기분 좋은 일들이 많았습니다. 그래서 이 글을 열어볼 때마다 독자님들도 늘 즐거우셨으면, 늘 기분 좋은 일들만 있으셨으면 좋겠습니다.

　연재 때 함께해 주신 연재사이트 독자님들과 카페 독자님들, 그리고 사랑하는 가족들과 친구들에게 감사의 인사를 전합니다.

　그리고 수정부터 출간 준비 내내 함께 고생해 주신 이수민 님과 청어람 출판사 관계자분들께도 감사의 인사를 전합니다.

　마지막으로, 이 글을 끝까지 함께해 주신 독자님들께 감사의 인사를 전합니다.

지은이 김선민.